Марина CEPOBA

Клубничка в два карата

ЭКСМО

Москва, 2004

УДК 882
ББК 84(2Рос-Рус)6-4
С 32

Оформление художника *А. Старикова*

Серова М. С.

С 32   Клубничка в два карата. Черным по белому: Повести. — М.: Изд-во Эксмо, 2004. — 384 с.

ISBN 5-699-05371-9

С частным детективом Татьяной Ивановой случилась дурацкая история: бывший бойфренд Коля пришел и потребовал назад свою банку варенья. Посетовав, как измельчали мужчины, Татьяна банку вернула, а потом села попить чайку с подругой Леной и обнаружила на дне похожей банки двенадцать бриллиантов. Так вот что искал Коля! И, похоже, не только он: неизвестные похитили Колю и Лену и теперь шантажируют Татьяну. Она бы и рада избавиться от камней, но они загадочным образом исчезли из тайника в Лениной квартире. А тут еще объявился настоящий хозяин бриллиантов, которому сказали в милиции, что помочь ему сможет только Иванова — лучший частный детектив города. Так что перед Татьяной стоит нелегкая задача: спасти друзей и найти драгоценные камни...

УДК 882
ББК 84(2Рос-Рус)6-4

Клубничка в два карата

ПОВЕСТЬ

ГЛАВА 1

Чтобы не расслабляться, я вскочила сразу, как только проснулась. На сегодня у меня запланирована масса дел. Впрочем, всю эту массу можно обозвать одним словом — генеральная уборка. Терпеть не могу этого слова! Но сегодня с генеральной уборкой у меня связаны большие и светлые надежды.

Вчера вечером я выгнала одного придурка, с которым имела глупость жить некоторое время. Со мной всегда так: если мужик нормальный, то мне с ним вроде как неинтересно, а вот разные идиоты притягивают меня, словно магниты. И ведь понимаю, что веду себя глупо, а все равно попадаюсь в одну и ту же ловушку, наступаю на одни и те же грабли. Похоже, судьба у меня такая.

Коля начал раздражать меня уже на пятый день. Но я забывала абсолютно про все, когда мы ложились в постель. Ну дано мужику! Поэтому старалась мириться с его причудами в другое время. Но все равно — хватило меня ненадолго. Вчера был день, кажется, девятый нашего совместного существования. Он же и последний.

Так что сегодня я начинала новую жизнь. Поэтому и решила убраться в доме как следует, чтобы вместе с грязью и пылью смыть все неприятное, что оставалось тяжестью на душе.

Я запустила стиральную машину даже прежде, чем сварила себе кофе. Для меня этот поступок можно назвать просто героическим. Потом позавтракала и принялась наводить порядок в своей небольшой уютной квартирке. Как хорошо, что она у меня не трехкомнатная! И как хорошо иметь свободное время! Последний клиент не поскупился на премиальные, и я могла пока позволить себе побездельничать.

Пропылесосив, стерев всю пыль и вымыв полы, я села в кресло и с удовольствием посмотрела на плоды моих трудов. И тут взгляд мой упал на люстру. О, только не это! Радость моя померкла! А все из-за гадкой люстры. И когда я ее выкину? Давно пора. Нет. Люстра вообще-то красивая, но состоит она из такого великого множества висюлек, что мне каждый раз становится плохо, когда я только подумаю о том, что ее надо мыть. И вот сейчас я с замиранием сердца поняла, что в понятие «генеральная уборка» обязательно входит мытье люстры.

Не дав себе времени расслабиться, я вскочила из кресла, поставила под нее табуретку, принесла таз и стала снимать в него злополучные люстровые украшения. Потом хорошенько протерла каркас и пошла в ванную комнату отмывать мелкие детали. Когда все было готово, я расстелила прямо на полу большое полотенце и разложила висюльки сушиться. Неохота мне было протирать каждую в отдельности. Пусть уж сами как-нибудь обсохнут.

Затем развесила белье на балконе и пошла пить кофе. Надо было доставить себе удовольствие. Впрочем, вид отдраенной наконец-то квартиры радовал меня сегодня не меньше.

С наслаждением закурив, я вышла на балкон с чашкой кофе в руке. И тут раздался звонок в дверь. Как всегда, в самый неподходящий момент. Даже не пытаясь подавить раздражение, я пошла открывать дверь. На пороге сиял Колян.

— Танюша! — раскрыл объятия мой недавний бойфренд. — Я так рад тебя видеть.

— Кажется, мы вчера обо всем договорились? — вместо приветствия заметила я.

— Договорились. Но я подумал...

— Коля! Что тебе еще надо?

— Банку клубничного варенья, — без промедления ответил он и улыбнулся новой лучезарной улыбкой.

Я-то приготовилась слушать признания в любви, извинения, обещания и так далее, а ему, оказывается, какая-то банка варенья понадобилась!

— Какую банку? — опешив, по инерции спросила я.

— Я позавчера вечером приносил. Мне бы ее забрать, — потупился он.

Видимо, Коле все же стало стыдно за такую неуместную просьбу. Я же была удивлена и просто поражена подобной мелочностью.

— Жди, — ляпнула я первое, что пришло в голову, и закрыла перед его носом дверь.

Поразмыслив, я решила, что это какая-то уловка или глупая шутка. Если он думает, что я сейчас на самом деле стану искать ему банку варенья, то глубоко ошибается. Я-то с ума еще не сошла. Ну, думаю, он постоит там за дверью немного и пойдет домой.

С этими мыслями я прошла на кухню, присела на табуретку и стала допивать кофе. На всякий случай я внимательно осмотрела свои владения. Никакой банки здесь не было. Кажется, я относила что-то подобное на балкон, но если и сделала это, то не задумываясь, потому что уверенности у меня не было. Прошло минут пять, прежде чем раздался очередной звонок.

— Ну? — Я снова открыла дверь.

— Нашла варенье? — Коля смотрел на меня почти по-детски невинными глазами.

— Сей момент, — изобразила я деятельное лицо. — Жди.

Захлопнув дверь, я все же решила выйти на балкон и посмотреть. Колян не отстанет ведь.

В шкафчике стояло несколько банок. Но если мне не изменяет память, это варенье любезно принесла мне Ленка, подруга моя. Она прекрасно знает, что заготовками я не занимаюсь, но побаловать себя сладеньким не прочь. И что? Отдавать ее продукцию этому балбесу? Похоже, придется. Лицо у него хоть и идиотское, но такое жалобное. Будто жизнь его клином сошлась на желании вернуть клубничное варенье. И стоять будет под дверью до потери пульса. Упорный.

Я взяла первую попавшуюся банку, вернулась в коридор, открыла дверь и очень любезно протянула варенье бывшему другу сердца.

— Приятного аппетита, — с улыбкой стюардессы сквозь зубы проговорила я.

— Я так тебе благодарен. Спасибо большое! — Коля принял от меня банку чуть ли не с поклоном.

Мое приветливое лицо превратилось в злобное. Сильно хлопать дверью я не стала — она ведь ни в чем не виновата, — но закрыла ее резко и перед самым носом Коли.

Вот ведь придурок! Настроение мое было испорчено.

Я заглянула в комнату, увидела сохнущие висюльки с лю- стры и готова была их растоптать.

Нет, так не пойдет, надо срочно выводить себя из это- го состояния. Сев в кресло, я снова вспомнила о Ленке Француженке. Может, напроситься к ней в гости? Все равно сегодня выходной. Она должна быть дома.

Ленка работает в школе, преподает французский язык. Именно поэтому за ней и закрепилось прозвище Француженка. Правда, денег там платят мало. Сколько раз я предлагала посодействовать подружке в поиске бо- лее приличной работы, но она всегда отказывалась. Шко- лу и учеников своих Ленка любит бескорыстно и самоза- бвенно. Просто жить без них не может. И переделывать ее, пожалуй, уже поздно.

Я взяла трубку телефона и набрала номер подруги.

— Ленок, привет. Это Иванова, — радостно произне- сла я. — Как ты смотришь на то, чтобы пригласить меня в гости? Мы давно уже не виделись.

— Я всегда смотрю на твое предложение положитель- но, — обрадовалась подруга. — Давай. Только ко мне уче- ники вечером должны прийти.

— До вечера еще далеко.

— Ага. Знаешь, мне неудобно тебя об этом просить, — запнулась Лена, — но не могла бы ты принести баночку варенья. Ребята все у меня поели, а отпустить их без чая я не могу. У тебя осталось?

— Что? Варенье? — после небольшой паузы пере- спросила я.

— Да. Варенье. Такое, в баночках с симпатичными крышечками. Если нет, то, конечно, не надо. Просто я подумала...

— Да нет. С вареньем как раз у меня все в порядке. Принесу.

— Ну, тогда жду. Пока.

— Пока. — Я медленно положила трубку.

Может, я что-то пропустила? Или не понимаю чего- то? Что это за бум такой в начале лета на варенье? Сперва Коле оно понадобилось, теперь вот Ленке...

Я чувствовала себя полной дурой. Мне показалось, что я каким-то непонятным образом выпала из жизни. Или будто попала в наше время из далекого прошлого. Хоть убейте, не понимаю — зачем им всем варенье? Нет, в принципе все понятно, и мне его не жаль. Но почему именно сегодня и в таком количестве?

Решив не торопиться с визитом, я легла на диван, включила телевизор и стала смотреть новости. Там про варенье, слава богу, не было ни слова, и это немного меня успокоило. Значит, такая странная надобность в государственном масштабе не проявляется. Что ж, посмотрим, что будет дальше.

Я специально тянула время, будто ждала, что вот сейчас придет соседка и попросит одолжить ей... Но тут зазвонил телефон. Я дернулась, застыла на несколько секунд, прикинула в уме, сколько банок еще осталось, и осторожно сняла трубку.

— Иванова? — Мужской голос звучал неприятно. И, похоже, был специально искажен.

— Иванова.

— Если не вернешь нам то, что тебе не принадлежит, то Колю своего больше не увидишь, — угрожающе произнес звонящий.

— Отлично!— не растерялась я. — Мне как раз совершенно не хочется на него смотреть. Так что уж будьте добры, сделайте одолжение... — Я бросила трубку и выругалась.

Что за дурацкие шутки? Коля хочет меня растрогать? Как мило. Неужели трудно понять, что я на самом деле больше не хочу видеть его. Никогда. Пугать еще меня вздумал! Ну точно — придурок.

Ну все, пора в гости собираться. Я быстро оделась, в последний момент вспомнила про варенье, взяла с балкона баночку, закрыла дверь на все замки и поехала к Ленке.

«Девятка» моя стояла у подъезда. Я села в салон и немного успокоилась. Выкурила сигарету и только потом поехала.

Путь предстоял недолгий. Вообще-то, я бы с удовольствием покаталась часок просто для удовольствия, но... и так уже задержалась, подружка наверняка уже меня ждет не дождется. Остановившись у дома Ленки Француженки, я подхватила банку с вареньем, которую специально положила на сиденье рядом, чтобы не забыть, и вошла в подъезд.

— И чего так долго? — таково было приветствие подруги.

— Так получилось. Надеюсь, ученики еще не пожаловали? — Я прямиком прошла на кухню и демонстративно поставила банку на стол. — Вот твое варенье.

— Отлично. Сейчас чайком побалуемся. — Лена кинулась ставить чайник на плиту. — Что нового? Как твои дела? Да ты садись, что стоять зря. Сейчас только тетради уберу.

На кухонном столе лежали книги, учебники по французскому, тетради, какие-то листки. Лена всегда любила заниматься на кухне. Объясняла она это тем, что здесь уютнее. Уж не знаю, чем ей письменный стол не нравится? А он у нее, между прочим, есть.

Я села, поставила пепельницу поближе и закурила. Ленка освобождала стол.

— У меня все хорошо. Работы пока нет, так что я отдыхаю. А ты все с тетрадками возишься да с глупыми детьми?

— Ах, что ты говоришь такое? Мои ребятки умненькие, все на лету схватывают. Сама даже удивляюсь иной раз.

Другого ответа от подруги я не ожидала.

Наконец Ленка вытерла стол, накрыла его к чаю и присела сама.

— А варенье где? — подозрительно спросила я. Ненавижу чай, но при Ленкиных доходах о кофе и речи нет. Поэтому буду пить эту жидкость. С вареньем!

— Ой, забыла. — Ленка встала, быстренько открыла банку и щедрым жестом наполнила вазочку душистыми сахарными клубничками. — А остальное для ребят.

— Слушай, — я отпила горячего чая и только потом затушила окурок, — а сейчас что, модно стало варенье есть?

— Почему модно? — не поняла меня подруга.

— Просто ты сегодня вторая, кто у меня варенье спрашивает. Раньше никто не просил, а сегодня как с цепи сорвались, — объяснила я.

— Глупости! Просто иногда случаются забавные совпадения. Не бери в голову. — Ленка презрительно махнула рукой.

— Как скажешь.

Чай я пила, как и собиралась, исключительно с вареньем — положив его прямо в чашку. И тут Ленка громко вскрикнула.

— Ой, я, кажется, сломала зуб! — И вынула изо рта что-то маленькое.

— Сломала? Кушая варенье? Не может быть!

То, что подруга держала в руке, неожиданно сверкнуло.

— Что это? — Лена подошла к раковине и смыла варенье с предмета. Потом показала его мне.

— Ну уж точно не зуб, — сказала я. — Камень какой-то.

— А что он тут делает? — возмутилась Ленка.

— Знаешь, у меня складывается такое впечатление, что камень этот очень похож на бриллиант. — Я вертела в руках маленький сверкающий камушек.

— Придумаешь тоже. Откуда ему взяться в варенье, бриллианту-то? — весело засмеялась подруга.

— Затрудняюсь ответить на твой вопрос, — серьезно заявила я. — Но говорю тебе — это либо бриллиант, либо подделка под него. Я не специалист, так что точно сказать не могу. А взялся он, по-видимому, из банки с вареньем. — Я подозрительно посмотрела на вазочку.

— Я варенье с бриллиантами не варю, — гордо сказала Ленка. — И никогда не варила. Так что быть этого не может. Мне, наверное, пломбу такую поставили.

— Это мы сейчас уточним.

— Я не дамся, — вскрикнула подруга.

— Тебя мучить не буду. Давай мелкий дуршлаг или сито. Варенье будем промывать. Если есть один камушек, очень может статься, что найдется и другой. Проверим.

Ленка нашла мелкий дуршлаг, я вывалила в него часть варенья и встала около раковины промывать. Подруга смотрела на меня с отчаянием — ей было ужасно жалко варенье.

Я же довольно скоро разглядела в дуршлаге еще один блеснувший камушек, потом еще.

— Слушай, они и правда в варенье.

Через тридцать минут я промыла всю банку. Естественно, все ее содержимое было утрачено, но зато у нас на салфетке красовались двенадцать не самых, мягко говоря, маленьких камней.

— А вдруг их было больше? — логично предположила

14 Ленка. — Вдруг мы успели съесть несколько бриллиантов?

— Это плохо, — кивнула я. — На самом деле гарантии у нас никакой. Зато я догадываюсь, откуда там камни.

— И откуда? — с интересом посмотрела на меня подруга.

— Сегодня Колян, которого я вчера выгнала, приходил и спрашивал у меня банку. Я ж тебе про это говорила. Естественно, я очень удивилась. Теперь понимаю, что за банка ему была нужна.

— А откуда она у него?

— Стоп. — Я пропустила Ленкин вопрос мимо ушей. — Мне ведь еще звонили! Как раз перед тем, как я к тебе поехала. Позвонил мужик и сказал, что если я не верну то, что мне не принадлежит, то не увижу больше своего Колечку. А я ляпнула, что, мол, совершенно и не горю таким желанием, и повесила трубку. Думала, шутит кто-то, а вернее, сам Коля. Но теперь мне все видится в другом свете.

— Невероятно, — округлила глаза Лена. — А откуда у твоего Коли бриллианты? — снова спросила она.

— Коля не мой. Запомни, пожалуйста. А вот вопрос твой очень даже интересный. На самом деле, где он взял вот эту банку? И почему, когда я ему отдавала банку с вареньем, он не понял сразу, что она другая?

— Но ведь они же все одинаковые, стандартные. На пятьсот граммов, с капроновой крышкой.

— Да? Вот так история. — Я снова закурила. — И что теперь делать?

— Вернуть их от греха подальше, — твердо сказала Ленка. — И забыть все.

— А если мы и вправду несколько штук проглотили? Теперь что, в туалет с лупой ходить? — скорчила я рожицу.

— Нет, я точно не ела, — сразу заявила Ленка, едва представив себе не очень привлекательную перспективу. — А нельзя ли у тех, кто звонил, уточнить, сколько камней было?

— Ага. А они возьмут и ляпнут, что сотня. Специально, чтобы нас проверить. Да и вообще, они могут больше не позвонить. — Я задумалась.

— Позвонят, никуда не денутся. Если бы у меня были

такие камни, а потом пропали, то я обязательно позвонила бы. И не раз. — Лена наконец перестала ходить перед
моими глазами и села.

— Тогда мне срочно надо домой. — Я вскочила, но
потом снова опустилась на табуретку. — Ленка, а почему
тебе даже в голову не пришло оставить эти камни себе?
Подумаешь, какого-то придурка Колю мы больше не уви-
дим. Не очень-то и хотелось его видеть. Но ведь вообще не факт, что бриллианты у нас! Мы ведь могли их и
не найти, если бы тебе срочно варенье не понадобилось. Или я запросто могла прихватить другую банку. Что
тогда?

— Мне чужого не надо, — веско произнесла подруга. — Потом бед не оберешься.

— Какая ты у меня правильная! — улыбнулась я. —
Представляешь, купила бы себе дом, машину. Бросила бы
школу свою. Зажила бы как человек.

— Хватит, Иванова. Ты и сама их взять не можешь.
А я что, рыжая?

— Ты не рыжая, ты просто дура. И я такая же, — добавила я.

— Вот и катись домой, жди звонка. Надо быстрее избавиться от этих блестяшек. Спокойнее будет.

— Ладно, поеду домой. Но камни пусть останутся у
тебя. Ты не против?

— Против! — отмахнулась подружка. — Еще как против! Я спать спокойно не смогу, если они в моей квартире
находиться будут.

— Нет. Так надежнее будет. Сама подумай: они — не
знаю уж, кто именно, ну, в общем, те, которые звонили, — считают, что бриллианты у меня. Следовательно,
могут прийти ко мне. И если найдут, то, считай, пропали
камушки. А так — я смогу торговаться. Про тебя они все
равно не знают, — разъяснила я Ленке ситуацию.

— А если выследили, что ты ко мне поехала?

— Какая ты умная, — медленно сказала я. — Обще-
ние со мной отражается на тебе очень даже заметно. Но
думаю, что этого не было. Я, конечно, не смотрела, едет
ли кто за мной, мне и в голову не пришло, но все равно
процент такой вероятности очень мал. Так что придется
тебе, девонька, хранить камушки у себя.

Я взяла полиэтиленовый мешочек, достала из пачки

последнюю сигарету, положила туда завернутые камни, а пачку вручила Ленке.

— Теперь ты — хранитель ценностей. Положи ее на видное место, но курильщиков в дом не приглашай.

— А почему на видное? — удивилась подруга.

— А потому, что прятать лучше всего на виду. Никому в голову не придет, что там лежит не то, что положено. Пусть валяется пачка прямо здесь, на столе. Правда, ты не куришь. Это уже подозрительно, но кому какое дело, если все равно ты живешь одна.

— А ученики? — обиделась Ленка.

— Ученики... Надо подумать. А они у тебя что, наглые такие? Будут тебя пытать, почему пачка лежит? Или стрелять сигаретку?

— Ну тебя. — Ленка фыркнула. — Делай что хочешь. Пусть валяется. Мне все равно.

— Все-таки мне очень интересно, чьи же это камушки оказались у нас.

— У тебя, дорогая. Меня не примазывай, — округлила глаза подруга.

— Все, я придумала: надо провести маленькую разведку. Позвоню Папазяну и туманно поспрашиваю, — высказала свою идею я. И, к сожалению, в тот момент не было рядом умного человека, который бы меня остановил.

Я взяла телефонную трубку, набрала номер и несколько минут ждала, пока Гарик ответит. Наконец он проявился.

— Папазян, — услышала я знакомый голос.

— Иванова. Гарик, я от дел тебя не отрываю?

— Дорогуша, что хочешь? На самом деле зашиваюсь, — не очень вежливо, но очень виновато проговорил он.

— Да так. Скучно стало, решила позвонить. Может, вы там чем-нибудь интересным занимаетесь? Пропажей бриллиантов, к примеру. А то я умираю от безделья.

— Танюша, какие бриллианты?

— Значит, нет бриллиантов? — разочарованно вздохнула я. — Ну тогда пока.

— И это все?

— Да.

— Ну, ну. Давай. Я тебе позвоню вечерком, о здоровье твоем справлюсь.

Я плюхнула трубку на аппарат и развела руками.

— А ты думала, что тебе на блюдечке ответы на твои вопросы преподнесут, — таким же образом расставила руки Ленка.

— Ничего я не думала. Я поехала. Пока. Звони.

Подружка проводила меня до двери.

— Но в туалете все же приглядывайся, — махнула я ей на прощание и засмеялась.

ГЛАВА 2

Я открыла дверь и сразу поняла, что в квартире у меня кто-то побывал. Но когда я прошла на кухню, то прямо чуть не села. Весь стол был перемазан вареньем, остатки которого мирно покоились на полу. Вот это наглость!

Тут в кармане у меня зазвонил сотовый.

— Таня, — услышала я довольный голос Папазяна. — Я сегодня прямо-таки джинн. Будут тебе бриллианты, — хихикнул Гарик и отключился.

Я покрутила пальцем у виска. Куда мне еще бриллианты?

Заглянув в комнату, я обнаружила, что висюльки от люстры кто-то передавил. Несколько часов назад я сама была готова с радостью с ними что-то подобное сделать, но теперь то, что это сделал кто-то другой, привело меня в бешенство. Да как они посмели?

На балконе никаких банок не было. Значит, выпотрошили все. Я вернулась на кухню разъяренная. Что искали в моем доме, ни новостью, ни секретом для меня уже не было. Но почему таким варварским способом? Не могли, что ли, поаккуратнее? Дуршлаг есть. Раковина опять же есть. Так нет же, надо было на стол варенье вытряхивать, а потом все на пол скидывать... Свиньи! Я только сегодня все так чисто убрала-помыла. Теперь что ж, снова хвататься за тряпку?

Я обессиленно опустилась на чистую табуретку. Ну такая злость проснулась во мне! И неужели они после всего, что тут натворили, думают, что я соглашусь отдать им камни? Да я лучше в реку их кину! Безмозглые твари! Пусть только позвонят... Я устрою им фейерверк...

Просидела я так минут сорок, точно — никак не могла заставить себя начать отмывать все это липко-сладкое безобразие. Хорошо, что у меня банок было мало, а то бы вообще всю квартиру залили, не одну только кухню. Впрочем, утешение слабое.

Оставив в пепельнице три окурка, я поднялась. Налила в ведро воды и снова приступила к уборке. Какой кошмар! Тряпка мгновенно становилась скользкой, полоскалась плохо. Зато запах клубничного варенья я запомню на всю оставшуюся жизнь.

Я вылила грязную воду и налила свежей. И тут в дверь позвонили. Поставив ведро на пол, я стала быстро соображать — кто это и зачем пожаловал? Очень может быть, что снова за бриллиантами. Сами не нашли. Решили со мной поговорить. Ну, я встречу их, как полагается в таких вот, особых случаях.

Я посмотрела в «глазок». В коридоре стоял мужчина. Один мужчина. Он рассматривал мою дверь, будто на ней картина маслом была написана.

— Кто? — решила спросить я.

— Мне нужна Иванова, — быстро ответил «гость».

— Подождите.

Сбегав в комнату, я достала из тумбочки свой верный «ПМ» и наручники. Закую негодяя и пытать буду. Это хорошо, что он один приперся. Легче будет справиться.

Я сделала глубокий вдох, потом открыла, ткнула дулом в живот пришедшему, другой рукой схватила его за грудки и затащила в квартиру.

— Ни звука, — с улыбкой сказала я и захлопнула входную дверь.

Затем привычным приемом развернула мужчину и нацепила на его запястья наручники.

— Теперь милости прошу. Проходите, — подтолкнула я его в комнату, все еще держа под дулом пистолета. — Чем обязана?

— Вы Иванова? — ошалело спросил мужик.

— А вы кто, собственно, будете?

Я пристально рассматривала мужчину. И надо сказать, что он мне понравился. Высокий, хорошо сложен-

ный, аккуратно одетый. Да и лицо приветливое. Сейчас, конечно, не очень. Но когда открыла дверь, он, помнится, улыбался.

— Меня зовут Олег Клименко. Я к вам по делу, — озираясь по сторонам, сказал мужчина.

— Надо думать, — кивнула я. — Да вы не волнуйтесь. — Я проследила за его взглядом. — Это просто люстра упала и разбилась. Видите, сколько осколков. И упала-то прямо на полотенце. Что за дело у вас?

— Вы Татьяна Иванова? — подозрительно посмотрел на меня мужчина.

— Да. Неужели до сих пор не поняли? Разве Колечка не рассказывал?

— Колечка? Какой? Я к вам от другого.

— Ну, понятно. Так что вы хотели? — Я старалась казаться милой, хотя в моей душе все кипело.

— Кажется, уже ничего, — с сомнением сказал Клименко. — Мне, конечно, говорили, что вы такая... Как бы это выразиться... Но я не думал, что до такой степени. Наверное, мне лучше уйти.

— Ну почему же? Мы ведь еще не поговорили, — вскочила я. — Сейчас сигареты принесу, и обсудим вашу проблему по-человечески. У вас ведь, как я понимаю, проблема возникла?

— Да.

Я сходила на кухню за пачкой и пепельницей.

— Только сегодня убралась, — косила я под дурочку, — и вот надо же, снова бардак.

Мужик молчал.

— Ну что у вас за дело? Я вас внимательно слушаю.

— А наручники обязательно? — как мог пожал он плечами.

— Мешают? — сочувственно спросила я. — А вы говорите быстрее. Сниму, когда выпускать буду.

Клименко прокашлялся.

— Не вижу необходимости в ваших предосторожностях. Но если вам так удобнее... Я хотел, чтобы вы помогли мне в одном деле. Но, думаю, мне следует обратиться к другому частному детективу. Ваши методы мне не нравятся. Так что, будьте добры, проводите меня до двери.

Смутная догадка промелькнула у меня в голове.

— Вы хотите меня нанять? — машинально стряхнув пепел на ковер, спросила я.

— Хотел, но больше не хочу. У меня на самом деле, как вы говорите, проблема. Сегодня я обратился в милицию, и меня направили к вам.

— Кто направил?

— Какой-то Папазян.

— Да? — вскинула я брови. — И что сказал?

— Сказал, что по тому вопросу, по которому я хотел поговорить, лучше всего толковать с вами. Расписал вас с лучшей стороны, между прочим. А вы просто сумасшедшая, — с укором произнес Клименко. — Пистолет, наручники эти. Кстати, Папазян обещал предупредить вас о моем приходе.

И тут я начала громко смеяться. Олег смотрел на меня, кажется, все больше убеждаясь в своем предположении о том, что у меня не все в порядке с головой. Я честно хотела остановиться, но не могла. Когда же перестала хохотать, задумалась, как бы попонятнее объяснить человеку, почему встретила его таким образом.

Для начала я сняла наручники. Потом любезно предложила ему сигаретку и кофе. Клименко, к моему удивлению, согласился. Пришлось вести его на кухню, не люблю таскать угощение для гостей в комнату, удобнее сразу на месте. Правда, стол чуть липким остался, но это по сравнению с моим приемом сущая ерунда.

— Я вам все сейчас объясню, — начала я, доставая пакетик молотого кофе. — Дело в том, что я ожидала прихода не совсем любезных товарищей. Я была уверена, что вы один из них. И пришли меня пытать. Вот и кинулась сразу в наступление. Извините.

— А что, я так похож на «нелюбезных товарищей»? — Олег начал осторожно улыбаться.

— Я в глаза их не видела.

— Тогда многое объясняется. У вас, как я понимаю, опасная профессия. — Клименко оторвал прилипшую к столу руку.

— Между прочим, бардак тоже они устроили. Разбили мне люстру, здесь налили варенья. Домыть еще не успела. Но основную лужу убрала.

— А почему варенье? — с подозрением спросил Олег.

— Вам тоже это кажется странным? — подхватила я.

— Просто я пришел по поводу варенья.

— Умоляю. Только не это! — Я чуть не зарыдала. — И вообще, у меня, к сожалению, сейчас совсем нет времени на ваше дело. Своих проблем хватает. С этими типами разобраться надо, балбеса одного спасти. Давайте выпьем кофе и разойдемся, пока я совсем с ума не сошла.

Но Клименко неожиданно оживился и воспрял духом. Он встал, вымыл над раковиной липкую руку и снова сел.

— Вы не могли бы рассказать мне, что тут у вас происходило? — попросил он, с большим вниманием глядя на меня.

Я инстинктивно поправила волосы.

— А вам какое дело? Это не я, а вы собирались мне что-то рассказать, — опешила я от такой наглости.

— Хорошо. Давайте я вам расскажу.

— Нет. — Я понимала, что противоречу сама себе, но что поделать. — Я все равно не смогу заняться вашим делом сейчас. Если только потом...

— Потом меня не устраивает.

— Вот видите. — Я облегченно вздохнула.

— Если не хотите ничего говорить, — Олег непонятным образом взял инициативу в свои руки, — то все же послушайте меня. Просто послушайте. Есть у вас хоть на это десять минут? Хотя мне и пяти в принципе хватит. А потом уж точно мне ответите.

— Послушать могу. Говорите. Только про варенье ни слова.

— Так почти с него все и началось. Хотя нет. Началось с того, что мой друг попросил меня продать здесь, в Тарасове, кое-что. Не буду пока говорить, что именно. Он скоро приедет, и я к тому моменту должен приготовить ему деньги, — горячо говорил Клименко. — Так вот. Пошел я с этим «кое-чем» к знающему человеку — оценить, прикинуть и так далее. Но сразу не продал. Да у него и денег столько не было. Возвращаюсь домой. И кажется мне, что за мной следят. Я это «кое-что» в банку с вареньем и сунул. А на следующий день, пока меня дома не было, эту баночку украли. Представляете, в какой я панике?

— Представляю.

Я почти сразу догадалась, о чем именно рассказал мне

Олег. Но виду не подала. Не буду же я сообщать ему, что бриллианты у меня. Кстати, значит, это на самом деле бриллианты.

— Я сегодня решился и пошел в милицию. Попал на Папазяна. Вкратце объяснил ему проблему, а он засмеялся как-то странно и велел мне идти прямиком к вам. Дал адрес и обещал позвонить, предупредить. Сказал, что лучше вас никто мне не поможет, даже правоохранительные органы. А вы меня, честно сказать, сначала напугали. Я думал, у вас крыша поехала.

— Поедет тут... — Я поняла, что устала. — Ну говорите, что там у вас за «кое-что»?

— А вы возьметесь за это дело? — спросил он.

— Не знаю. Ничего не обещаю, но проверять пока буду. — Я допила кофе и подумала о камнях, что лежат сейчас спокойненько у Ленки Француженки. — Слушайте, а как вы мне докажете, что бриллианты ваши? За ними ведь еще некоторые охотятся.

— Да мы с вами друг друга без слов понимаем, — тихо сказал Клименко. — Я не говорил, что это бриллианты.

— Я мысли читать умею. Сколько штук их было? — внезапно оживилась я.

— Двенадцать.

— Слава богу. Так как насчет доказательств?

— У меня есть некоторые бумаги. Я к скупщику ходил. Он мне их оценил и все тут записал, сколько штук, сколько карат в каждом, предположительная стоимость... — Олег подал мне лист бумаги.

Я внимательно прочла его и отдала назад.

— Хорошо.

Прервал нас телефон. Я схватила трубку:

— Да.

— Иванова? — Тот же противный мужской голос, что первый раз грозил мне разлукой с Колей.

— Да, — однозначно отвечала я.

— Ну как? Вернуть нам ничего не хочешь?

— О чем конкретно вы говорите?

— Сама знаешь.

— И не догадываюсь!

— Банку с клубничным вареньем, которую принес твой дружок.

— С сегодняшнего дня у меня в доме нет не только клубничного, но и вообще никакого варенья. И вам должно быть это известно.

— Подумай хорошенько.

— Что с Колей? — решила спросить я.

— Приболел немного, но пока осложнений нет. Возможно, будут, если ты не вернешь банку, — мерзко хихикнул тип.

— Я, конечно, поищу. — Мой взгляд упал на откровенно прислушивающегося Клименко. — Позвоните позже. Коле мой горячий привет.

Я отключила радиотрубку, положила ее, не спеша закурила. Олег молча ждал, когда я начну говорить. Я же решила выдержать паузу.

Клименко тоже закурил, устроился поудобнее и стал разглядывать мою кухню. Я не выдержала.

— Так на чем мы остановились?

— Вы сказали мне: «хорошо», — пустил дым в потолок мой гость.

— К чему это относилось?

— Вы просмотрели бумажку от скупщика, — очень вежливо напомнил Олег.

— Отлично. Давайте говорить начистоту. — Я повернулась к нему и положила руки на стол. — Да, мой знакомый каким-то непонятным образом был связан с этой, как теперь выяснилось, вашей банкой. Банкой с бриллиантами. А не подскажете, почему вы положили камни именно туда? Никак понять не могу.

— Это место показалось мне наиболее подходящим.

— Неужели? Никогда бы так не подумала.

— Вот видите. Я же говорил, что оно самое надежное.

— Но кто-то все-таки вас вычислил, — съязвила я.

— Это самая неразрешимая для меня загадка. Никого рядом не было. Живу я один, — развел руками Клименко.

— Значит, за вами по дороге следили?

— Так мне показалось. Один тип все время шел за мной. И когда я останавливался, он тоже ловил ворон.

— На каком этаже вы живете? Есть ли напротив вас дом? — спросила я.

— Точно! Слушайте, вы на самом деле светлая голова! За мной могли подсмотреть из окошка. Этаж у меня четвертый, и как раз стоит напротив девятиэтажка с удобными подъездными окнами. Только для этого им наверняка понадобился бинокль.

— Или винтовка с оптическим прицелом, — хладнокровно и буднично произнесла я.

Олег дернулся, а потом махнул рукой, словно отгоняя от себя этот мой вариант.

— Как я вам уже говорила, — серьезно продолжила я, — за этими бриллиантами кто-то уже охотится. Они взяли в заложники моего знакомого.

— Колю? — весело сверкнул глазами Клименко.

— А что тут смешного? — повысила я тон. — Человек там, быть может, ужасные пытки терпит, а вы...

— А почему эти «кто-то» решили, что бриллианты у вас? И у вас ли они на самом деле? — спросил Олег.

— Здесь вопросы задаю я. — Я вовсе не собиралась ему рассказывать, где сейчас камушки. Хорошо, что все двенадцать штук в сохранности, ни одного мы с Ленкой не проглотили за чаем. — А почему пристают ко мне? Да потому, что Коля, наивная душа, принес ту банку варенья сюда. М-да, услужил. Мне теперь все это расхлебывать и его шкуру спасать.

— Как вы грубо. — Клименко говорил одно, а глаза его просто потешались надо мной, сияли веселыми искорками.

— Если я найду ваши камни, то имейте в виду, могу не отдать. Мне надо человека вытаскивать. — Я решила припугнуть клиента и заодно поставить его на место. Развеселился больно.

— Не верю, — спокойно ответил тот. — Папазян говорил, что совесть у вас кристальная, незапятнанная.

— Нашли кого слушать. Он скажет что угодно, лишь бы отослать надоедливую муху подальше. Тем более когда услышал о вашей проблеме. Наверняка веселился, что так «помог» мне.

— Спасибо за комплимент. Это я о мухе.

— Бесплатный.

— Хорошо. Тогда я, пожалуй, пойду? Вы же мне так ничего толком и не ответили. — Клименко встал и направился к выходу.

— Пока ничего и не скажу. Но можете быть уверены, что пока дела этого не брошу. Если мне удастся соблюсти ваши интересы, то двести долларов за сутки. Если нет, мы с вами не виделись.

— Не хотел бы я быть вашим врагом, — покачал головой Клименко. — И товарищем тоже, — после паузы добавил он.

— Вам это и не грозит.

Клименко ушел. Стараясь ни о чем не думать, я быстро еще раз вымыла кухню, потом собрала разбитые висюльки и бросила их в ведро. Теперь точно новую люстру куплю.

Когда квартира стала снова похожа на убранную, я полезла прямиком в тумбочку за своими гадальными костями. Не мешает спросить у высших сил, что за дела такие?

Я погрела три двенадцатигранника в руках, подумала о будущем, а затем метнула кости на стол. Сложилась комбинация — 3+20+27, что означало: «Звезды предупреждают об опасности потерять тех, кто действительно предан вам».

Я долго смотрела на выпавшие цифры. Мне совершенно не хотелось такого вот результата. Неужели с Николаем что-то случится? Я, конечно, не уверена, предан он мне или нет, но ничего другого предположить в данной ситуации не могла.

Сказать, что я расстроилась, — не сказать ничего. Ситуация казалась мне каким-то недоразумением, которое запросто можно исправить. А ведь на самом деле все гораздо серьезнее. Очень серьезно! За такие деньги ведь и убить могут — примерную оценку скупщика я помнила. Значит, надо завтра же срочно что-то предпринимать. Медлить ни в коем случае нельзя.

Вечером, когда я уже легла спать, у меня в голове созрел план. Завладеть этими камушками хочет тот, кто, вероятно, узнал о них случайно. Ведь у хозяина их украли. А рассказать о бриллиантах мог только один человек. И этот человек — скупщик.

К нему пришел мужик продавать брюлики. Тот мигом позвонил куда надо и сообщил о товаре. А те люди не покупают — они просто берут. Вот и украли. А теперь и им не досталось. Интересно, каким боком история связана с Колей? Неужели он занимается такими делами? Или он как-нибудь по глупости встрял? Не удивлюсь, если так.

Ладно. Утро вечера мудренее. Я закрыла глаза и быстро провалилась в сон. Снилась мне новая люстра, как ни странно.

ГЛАВА 3

Разговаривать со скупщиком напрямую было бы глупо. Если он хоть как-то замешан в этом деле, то будет молчать как рыба. Следовательно, надо навестить его, представившись обычной посетительницей. Впрочем, не совсем обычной. Я должна производить впечатление, что денег у меня куры не клюют и сама я совершенно не знаю, чего хочу. Капризная такая особа.

Можно было бы в связи с созданием такого имиджа изобразить из себя даму в годах. Однако к молодой особе мужчины относятся более благосклонно. Особенно если она богата. Естественно, что молодая женщина навряд ли сама добилась материального благополучия. Как ей успеть? Есть, конечно, исключения. Но они редки. Значит, деньги у нее от кого-то. Чаще всего от родителей. А когда деньги не твои, то особенно их не ценишь. Они как легко приходят, так легко и уходят.

Вообще, я против того, чтобы ценить деньги. Без них не прожить, но надо воспринимать их только как средство, а не как цель. Тем более — не как самоцель. Чтобы лучше объяснить это, могу привести такой пример. Лично мне он очень нравится. Представим, что деньги — это лифт. Он нам, безусловно, нужен. Чтобы подняться на какой-то этаж, скажем. Мы могли бы и пешком до этого этажа дотопать, но неохота, да и неудобно. А так просто красота. Так вот. Мы заходим в лифт только для того, чтобы подняться. Он для нас обычное средство. В данном случае средство передвижения. Мы же не заходим в лифт только для того, чтобы там побыть. Чтобы просто постоять в нем и выйти. И тем более не сидим там всегда. Пользуемся им и выходим. А если вдруг получается, что лифт сам по себе цель, то это уже аномалия. Не знаю, получилось ли у меня объяснение. Правда, есть и люди, думающие совершенно противоположно — они часто говорят, что деньги — мусор. Правда, потом добавляют, что очень приятно сидеть на такой мусорной куче.

Я немного отвлеклась. Вернемся к нашим баранам. То бишь — бриллиантам. Так вот, если я приду в образе легкомысленной девицы, которая направо и налево швыряет денежки, то такой вариант может очень даже неплохо сработать.

Я достала из шкафа дорогой брючный костюм. В нем нет никаких наворотов, но знающий человек без труда на глаз определит его стоимость. К нему подошли босоножки из кожи крокодила, нашлась и сумочка в тон. Теперь надо сделать макияж. Возраст скрывать я не буду, но схожесть с Таней Ивановой надо исключить.

В своем арсенале я нашла темно-карие линзы, такого же цвета очень короткий стильный парик. Забрала свои волосы под сеточку, надела новую «прическу», а потом села рисовать лицо. Что можно сделать только при помощи косметики? Да что угодно! Я зрительно увеличила брови и губы. Густо накрасила ресницы. Спокойный макияж к данному случаю не подходил — я должна была выглядеть этакой пустой красоткой. Не забыла украсить себя колечками, цепочками и сережками.

Адрес скупщика мне Клименко вчера сообщил. Я не стала пользоваться своей машиной, а добралась до его конторы на частнике. Конечно, это могло броситься в глаза, если меня, к примеру, увидели бы из окна, но на такой случай я заранее придумала историю.

— Доброе утро. — Я грациозно вошла и окинула взглядом небольшую, но очень уютную комнату.

— Здравствуйте. — Мужчина невысокого роста встал из-за своего стола, вышел мне навстречу и предложил присесть.

Интересно, он со всеми так приветливо обращается или уже успел прикинуть цену моего наряда.

— Мне вас рекомендовали, — небрежно сказала я.

— Отлично. Чем могу быть полезен? — Мужчина присел на свое место.

— Меня интересуют драгоценности, — важно сказала я. — Хочу купить что-нибудь эдакое... необычное... — закатила я глаза.

— Можете уточнить?

— Мне нужно то, что я смогу показывать знакомым и

друзьям. Хотелось бы вещи такого плана, чтобы мне их не носить, а иметь, — загадочно произнесла я.

— Это как? — поднял брови скупщик.

— К примеру, если у меня будет драгоценная диадема, я не смогу ее носить. Что я, дура, что ли? Но зато с каким удовольствием я смогу показывать ее другим. Или, скажем, россыпь бриллиантов, или золотой слиток... Они будут лежать у меня в сейфе и греть душу.

К моему удивлению, мужчина совершенно не удивился таким речам. Очевидно, он уже ко всему привык за время своей работы. Мало ли среди богатеньких людей с причудами. Ему-то главное, чтобы деньги платили.

— Знаете, — без тени сомнения посмотрел на меня скупщик. — Пока у нас нет ничего похожего. Но мы ждем в ближайшее время один товар. Он может вас заинтересовать.

— И что это? — как бы воспрянула я духом. А то уже кислая сидела.

— Не буду говорить, а то не сбудется.

— Вы такой суеверный?

— Профессия наложила отпечаток.

— Какой вы противный... — Незаметным движением руки я прилепила под стол подслушивающее устройство. — Ладно. Пусть так. Но, может, все-таки покажете мне хоть что-нибудь красивое.

Я понимала, что просто не имею права уйти отсюда просто так, даже ни на что не посмотрев. Мужчина показал мне несколько колечек, затем серьги с бриллиантами и красивый, если не сказать великолепный, браслет. От него я на самом деле не могла оторвать глаза.

Затем я встала, гордо выпрямилась и пообещала, что скоро снова загляну. Так что пусть он придержит для меня то, про что намекал. Скупщик клятвенно обещал.

Я вышла на улицу. Если мой приезд сюда мог остаться незамеченным, то сейчас хозяин конторы наверняка смотрит в окошки. Эх, забыла сказать ему, что моя машина в ремонте.

На мое счастье, у дороги остановился блестящий черный джип. Я быстро подскочила к нему, открыла дверцу и впорхнула в салон. Мужик за рулем выпучил глаза.

— Не понял... — сказал он.

— Вы должны спасти мне жизнь. — Я захлопнула

дверцу. — Умоляю, до перекрестка подвезите. Если хотите, я могу вам заплатить.

Мужик осмотрел меня с ног до головы и остался явно доволен моим видом. Секунд через тридцать он даже улыбнулся.

— Не нужны мне твои деньги, — хохотнул он. — Куда тебе?

— Да говорю — до ближайшего перекрестка. Главное, от этого магазина отъехать.

— Загадочная ты баба, — снова засмеялся тип за рулем.

Я только пожала плечами. Вот подобрал сравнение. Никогда бы не подумала, что меня можно назвать бабой. Но спорить сейчас я не собиралась. Пусть как угодно называет, но лишь бы отъехал на несколько метров.

— Едем? — поторопила я.

Мужик завел мотор и поехал. Когда мы оказались у первого перекрестка, я поблагодарила его и вышла из машины.

— Телефончик дала бы, — крикнул он мне вслед.

— У меня нет, — захлопнула я дверцу и пошла в обратном направлении.

Я уже пожалела, что не приехала на своей «девятке». Надо было оставить ее за углом. Как же я теперь подслушивать буду? Конечно, можно просто стоять и слушать, но это и неудобно, и внимание привлекает. Да. Осечка вышла.

Вложив маленький наушник в ухо, я остановилась покурить. В кабинете скупщика никто не разговаривал. Только бумажки какие-то шелестели. Перед его окнами прохаживаться я не могла. Так что пришлось стоять.

И тут вдруг в ухе раздался резкий звонок телефона, я даже вздрогнула. Скупщик взял трубку. Сначала он однозначно ответил на какие-то вопросы, а потом разговор, кажется, зашел обо мне.

— Сегодня у меня была одна богатенькая особа, которая, думаю, могла бы купить то, что вы предлагаете, — сказал скупщик своему абоненту. — Думаю, да. Хорошо. Звоните.

На этом разговор закончился. Как жалко, что я не могла слышать того, что говорил звонящий. Но это мне урок на будущее — в следующий раз обязательно вверну специальный «жучок» в трубку телефона. Я заметила, что телефон у скупщика с определителем номера. Так что я смогу слышать разговор обеих сторон, а заодно у меня будет номер звонившего. Да, надо обязательно проделать это. Как? Решим потом.

Я вернулась домой. Переоделась и снова стала Танькой Ивановой. Совершенно безотчетно я потянулась к телефону, чтобы позвонить Ленке. У нее сейчас как раз должна быть перемена. Спрошу, все ли у нее в порядке.

Трубку в учительской взял какой-то незнакомый мне мужчина. Неужели есть еще такие, кто идет работать в школу? Даже не верится. Я попросила позвать Ленку. Но мне ответили, что она сегодня на работе не появлялась и даже не звонила, чтобы предупредить. Обычно такого за ней не наблюдалось.

Я удивилась и стала звонить подружке домой. Но трубку никто не брал. Странно. Не слышит? Крепко спит? Или уже вышла в школу? На всякий случай решила доехать к ней и узнать на месте. Захватив с собой отмычки на случай, если дома никого не будет — а мне просто необходимо осмотреть квартиру, — я на своей «девятке» поехала к подруге.

Уже стоя перед дверью квартиры — а мне никто не открыл, — по сотовому я еще раз дозвонилась до школы и узнала, что Ленка так и не приходила. Что ж, выбор у меня небольшой. Я осмотрелась по сторонам, достала отмычки и открыла дверь квартиры подруги.

Тишина. Я заглянула в кухню, а потом в комнату, в ванную, в туалет. Даже на балкон выглянула. Никого. Значит, Ленка куда-то ушла. Но почему она ничего никому не сказала? Ладно, мне не позвонила, но в школу-то она просто обязана была позвонить и предупредить.

В комнате убрано. На кухне тоже чистота и порядок. Только вот пачки с бриллиантами я не обнаружила. Спрятала она ее, что ли? Я почувствовала некоторое раздражение.

И тут в прихожей на вешалке я вдруг увидела зонт. Ничего особенного, но это только для человека непосвященного. А я знаю, в чем тут дело. Это — знак опасности.

Когда Ленка жила с одним товарищем, не буду сейчас называть его имени, у нас с ней была некая договоренность. Я в те дни часто приходила к ней в гости. А тот тип ужас как не любил посетителей. Иногда настроение его было нормальным, а иногда он просто рвал и метал. Сколько раз уговаривала я подругу бросить такого чокнутого мужика, но Ленка почему-то только голову опускала. К счастью, все это в прошлом. Теперь она снова свободна, и разного рода предосторожности нам просто не нужны.

А делали мы так. Если тип был дома и не в себе, то Ленка вешала зонт на вешалку. В остальное время он преспокойненько лежал себе на верхней полочке. Не всегда у меня была возможность переговорить с Ленкой или даже обменяться с ней взглядом, если открывал дверь тот мужик. Зато я всегда смотрела на вешалку и знала, стоит мне заходить или лучше в другой раз. Вот так бедная моя подружка мучилась.

И теперь я снова увидела на вешалке старый потертый зонт. Могу голову дать на отсечение, что вчера его тут не было. Следовательно, Ленка хочет меня предупредить. О чем? Нового ухажера не завелось, значит, о чем-то другом.

И тут я вспомнила предсказание костей — «звезды предупреждают об опасности потерять тех, кто действительно предан вам».

Неужели с Ленкой что-то случилось? Но как ее нашли? Следили за мной? Это каким же надо быть оперативным, чтобы сразу, как только выяснилось, что бриллиантов в варенье нет, устроить за мной слежку! А я-то, когда к Лене приехала, прямо с банкой в руках из машины вышла. Смотрите — вот она! Ах какую глупость я совершила!

Но почему у нее в квартире нет следов обыска? Решили просто украсть подругу, чтобы лучше меня прижать? А что, вполне реально. Если Коля меня не интересует, что мои враги уже поняли, то ради подруги я просто обязана им помочь, наверняка они так и подумали.

Я опустилась на табуретку и задумалась. Только вчера я сидела тут и ни о чем подобном, ужасном и помыслить не могла. А теперь... Двое похищенных людей. И я должна им помочь. Но я ведь не знаю, где камни! У меня-то их нет.

Что же делать? Где мне найти Ленку и как переговорить с ней? Ага, надо срочно возвращаться домой и ждать звонка. Если Француженку мою действительно украли, то похитители скоро свяжутся со мной.

Я закрыла дверь квартиры подруги и поехала к себе. Ну вот, теперь и отойти никуда нельзя.

Сварив кофе, я села около телефона и закурила. Ждать всегда плохо, особенно если новости не обещают ничего хорошего.

Но звонить мне не торопились. Я встала и нашла пока «жучок» на телефон скупщика. Эх, жаль, что не всегда удается вернуть свою аппаратуру. Бывает, что так и оставляешь столь ценные вещи там, куда прилепила, и потом приходится новые покупать. Но, к счастью, с моим гонораром я могу себе это позволить.

Телефон не звонил. Я сделала бутерброды и еще чашку кофе.

Интересно, сколько еще придется так сидеть? И будет ли результат?

Мне упорно не желали звонить. Так, и что же мне предпринять? Пойти к скупщику и сказать, что вот она я, у которой пропали знакомые. И якобы бриллианты тоже у меня. А что потом? Камни отдать я не могу, так что о возвращении друзей мечтать бесполезно. А может, вернуться в Ленкину квартиру и хорошенько перерыть все там? Или пачку уже забрали? Вряд ли. Тогда к чему было подругу красть... Ничего не понимаю.

ГЛАВА 4

И тут зазвенел звонок. Я протянула руку и взяла трубку.

— Иванова? — Абонент был все тот же.

— Иванова. — Мне хотелось нахамить. Типа того, например, чтобы поинтересоваться, кого еще они ожидают услышать по этому номеру. Но позволить себе этого я не могла. Одно дело дурень Коля в их плену, другое — лучшая подруга.

— Вы не надумали отдать нам камни? — напрямик задал мужик вопрос.

— Лена у вас? — вместо ответа задала я свой вопросик.

— И она тоже.

— Мне надо поговорить с вашим хозяином, — твердо сказала я.

— Камни у тебя? — раздраженно спросил мужик.

— Повторяю еще раз: с тобой говорить не собираюсь. Мне нужен твой босс. Иначе вы от меня и слова больше не услышите.

Конечно, я очень рисковала. Они могут не удовлетворить мою просьбу. Но интуиция подсказывала мне, что бриллианты нужны им гораздо больше, чем мне моя подруга.

Ничего не сказав, абонент отключился. Ага, значит, его проняло. Сейчас пойдет докладывать обстановку, а потом будет звонить снова. Подождем.

На удивление, решение было принято довольно быстро. Я даже забеспокоиться не успела, как вновь раздался телефонный звонок.

— Я слушаю вас, — не представляясь, ничего не спрашивая, проговорил уже другой голос, на сей раз довольно высокий. Но принадлежал точно мужчине. Наверное, он толстый, и лицо у него добродушное.

— Мне нужно встретиться с вами и поговорить. Обязательно.

— Камни у вас?

— Я не буду пока отвечать вам на этот вопрос, я сначала должна увидеть заложников и удостовериться в том, что с ними все в порядке.

— Я могу разрешить вам поговорить с ними, но не увидеть их, — без всяких эмоций ответил тот, кто взял на себя роль главного. — Нам нужны камни, и, пока мы их не получим, вы не увидите своих друзей.

— У меня есть сведения, что камни вам не принадлежат, — решила я немного попугать его. — Есть истинный владелец, и он также ищет их. С какой стати я должна отдать бриллианты именно вам?

— У нас есть хороший аргумент. Разве вы так не считаете? — нарочито медленно спросил «босс».

— Давайте встретимся и поговорим. Или я не буду вообще с вами разговаривать. А друзья... Их уже ищет милиция. Так что вам лучше отпустить их.

— Вы говорите мне про милицию и тут же настаиваете на встрече. Я не могу быть уверен, что именно вы милицию и не приведете. Очень похоже на то.

— Зачем вам чужое? Вы начали играть в опасную игру. Владелец бриллиантов развил бурную деятельность, и он, даже если я передам вам камни, все равно найдет их. Но уже у вас.

— Давайте через час. Во дворе вас будет ждать джип. Садитесь в него. Но чтобы никакой слежки! Если водитель заметит «хвост», то вы больше никогда не увидите своих.

— Думаю, мы с вами сами сможем решить наши проблемы. — Я положила трубку и некоторое время сидела без движения.

Естественно, я не собиралась вызывать подмогу. В данном случае это на самом деле могло только навредить. Я просто сидела и ждала, когда стрелки передвинутся на час.

За пять минут до назначенного времени я спустилась вниз. Скоро во двор въехал джип и остановился недалеко от моего подъезда. Я ждала. Должны же мне хоть знак какой подать. Машина постояла примерно с минуту, потом из нее вышел высокий статный парень. Он встал около открытой дверцы и призывно мотнул мне головой. Я пошла к нему.

Я уже ожидала, что он сейчас спросит, Иванова ли я, но этого не произошло. Он просто дождался, пока я сяду, потом хлопнул дверцей, и мы поехали. Раз не разговаривает, то я тоже буду молчать, как партизан.

— Наденьте, пожалуйста, на глаза повязку, — очень вежливо сказал водитель через некоторое время. — Там, около вас, лежит.

— А без нее нельзя? — Мне не понравилось это указание, хоть оно и было оправданным.

— Нет.

Препираться не имело смысла. Я нацепила на глаза черную тряпочку и сразу почувствовала себя неприятно. Когда мы остановились у светофора, водитель оглянулся и проверил, хорошо ли я исполнила его просьбу. Я исполнила ее просто отлично. Странно, что он не догадался меня обыскать. Мог бы найти много интересного.

Ехали мы долго. Судя по тому, как часто мы поворачивали, машина петляла. Вероятно, водителю было дано указание хорошенько проверить, нет ли за нами «хвоста». Его не было, и уже где-то через час мы остановились.

— Можете снять повязку, — сказал парень.

Я развязала тряпку и посмотрела по сторонам. Мы

были в лесу. Хорошее место для встречи! За себя я вообще-то не волновалась. Все равно они ничего не сделают со мной, потому что надеются, что я принесу им бриллианты. Но меня очень волновал вопрос, как же мне быть. Если даже я найду на данный момент потерянные камни, то как с ними поступить? Отдать в обмен за мою подругу и бывшего бойфренда? Но как же тогда владелец? Во-первых, Клименко понравился мне, а во-вторых, мне просто совесть не позволит «бросить» его таким образом, хоть я пока и не нанималась к нему в работники. Ладно, к чему сейчас бессмысленные раздумья? Посмотрим, что мне здесь скажут.

Я вышла из машины. Из другой машины, скрывавшейся в кустах, навстречу мне вышел мужчина низенького роста с полноватой фигурой. Почти такой, каким я его представляла по телефонному разговору. Я сейчас не сомневалась, что говорила именно с ним.

— Добрый день, — улыбнувшись, сказал мужичок.

— С кем имею честь беседовать? — Я решила вести себя серьезно, не нарываться на неприятности и выглядеть открытой и добродушной.

Очень мне интересно: они знают о моей профессии? Если Колян не проболтался, то наверняка нет. Знают только фамилию. А Ленка меня ни за что не предаст. Даже если в этом не будет никакой необходимости, она все равно будет молчать как рыба. Такая вот у меня подруга.

— Зовите меня Петром, — тем временем ответил толстоватый господин. — А вы, как я понимаю, Татьяна Иванова?

— Правильно понимаете.

Около нас встало два его телохранителя в черных костюмах и таких же очках. Надо же, даже сейчас не забывает о предосторожностях.

— Давайте сразу перейдем к делу, — сказал Петр.

— Хорошо. Мои друзья у вас?

— Да. С ними все в порядке. По крайней мере пока.

— Замечательно. Но я все равно хочу попросить вас устроить нам личную встречу, — настаивала я. — Без этого я даже разговор дальше продолжать не буду. Что хотите делайте.

Мой собеседник задумался. Но потом, видимо, что-то

для себя решив, он благосклонно кивнул головой и предложил мне пройти в его машину.

За рулем сидел еще один парень. Он бессовестно рассматривал меня в зеркальце заднего вида. И снова мне завязали глаза. Я приняла это как должное.

— Татьяна, — обратился ко мне Петр, — ответьте мне, пожалуйста, только на один вопрос. Камни у вас? Иначе вся эта затея с посещением заложников кажется мне бессмысленной.

— Они не у меня, — подумав, сказала я правду. — Но я могу предположить, где они, — подала я надежду.

— Вы меня успокоили. Честно говоря, я уже стал сомневаться, — облегченно вздохнул он.

— И правильно сделали. Кстати, у меня в доме испортили все варенье. Разве вы их там не нашли?

— Так у вас их нет?

Как хотелось мне посмотреть в его глаза. Но приходилось наблюдать только темноту.

— Я ничего такого вам не сказала.

Петр замолчал. Минут через двадцать мы остановились. Как я потом увидела — около какого-то дачного домика. Место это было совершенно мне незнакомо. Участок был такой огромный, что соседей и видно не было. Так — только макушки роскошных домов. Я порадовалась, что пленники живут в таких достойных условиях.

Краем глаза я заметила, в какую сторону направлен перед машины. Мы не разворачивались, следовательно, приехали с левой стороны. Отметила я это машинально, даже не предполагая, пригодится мне данное наблюдение или нет.

Мы прошли в дом. Внутри все было так же красиво, как и снаружи. Подобную мебель впору держать в квартирах, а не на дачах. Даже картины на стенах имеются. Я села на предложенное место — на диван.

— Петр, я хочу поговорить с каждым из ваших пленников в отдельности. И без свидетелей. Очень вас прошу.

— Вам не кажется, что условия здесь должен устанавливать я? — засмеялся мужичок. — Скажите спасибо, что вообще привез вас сюда. Или вы думаете, что я блефую и не смогу причинить вреда вашим товарищам? Вы вообще воспринимаете меня всерьез?

— Конечно. Но неужели вы не можете сделать одол-

жение бедной девушке, поставленной в тупик? Или вы сами ничего решить не в состоянии? — надавила я на его самолюбие.

— Я — в состоянии. И могу. Но тут другой вопрос — хочу ли я этого. О чем вы собираетесь с ними говорить?

— Если вам так интересно, то вы запросто можете подслушать. Разве не так?

— Если вы собираетесь узнать у них какую-то информацию, то нам проще самим это сделать. Мы знаем, на что нажать, чтобы человек разговорился. — Глаза Петра стали совершенно стальными.

— Тогда отвезите меня туда, откуда взяли. И закончим этот бесполезный разговор, — жестко заявила я и резко встала, всем своим видом показывая, что не желаю больше ни минуты тут оставаться.

Мне на самом деле было непонятно. Уж если он привез меня сюда, следовательно, согласился, чтобы я встретилась с друзьями, а теперь вот ломается. Но я ему не игрушка! У меня время — деньги. В данном случае время — свобода подруги и Коли. Так что на пустые разговоры я тратить его не хочу. В конце концов, еще подумать надо, кому выгоднее наше «сотрудничество». Если мне понадобится, я привезу сюда хоть полк ментов, и они разнесут эту дачку на мелкие щепочки. И ни о каких бриллиантах речь уже идти не будет.

Я разозлилась не на шутку.

— Не спешите, — встал и Петр.

— Идите вы, знаете куда! Если не знаете, я вам дорожку укажу. Мне этот детский сад надоел. Я уезжаю.

— А как же встреча с друзьями?

— Плевала я на эту встречу! Вы, наверное, плохо знаете, с кем имеете дело. Если вы хоть пальцем тронете Лену, я вас лично, Петр, — сделала я ударение, — из-под земли достану. Уж я постараюсь сделать вашу жизнь более интересной и насыщенной. А тупице Колечке пару враз врезать не помешает. Но наносить ему серьезные повреждения тоже не советую.

— Вы так самонадеянны, — немного опешил толстый мужичонка. — А если мы вас отсюда не выпустим?

— Да? Каким же образом вы сможете мне помешать?

Вид у меня, видимо, был таким воинственным, что Петр поспешил замять этот неприятный разговор.

— Присядьте. Я выполню вашу просьбу.

Он сделал знак одному своему сопровождающему, мальчику на побегушках, и тот вышел. Затем в комнату ввели Колю. Боже, на кого он был похож! Видок, как у маленького теленка, которого вдруг обидели и оставили без любимой мамочки. И самое главное — не объяснили, почему так плохо с ним поступили.

— Таня! — обрадовался Коля моему появлению. — Ты еще не отдала им банку?

Вот в этом — весь он. Что думает, то и говорит. С таким только в разведку ходить.

— Какую банку, Колечка? У меня ни одной банки в доме не осталось! — А что, собственно, еще я могла сказать? — Лучше ответь, где ты ее вообще взял?

— Попросили у одного мужика забрать. Я и забрал.

— Об этом говорить не следует, — перебил Колю Петр, а потом посмотрел на меня. — Вы хотите еще о чем-нибудь спросить?

— Спасибо. Тут и спрашивать нечего, — махнула я рукой.

Парень, который доставил к нам Николая, подхватил его за руку и повел к выходу.

— Таня! Скажи им, чтобы меня отпустили! — в отчаянии крикнул мой бывший любовничек. Надо же, какая у него вера в мои возможности!

Потом привели Лену. Она увидела меня, но даже бровью не повела.

— Ты тоже тут? — просто спросила она. — Знаешь, здесь даже бассейн есть, и кормят хорошо. Настоящий отдых. Я давно об отпуске мечтала. Похоже, сбылось. Чем не санаторий? Тебе должно понравиться.

— Мне уже нравится, — улыбнулась я и подумала: ну вот, хоть еще один нормальный человек, кроме меня, здесь присутствует. — А вот ты сигареты мои свистнула. Когда от этой привычки избавишься?

— Больно они мне нужны! Весь мусор я в ведро выкинула. А ты вечно бросаешь свои вещи где ни попадя. А дождик заметила?

Как только она произнесла эту фразу, Петр кивнул парню, чтобы Лену увели. Видно, побоялся, что мы секретным паролем воспользуемся. Однако я успела крикнуть Ленке вдогонку:

— Я его сразу заметила. Впрочем, и так все стало бы ясно.

Все. Больше я друзей не видела. Тоже мне — разрешил поговорить. Сам сидел слушал, ничего лишнего не дал сказать. Но самое главное я все же узнала: Ленка выкинула пачку в мусорку. Отлично. Теперь домой бы побыстрее попасть.

— А вам палец в рот не клади... — нахмурился Петр.

— А что я такого сделала? — пожала я плечами. — Хотела узнать, откуда эта баночка пресловутая нарисовалась, так вы сразу разговор пресекли. Так что считайте, что я ничего и не узнала.

— А при чем тут дождь?

— Да так, чтобы вы спросили. Чтобы с толку вас сбить.

— Вам это удалось. А теперь вы останетесь у нас обедать. — Петр встал. — Герман, — обратился он к тому самому парню, который на побегушках, — позаботься о том, чтобы наша гостья не скучала. Я спущусь, как накроют стол.

— Интересное дело! — возмутилась я. — Почему вы меня не отпускаете? Как я буду искать ваши камни?

— Мой дом всегда был гостеприимным. Так что вам в любом случае придется остаться у нас. На время.

Я все поняла. Ну, конечно, он просто хочет хорошенько проанализировать мои разговоры. На его месте я поступила бы точно так же. А если он догадается? Ведь запросто можно предположить, что в сигаретной пачке как раз уместятся маленькие камушки. Зря я, наверное, Ленку про сигареты спросила. Но как бы иначе я нашла брюлики?

Петр вышел.

— И когда у вас накрывают на стол? — обратилась я к парню, который даже не пошевелился, а так и продолжал стоять. Правда, хозяин что-то шепнул ему перед самым уходом.

— Обед будет часа через три.

— Ого! А нельзя ли меня сейчас быстренько покормить и отпустить?

— Вы можете посидеть в саду, — коротко сказал Герман.

— Отлично. Люблю природу. Ведите.

Через внутреннюю дверь мы вышли в сад. М-да, я-то уже к побегу подготовилась, но... Обломили.

Сад, что ни говори, был шикарным. Забор также был отменным — высоким и кирпичным, просто так не перепрыгнешь. Ну ничего, мы и не из таких мест выход находили.

— И что, мне просто так тут гулять? — оглянулась я на Германа, шедшего за мной следом.

— Вон там есть беседка. Хотите что-нибудь выпить? Журналы? — Он был сама любезность.

— Хочу. Минеральной воды, пожалуйста, с апельсиновым соком. Только не смешивайте. А читать я люблю «Мурзилку».

Я так надеялась, что он уйдет. Но Герман достал из кармана сотовый, быстро набрал номер и попросил принести сок, минералку и разные журналы. Мне оставалось только вздохнуть.

— А где у вас тут туалет? — Я осмотрелась по сторонам в поисках дачного «скворечника».

— В доме. Желаете? — Парень был по-прежнему невозмутим.

— Нет. Интересуюсь.

Мы дошли до беседки. Я села под виноградными листьями и подумала, как тут, наверное, хорошо осенью. Особенно если ты хозяин или обычный гость. То есть не вынужденный, как я сейчас. Герман присаживаться не стал. Он стоял, прислонившись к перилам, и смотрел в неопределенную сторону.

Скоро пришел еще один типчик и принес все то, о чем я просила. Я со скучающим лицом принялась листать периодические издания. Думала же я о том, как бы мне отсюда все-таки сбежать. Если Петр на самом деле заинтересуется мусоркой, то могу ведь просто не успеть. Он пошлет к Ленке своих людей, они там все перероют, найдут сигаретную пачку — ох, сама же я на нее и указала! — и все тогда.

Кроме этого, я размышляла о том, каким образом можно вытащить отсюда Лену и Николая. Кажется, вариант один — только с боем их выручать. Так просто их явно не отпустят. Правда, судя по подруге, с уверенностью можно было сказать, что пленников содержат тут пока прилично, — особой тревоги на Ленкином лице не было. Хотя кто знает, как Француженка может повести себя в трудной ситуации.

Впрочем, Ленка — молодец. Как я и думала, она гораздо сильнее и психологически устойчивее, чем Колян. Тот совсем расклеился. Чем он, интересно, думал, когда с этой банкой связывался, каким местом? Даже если он и не знал о ее содержимом, все равно ситуация должна была его насторожить. Ведь не сам же он варенье варил. Украл, видимо. Денег захотел?

— Если вам скучно, мы можем погулять по саду. Я покажу вам редкие деревья, которых вы больше нигде не увидите, — предложил Герман.

Я не стала отказываться.

ГЛАВА 5

Мы пошли по выложенной камнем тропинке. Парень показывал мне на деревья, кустарники и рассказывал, какие они замечательные. Я даже решила, что он, вероятнее всего, работает тут садовником. Слишком много о растительном мире знает.

Редкие деревья меня не вдохновляли, я все больше по сторонам смотрела. Особенно на забор. Вдруг где дырочка найдется? Но никаких дырочек не было. Однако скоро мне повезло.

У самой кирпичной стены, которая выходила явно на улицу, а не на соседний участок, я обнаружила стремянку. Уж для чего ее поставили, я не знаю, но можно было очень быстро залезть на нее, а там уже и спрыгнуть. И я мысленно представила, в какую сторону мне надо будет потом бежать, чтобы оказаться у дороги.

Сделав вид, что меня очень интересует вон тот облезлый кустарник около стремянки, я повела Германа поближе, с восторгом задавая соответствующие вопросы. Он хотя и был доволен моим вниманием, но явно не понимал, что такого особенного я нашла в этом кустике. Пусть думает, что я ненормальная. Главное — цели своей достичь.

Мы оказались совсем рядом с забором. Теперь надо было парня выключить, причем желательно на длительное время, чтобы он не успел сообщить о моем побеге, пока я не скроюсь. А то ведь поедет за мной машина, и тогда уж свобода мне не будет «грозить».

Я резко повернулась. Стукнуть его хорошенько? Ах да, некогда мне особенно раздумывать. Я быстренько, отработанным ударом ногой, сбила Германа с ног. На мое счастье, рядом со стремянкой валялась веревка. Я схватила ее, связала парню руки и привязала его к стволу дерева. Орать будет, когда очнется. Да ладно. Успею, пока тут сообразят, что к чему. Я почти взлетела на стремянку и оказалась на заборе. Спрыгнула с него и побежала в ту сторону, откуда мы приехали.

Возле одной дачи, которую я пробегала, прямо на тропинке лежал самокат. В какой-то момент я подумала, не воспользоваться ли мне им. Но тут же отбросила такую идею. Бегаю я неплохо, а как получится на самокате, неизвестно. Да и выглядеть совсем уж дурочкой не хотелось. Вот если бы велосипед валялся, я бы, пожалуй, от использования данного транспортного средства не отказалась. На нем можно было прямо до дома доехать.

Бежать пришлось долго. Хорошо, что дорога не разветвлялась.

Но конца и края не было дачным постройкам и садам. И тут впереди меня от одного коттеджа выехала машина. Мужчина закрыл ворота и уже садился за руль, когда я поравнялась с ним.

— В город? — задыхаясь от длительного и быстрого бега, спросила я.

— В город, — ответил мужик.

— Подвезите, а... Я забыла дома выключить утюг. А муж укатил, мне и доехать не на чем. Спасите! — буквально заломила я руки, якобы от отчаяния.

— Садитесь. Отчего не помочь...

Я плюхнулась на сиденье, и мы сразу поехали. Мужчина начал выспрашивать меня, с какой я именно дачи, на что я ответила просто: мол, пусть с дурацкими вопросами не пристает, меня сейчас одно волнует, нет ли пожара у меня в доме. Короче, я всем своим видом изображала нетерпение и волнение. Однако это не помешало мне заметить, где именно мы выехали на трассу. И табличку с названием местности увидела. Оказалось, что от Тарасова Петрова дача расположена не очень далеко.

Доехали мы за тридцать пять минут. А сколько меня

катали? Раза в два дольше. Я вылезла недалеко от дома Ленки. Хорошо, что я сегодня без сумочки. Все нужное поместилось в карманах моей легкой куртки.

Я быстро добралась до дома. У квартиры остановилась, доставая отмычки. И тут услышала внутри какой-то шум. Неужели меня опередили? Или кто-то еще сюда наведался? Да сколько их, искателей бриллиантов, вообще? И сколько непосредственно в квартире сейчас?

Как бы там ни было, надо все равно входить. Я тихонечко открыла дверь и проникла в прихожую. Двоих молодцов я увидела на кухне. Они шарили по всем ящикам и шкафчикам, выбрасывая их содержимое прямо на пол.

— Ай, ай, ай! — с воплями я налетела на них, что для парней явилось полной неожиданностью.

Того, кто стоял ко мне ближе, я со всей силой стукнула по голове подвернувшейся под руку сковородкой. Потом замахнулась ею же на второго, но сделала обманный маневр и ударила его ногой в живот. Он упал, и я без жалости заехала ему в пах. Обернулась к первому стукнутому, и снова сковородка зазвенела.

Схватив скрючившегося парня, я выволокла его за дверь, а потом то же самое проделала с другим. Хлопнув дверью, я, конечно, понимала, что при желании они смогут войти обратно. Ведь проникли же они сюда каким-то образом. Но пока я здесь, им ничего не светит. Я закрылась на старенький шпингалет и на внутренний замок, которым Лена в последнее время даже не пользовалась.

Логически рассуждая, можно сообразить, что парни пока ничего не нашли. Стали бы они тут торчать, если бы бриллианты уже были у них! Значит, надежда есть. Однако весь мусор был высыпан — ведро стояло пустое. И никакой пачки не было рядом с ним. Однако очень странно.

Я еще раз просмотрела весь мусор и снова убедилась: никакой пачки из-под сигарет. Ни той, в которую я положила бриллианты, ни какой-либо другой. С досады я села покурить, предварительно вымыв руки в ванной.

Ленка ясно сказала мне, что весь мусор выкинула. Не думаю, что она вынесла его на улицу в контейнер. Наверняка имела в виду мусорное ведро. Но там камней нет. О чем это может говорить?

И тут я со злости хлопнула себя по лбу. Очень возможно, что один из мальчиков все же нашел пачку и незаметно присвоил ее. А что? Запросто! К примеру, один роется в мусоре, а второй осматривает шкафы. Парень находит пачку, быстро смотрит, что в ней. Видит камушки и кладет пачку в карман. И продолжает делать вид, что ищет дальше. Затем прихожу я и выкидываю обоих придурков на лестницу. Они не возвращаются. А я, наивная, роюсь там, где уже все перерыто. Не глупо ли?

Что же это я так просто их отпустила? Надо было подержать парнишек маленько. Потом, глядишь бы, и обыскала. А теперь тот, у кого оказалась драгоценная пачечка, может и не сказать никому о находке, если только не желает слишком усердно выслужиться. Так что, Петр, вполне вероятно, и не получит бриллиантов. И что будет с моими друзьями?

Разозлившись донельзя на себя, я пешком отправилась домой. Ленкину дверь я просто захлопнула.

Оказавшись в родной квартире, я первым делом кинулась в душ. Потом, посвежевшая телом, но не душой, сделала себе опять же бутерброды и сварила кофе. После такого скромного обеда я направилась в комнату и достала гадальные кости.

В прошлый раз они напрямую сказали мне, что меня ждет. И все сбылось — украли Ленку. Надеюсь, сейчас они подскажут мне выход из создавшегося положения.

Все мои мысли были направлены на это. Я бросила косточки и увидела комбинацию: 35+10+22 — «Символы не предвещают вам ничего хорошего. Поэтому не соглашайтесь на предложения, которые вам сделают в ближайшее время, иначе потеряете свое доброе имя, вместе с которым лишитесь истинных друзей и имущества».

Вот это ответ! Все потеряю, если соглашусь на предложение. Какое предложение может ожидать меня в ближайшем будущем? Только одно — обменять бриллианты на пленников. И что получается? Что делать этого категорически нельзя? Впрочем, у меня все равно их нет.

А может, предложение будет совершенно другим? Что, если допустить, что снова придет Клименко и будет опять просить меня работать на него. Вот тогда точно, если я буду искать камни для него, то никогда не выручу своих друзей и потеряю свое доброе имя. Ну и с собственным имуществом так тоже недолго расстаться. К примеру, если захочу свои деньги за Ленку выложить, выкупить ее у бриллиантоискателей.

Короче, совет принят. Но нельзя соглашаться ни на одно предложение. Хотя я и не собиралась этого делать. Но как же быть с заложниками? А может, поехать на дачу и попытаться их выручить? Ночью, например. Ведь на самом деле, чего мне ждать? И Папазяна можно подключить.

Да только очень может быть, что пока мы туда доберемся, Петр уже увезет Лену и Колю в другое место. Ну, конечно. Герман, поди, уже доорался до сотоварищей, и про мой побег известно. Потом туда эти два парня вернутся и скажут Петру, что я их из Ленкиной квартиры вышибла. Конечно, Петр спрячет пленников в другом месте, подстрахуется. Так что дергаться скорее всего бесполезно.

Пока я думала, выкурила сигарет пять. Но так ни к чему толковому и не пришла. Зато мне снова захотелось поговорить с Клименко. Предложений от него я принимать не собиралась, но вот побольше расспросить о бриллиантах, решила я, не помешает.

Я набрала его номер телефона и пригласила в гости, если он не занят. Клименко заявил, что для меня он свободен всегда. Но я тут же передумала и назначила ему свидание в кафе. Все лучше, чем дома гостей принимать.

Особенно готовиться к встрече я не стала, но у меня все же возникло желание выглядеть получше. Я в корне подавила рывок к косметике, заглянула в зеркало и убедилась, что смотрелась, как всегда, хорошо. Ну и не буду заниматься сейчас ничем, кроме как непосредственно делами.

Кстати, я заметила: когда не думаешь о том, как ты в данный момент выглядишь, всегда так получается, что выглядишь замечательно. Может, потому, что именно не берешь в голову всякие глупости. Вот дети. Они почему все такие милые? Да потому, что непосредственные и открытые. Эмоции просто пишутся у них на лицах, и от этого лица становятся интересными, на них приятно смотреть.

Я взяла рюкзачок и вышла на улицу. Ехать решила на своей машине.

До кафе я добралась быстро, но Клименко уже ждал

меня. Он улыбался и сиял, как начищенный пятак. Однако я была серьезна и не позволила себе отвечать ему таким же приветливым способом.

— Я очень рад, что вы позвонили, — сказал Олег.

— Мы с вами на «вы»? — спросила я. Я на самом деле не могла припомнить, каким образом мы общались в прошлый раз.

— Не знаю, — смутился он. — А как надо?

— Давайте на «ты». А то я забывать буду о всяких такого рода условностях.

— Хорошо. Я рад тебя видеть, — заявил Клименко уже в новом варианте. — Ты согласилась заняться моим делом?

— Нет. Но хочу узнать о нем как можно больше. Расскажи мне все, что знаешь сам. Это поможет мне. И, возможно, я смогу помочь тебе.

— Мне бы хотелось иметь твердую договоренность. — Олег сразу сник. — Потому как, если ты не возьмешься, мне придется искать другого человека.

— Понимаешь, я и так занимаюсь этим делом. — Я знала, что поступаю некрасиво, но иначе не могла. — Мне пока не хочется быть обязанной тебе. У меня украли подругу и требуют камни. Я уже голову сломала, но не знаю, как тут выкрутиться. Могу только обещать тебе, что постараюсь учесть и твои интересы.

— Только и всего?

— Разве этого мало? Если я так сказала, значит, на самом деле буду искать возможность вернуть тебе камни. Думаешь, мне хочется, чтобы они достались совершенно «левым» людям? Но мне надо знать как можно больше, чтобы понять, кто они такие — те, кто за ними тоже охотится. Если я их вычислю, то смогу найти их болезненные точки. Пока-то я ведь ничего про них не знаю. А дальше будет видно.

К нам подошел официант. Я заказала себе кофе. Клименко машинально повторил мои слова. Потом пристально посмотрел на меня.

— Не знаю, поможет ли тебе моя информация? В общем, я уже говорил тебе, что бриллианты дал мне друг. Он сам неместный, просил их продать повыгоднее. А сам должен появиться в ближайшее время. Возможно, даже завтра. Долго находиться в Тарасове он не сможет. Вероятно, он думает, что я уже все сделал. А я только сходил к скупщику, адрес которого уже называл. Потом, когда заметил слежку, спрятал камни в банку с вареньем. Я и подумать не мог, что кто-то может следить за мной через окно. Мне такое и в голову не пришло. А на следующий день банка пропала. Вот я теперь и думаю, сразу удавиться или подождать немного? — Клименко на самом деле выглядел не лучшим образом.

— Зачем ты вообще подписался на это дело? Неужели не понимал, какую ответственность на себя берешь? — негромко спросила я.

— Думаешь, я рвался в бой? Просто друг очень просил. А отказать близкому другу я не мог. Я же не думал, что все так получится. Единственное, чего я очень боялся, так это деньги потерять. Большие же деньги. А про то, что кто-то захочет у меня украсть камни, у меня и мысли не было.

— Однако таких наивных людей еще поискать надо. — Я взяла в руки принесенную чашку и попробовала кофе. Что ж, вполне сносный.

— Если ты мне не поможешь, то, вероятно, уже никто не поможет. — Олег отвернулся и смотрел в сторону. — Я даже представить не могу, чем мне все это грозит.

— Ну уж благодарностей точно не дождешься.

— А ты знаешь, где бриллианты? — заглянул мне в глаза Клименко.

— Нет. Я не знаю, — совершенно честно ответила я.

— Но их ведь, как я понял, искали у тебя в квартире? Сама говорила, что все варенье испортили, — усомнился Олег в правдивости моих слов.

— Вот мне и кажется теперь, что их уже нашли. Но камни не попали к тому, кто мне названивает и грозит неприятностями для моих друзей. Сама тут ничего понять не могу. Возможно, конкурентов прибавилось.

Я говорила правду: еще вчера я бы запросто могла Олегу сообщить, где его камни. Но вот сегодня ситуация сложилась совершенно не в мою пользу.

— И что ты собираешься делать? — поинтересовался Олег.

— Ты хочешь что-то предложить?

— Нет.

— Тогда будем ждать твоего товарища. Может, у него

будут какие-то соображения на этот счет. Вдруг он знает, кто хочет украсть у него бриллианты? Возможно, именно поэтому он и дал их тебе, чтобы не действовать самому. Исключать такой вариант нельзя. Тогда у нас появится хоть какая-то новая информация. А после уж и будем думать дальше.

Конечно, я не собиралась бездействовать все это время, до приезда друга Клименко. Но не отчитываться же мне перед ним! И в конце концов — он ведет себя так, будто на самом деле нанял меня.

— Тебе нужны деньги на расходы? — как бы подтверждая мои мысли, спросил Олег. — Я мог бы хоть так помочь тебе.

— Я на тебя не работаю, — отчеканила я. — Тебе надо усвоить этот факт. Но если смогу вернуть брюлики, то, будь уверен, сдеру с тебя по полной программе.

— Мне, значит, остается только мечтать об этом дне, — чуть улыбнулся Олег.

— Ладно. Мне надо идти, — сделав последний глоток, сказала я. — Как только приедет твой дружок, не забудь мне позвонить.

— Обязательно. — Олег встал, чтобы проводить меня. Его кофе так и остался стоять совершенно нетронутый.

Я сама расплатилась за свой кофе и пошла к машине. К скупщику сегодня я уже не успею. Но надо позвонить Гарику — «поблагодарить» за быстрое исполнение моего пожелания. Лучше бы я и не звонила ему вовсе! Взял да и на самом деле прислал ко мне клиента. А больше ничего сделать пока не удастся.

Я быстро добралась до дома, схватила трубку и уже через несколько секунд слушала сладкий голос Папазяна.

— Солнышко мое, а я голову ломаю, куда это ты пропала? С тебя, между прочим, причитается.

— Гарик, ты нахал! — возмутилась я. — Зачем прислал ко мне человека? Я тебя просила?

— Дорогая, а разве нет? Не ты ли сама позвонила мне и спросила, не ищет ли кто бриллианты? А то тебе, видите ли, совсем скучно стало. А тут такая удача. Мужик пришел как раз о краже таких камней заявлять. Я сразу и вспомнил о тебе. Решил желание твое выполнить, а ты еще недовольна. — Папазян явно надо мной посмеивался. — Я только предложил ему такой вариант, а он обрадовался. Говорит, это еще лучше, чем с вами дело иметь. То есть с нами, с милицией, понимаешь?

— Ну, Гарик, дождешься ты у меня! — Я почувствовала, что спорить сейчас с ним все равно бесполезно, а главное — все было именно так, как он и говорит. — Я тебе еще отомщу. Я ведь просто поинтересовалась, а ты сразу...

— Знаешь, Танюша, на тебя не угодишь.

— Слушай, Гарик, а что этот Клименко тебе говорил по делу?

— Да ничего. Он только начал рассказывать, и я сразу смекнул, что его дело бесперспективное. Да и, смею напомнить, до этого твой звонок был. Вот я и заикнулся о частном детективе. Самом лучшем детективе города. Он адресок взял и был таков.

— Чудненько.

— А ты взялась искать бриллианты?

— Нет. Подумала и решила, что не стоит. — Я даже зевнула, изображая полное безразличие.

— И потому решила позвонить? Не темни, Танечка. Я тебя не первый год знаю, — захихикал на свой неповторимый манер Папазян.

— И похоже, даже лучше, чем я сама. Все, пока. — Я бросила трубку.

«Ну, Гарик, — подумала я, — тебе еще придется на меня попотеть. Не радуйся раньше времени. Пока ты мне вряд ли сможешь помочь, но потом... Потом — обязательно!»

Итак, что мы имеем? Наверняка после моего побега Петр увезет заложников в другое место. И за мной следить будет. Не сам, конечно.

Я заставила себя встряхнуться. Вскочила и решила приготовить себе хороший ужин. Надо хоть чем-то себя побаловать, раз никто обо мне не заботится.

ГЛАВА 6

Я уже и спать легла, но тревожные раздумья не давали мне покоя. А что, если я не права? Допустим, Петр не стал увозить Колю с Леной. Они так и сидят на той даче, а я, даже не проверив, только придумав себе оправдание, не попробовала это выяснить. Я же знаю место и саму дачу наверняка найду.

Я села на кровати в темноте. А что, если на самом деле сгонять сейчас туда? Ночи, конечно, сейчас короткие, но можно попробовать. Если они там, возможно, мне удастся помочь им и вытащить их оттуда. Тогда гораздо проще будет работать дальше. Я смогу с чистой совестью брать деньги у Клименко и искать его паршивые бриллианты.

Эта мысль засела у меня в голове, и я поняла, что если сейчас так не сделаю, то никогда потом не прощу себе свое легкомыслие. Делать нечего, хотя бы для очистки совести надо ехать.

Почему-то я даже свет включать не стала. Неужели в глубине души подозревала о том, что за мной могут следить? Но я сама себе запрещала думать об этом.

Я оделась в ванной комнате во все черное, чтобы сливаться с темнотой, повязала на голову черный платок. Положила в рюкзак два мотка тонкой, но очень прочной веревки, нож, пистолет, газовый баллончик, электрошокер, отмычки, несколько шумовых гранат. В общем — стандартный набор для подобных вылазок.

Потом вышла из квартиры, спустилась вниз, села в машину и, не включая фар, выехала из двора. Ну а на дороге нажала на газ и рванула.

Вот и тот самый, нужный мне указатель. Здесь, кажется, надо свернуть налево. Теперь ехала я медленно, яркий свет не включала, хоть и была полнейшая темнота. К самой даче я не собиралась подъезжать. Остановилась на некотором расстоянии от нее, все выключила, вышла и осмотрелась.

Сейчас, когда глаза немного привыкли к плохой освещенности, я могла уже разглядеть и дома, и качающиеся от ветра деревья. На небе было так много звезд, что я даже залюбовалась ими. Только вот луны не было. А она не помешала бы — все чуть посветлее было бы.

Я пошла вперед. Этот дом — еще не тот, что мне нужен. Да и следующий тоже. Я продвигалась так долго, что уже подумала, не ошиблась ли, не заехала ли куда-то не туда. Но наконец показался знакомый забор. Да, далековато от него я припарковалась. Если вдруг что-то случится, придется долго до машины бежать. Хотя, с другой стороны, так даже и лучше.

Все окна в доме были темными, по крайней мере с моей стороны. Мне предстояло перебраться через высокий забор, и я остановилась в нерешительности, думая, как лучше это сделать. В принципе что долго думать? Вон дерево удобное стоит. С него можно и на забор попасть, а там и спрыгнуть недолго.

Как только я оказалась на дереве, в его густой листве, на веранде зажегся свет. Кто-то, похоже, проснулся. В остальном было тихо. За занавеской показалась тень. Человек походил немного туда-сюда, потом свет погас. Я подождала чуть-чуть, перебралась с дерева на забор и легко спрыгнула вниз.

Конечно, я видела, что внизу какая-то трава, но никак не могла представить, что это окажется крапива. Целые заросли крапивы! Они что, специально ее тут выращивают? Как будто грядка какая-то. Руки мои сразу зачесались. И даже сквозь одежду в некоторых местах зловредная трава меня обожгла. Я поспешила выбраться из жгучих зарослей.

Вот теперь следует раскинуть мозгами. В какой комнате могут находиться заложники? И почему все спят? Почему нет сторожа, который бы охранял дом?

Для начала я решила обойти дом со всех сторон. И вот на противоположной стороне я увидела свет в окне первого этажа. Ага. Значит, есть кто-то бодрствующий. Теперь надо бы подглядеть, что там происходит, а еще лучше подслушать.

Погода стояла замечательная. Конечно, сейчас, ночью, было гораздо прохладнее, чем днем, но все равно форточка в окне была открыта. Еще я заметила, что на втором этаже, там, где есть балкон, были открыты и створки некоторых окон. Правильно, спать надо при свежем воздухе.

Я подошла поближе к светившемуся окну и прислушалась. Но из него доносились только звуки от включенного телевизора. Фильм какой-то шел.

И тут послышался шум. Будто кто-то довольно громко хлопнул дверью.

— Ты чего? Весь дом перебудишь! — сердито сказал в освещенной комнате мужской голос.

— Да я не специально. Сквозняк, — стал оправдываться второй мужской голос.

— Не хватало нам, чтобы паника в доме поднялась. Подумают, что это налет. Петр ведь предупреждал, что можно ждать чего угодно.

— Да ладно. Кто ночью сюда сунется? Если девица одна приедет, то с ней проблем не будет. А если с ментами, то нам по-любому с ними не справиться. Да и не собираюсь я с ними бороться.

— А никто тебя и не просит этого делать. Они все равно ничего не найдут. Нам главное — девчонку не спугнуть.

Вот придурки. Наверное, это они обо мне разговор ведут. Спугнуть меня не хотят. Тогда зачем сидят тут и беседуют?

Впрочем, из разговора я поняла, что заложников скорее всего уже увезли, если им милиция не страшна. Значит, и мне ничего не светит. Но ничего, послушаю еще, о чем они говорить будут. Но мужики, как назло, замолчали.

Однако странно все получается... Если Петр увез Лену и Николая, он мог бы мне позвонить и сказать об этом. Хотя, может, и звонил, да меня дома не было. Или же он расставил ловушку специально для меня? Впрочем, какой ему толк меня ловить? Таким образом он камни точно не получит. Эх, уметь бы читать чужие мысли...

Наверное, мне надо было уже развернуться и отправиться восвояси, но я почему-то осталась слушать дальше. Показалось обидным так сразу подаваться домой.

Мужчины больше не разговаривали, переключили телевизор на другой канал. Теперь из окна лилась веселая музыка. Мне это быстро надоело, и я совсем было собралась уйти. Но тут один из них сказал как-то особенно четко:

— Ну и надоел мне этот балбес! Ноет и ноет постоянно. Выкинуть его отсюда надо, все равно он ничего не знает.

— Боссу виднее, — возразил второй. — Его для того и держат, чтобы спасительница принесла ему что-то.

— Я бы такого чудика спасать не стал, — засмеялся первый. — А девица-то ничего.

На меня словно ушат холодной воды вылили: даже

мужики говорят, что Коля — парень никудышный. И как я могла так с ним вляпаться? Хотя вроде он нормальный поначалу был. Да, в таких вот трудных ситуациях вся гадость и лезет наружу, сразу становится понятно, что человек собой представляет.

Стоп. Они, кажется, сказали, что Коля здесь. Может, и правда? Мне совсем бы не помешало с ним поговорить. Узнать, кто послал его за этой банкой. Только так я смогу выйти на заказчика. Хотя, впрочем, и так понятно, что бриллианты нужны Петру. Да только больше я о нем ничего не знаю.

И тут я услышала шепот откуда-то сбоку и сверху. Меня звали по имени.

— Коля? — спросила я, отодвинувшись от светившегося окна.

— Да. Таня, вытащи меня отсюда.

— Кто велел тебе забрать банку? — немедленно задала я интересующий меня вопрос.

— Какая разница? — возмутился мой бывший бойфренд. — Помоги мне выбраться. Я потом тебе все расскажу.

— Ну уж нет! Сначала говори, а потом решим, что делать. И быстро отвечай, без промедления, а то вообще уйду, и сам выкручивайся как хочешь, — пригрозила я.

— Один дружан предложил заработать деньги. Сказал, что работы всего ничего: надо войти в квартиру — он и отмычки дал — и взять банку с вареньем. Потом передать ее ему. И все. Я сделал так, как он велел, но его самого на месте встречи не оказалось. Я и отнес ее к тебе.

— Дурак, — вырвалось у меня.

— А что мне еще оставалось делать? Не выкидывать же ее. А потом мы встретились, и он потребовал вернуть ее. А ты сама виновата: дала мне не ту банку. Вот теперь и сложности такие.

— Значит, это я во всем виновата? — переспросила я.

— Я же русским языком сказал тебе, чтобы ты вынесла мне банку, которую принес я. А ты напутала, дала какую-то другую.

— Ты хоть знаешь, что там в ней было?

— Нет. Да и зачем мне? Так спокойнее, — разумно заключил Николай.

— Вот тебе и спокойствие. Еще и меня втянул. Как

54 друга-то твоего зовут и где его можно найти? — Я старалась говорить тихо, но так, чтобы он слышал.

— Виктор. В моем дворе живет. Там его каждая собака знает.

— Отлично. У собаки и спрошу. — Я замолчала.

— Таня, а как же я?

— Что? — переспросила я.

— Ты собираешься меня вытаскивать? — чуть громче сказал Колян.

И я даже не услышала, как сзади кто-то подошел и крепко схватил меня за руки. Я попыталась хорошенько брыкнуться, чтобы вырваться, но... подошедших оказалось двое. Второй дернул меня за щиколотки, я потеряла равновесие и упала бы, если бы вторая пара рук не подхватила меня. И меня потащили в дом. Я попалась.

— Вы даже не можете представить себе, как я рад вас видеть. — В знакомой уже комнате сидел Петр.

Почти вся дача сразу осветилась ярким светом. В комнате, кроме нас с Петром, было еще штук пять молодчиков. Лица у всех были довольные и противные.

— Не могу сказать вам то же самое, — нелюбезно ответила я, когда меня наконец поставили на ноги.

— Жаль. — Петр встал и прошелся. — Вы приехали ко мне или к своим друзьям? Впрочем, вы, кажется, уже поговорили с одним.

— Не успела, — соврала я. — Ваши хлопцы помешали.

— Он просил вас увезти его отсюда? — улыбнулся шеф.

— Именно. Просто умолял, но я решила оставить это сокровище вам. Мне оно больше без надобности.

— Вы не так глупы, как показалось мне в первый раз.

— Ох, спасибо. — Мне было совершенно невесело от такого комплимента.

— Ну что ж, давайте проясним ситуацию. Хотите выпить?

Появился парень с напитками на подносе. Я увидела мартини и почувствовала, что у меня действительно пересохло во рту. Но, вспомнив, что меня в кустах неподалеку дожидается машина, на которой я еще надеялась сегодня уехать отсюда, я отрицательно мотнула головой.

— Подруги вашей здесь нет. Хорошо, что вы приехали одна. Значит, благоразумие у вас все же имеется. Колечка пока также останется у нас. Вам я хочу в последний раз сказать — либо вы приносите мне камни, либо больше никогда не увидите ни ее, ни его. Я бы мог поговорить с вами по-другому, но надежда, что вы сумеете сделать правильный выбор, не оставляет меня. — Петр глотнул из рюмки коньяк и спросил: — Каков будет ваш ответ?

— Разве ваши мальчики не забрали сегодня бриллианты из квартиры Лены? Они там очень активно рылись, после них я ничего найти не сумела. Вам лучше у них спросить, где драгоценности.

Брови шефа чуть поднялись. Наверное, ему не приходило в голову, что его подчиненные могут ему врать. И я решила подлить масла в огонь.

— Как вы, наверное, поняли, Лена прямым текстом сказала мне, что выкинула пачку из-под сигарет, где лежали бриллианты, в мусорное ведро. Так вот, когда я приехала, они его уже давно осмотрели. Пачки там не было. Значит, забрать ее могли только они. Больше некому. Если бы я сегодня нашла их, то не приехала бы инкогнито. Обязательно встретилась бы с вами и обменяла найденное на своих друзей. — Меня чуть передернуло от собственных слов, как только я представила, что называю Колю своим другом.

— Вы хотите сказать, что мои люди забрали камни и ничего мне не сказали? — переспросил после очередного глотка Петр.

— Да. Именно это я вам и говорю.

— Быть такого не может!

— Ну почему? — пришла моя очередь улыбаться. — Человеку свойственно ошибаться. Взять, к примеру, меня. Разве могла я подумать, что Коля окажется таким придурком? Да ни за что. А как на самом деле получилось? Он не только подвел меня, но теперь я должна еще этого негодяя из беды выручать. А я так ему доверяла... — Тут я хотела было для пущей убедительности пустить слезу, но побоялась переборщить. — А насчет ваших я думаю так. Оба, конечно, они не решились бы такое провернуть, потому что побоялись бы предательства друг от друга. Но если пачку нашел один из них, то он спокойно мог положить ее в карман и продолжать поиски дальше, будто ничего не случилось. А потом доложить вам, что пришла страшная Иванова, надавала им по мордасам и выкинула на лестницу. И что брюлики, вероятно, нашла она. Так ведь они вам сообщили?

— Примерно. — Вид у Петра стал посерьезнее.

— А я поклясться могу чем угодно, что ничего не нашла. И мусорное ведро было перевернуто. Не было там бриллиантов после ухода ваших хлопцев, и все тут! Сами думайте, как поступить.

Я, конечно, понимала, что ждет тех двух мальчиков, с которыми я встретилась в Ленкиной квартире, в ближайшем будущем, но ведь все наверняка было на самом деле так. Я ни словом не соврала.

— Я поговорю с ними, — отчеканил Петр.

— Вы человек слова. По крайней мере производите именно такое впечатление. Так что я думаю, если камни все же найдутся, то вы отдадите мне Лену. Я же могу обещать, в свою очередь, забыть всю эту историю. А то, что в милицию я обращаться не люблю, вы уже, наверное, поняли. Иначе я была бы здесь не одна, — решила я сразу прояснить ситуацию.

— Посидите пока здесь, я скоро вернусь. И если камни действительно найдены, то вы сможете уйти вместе с друзьями. Я же обещал вам, — добавил Петр.

— Значит, Лена тоже здесь?

— Нет. Но рядом.

Шеф вышел. Мне так хотелось выпить, что я не удержалась и все-таки взяла с подноса бокал, плеснула в него мартини, положила три кубика льда и пригубила напиток. Теперь оставалось только ждать. И не дай бог, что дела обстоят не так, как я расписала. Мне тогда может здорово достаться.

Я откинула голову и прикрыла глаза. Хорошо, что сидела на мягком и удобном диване. Терять бдительность нельзя, но отдохнуть тоже не мешает. Представляю, как там Колечка меня ругает за то, что я не успела спасти его, бедненького.

Никаких криков не было. Неужели шеф мирно беседует с теми, кого посылал на квартиру к Лене? Даже не верится. А может, здесь специальная камера пыток имеется со звуконепроницаемыми стенами?

Я допила мартини. В комнату вошел Герман. Он увидел меня, и вид у него сразу сделался обиженным. Надо же, какой чувствительный парнишка попался.

— Герман, почему вы не здороваетесь? Не рады меня видеть? — нагло спросила я.

— А вы как думаете? — неприязненно и одновременно боязливо покосился он на меня.

— Я с вами еще по-хорошему обошлась, — заметила я. — Пожалела. А бывает и гораздо хуже.

— Что-нибудь желаете? — Герман был сама учтивость.

— Нет, спасибо, — устало сказала я. — Пожалуй, немного отдохну.

Я снова откинулась на удобную мягкую спинку дивана и закрыла глаза. Спать хотелось ужасно, несмотря на довольно серьезную обстановку. Но, думаю, они ничего не будут пока со мной делать, так что чуть подремать не помешает.

Все мысли моментально вылетели у меня из головы. Я действительно заснула.

ГЛАВА 7

Когда я открыла глаза, за окном уже вовсю светило солнце. У меня болела шея и спина немного. Я встала, не сразу вспомнив, где я нахожусь и что тут делаю. Рядом за столом сидел Герман и читал книгу. Странно, что он согласился остаться со мной наедине.

Молодой человек повернулся и увидел, что я проснулась.

— Может, побалуете меня кофейком? — потянулась я всем телом.

— Конечно.

Он позвонил по сотовому и попросил принести кофе. Я подошла к окну и выглянула наружу.

— А Петр еще не приходил?

— Приходил, но вы спали. Он решил вас не будить. Теперь он поймет, что вы проснулись.

— Где я могу умыться?

Герман провел меня по коридору и показал ванную комнату. Я вошла внутрь, а он остался стоять и ждать меня.

Я не торопясь освежилась, поглазела на чудо-сантехнику — правда, здесь было на что поглазеть — и вышла.

Мы пошли в столовую. Там сидел Петр и, видимо, ждал меня.

— Доброе утро, — сказал он.

— Доброе? — спросила я. — Вы что-нибудь узнали?

— Нет. Но садитесь, пожалуйста. Будем завтракать.

Я присела на выдвинутый Германом стул. Нам подали ароматнейший кофе и много всего такого, чему я и названия не знаю. В общем, как в лучших домах Парижа.

— Мои люди говорят, — после некоторого молчания заговорил шеф, — что они ничего не брали. В мусорном ведре не было никакой пачки. И у меня нет оснований им не верить.

— Вы хотите сказать, что Лена солгала, когда сказала, что бриллианты именно там? — серьезно спросила я.

— Или солгали мне вы.

— Мне это ни к чему. Я очень даже заинтересована получить свою подругу обратно. Она мне дороже всяких побрякушек. У меня бриллиантов нет.

— Тогда вам придется их найти. Другого выхода я не вижу, — сказал Петр.

— Чудесно. А если я не найду?

— Будем говорить об этом потом.

Я поняла, что разговор бесполезный. Спорить неуместно, да и толку не будет никакого. Я спокойно позавтракала, потом встала.

— Я могу идти?

— Да. Как вы сюда попали? — поднял глаза шеф.

— У меня тут машина недалеко. Обо мне можете не волноваться.

— Хорошо. Герман, проводите.

Герман послушно вывел меня с территории дачи. Я последний раз оглянулась и зашагала прочь.

Приехав домой, я, не теряя времени, позвонила одному человеку, у которого хотела купить надобное мне подслушивающее устройство. Чтобы и обоих разговаривающих было слышно, да чтоб еще и номер мне высвечивался с аппарата, который может определять номера телефонов. Пришлось потратиться, но для работы мне ничего не жалко. Подобные затраты всегда окупаются.

Когда я, довольная, вернулась домой, настало время для превращения в ту особу, что наведывалась к скупщику. Мне во что бы то ни стало надо добыть сведения, которые помогли бы мне зацепиться хоть за что-нибудь.

Возможно, я и не отдам бриллианты Петру, но поискать их все же следует. Надо еще Виктора найти, дружана Коли, и его поспрашивать. Но это потом. А сейчас — к скупщику.

Я преобразилась за очень короткое время. Посмотрела на себя в зеркало и осталась довольна результатом. Только выражение лица поменять надо. Слишком умное. Погримасничав несколько минут, я наконец добилась нужного эффекта. Теперь не потерять бы его.

Ехать я решила на своей машине. Просто оставлю ее на сей раз за углом. Ведь подслушивать гораздо удобнее, сидя в машине. А я надеялась, что после моего визита скупщик обязательно захочет с кем-нибудь по телефону побеседовать. Кроме того, у меня был небольшой планчик — на случай, если понадобится мужика-скупщика спровадить из магазина. Поэтому я оставила в бардачке симпатичную безымянную баночку с таблетками.

Доехала до конторы скупщика я быстро. Не торопясь вышла из машины и грациозной походкой вошла в помещение. Мужичок, как только увидел меня, сразу вскочил. Но лицо его не было веселым.

— Очень рад вас видеть, — поспешно сказал он. — Но, к великому моему сожалению, мне пока нечего вам предложить.

— Что так? — глянула я на него вопросительно и несколько обиженно. — Вы же говорили, что скоро будет нечто такое.

Я присела на стул, не собираясь сразу же уходить.

— Дело в том, что товар пока еще не подвезли. Но он никуда от вас не денется, можете быть уверены. Просто надо будет немного подождать, — оправдывался он, неуверенно улыбаясь.

— А вы меня не обманываете? — надула я губки.

— Что вы! Как я могу! Просто так обстоятельства складываются. Но не все потеряно.

И тут я изобразила на лице беспокойство, а потом схватилась за горло. Некоторое время молчала, со страхом и мольбой глядя на скупщика, и тихим голосом, как бы через силу промолвила:

— Прошу вас... Там, у меня в машине... В бардачке таблетки... Принесите...

— Что такое? — заволновался мужик.

— У меня приступ удушья. Помогите... Я не дойду... — И я начала хватать воздух полуоткрытым ртом, всеми силами стараясь посинеть.

Но, кажется, этого уже не требовалось. Мужик быстро окинул взглядом свою комнатку и, видимо, решил, что может оставить меня здесь одну. На столе ничего лишнего, все остальное заперто. Я дрожащей рукой подала ему ключи от машины и прохрипела, какая именно машина моя.

Скупщик выбежал на улицу. Я же мгновенно достала только что купленный сверхсовременный «жучок», умелым движением раскрутила трубку и прицепила его там. Только положила трубку на место и снова схватилась за горло, как в магазин вбежал скупщик.

— Эти? — спросил он.

Я подумала, что вполне могу оставить его вопрос без ответа. Трясущейся рукой я приняла от него баночку, вынула одну витаминку и быстро положила ее в рот. Потом закрыла глаза, все еще изображая удушье. А через пять минут лучезарно улыбнулась.

— Да вы просто мой спаситель! — поблагодарила я. — Если бы не вы, я не знаю, что бы со мной было. Вам, наверное, пришлось бы прятать труп, — неуклюже пошутила я.

— Даже не говорите мне такие страсти-мордасти! — испуганно замахал руками мужичок. — Вам, девушка, лечиться надо. Что это за болезнь такая?

— Врачи не могут определить, — соврала я, не моргнув глазом и забирая свои ключи от машины. — Выписали только вот эти таблетки, и все. Представляете — умереть в расцвете лет! Такого и врагу не пожелаешь. Вот и хочу прожить оставшуюся жизнь так, чтобы не было больно за бесцельно прожитые годы. Надо хоть чем-то себя баловать. А у меня одна страсть — красивые вещицы. Так когда, вы говорите, будет то, что вы хотели мне предложить? Да и вообще, откройте мне секрет, что это такое на самом деле. Мне очень интересно.

— Нет. Пока ничего говорить вам не стану. А вдруг

не сложится? Вы потом еще больше расстроитесь. Лучше пусть сюрприз будет, — заулыбался мужичок.

— Вы правы, сюрприз — это приятно, — кивнула я. — Хорошо. Зайду к вам на днях. Или позвоню.

— Отлично.

Скупщик проводил меня до дверей. Когда мы прощались, у него на столе зазвонил телефон. Я быстро вышла за дверь. Пройдя размеренным шагом под окном магазина, я бегом припустила к машине. Надо же мне было послушать, о чем он там будет говорить.

Открыв дверцу, я села и взяла наушник. Но, к моему великому сожалению, разговор уже закончился. Я огорченно вздохнула. Ну, ничего, мой новый аппаратик будет работать и на расстоянии. Так что я сумею подслушать разговор, если будут звонить еще. Но пока я решила все же далеко не отъезжать, тем более что особо важных дел сейчас не предвиделось. Вполне можно где-нибудь поблизости постоять и подождать.

Не успела я отъехать от магазина и на пару кварталов, как зазвонил мой сотовый. Я взяла трубку.

— Таня, привет! Срочно приезжай к своему дому! Жду! — выпалил знакомый голос, и в трубке послышались гудки.

Это же Ленка! Что происходит?

Я плюнула на скупщика и поехала к себе, по дороге размышляя, каким образом Француженка могла оказаться у моего дома. Привезли ее, что ли? Но для чего? Чтобы срочно поставить меня перед выбором? Или по какой другой причине? Голос у нее был тревожным...

Наконец, подъехав к дому, я спешно вылезла из машины и остановилась в нерешительности. Подруги не было видно. Что же это такое? Неужели меня обманули, решили поставить мне ловушку? Тут, ко всему прочему, я сообразила, что сейчас совсем не похожа на саму себя, и если Ленка где-то здесь неподалеку, то она может просто не узнать меня. Хотя... машину-то мою она прекрасно знает. Уж, надеюсь, догадается как-нибудь.

И тут на самом деле из стоявшей невдалеке машины вышла Ленка и махнула мне рукой. Я поспешила ей навстречу.

— Таня, заплати, пожалуйста, шоферу, — быстро сказала она.

Я без лишних слов заглянула в машину, узнала, сколько моя подруга задолжала, и протянула водителю деньги со щедрыми чаевыми. Потом за руку потащила Ленку в свою машину. Почему-то домой ее вести я не решилась.

— Ну теперь рассказывай, — почти приказала я. — Что случилось и как ты тут оказалась совсем одна? Ты ведь одна?

— Да. Таня, я сбежала, — сказала Лена, с интересом рассматривая мой новый образ. Странно, но она даже не особенно удивилась, увидев меня в таком виде.

— Как сбежала? Как тебе это удалось? — округлила я глаза.

— Я и сама не ожидала, — нервно засмеялась Лена. — Меня привезли в другое место, а потом получилось так, что я осталась без присмотра. Ну, и, конечно, я этим воспользовалась.

— Отлично. А я только сегодня утром завтракала с Петром, который держал вас. Наверное, он еще не знал о твоем побеге? — предположила я.

— Скорее всего, — кивнула подружка. — Таня, так все здорово получилось! Мне и самой до сих пор не верится! — зачастила она. — Я чувствую себя, как в кино. Как в боевике каком-нибудь. И будто я — супергерой.

— Ну и что мы будем с тобой делать, супергерой? — ласково посмотрела я на нее.

Честно говоря, мне стало гораздо легче, как только я увидела Ленку. Все это время мне было невыносимо тяжело знать, что моя самая лучшая подруга находится в плену, даже пусть у такого порядочного, во всяком случае на первый взгляд, человека, как Петр. Одно дело дурак Коля, который к тому же сам во всю эту историю вляпался. И совсем другое — Ленка, которая абсолютно ни в чем не виновата.

В какое-то мгновение я даже подумала, что больше не буду заниматься этим делом. Лена со мной, а там — хоть трава не расти. Коля пусть сам расхлебывает им же заваренную кашу.

— Слушай, а куда ты все же пачку-то дела? — Меня очень сильно мучил этот вопрос.

— Я же тебе русским языком объяснила: в мусорное ведро выкинула, — удивленно вскинула брови подруга.

— В том-то и дело, что ничего я там не нашла. Правда, когда я к тебе приехала, в квартире уже рыскали двое. Только мне что-то не верится, что они ее нашли. Впрочем, я же тоже не нашла, а испариться камушки не могли. Значит, все же эти гады украли брюлики! Чего же тогда хочет Петр? Совсем совесть потерял народ!

— Что? — всполошилась Лена. — Камней там не было?

— Не было, дорогая моя.

— Но я же сама бросила пачку в мусорку! Собственными руками, когда типы меня уводить собрались!

— Лена, бриллиантов в ведре не было. Я имею в виду — там не было той пачки из-под сигарет, в которую мы их положили.

— Ну и ладно, — неожиданно выпалила подруга. — Значит, меня особо искать не будут.

— Это еще вопрос! Насколько я поняла, Петр их все же не получил.

— Тогда я вообще ничего не понимаю.

— Я сама мало чего могу понять. Вроде все просто, а с другой стороны — такой бардак, что голову сломать недолго. Сами между собой выяснить отношения не могут, а мы должны отдуваться.

Мы помолчали.

— Таня, — обратилась ко мне Лена, — я не хочу домой. Я теперь буду бояться там находиться. Кстати, к тебе я тоже не хочу.

— Да я и не стала бы предлагать тебе оба эти варианта. Пока поживешь у меня на конспиративной квартире, а там видно будет. Представляю, как разозлится Петр, когда узнает, что ты деру дала! Как бы он чего по горячке с Колей не сделал...

— Ничего с ним не будет! Они вообще его всерьез не принимают. А этот Петр, так вообще страшно злился на того, кто с этим чудиком связался. Думаю, с ним ничего не случится.

— Хорошо бы. Но у меня все равно на сердце неспокойно. Ладно, поехали. Помнишь ту квартиру? Там, конечно, не очень чтобы замечательно, но некоторое время пожить вполне можно. Сейчас только заедем продуктов тебе купим.

— А что я со школой делать буду? — спросила Лена.

— Позвони, скажи, что тебе срочно потребовалось уехать. Все равно у вас там уже не учеба, дети-то все на каникулы, поди, ушли. Все-таки лето как-никак, — говорила я, уже выезжая на дорогу.

— Никогда не думала, что со мной может подобное случиться, — задумчиво произнесла Ленка. — Жила себе, ни о чем таком не думала. И вот — пожалуйста. Бриллианты в варенье, а потом меня еще и похитили... Это когда-нибудь закончится? — обратилась ко мне подруга.

— Конечно. Не волнуйся. Зато потом, в старости, будет что вспомнить.

— Если доживу до нее.

— Обязательно доживешь.

Мы сами не заметили, как подъехали к дому. Здешняя квартирка досталась мне от бабушки. В ней я не живу, а только скрываюсь по необходимости. И очень часто приходится прятать там людей, которым угрожает опасность. Вот как сегодня. Почему я и называю ее конспиративной.

Ленка все больше приходила в себя от пережитого. Теперь ей было мало того, что она оказалась на свободе, ей хотелось эту свободу сделать как можно пригоднее для существования.

Я оставила подругу в машине и пошла в супермаркет за углом, чтобы купить продукты, зубную щетку, пасту и другие необходимые предметы.

Затем мы поднялись в квартиру.

— Только учти. Я не собираюсь жить здесь вечно, — осмотрев пыльное помещение, заключила Лена.

— Я так и предполагала, — улыбнулась я.

— Как я хочу вернуться домой, в свои родные стены... — Ленка прошла на кухню и с тоской заглянула в пустой холодильник. — Я, конечно, понимаю, что тут не твоя вина, что все очень глупо получилось, только очень прошу — постарайся побыстрее разобраться. Ты ведь можешь. И не такое на твоем пути встречалось.

— Работать с чужими людьми гораздо проще и приятнее, — добавила я немного ворчаливо. — Они меньше претензий предъявляют.

Я выложила на стол все, что купила. Подруга даже не посмотрела на продукты, из чего я сделала вывод, что есть она не особенно хочет. А в принципе должна бы хотеть. Не думаю, чтобы ее покормили перед побегом. На дальнюю дорожку, так сказать. Хотя чего в этом безумном мире не бывает, ничему удивляться не стоит.

— Давай, что ли, перекусим. — Я поставила чайник на плиту.

— Хорошо. Слушай, — Ленка резко повернулась ко мне, — а как же бандиты ко мне в квартиру попали? Ключей-то ведь у них не было. Они что, дверь мне сломали?

— Почему сразу — сломали? — пожала я плечами. — Есть масса других способов. Почему ты не интересуешься, как туда вошла я? У меня, между прочим, тоже ключей не имеется.

— И как ты вошла? — Подруга сузила глаза.

— У меня есть отмычки.

— Что это за дверь такая, если ее так просто можно открыть? Хорошо, что у меня ничего ценного в доме нет. А если бы дорогие картины, антиквариат, золото, еще чего покруче? — расходилась Ленка.

— Если бы у тебя все это было, то, думаю, ты могла бы позволить себе другую дверь. А так — и прежняя сойдет, брать все равно нечего.

— Ты должна помочь мне. — Подруга схватила меня за руку. — Спаси!

— Что ты имеешь в виду? — Я попыталась выдернуть руку, но Ленка держала ее крепко. — Да отпусти же! Ты меня пугаешь. Не заболела ли часом?

— Нет. Со мной все в порядке. Просто я сейчас только поняла, что мне нужно.

— И что?

— Мне позарез нужно поставить железную дверь с несколькими замками. И прямо сегодня. Немедленно.

— Ты с ума сошла?

— Нет. Это сейчас — первая необходимость. Сама понимаешь. Таня, выручай. Долг обязательно отдам. Непременно.

— Да не в деньгах дело. Просто именно сейчас... заниматься дверью... — Я недоумевала.

— А что? Ты же не собираешься искать их паршивые бриллианты? Пусть сами тужатся.

— Не знаю. Как-то все неожиданно...

— Брось. Смотри на вещи проще! — Подруга уже резала салат.

Я прикурила сигарету, вспомнила о Клименко и задумалась.

ГЛАВА 8

— Ну что? Мы с тобой договорились? — не отцеплялась от меня Ленка. — Думаю, надо прямо сейчас звонить насчет двери. А, кстати, если попросить их хорошенько, то, возможно, они поставят ее прямо сегодня.

— Ночью? — уточнила я.

— Хоть бы и ночью. Лишь бы поставили. Давай садись, пожалуйста, поедим наконец.

Я присела к столу. Выбор мой был сделан. Конечно, я не смогу бросить это дело. По крайней мере пока там Колечка сидит. Если только потом.

— Знаешь, мне все-таки до чертиков интересно, куда же делись бриллианты. А ты не могла что-то перепутать? — спросила я.

— Ты за кого меня принимаешь? Я пока еще из ума не выжила. И за свои слова отвечаю. Говорю тебе — бросила пачку в мусорное ведро.

— Никто ведро вынести не мог?

— Кому это надо?

— Неужели у нас есть еще конкуренты? Что-то их слишком много, охотников за брюликами, получается. А ведь есть еще и хозяин этих камней.

— Да? — Лена удивленно посмотрела на меня. — Ты мне ничего не говорила.

— А когда? Мы с тобой еще толком и не беседовали.

— Ну тогда расскажи, а потом звонить по поводу двери будешь, — заметила подруга.

— Знаешь, просто совершенно идиотская получается история. В общем, тебя украли, и пришел ко мне парень... Или он пришел до того? Впрочем, это сейчас не так важно. Так вот, пришел он и попросил меня поработать на него. А я сказала, что не могу. Мол, другие дела есть. Меня же найденные нами с тобой камушки заинтересовали. А он не отставал. И самое интересное, обратил внимание на то, что у меня вся кухня вареньем перемазана. Я ее вообще-то уже помыла, но не до конца.

— А при чем тут это? — спросила Ленка, уплетая за обе щеки бутерброд.

— Так оказалось, что его история тоже была связана с вареньем. Это он — представляешь, какой дурак! — в банку с вареньем положил бриллианты. Ровно двенадцать штук. А потом эту баночку у него свистнули.

— И он просил тебя найти ее? Правильно? — догадалась Ленка.

— Совершенно верно. Да, ты еще в тот день, наверное, дома была. У меня даже возникло желание поехать к тебе, взять сигаретную пачку с камнями и преподнести ему на блюдечке. Представляешь, какой был бы эффект? Но я удержалась. А теперь вот думаю — правильно ли сделала... Хоть бы бриллианты не пропали. А теперь вот ищи неизвестно где. — Я рассеянно пила кофе.

— Ну и запутались мы. Кстати, а ты не знаешь, откуда твой Колечка взял эти камушки?

— Во-первых, не надо называть его моим. А во-вторых, был у нас с ним короткий разговор, и я кое-что узнала. Но мне это еще проверить надо. Колян сказал, что его одноклассник попросил о маленьком одолжении и деньги хорошие предложил. А надо было всего только банку выкрасть. Вот он и согласился.

— Дурак, — констатировала подруга.

— Сама знаю. Завтра пойду искать этого одноклассника.

— А сегодня позвони по поводу двери, — снова напомнила Лена.

— По-моему, не очень красиво с твоей стороны постоянно талдычить мне об одном и том же, — изобразила я гневное лицо. — И где я тебе сейчас, ночью, деньги возьму?

— А представляешь, что там сегодня у меня будет, когда они узнают, что я сбежала? — набросилась на меня подруга.

— Кстати, именно поэтому я сегодня туда не желаю ехать. Там на самом деле сейчас может засада ожидать. Вот ты и ответила на свое предложение. — Я даже облегченно вздохнула.

— Тогда, наверное, мне никогда уже не доведется

домой попасть, — заскулила Ленка. Кажется, она была на грани истерики. — Что же мне, на улице теперь жить? Лучше умереть!

— Ну что ты такое говоришь... — попыталась я успокоить подругу, хотя мне вдруг стало ужасно смешно. — Еще не все потеряно. Хочешь, мы какой-нибудь прибамбас разыграем. Вызовем наряд милиции, и их там всех переловят. Потом спокойно можно будет спать. Или демонстративно тебя арестуем. Руки тебе заломят, наручники нацепят, в машину посадят и увезут. Если бандиты такое увидят, больше никогда даже близко к тебе не подойдут.

— Я смотрю, тебе весело. — Ленка уже хлюпала носом. — А мне вот совсем не смешно.

— Но это правда может сработать. Я вовсе не смеюсь.

— А ты сейчас уйдешь? — вдруг, словно очнувшись, посмотрела на меня подруга. — Ты ведь посидишь немного и домой пойдешь? А я останусь тут одна?

— Я бы с удовольствием никуда не уходила. Но мне надо, — сказала я тихо. — Сама ведь все понимаешь. Мне и позвонить могут. Да наверняка именно сейчас и названивают. Да мало ли чего еще? Ведь не каждый знает номер моего сотового. И, между прочим, я сегодня из-за тебя наверняка очень важный разговор пропустила, не услышала. Думаешь, я просто так, без дела сижу-прохлаждаюсь? — Я так сказала и вдруг поняла, что именно сейчас я и сижу без дела, хотя дел у меня невпроворот.

— Ладно. Я, пожалуй, лягу спать. — Ленка стала тихой, и было видно, что она устала. — Но мне все это не нравится.

— Звони мне на сотовый в любое время, — сказала я.

— Хорошо, — послушно кивнула подруга, встала и поплелась в комнату.

Я еще покурила, прибрала на кухне, заглянула в комнату, где спокойно лежала и, кажется, уже спала Ленка, а потом ушла, захлопнув дверь.

Ехать сейчас к скупщику — никакого резона. Если вот только к Виктору наведаться? Вечером, может быть, даже проще будет его найти.

Я села в свою верную бежевую «девяточку» и поехала во двор Николая. Я была там разочек вместе с ним, когда заезжали кое-какие его вещи забрать, и прекрасно помнила дорогу. Так что теперь уверенно и спокойно направила туда машину.

Меня только мучило то, что я действительно могла пропустить какой-нибудь важный телефонный разговор скупщика. Сама же, главное, на него мужика провоцировала. Эх, надо было машину оставить около его конторы и записывать все телефонные звонки. И что я сразу не догадалась?

А тут я еще вспомнила о костях своих гадальных. Как только попаду домой, обязательно воспользуюсь их услугами. Очень уж ситуация непонятная.

Когда я добралась до двора, где обитал Коля, было уже темно. Но на лавочке сидели молодые парни и громко смеялись. Я неторопливо вышла из машины, осмотрелась и подошла к молодежи.

— Ребятки, где бы мне Виктора найти? — обратилась я к ним.

— Какого Виктора? — засмеялся кто-то.

— А у вас их тут много? Давайте всех.

— А зачем? — Парни обменялись любопытными взглядами.

— Много будете знать, скоро состаритесь.

— По вам сразу видно, что вы знаете много, — подколол меня самый говорливый парнишка. Все дружно заржали.

— Ну тут ты не прав, дружок, по мне многого не видно. Однако кое-что имеется, — скучным голосом сказала я.

— На что вы намекаете? — не растерялся парень.

— На то, что вам лучше сказать мне, где найти Виктора. Тогда я очень быстро отсюда уйду.

Я понимала, что наш разговор просто заходит в тупик. У меня не было ни времени, ни желания продолжать его в таком духе. Надо было срочно что-то предпринять.

— Тетенька, а вы смешная, — захихикал кто-то.

— Я смотрю, ты тут главный, — обратилась я к тому пареньку, который нелестно отозвался о моем возрасте. — Не побоишься поговорить со мной наедине?

— Боюсь, честно говоря, — тем не менее гордо подняв голову, сказал он. — Мне мама не велела с незнакомыми тетями и дядями разговаривать. Не говоря уж о том, чтобы куда-то с ними наедине ходить.

Но он все-таки встал. Я повернулась и грациозным

шагом направилась подальше от лавочки. И только тут вспомнила, что не похожа на саму себя. Я ведь так и не переоделась после маскарада для скупщика. Но тогда вообще непонятно, почему я не пришлась парням по вкусу. Вроде выгляжу нормально — этакая симпатичная и богатенькая девочка.

— Вот что, — резко повернулась я к мальчишке, когда мы отошли, а заодно вынула из кармана милицейское удостоверение. Оно у меня, мягко говоря, не совсем официальное. А если еще точнее — то давно просроченное. Но в таких вот случаях оно меня выручает. — Или ты сейчас мне подробно рассказываешь, как и где найти Виктора, или я тебя за оскорбление привлеку. Я добрая бываю до поры до времени.

Лицо парня скривилось.

— Я вас не оскорблял, — хмуро сказал он. — Ведь не знал, откуда вы. А то бы...

— Меня не волнует твое отношение к родной милиции, которая тебя бережет. Так что можешь не распространяться по этому поводу. Итак, Виктор. Где он?

— Да пошли вы! — отмахнулся мальчишка.

Я легонько взяла его за руку и чуть ее повернула. Со стороны это смотрелось очень даже невинно, да только представляю, как ему было больно. Но он, герой, даже не пискнул. Только сощурился немного.

— Ты в партизаны, что ли, записался? Я чего-то не пойму. Что строишь-то из себя? Будто я у тебя секрет ваших соленых огурчиков выпытываю. Говори быстрее, и разойдемся.

— Ого! На ловца и зверь бежит, — мотнул головой в сторону парень. — Вон он, ваш Виктор. Пользуйтесь и считайте, что вам повезло.

— Какой ты все-таки нелюбезный! Было бы у меня побольше времени, я бы научила тебя хорошим манерам. Не будет у тебя везения, мальчик, если не научишься правильно с женщинами разговаривать.

Я оставила паренька и быстро пошла к тому мужчине, на которого он мне показал.

— Виктор! — окликнула я его.

— К вашим услугам, — проворковал тот, скользя глазами по моей фигуре.

— Колечку знаете? — Мне стало противно.

— Какого Колечку?

— Одноклассника своего бывшего. Которого просили баночку одну слямзить.

— Какую еще баночку? — широко раскрыл глаза Виктор.

— Давайте не будем задавать друг другу лишних вопросов. Я прекрасно знаю о вашем ему поручении, так что просто ответьте мне, для кого вы это делали. И лучше побыстрее. Я, знаете ли, тороплюсь.

— Шли бы вы, девушка... — огрызнулся он. — Я совершенно не понимаю, о чем вы говорите.

— С головой не в порядке?

Я стала надвигаться на парня. Но он, видимо, что-то сообразив, вдруг дал деру. Да так активно, что я не успела глазом моргнуть, как он скрылся за ближним углом. И когда я добежала туда, Виктора видно уже не было.

Вот сволочь какая... Удрал! И что же мне теперь делать? Где его искать? В принципе-то я знаю, на кого он работает. Только как мне узнать, кто такой этот самый Петр. Хм, а что, если к тому же самому Гарику обратиться? Он просто обязан помочь, раз клиента мне подкинул. Попробуем вычислить Петра по даче, ведь принадлежит же она кому-то. Вот и узнаем. Точно, прямо завтра поеду в знакомое местечко, узнаю адресочек дачи у какого-нибудь соседа, а потом буду вычислять.

Я села в машину. Надо было бы уже домой ехать, но меня почему-то понесло к Ленкиному дому. Очень хотелось узнать, дежурит там кто-нибудь или нет.

Подъехав не очень близко, но так, чтобы было видно окна, я остановилась. Света нет. Последим, может луч от фонарика мелькнет.

Я выкурила пару сигарет, но за Ленкиным окном ничего не поменялось. Подниматься я не решилась, развернулась и поехала домой.

Посмотрев на себя в зеркало в прихожей, я сначала чуть не вскрикнула, но потом сообразила, в чем дело, — я же в чужом образе! Я разделась, сняла с себя всякую гадость типа парика, линз и прочего и отправилась в ванную. И только я уже ногу через край ванны закинула, как зазвонил телефон.

Как была голышом, я кинулась к аппарату, взяла трубку и снова пошла в ванную.

— Татьяна? — спросил голос, который я узнала сразу.

— Почему Татьяна? — спросила я у Петра. — Обычно ваши называют меня Ивановой. — Что вы хотите? Камни я еще не нашла.

— Леночка уже на вашем горизонте появилась? — нагло спросил он.

— В каком смысле? — прикинулась я дурочкой. — Вы ее что, отпустили?

— Она убежала сама.

— Да что вы говорите! — накинулась я на него. — Неужели вы посмели что-то сделать с ней? Вы в своем уме?

— Я ничего с вашей подругой не делал. Она исчезла сама. И я думал, честно говоря, что она уже у вас. — Петр был немного обескуражен.

— Но у меня ее нет. Говорю вам в последний раз, если с ней что-то случится, то вам не поздоровится, — почти кричала я в трубку.

— Я позвоню вам завтра, — медленно произнес перепуганный мужик.

— Завтра может быть поздно. Ее надо срочно найти, — не унималась я. — И сделать это должны именно вы. Вы потеряли, вам и искать. Вы были у нее в квартире?

— Там мои люди, — коротко ответил Петр. — Но она там не появлялась.

— В общем, вы меня поняли. От того, что с ней, зависит ваша жизнь. Я обещаю, что смогу вам ее изрядно попортить. Поверьте мне.

— Охотно верю. До свидания. Спокойной ночи.

— Вам бы такой спокойной ночи!

Я бросила трубку. А здорово я его припугнула... Вот и славно, пусть помучается. А он, между прочим, ласково разговаривать стал. Просто удивительно. Видно, еще не до конца конченый человек. Совесть в нем еще есть, видимо, хоть и немного. Может, и совсем отстанет? Хотелось бы.

Положив трубку, я окунулась в воду. Хорошо-то как! Интересно, чем там Ленок мой занимается? Надеюсь, что спит.

Я повалялась в ванне примерно с полчасика, потом хорошенько вымылась под душем. Завернувшись в полотенце, я села в комнате на диване, включила телевизор и бессмысленно в него уставилась. Что-то я хотела сделать важное? Совершенно забыла, что именно.

Пропажа бриллиантов не выходила у меня из головы. На самом деле, куда они могли исчезнуть? Просто полтергейст какой-то, хоть я и не верю ни во что такое сверхъестественное. Ну, кроме своих гадальных костей, конечно. А вот что, кстати, я хотела сделать — погадать!

Я достала мешочек с двенадцатигранниками, погрела додекаэдры в руке и подумала о камнях. Потом бережно кинула косточки на столик. Комбинация была такой: 13+30+3 — «Вас порядочно расстроило одно незначительное обстоятельство, которому из-за своей впечатлительности вы придали слишком большое значение».

Ничего себе — незначительное обстоятельство! Я чуть не разозлилась. Как это так! Пропали двенадцать бриллиантов на крупную сумму денег. А мои драгоценные косточки говорят, что это незначительное обстоятельство. Да они просто смеются надо мной!

Я снова уселась на диван и закурила сигарету. Мои нервы никак не могли успокоиться, а это совершенно никуда не годилось.

Сейчас возьму и лягу спать. И гори оно все синим пламенем. Главное, Ленка убежала, а что там дальше будет — плевать! Я не нанималась искать эти камушки.

И тут я снова вспомнила про Клименко. Вот бы его сейчас в гости пригласить... Но только не для того, чтобы он мне про брюлики свои пел, а так — для романтического ужина. Мне, честное слово, не помешало бы.

Я закрыла глаза и размечталась. И даже не заметила, как уснула. Проснулась я где-то в половине второго. Телевизор все еще продолжал работать. Я выключила его и поплелась спать окончательно.

Ночью мне снился Петр. Он хотел, чтобы я отдала ему мои кости. Все объяснял, что если они будут у него, то он отдаст мне бриллианты. Я же не хотела менять их. Он злился и обещал Ленку отправить за границу. Причем не одну, а вместе с другом Олега Клименко. Вроде бы они полюбили друг друга. Честное слово, я была удивлена, когда утром проснулась и вспомнила все это. Кажется, бардак начался не только в жизни, но и в сновидениях. Дожила.

ГЛАВА 9

Первым делом я решила наведаться с утречка на дачу Петра. Естественно, подходить к ней я не собиралась, а хотела просто спросить, как то местечко называется и где можно взять информацию о проживающих в нем. Должны же быть там какие-нибудь комитеты, которые собирают деньги или еще чего. Не хотелось мне по такому ерундовому поводу звонить Гарику, чтобы потом очередной раз не отмазываться от его приглашений на ужин.

Даже не позавтракав, я села в машину и погнала по полупустым дорогам. Машин было не очень много, и я надеялась обернуться очень быстро.

О, как мне повезло, что я встретила, когда въезжала в лес, ту самую машину, хозяин которой подвозил меня, когда я сбежала от Петра. Кажется, я что-то наплела ему про забытый и включенный утюг.

Я «мигнула» фарами и махнула рукой. Машина притормозила. Веселая, я выбежала навстречу.

— Как я рада видеть вас! — приветливо крикнула я, еще даже не дойдя до двери.

Мужчина вышел из салона автомобиля.

— Узнаю свою попутчицу, — улыбнулся он в ответ.

— Куда это вы так рано собрались? — задала я идиотский вопрос. Мало ли кто куда утром едет... Может, на работу или еще по каким делам. — Я хотела вас поблагодарить. Вы мне тогда очень помогли, — продолжала я ворковать.

— И в самом деле? — Мужчина был приятно удивлен таким моим вниманием и столь горячей благодарностью.

— Ну конечно! Я успела как раз вовремя. Задержись я чуть подольше — случилось бы непоправимое, — я старалась говорить больше, чтобы не дать моему спасителю возможности задать мне какой-нибудь неподходящий вопрос. — А сейчас вот приехала, надо с Зубановой увидеться, а я, как назло, забыла, на какой даче она живет. Вы случайно ее не знаете?

— Нет, — удивился мужчина.

— Кстати, а как вас зовут? Меня Татьяна.

— Михаил.

— Значит, не знаете, Михаил?

— Нет. Даже не слышал такую фамилию, — пожал он плечами и посмотрел на часы.

— Вы, наверное, торопитесь, а я вас тут задерживаю... — всполошилась я.

— Да, на работу надо.

— Только один последний вопрос. Как вы думаете, к кому мне можно здесь обратиться? А то я мало кого тут знаю. Мне нужен такой человек, чтобы всех знал.

— Ну это разве что к председателю кооператива...

— Вот-вот. А как мне его найти?

— Да он тут недалеко. Вы, кстати, тогда с его стороны шли. Его зовут Петр Евгеньевич Ветров. На Веселой прямой. Его участок четырнадцатый.

— Петр? Так я его знаю. Но он мне не говорил, что он председатель кооператива. Какой, однако, скромный. Значит, он знает, вы думаете. Ну спасибо. Извините, что задержала вас. Увидимся... — крикнула я и быстро побежала к своей машине.

Я подала чуть назад и в сторону, чтобы пропустить автомобиль Михаила. Он махнул мне рукой и уехал. Я же стала обдумывать, как мне поступить дальше.

Хорошо, что я теперь знаю фамилию Петра. Но не думаю, что он все время живет на даче. У него, наверное, и в городе хата есть. Вот бы мне ее адресочек узнать... Но к самому Ветрову ведь не пойдешь. Неужели все-таки придется с Гариком говорить из-за такой ерунды? А вдруг у нас в городе Ветровых как собак нерезаных? И все Пети. Тогда я замучаюсь.

И тут я увидела в зеркальце заднего вида женщину. Она вышла с дачи, которую я уже проехала, и пошла по направлению к трассе. Недолго думая, я развернула машину и быстро ее нагнала.

— Вас подвезти? — остановилась я и выглянула в окно.

— А вы куда едете? — Женщина совершенно не удивилась предложенной мной помощи.

— Вообще-то, я в Тарасов. А вам куда?

— А мне к магазину, на остановку.

— Тогда садитесь, — предложила я.

Женщина неторопливо подошла, открыла дверцу и села, аккуратно подобрав свою длинную юбку.

— День, похоже, жарким будет, — внимательно посмотрела она на меня.

— Да уж, похоже на то. Вот приехала к Ветрову, а его нет. Представляете? Договаривались с ним, а он куда-то уехал. Даже не представляю, где теперь его искать.

— К нашему председателю? — переспросила женщина.

— Да. К Петру Евгеньевичу. У него вчера что-то случилось. Сам позвонил мне и просил, чтобы я приехала, и... исчез. А я с утра пораньше старалась приехать, — смущенно улыбнулась я.

— Да, — кивнула женщина, теперь уже безо всякого интереса глядя на меня, — у них и правда вчера переполох какой-то был. Я к Верке ходила мимо его дачи. Так вот там все бегали, и машины туда-сюда сновали. А уж в чем именно дело было, я не знаю.

— Но с ним-то самим все в порядке? Вы видели его? — Я смотрела на дорогу.

— Слышала его голос. Он звал Германа своего.

— И что он ему говорил? — Я старалась выглядеть не очень любопытной. И спрашивала как бы между прочим, будто мне не особо интересно, но знать все же хочется.

— Да ничего особенного. — Женщина скорчила рожицу. — Я и не слушала. Как раз мимо проходила.

— Понятно. Да, история. Надеюсь, у него ничего серьезного. А то ведь сейчас я не нашла его. На даче вообще мне никто не встретился, даже садовник. Просто удивительно! И узнать не у кого, где в Тарасове его найти можно. Да... — добавила я печально и снова уставилась на дорогу.

— Бывает, — неопределенно сказала женщина.

— Бывает, — повторила я.

Мы немного помолчали. Показалась дорога и магазин. Я притормозила у поворота.

— Вы здесь будете выходить? — вежливо спросила я.

— Я вот точно не знаю... — все же не утерпела русская душа моей пассажирки, растревоженная моими намеками. — Вроде бы Ветров на перекрестке Гоголя и Ленина в новом доме живет. Там один такой высотный. Квартиру не знаю, но, кажется, в нем.

— Да вы мне просто неоценимую услугу оказали! — обрадовалась я. — Спасибо вам большое. Надо же, как мне повезло...

— Да ладно, чего уж там. Вдруг у него на самом деле

что-то серьезное стряслось. — Женщина вышла из машины. — До свидания. И спасибо вам, что подвезли.

— Пожалуйста. До свидания, — с готовностью откликнулась я и тут же, выехав на трассу, припустила обратно в Тарасов, к Гарику. Теперь мне точно не обойтись без его помощи. Дом я уже знаю, а узнать квартиру будет несложно.

По дороге я вспомнила, что мне еще и к скупщику надо заглянуть. Ну, то есть послушать его телефонные переговоры. Решив, что будет лучше Папазяну просто позвонить, я поехала к «бриллиантовой» конторе. Устроившись так, чтобы мне было видно вход в нее, я включила свое подслушивающее устройство. Но в наушнике стояла полнейшая тишина. Я посмотрела на часы. Ну, конечно, еще ведь и рабочий день не начался. Но я, естественно, нашла себе занятие.

— Гарик? Это ты? — сказала я в трубку, вообще-то узнав товарища по голосу, но все равно решив переспросить.

— Уж не с Ивановой ли я говорю? — довольно чопорно отозвался он, также узнав меня, но решив зачем-то повыпендриваться.

— Именно. Привет.

— Привет. Ну как тебе твой новый клиент? — спросил Гарик. — И чем он расплачиваться собрался? Не драгоценными ли камнями?

— Гарик, хватит смеяться. Я, между прочим, и не стала на него работать. Я же говорила тебе, — отчеканила я.

— Почему? Неужели он тебе не по нраву пришелся?

— Что ты этим хочешь сказать, дорогой? — делано обиделась я. — Что я работаю только с теми, кто мне нравится?

— Нет, конечно, — засмеялся и вдруг закашлялся Папазян. — Просто мне показалось, он в твоем вкусе. Могла бы уступить. Тем более что его дело как раз по твоей теме. Рекомендовал тебя я, а получается, что ты, родная, меня подвела.

— Ничего такого не получается. А тебе меньше курить надо. Даже летом кашляешь.

— И все же? Я хочу знать, почему ты ему отказала? — более серьезно спросил Гарик.

— Я не отказала. Но работать на него пока не согласилась. И на то у меня есть причины. Его делом я потихоньку все же занимаюсь, поэтому у меня к тебе просьба, — решила я долго не тянуть. — Ты клиента прислал, вот теперь и помогай.

— Думаешь, я не догадался, что ты неспроста мне позвонила? Выкладывай давай, что за проблема?

— Узнаю моего дорогого друга, — обрадовалась я.

— Не напоминай мне об этом.

— О чем? — я не сразу поняла, о чем Гарик говорит.

— О том, что я для тебя только дорогой друг.

— Да ладно тебе! В общем, Гарик, мне надо узнать, где живет один типчик. Зовут его Ветров Петр Евгеньевич. Года рождения не знаю. Но могу сказать, что ему примерно около пятидесяти. Живет он в новом доме на перекрестке Ленина и Гоголя. Мне нужен номер его квартиры — это раз. А во-вторых, и все остальное, что сможешь про него узнать, — где работает, есть ли у него интересное прошлое и так далее? Ну, ты сам в курсе.

— Фамилию еще раз повтори. Записать не успел.

Я повторила Папазяну все свои вопросы.

— Ну как? Можешь прямо сейчас этим заняться? — поинтересовалась я.

— Вечно ты гонишь, Иванова, все-то тебе некогда...

— Гарик, за мной бутылка отличного коньяка. Не заржавеет!

— Что мне с твоим коньяком делать? Голову мыть? У меня своего полно. Сам кого хочешь угостить могу, и тебя в том числе. — В голосе Папазяна появились сладкие нотки.

— Разберемся. Звони мне на сотовый. Спасибо. Пока. Буду ждать.

Положив трубку, я закурила. Вот не уйду отсюда, пока хоть чего-нибудь не дождусь! Все-таки Гарик должен говорить со мной об этих бриллиантах, если по его наводке со мной в последние дни всякие недоразумения происходят.

И тут я увидела, что к магазину, за которым я попутно наблюдала, подъехала «Ока». Из нее и вышел скупщик. Надо же какой маскировщик — на такой смешной машине катается... А у самого денег, поди, куры не клюют, как говорится. Наверняка же он получает определенный процент за свои наводки.

Скупщик открыл свою шарашку и вошел. Благодаря первому «жучку» я услышала, как он там передвигается, насвистывая что-то себе под нос. В хорошем, видать, мужик настроении пребывает. Это уже радует.

Ждать мне пришлось около часа, в течение которого ни одного звонка не было. Неужели мне придется оставлять здесь машину, чтобы записать его разговоры? А просидеть тут весь день самой тем более нереально.

И тут произошло то, чего я с таким нетерпением ждала, — зазвонил телефон. У меня сразу высветился номер звонившего. Вот что значит хорошая аппаратура!

— Утро доброе, — сказал приятный мужской голос. — Ну что? Вы меня узнали? Покупать будете?

— У вас уже на руках? — поинтересовался скупщик.

— Пока нет. Но думаю, это вопрос одного-двух дней. Хочу просто узнать — наша договоренность остается в силе?

— Ну, конечно, о чем разговор! Я своего решения не меняю. Тем более что у меня уже и покупатель имеется на примете, так что сразу от них избавлюсь. Одна дамочка, интересная такая...

— Какая дамочка, мне не важно. До свидания. Как только все будет готово, сразу позвоню.

— Всего хорошего.

Вот, собственно, и вся беседа. Немного я узнала нового. Но самое главное, что у меня теперь имелся телефон того, кто собирается продать скупщику пропавшие камушки. Ведь речь явно шла именно о них. Почему, интересно, «продавец» так уверен, что заполучить брюлики — дело двух дней максимум? Не потому ли, что он уже знает, где они находятся? Разумное предположение. Значит, вот он — еще один конкурент, который обвел меня и Петра вокруг пальца.

Надо звонить снова Гарику, пусть скажет, кому принадлежит номер, который у меня определился. И по какому адресу тот телефончик стоит. Если сделать все быстро, я вполне могу застать «продавца» на месте.

Только я взялась за сотовый, как он сам зазвонил.

— Таня, это Гарик. Твой Ветров — очень интересная личность. Только поговорим не по телефону. Подъехать сможешь?

— Гарик, солнышко... Пока не могу, да это и не го-

рит. Ты мне лучше еще один номерок проверь на адресочек... — И я назвала ему цифры. — Очень надо и желательно как можно быстрее.

— У тебя семь пятниц на неделе, — чуть обиделся Папазян.

— Я работаю. У меня появляются новые факты. Очень
прошу, Гаричек... — разнылась я.

— Жди. Я сейчас.

Папазян перезвонил ровно через четыре минуты.
Столько ему понадобилось, чтобы залезть в компьютер и
узнать, кому принадлежит названный мной номер.

— Дорогая моя, сообщаю: тот телефон стоит в гостинице «Братислава». Большего сказать не могу.

— Спасибо большое. Я тебе перезвоню.

Я газанула и поехала на набережную. Гостиница, значит. Что же получается: наш «конкурент» — человек при-
езжий? Или он в «Братиславе» работает? Как бы узнать
потактичнее, вдруг он в самом деле сотрудник гостиницы...

Через двадцать минут я припарковалась недалеко от
отеля и оставила машину на стоянке. В фойе, за красивой
высокой стойкой, сидела симпатичная девушка и переби-
рала какие-то бумаги. Я решительно подошла к ней и посмотрела на бейдж.

— Доброе утро, Виктория Павловна. Меня зовут Татьяна, и мне очень нужна ваша помощь, — мило улыбнулась я.

— Здравствуйте. Так чем я могу вам помочь? — ровным, каким-то заученным голосом спросила она.

— Дело в том, что недавно, примерно с полчаса назад,
с вашего телефона, — я протянула бумажку с номером, —
звонил мужчина. И мне нужно кое-что ему передать.
С ним разговаривала не я, а другой человек, который, к
сожалению, не знает телефона вашего гостя. Мы только
узнали, что звонили от вас. Не могли бы вы помочь мне
найти этого мужчину.

Девушка посмотрела на мою бумажку с номером телефона, потом на меня.

— Ничем не могу вам помочь, — холодно произнесла
она. — Если дело ваше настолько серьезно, то человек
сам догадается вам перезвонить. В любом случае я не
могу сообщать вам информацию о наших клиентах.

«Ага, значит, он все же постоялец гостиницы», — быстро сообразила я.

— Виктория Павловна, меня начальник убьет, если я не найду звонившего. Я же по делу, не просто так! — И я скорчила мину отчаявшейся работницы и полезла в карман за универсальной «отмычкой». — Прошу вас, дорогая, помогите мне. Я просто на краю гибели! — Я положила перед администраторшей сто долларов, благо никого, кто мог бы заметить это, рядом не было.

Девушка колебалась долю секунды. Ловким изящным движением она взяла купюру и положила куда-то вниз, за стойку.

— Этот номер действительно наш. Кроме того, аппарат стоит здесь. И звонил, я так полагаю, наш постоялец. Примерно с полчаса назад он спускался сюда, — негромким голосом сказала она.

— Я могу с ним увидеться? Скажите, пожалуйста, в каком номере он остановился? — обрадовалась я.

— Дело в том, что он как раз уезжал. Спустился вместе с вещами и позвонил. Так что о его местонахождении я ничего не знаю, — противно улыбнулась администраторша.

— А как его звали, не подскажете? — спросила я, будто просто хотела удостовериться.

— Сейчас посмотрю, — девушка пощелкала кнопочками компьютера. — Сергеев Иван Борисович. Он ночевал тут только одну ночь. Вчера вечером приехал, а сегодня с утра уже отбыл.

— Спасибо. А есть еще какие-нибудь сведения о нем? Даже не представляю, как теперь его искать. — Я продолжала ломать комедию, несмотря на почти откровенную ухмылочку администраторши.

Девушка развела руками.

— Но ведь он, наверное, паспорт вам показывал... — Я достала еще сотню.

— Да, конечно.

И эта бумажка исчезла за стойкой. Зато я узнала то, что хотела. «Добрая» Виктория Павловна назвала мне номер и серию паспорта неизвестного мне пока господина Сергеева. Между прочим, у него оказалась тарасовская прописка. Странно, зачем человеку, живущему в Тарасове, пользоваться гостиницей? Впрочем, сейчас разрешается все, что угодно, только деньги плати.

— А как он выглядел? — решила спросить я.

— Нормально, — подняла девушка брови. — Высокий такой, представительный мужчина. Лет ему где-то под сорок.

— Да, да, — неопределенно кивнула я и вышла на улицу.

Не сходится у меня ничего. Я почему-то была уверена, что предъявленный в гостинице паспорт — просто фикция. Ну зачем бы обычному человеку в собственном городе ночевать в отеле? А если допустить, что человек этот необычный — он ведь связан каким-то образом с бриллиантами, — тогда становится понятно, что поступил он так специально.

Конечно, я сейчас поеду по полученному адресу, но вряд ли я там застану того, кто мне нужен. Хм, Сергеев Иван Борисович... Ну ничего мне это имя не говорит!

Я выкурила сигарету. Все равно проверять было надо, и я поехала в самый дальний городской район, где, как я знала, находилась названная администраторшей улица.

По дороге я поняла, что ужасно хочу есть. Но терять драгоценное время было жалко, и я не стала нигде останавливаться, чтобы перекусить. А тут, как назло, еще и пробки на дорогах... В общем, когда я остановилась около нужного дома, разозлилась окончательно.

— Здравствуйте. — Я окинула взглядом мужчину, который открыл мне дверь, и сказала: — Мне нужен Сергеев Иван Борисович.

— Я вас слушаю.

Мужик стоял передо мной в семейных трусах и не испытывал при этом никакого дискомфорта. Вид у него был весьма помятый. Сразу видно — человек с похмелья. И мне все стало ясно.

— Вы были сегодня в гостинице «Братислава»? — все же задала я ему этот вопрос.

— Где? — сощурился зачем-то мужик.

— В гостинице? Вы, кажется, оттуда нам звонили.

— Кому вам? Я сегодня вообще никуда не звонил.

— Покажите ваши документы. — И тут я достала свое просроченное удостоверение и махнула им перед носом мужчины.

— Какие документы?

— Паспорт, например.

— Нет его. Я его потерял, — гордо заявил мужик в трусах.

— Кто тут пришел? — Рядом с ним появилась такого же помятого вида женщина. — Что-нибудь случилось? — вяло обратилась ко мне тетка.

— Она говорит, будто я сегодня в гостинице был, — загоготал мужик, кивнув в мою сторону.

— Да вы что! Он дома все утро, — громогласно объявила всклокоченная тетка. — И соседи сверху могут подтвердить. Они нас как раз сегодня водой залили.

Я и без их оправданий понимала, что этот Иван Борисович Сергеев никак не подходит под описание, данное любезной Викторией Павловной, администраторшей гостиницы. Ну какой он высокий, какой представительный? Да просто замухрышка ведь!

— Если вы потеряли паспорт, то вам надо срочно в милицию обратиться, — грозно сказала я напоследок и стала спускаться по лестнице.

ГЛАВА 10

Впрочем, нечто подобное я и предполагала, но все равно настроение мое ухудшилось. Как жалко, что звонивший скупщику тип съехал из гостиницы. Вот если бы мне удалось с ним свидеться и познакомиться, поговорить... Но, как видно, не судьба. Надеюсь — пока. То есть временно.

Теперь следует поехать к Гарику и узнать, что представляет собой мой знакомый Петр Ветров. Кажется, Папазян сказал, что типчик он весьма интересный.

Когда я вошла к Гарику в кабинет, на меня, наверное, было страшно смотреть.

— Танечка, ты ли это? — раскрыл он мне свои объятия. — Прости, но я совершенно тебя не узнаю.

— Вот-вот... А все почему? Потому что ты подкинул мне непонятно какого клиента. Я теперь бегаю, с ног валюсь от усталости... И никакого пока толку...

Мне на самом деле хотелось, чтобы меня хоть кто-нибудь пожалел. Вообще-то опасно было доверять такую роль Гарику, но на моем горизонте другой кандидатуры пока не было.

— Слушай, пойдем в какое-нибудь кафе... Посидим там, выпьем вина хорошего, поговорим обо всем. Расскажешь мне о своих проблемах. Может, помочь чем смогу, — предложил расчувствовавшийся Гарик.

— А я сегодня даже стакана воды не выпила за все утро, — констатировала я факт.

— Так нельзя, Таня! Надо себя беречь. И если даже, казалось бы, ничего не хочется, то надо себя заставлять есть, а то ведь так и ноги протянуть недолго. — Папазян чуть ли не слезу пустил от жалости. — Идем. Сейчас сразу легче станет, сил прибавится... А уже потом снова в бой.

Давно никто не обращался со мной, как с маленькой девочкой. А ведь мне все приходится делать самой. Самой надо быть сильной и деловой. Самой решать свои и чужие проблемы, справляться с дурным настроением и все такое прочее. И как бывает приятно — только не надолго! — почувствовать отеческую заботу и мужское внимание. Любовь, наконец! Конечно, от Гарика последнего (да и предпоследнего тоже) мне не надо, но ведь есть же еще и другие мужчины на белом свете. Или совсем перевелись? Не может такого быть!

Например, Клименко. Довольно симпатичный. Жаль, что сейчас у него более важные дела имеются. Да и я, кажется, не на пляже валяюсь. Ох, скорее бы все это закончилось... Найти бы эти дурацкие бриллианты и со спокойной совестью уехать куда-нибудь. Скажем, на турбазу.

— Гарик, я с удовольствием соглашаюсь на кафе. Только на самое хорошее. Чтобы тенечка и ветерочка было много, чтобы там вкусно кормили, а главное — чтобы в нем поменьше было народу. — Я уже предвкушала, как рассядусь в кафе и буду блаженствовать.

— Как скажешь, дорогая. Все будет так, как ты захочешь, — чуть ли не напевал Папазян.

Мы вышли из здания и немного прошлись по главной улице.

Потом неожиданно мой милицейский друг потащил меня куда-то налево. Мы прошли через два двора и оказались на спокойной улочке. Здесь и вправду было очень тихо, и что самое интересное — здесь действительно было кафе. Не с зонтиками, а с большим тентом, который очень хорошо защищал от солнца.

— Ты просто волшебник, — не удержалась я от восхищения. — Все как по заказу. — Даже нет, не волшебник — джинн.

Мы сели за чистый столик. Невдалеке молодой человек полил асфальт из шланга, и от мокрого тротуара веяло свежестью и прохладой. Мне уже стало хорошо.

Потом я выбирала, что именно я собираюсь кушать. Затем минут двадцать мы с Гариком ждали, когда принесут заказанное, попивая небольшими глоточками прохладную минералку. (От вина я сразу отказалась — не надо выпивки мне сейчас.)

— Ну так расскажи мне про Ветрова, — напомнила я Гарику. — Чего тянешь?

— Мы так классно сидим, а ты хочешь все испортить, — вздохнул Папазян. — Ну что ж. Сама напросилась.

— Ты говорил, что он интересный?

— Угу. Короче, Ветров Петр Евгеньевич на самом деле является председателем дачного кооператива «Ветерок». — Гарик сразу стал серьезным.

— Как это символично, — усмехнулась я.

— Он уже лет семь как занимается этим делом. Думаешь, все? Не-ет. Оказывается, по молодости он сидел в тюрьме. Дело в том, что он работал на золотых приисках и, говорят, убил там человека за несколько сот граммов золота. Но хоть обвинение и было предъявлено, однако ничего не смогли доказать. Посадили же его только за то, что он хотел скрыть от государства свое «богатство». Впрочем, и золото нашли не все. Вероятно, он успел часть припрятать.

— Чушь какая. — Я проводила взглядом официанта, который принес нам заказ.

— А в тюрьме он был просто образцовым заключенным. И его выпустили с первой же амнистией.

— Какой молодец! — Я сразу же накинулась на салат. — А что потом?

— А потом господин Ветров появился в нашем городе. О нем долго ничего не было слышно, а сейчас он имеет свою лавку, которая скупает драгоценности, а потом их продает.

— И не только изделия, — предположила я. — Просто камни тоже?

— Ну конечно. Сейчас все, что хочешь, можно. Только вот непонятно, на какие шиши он раскрутился. Вернее, понятно: значит, на самом деле припрятал золотишко. — Гарик тоже приступил к трапезе. — Мне вообще-то все равно, чем занимается господин Ветров и что он натворил раньше, главное, чтобы он теперь не мешал нам жить. Но уж если попадется, то спуска ему не будет.

— Интересно, но не очень, — с набитым ртом произнесла я. — Я думала, ты мне что-то совершенно сногсшибательное поведаешь... Значит, у него своя скупка.

— Правильно.

— А что тебе Клименко об этом деле рассказывал? — спросила я.

— Да говорил же я тебе — немного. Он только успел раскрыть рот, что у него, мол, украли бриллианты, а я сразу же сказал, что мы этим заниматься не будем. Да и бесполезно. И посоветовал обратиться к тебе. Теперь, может, ты просветишь меня?

— Охота тебе чужими проблемами голову забивать? — покачала я головой. — Да и вообще, история эта весьма идиотского характера. Услышишь, век хохотать будешь.

— Ты меня заинтриговала. Говори давай. Мне интересно. Глядишь, что и посоветую.

— Нет уж. Пожалуй, я как-нибудь сама... — улыбнулась я.

Я вообще-то не привыкла обсуждать свою работу даже с самыми близкими друзьями. Но в данный момент мне просто захотелось высказаться, а совета никакого и не требовалось. К тому же неизвестно ведь, что человек со стороны может увидеть в твоем деле такое, что тебе и в голову не придет. Да и мне самой хотелось разложить все данные по полочкам, а лучше всего это делать, когда рассказываешь о них кому-то вслух.

— Да ладно тебе! Может, все-таки доверишь мне свою страшную тайну? — Гарик посмотрел на меня насмешливыми глазами.

Я сделала большой глоток минералки, потом схватила куриную ножку.

— Ты не поверишь... — начала я.

— Поверю. Кого угодно обвиню во лжи, но тебе, Танюша, поверю без всяких сомнений.

Я еще немного выдержала паузу — доела ножку, салат, выпила минералки — и только потом обратила свой взор на Папазяна.

— Был у меня кавалер, — скривив рот, произнесла я. — В постели просто ас, но все другое у него напрочь отсутствовало. Особенно извилины на головном мозге. И надоел мне этот товарищ, как редька горькая.

— Ты мне прямо сказочку рассказываешь, — улыбнулся Гарик. — Смотри, а то усну.

— Не придется. Сейчас быстро проснешься. В общем, отправила я его куда подальше, а на следующий день он ко мне приходит и просит отдать ему банку с вареньем, которую незадолго до того принес.

— Какой скупердяй.

— И я ему банку варенья отдала. А потом решила навестить Ленку Француженку, подругу мою. Ну, ты ее знаешь. Так вот, звоню ей. И она вдруг говорит: приходи, дорогая, только банку с вареньем захвати. Я, конечно, немного удивилась — что это всех одновременно на варенье заклинило? — но захватила. Стали мы то варенье кушать, а в нем бриллианты. Естественно, тут мы обе сильно удивились. А баночка эта, как выяснилось, принадлежала Клименко. Он камни лучшим образом не догадался спрятать. При этом засветился в скупке, когда их оценивал.

— А скупка эта принадлежит Ветрову? — спросил Папазян.

— Теперь и я так думаю. Короче, слушай, что дальше было. Банку, оказывается, у Клименко выкрал мой бывший лопух. Денег ему, видите ли, захотелось! Выкрал и притащил ко мне домой. Естественно, когда обнаружилось, что в той баночке, которую я ему вернула по его просьбе, брюликов нет, ему наподдали хорошенько. Только вот не пойму — зачем его взяли в заложники, а в конце концов потребовали бриллианты с меня.

— А ты что?

— Стала бы я камни за такого отдавать! А тут еще «твой» клиент объявился и предъявил мне все бумаги, что бриллианты его. Конечно, я могла сразу их ему отдать, но почему-то не отдала, поленилась, что ли, к Ленке ехать? В общем, не помню.

— Так твое дело и яйца выеденного не стоит? — обрадовался Гарик.

— Не стоило! А теперь стоит ого-го! На следующий день выкрали Лену. А камни оставались у нее в доме, в пустой пачке из-под сигарет. Ладно. Я потом добилась с ней встречи, спросила, куда она их подевала. Оказалось, выкинула в мусорное ведро. Но когда я к ней проникла, никакой пачки там уже не было. Правда, передо мной в ее квартире уже успели похозяйничать. И с ведром тоже.

— Да... — протянул Гарик.

— Вот и представь — Клименко я помочь никак не могу. Впрочем, я вообще теперь не знаю, где эти паршивые драгоценности. Одна радость — Ленка от мерзавцев сбежала. Прячется теперь. А этот Ветров так просто от меня не отстанет. К тому же хочется и Олегу помочь.

— Сразу надо было помогать, — заметил Папазян. — Если бы они узнали, что камни у хозяина, то оставили бы тебя в покое.

— А ты знаешь, что Олег, собственно, не хозяин? — Я устало посмотрела на моего приятеля.

— Слышал.

— Так представь его состояние.

— Видел, — четко ответил Гарик.

— А самое главное — я не могу понять, кто украл камни. И как их теперь найти?

— А настоящий владелец уже приехал?

— Не знаю. Надо, пожалуй, Клименко позвонить. Я тоже думала о нем. Главное, надо узнать, не могли ли те бриллианты умыкнуть какие-то его знакомые. Может так случиться, что все это еще из тех мест тянется, где тот товарищ Олега живет.

— Все бывает. — Папазян задумался, но ненадолго. — Думаю, ты отлично со всем этим справишься.

— И что? Ты даже не хочешь мне чего-нибудь посоветовать? — удивленно вскинула я брови.

— А оно тебе нужно? Я знаю, ты не любишь советы. Да и что я могу сказать? Ты же описала мне историю только в общих чертах.

— Ну, спасибо, хоть покормил... — Я закурила сигарету, дожидаясь десерта. — А знаешь, мне на самом деле стало лучше. И силы появились.

— А кто из гостиницы звонил? — неожиданно задал вопрос Гарик.

— Да, звонили скупщику. Я все проверила, но звонивший человек воспользовался чужим паспортом и уже съехал. Так что облом.

— Ну что ж. Флаг тебе в руки.

— Ага. И бронепоезд навстречу.

— Да ладно тебе прибедняться! Я уверен, недели не пройдет, а ты уже все разрулишь. Кстати, нанялась бы ты все же к этому Клименко. Он деньжат подбросил бы...

— Ну, если только ради этого. Тогда ему придется платить мне очень долго, потому как я сейчас совершенно не представляю, где могут быть камни, — покачала я головой.

Тут у меня зазвонил сотовый. Я извинилась и достала трубку из сумки.

— Таня, привет, — сказала Ленка.

— Привет. — Я обрадовалась ее звонку. — Как выспалась?

— Да нормально. А ты звонила уже мастерам?

— Мы же решили пока не делать дверь, — удивленно спросила я.

— Но мне кажется, что все же надо. Даже если там кто-то есть, ты можешь запросто сказать, что решила сделать подруге сюрприз, чтобы всякие не мотались по чужим квартирам. Тебе ведь ничего за это не будет, — здраво рассудила Лена.

— Знаешь, а мне Петр вчера звонил, — сменила я тему. — Сообщил, что ты пропала. А я ему сказала, что пусть ищет тебя, где хочет, иначе ему несдобровать. А вообще — он негодяй. Возможно, человека в молодости убил. Правда, это не доказали. Так что радуйся, что тебе удалось так легко от него отделаться. И лучше тебе дома пока не показываться.

— А где мне показываться? Я тут решила, что даже в школу звонить не буду. Потом объяснюсь.

— Правильно. Петр ведь и в школу может позвонить. Какая ты у меня все-таки молодец! Вот только с дверью своей пристала ко мне, как репей... — Я была в хорошем расположении духа, потому и говорила ласково.

— Чем быстрее ты с ней разберешься, тем быстрее я от тебя отстану. Ну сама подумай: если бы такое с твоей квартирой было, ты могла бы спокойно спать? Чужие люди могут смотреть там все и брать, что им заблагорассудится.

— Я позвоню, — пообещала я.

— В гости приедешь?

— Да.

— Когда?

— Позже. Пока у меня дела. Ты не скучай там. Уборкой можешь, кстати, заняться. Если приспичит выйти в магазин, парик какой-нибудь нацепи. У меня там в шкафу валяется пара штук, — посоветовала я, потому как знала, что Ленке очень трудно усидеть на одном месте.

— Ладно. Если что — позвоню.

Я положила трубку назад в сумку и посмотрела на Гарика. Тот улыбался, загадочно прищурив свои восточные черные глаза с огромными ресницами.

— Ну что? Пойдем, что ли? — спросил он.

— Спасибо тебе большое. Как, оказывается, важна поддержка друзей. — Я улыбалась так же загадочно в отместку. — Как только закончу с этим делом, обязательно приглашу тебя сама на обед.

— Я прекрасно знаю, что обещанного три года ждут. Так что все с тобой понятно.

Мы встали. Не торопясь дошли до работы Папазяна, я села в машину и поехала. Собралась я домой, чтобы спокойно позвонить по поводу железной двери для Ленкиной квартиры, а еще чтобы «забить стрелку» с Клименко. Значит, мне надо хорошо выглядеть, а тот летний костюм, в котором я сейчас была, для встречи с Олегом не годился. Так что придется переодеваться.

Дома я первым делом занялась дверью. Договорилась с мастерами на девять часов вечера. За два часа, думаю, сделают. Тут я вспомнила, что у меня нет ключей от ее квартиры. Ехать к ней? Но ведь у Ленки тоже, возможно, нет ключей, из-за всех ее приключений последних дней — похищений, побегов... И тут же позвонила подруге.

— А ключи? — сразу запричитала я. — Как ты себе все это представляешь? Приходят мастера, а я им говорю:

«Голубчики, поставьте новую дверь, только сначала я старую отмычкой открою». Так, что ли?

— Дурочка. Спустишься к тете Нине на этаж ниже, скажешь, что Лена просила дать запасные ключи. Я их у нее храню. Впрочем, я могу сама ей позвонить и предупредить о тебе, — придумала Лена.

— Будь добра, позвони. А то мне не хочется доказывать с пеной у рта, что я стараюсь для тебя. Мне ведь могут не поверить.

— Да брось. У тебя такое надежное лицо, — захихикала подруга. — Тебе не только ключи от квартиры, тебе и деньги отдадут.

— Отлично. Пока.

— Как будет готово, сообщи, — успела сказать мне Ленка напоследок.

Потом я набрала номер телефона Клименко.

— Олег, это Татьяна Иванова. Мне надо с вами встретиться.

— Вы что-нибудь узнали? — В его голосе появилась надежда.

— Ничего такого, что могло бы вам помочь, — стала оправдываться я.

— А мы разве не на «ты»?

— Ах, да. Ну так как? Ты сможешь уделить мне полчасика?

— Конечно. Хоть сколько! Где и когда мы встречаемся? — спросил меня Клименко.

— Давай через час в парке на Соборной. У главного входа на лавочке, — предложила я.

— Хорошо.

— Ну все тогда.

Я бросила трубку и стала собираться. Быстро залезла в душ, потом так же быстро высушила волосы. Чуть подкрасилась и стала выбирать себе наряд.

Стоп. А не сошла ли я с ума? У человека горе большое, а я, кажется, соблазнять его собралась...

Моя раздвоенная личность никак не могла решить, как лучше сделать. В конце концов я подумала, что одно другому не мешает, выбрала одну из лучших своих блузок, но надела ее с обычными джинсами. Посмотрев на себя в зеркало, я осталась вполне довольна своим внешним видом.

ГЛАВА 11

По дороге я подумала, что в принципе, прежде чем встречаться, мне надо было выяснить, приехал ли его товарищ. Потому как если он не приехал, то мне и говорить с Олегом не о чем. И зачем я на встречу набилась?

Я ехала на машине и весело посматривала по сторонам, несмотря на всю серьезность момента. Несомненно, предстоящая встреча с Клименко меня радовала. И я совершенно не хотела этому чувству противиться. По крайней мере пока ехала в машине. Потом можно будет изображать из себя серьезную даму, которая ни о чем думать не может, кроме как о деле.

Еще даже не войдя в парк, я увидела Олега. Он сидел на лавочке и смотрел в мою сторону. Опоздала я на пять минут. Что ж, ничего особенного. Бывает даже неприлично приходить на некоторые встречи вовремя. Клименко точно увидел меня, но почему-то даже рукой не махнул в знак приветствия. Неужели совсем мне не рад?

— Привет. — Я встала рядом. — Давай к пруду пройдемся. Там так хорошо. На берегу и поговорим.

— А может, тогда уж на лодке прокатимся? — непосредственно предложил он.

— А что? — Я даже удивилась, почему мне самой не пришел такой вариант в голову. Правда, неплохая идея. — Так даже будет лучше.

— Ага, — вторил мне Клименко. — Никто нас не подслушает.

Я улыбнулась.

Мы неторопливым шагом направились к пункту проката лодок. Пока о деле речь на заходила. Мы просто молчали.

Олег расплатился с мужиком-лодочником, галантно подал мне руку, чтобы я уселась в лодочке, а потом оттолкнул ее от берега и одновременно ловко запрыгнул в нее.

— Твой друг приехал? — спросила я, когда мы чуть отплыли от берега.

— Не знаю. Вообще-то уже должен приехать, но мне пока еще не звонил.

— А у тебя есть его координаты в нашем городе? Где он обычно останавливается? У тебя?

— Он не любит никого стеснять. Поэтому всегда снимает квартиру, — сказал Клименко. — Ты не волнуйся, как только он приедет, сразу мне позвонит. Только вот я не знаю, как мне разговаривать. Если он узнает, что камни украли, очень расстроится.

— Олег, то, что он расстроится, — это понятно. А как ты думаешь, с тобой-то он как поступит? Просто простит тебя?

— Друг-то он мне, конечно, друг, но сама понимаешь, когда дело доходит до денег — а тут тем более очень большие деньги, — думаю, что он все же потребует вернуть ему либо деньги, либо камни. Возможно, в милицию обратится. Он, знаешь, какой? Очень не любит несправедливости! И будет добиваться своего до конца.

По лицу Клименко нельзя было понять, рад он тому, что у него такой принципиальный друг, или нет. Но какая-то тоска все же сквозила во взгляде. И я понимала, что даже моя персона не способна вывести парня из этого состояния.

— Значит, пока не объявлялся, — раздумывая, сказала я.

— А ты мне что-нибудь хорошее скажешь? — Олег улыбнулся одними уголками рта. — Для чего ты со мной встречу назначила?

— Первое и самое главное — я хотела узнать про товарища твоего. Мне совершенно необходимо поговорить с ним. А хорошего у меня есть кое-что, но к тебе это отношения не имеет. Могу, конечно, сказать. Моя подруга Ленка сбежала от того, кто требует с меня твои бриллианты. Правда, классно звучит? — Я посмотрела на гладкую поверхность воды.

— Знаешь, если ты не хочешь помочь мне, я, пожалуй, в милицию все же обращусь, — вдруг сказал Клименко. — Не могу же я ждать неизвестно чего. Все-таки не часы пропали, а двенадцать бриллиантов. Это дело нешуточное.

— Смотри сам, — не стала я его отговаривать.

Он, наверное, подумал, что я испугаюсь того, что параллельно со мной будет работать еще и следователь. Но меня так просто не возьмешь. Конечно, меня «замотают», особенно если прознают, что я имела к этим бриллиантам самое непосредственное отношение. Однако кажется мне, что Клименко и сам не хочет связываться с милицией. Просто таким образом — говоря о ней — он хочет меня подстегнуть.

— Таня, объясни почему? Почему ты так упорно не хочешь мне помочь? — громче сказал Олег.

— Разве я не хочу? Да я только этим и занимаюсь! — стала объяснять я ему. — Просто я пока не хочу... как бы это сказать... — Я задумалась.

— Ты просто не хочешь брать на себя ответственность, — довольно грубо заявил Клименко.

Я даже обалдела чуть-чуть. Неужели это правда? Может, я на самом деле такая? Да нет же!

— Ты не прав, — горячо заговорила я. — Дело совершенно не в ответственности. Я могу ее взять, если надо и если сама захочу. Но пока меня прижали. И я не вольна делать что-то другое. У меня выкрали двоих знакомых. Как ты думаешь, почему я должна ценить твое благополучие больше их жизни? Особенно если понимаю, что тут есть доля и моей вины. В случае с подругой, конечно.

— Но ты сама сказала, что она удрала. Теперь-то что?

— А Коля? Я и его не могу просто так оставить в плену. Неужели ты не понимаешь?

— Это какой Коля? Тот самый, что украл у меня банку? Ну тогда, конечно, его в первую очередь пожалеть надо. А я потом за его художества расплачиваться буду. Подумаешь — двенадцать бриллиантов на огромную сумму! Фигня! Колю несчастного надо спасать...

— Я все понимаю, — тихо сказала я. — Но сегодня опять ничего тебе не скажу. Я все еще раз взвешу, а потом отвечу точно.

— И чего тут думать? — Олег перестал грести. — Впрочем, я не могу претендовать на первенство в сравнении с Колей, как я понимаю.

Настроение мое совершенно испортилось, и мне больше не хотелось продолжать прогулку.

— Давай к берегу, — попросила я. — Все уже обсудили.

— Ну уж нет. Будем кататься дальше. — Клименко взялся за весла и направил лодку еще дальше от берега.

Конечно, я могла возмутиться, но мне совершенно не хотелось начинать новый спор. К тому же тут, на реке, хорошо думается. Если Олег будет молчать, то я вполне смогу спокойно решить, что мне делать.

— Как хочешь. — В ответ я лишь пожала плечами. —
В любом случае, если мне срочно понадобится уйти, я запросто доплыву. Здесь ведь недалеко.

— Ты запросто и дойдешь, — серьезно сказал Олег. —
Здесь ведь и не очень глубоко.

— Как остроумно!

Я чувствовала, что очень сильно злюсь на Клименко,
но мне все равно не хотелось сейчас расставаться. Хотелось разозлить его самого, да так, чтобы он выкинул чего-
нибудь эдакое. Посмотреть бы, каков он бывает в гневе.
Но Олег почему-то стал веселым и спокойным, а во мне
все просто кипело.

— Расскажи мне о себе, — попросил он.

— Что? — Мой голос сорвался на высокой ноте.

— О себе расскажи, — как ни в чем не бывало повторил Клименко.

— Не собираюсь я ничего тебе рассказывать. Если
тебе надо, то ты и давай, повествуй, а я лучше послушаю.

— Ну, жизнь у меня обычная. Родился, вырос, выучился, работаю, — не моргнув глазом, начал Олег.

— И кем работаешь? — спросила я будничным тоном.

— Большим директором.

— Классно.

— Ага.

— А почему сейчас не на работе?

— Да взял за свой счет недельку. Дел полно личных.
Если их не разрулю, то и никакое директорство не поможет.

Я не понимала, серьезно говорит Олег или шутит.
Я имею в виду свое директорство. Про личные проблемы
я была, разумеется, в курсе.

— А где ты с другом своим познакомился, если не
секрет? С тем, что бриллиантами торгует. И откуда они у
него? — как бы невзначай спросила я.

— Какая ты любопытная, — засмеялся Клименко. —
А если серьезно, то я и сам многого не знаю. С этим товарищем мы в армии служили вместе. После нее переписьвались и даже навещали друг друга. А где он бриллианты
нашел, мне неизвестно, но одно могу сказать точно: он не
вор и не мошенник. Он честный человек, поэтому я и
взялся продавать по его просьбе камни. Никому другому
не стал бы в таком деле помогать, а ему отказать не мог.

— Вот и расплачиваешься теперь за свою безотказность, — решила сострить я.

Но Олег прямо-таки потемнел лицом.

— Ты не смеешь так говорить, — резко сказал он мне. — Ты ничего не знаешь, поэтому лучше помолчи.

— Я-то помолчу, но все равно тебе не следовало брать на себя такую ответственность. Как расплачиваться будешь?

— А разве ты не поможешь мне найти бриллианты? Я ведь чувствую, что просто так ты меня не бросишь. Все равно согласишься.

Такая его уверенность меня рассмешила.

— Считай, что я уже ответила тебе, — спокойно улыбаясь, произнесла я. — И ответила тебе отказом. Я не буду на тебя работать. Греби к берегу, и я отправляюсь домой. Наша встреча окончена.

Клименко ничего мне больше не сказал. Он просто начал активно работать веслами. Уже минут через семь мы были на берегу. Я вылезла самостоятельно из лодки — теперь Олег руки мне не подал, — махнула ему и легкой походкой направилась к выходу. Клименко продолжал сидеть в лодке.

У меня остался неприятный осадок после этого разговора. И что я на Олега так взъелась? Сама не понимаю. Но он тоже хорош. Можно подумать, я обязана ему помогать. С чего вдруг такая уверенность?

Чтобы как-то себя успокоить, я решила поехать к конторе скупщика и еще послушать его разговоры. Купила себе по дороге минеральной воды и пачку сигарет и устроилась поудобнее в машине. Все равно до конца дня делать нечего, вот и посижу на страже.

Трех минут не прошло, как я подъехала, а в моем наушнике послышались голоса скупщика и какого-то мужчины. Конечно, у меня не идеальный слух, но мне показалось, что второй голос мне тоже знаком. Я даже подумала, что это тот тип из гостиницы.

— Давайте поговорим серьезно, — сказал голос незнакомца.

— Конечно. Я всегда к вашим услугам.

— Сейчас. — Послышался щелчок открываемого «дипломата», потом шум падающих на стол листов бумаги и чего-то более тяжелого. — Ого, а это тут у вас что такое? — Голос мужчины изменился.

— Где? — обеспокоенно спросил скупщик.

— Да вот, к столу прилеплено. — Мужчина, видимо, наклонился и снизу разглядел мой «жучок». — Мне это не нравится.

И все. Тишина.

Мне тоже это не понравилось. Я быстро выскочила из машины и бросилась в магазин. Перед самой дверью я остановилась, чтобы принять успокоенный вид, одернула блузку и тут вспомнила, что я сейчас выгляжу вовсе не так, как та любящая драгоценности красотка, которую видел скупщик. Но ничего, так, пожалуй, даже лучше. Только вот вид у меня не слишком презентабельный...

Когда я вошла, я увидела только, как человек в светлой рубашке скрылся за внутренней дверью. Впрочем, видела я всего-навсего его руку с «дипломатом».

— Здравствуйте, — вежливо сказала я. — Ой, как у вас тут красиво, — огляделась я по сторонам.

— Девушка, вы извините меня. — Скупщик сразу встал и подошел ко мне. — Но мне срочно надо закрыться. Не будете ли вы так любезны посетить наш магазин в другое время? Буду очень благодарен вам за понимание.

— А почему? — сделала я удивленный вид.

— Мне позвонили, и поэтому мне надо срочно отлучиться.

— Понятно. Конечно, я зайду потом. — Мне ничего не оставалось, как развернуться и выйти за дверь. Тем более что скупщик слегка, но уверенно подталкивал меня к выходу.

— Приходите потом. Я сделаю для вас все, что будет в моих силах.

— До свидания.

— Всего доброго.

Вот так он меня выпихнул за дверь. Но ничего. Я и тут могу прекрасно дождаться того, кто скрывается сейчас внутри. Жалко только, что «жучок» мой обнаружили. Это действительно плохо. Теперь ведь и не послушаешь, о чем они там говорят.

Интересно, для чего тот мужчина открывал «дипломат»? Может, он бриллианты принес на продажу? Или еще чего? Но почему они тогда сразу не закрылись? Возможно, ничего не боялись. А когда обнаружили, что их подслушивают, предприняли меры предосторожности. Просто я слишком быстро добежала. Или наоборот — слишком задержалась.

Я захлопнула дверцу машины и закурила. Нет, это надо же! «Жучок» разглядел, зараза! Теперь вот сиди, совершенно не зная, что там, в магазине, делается. Хоть бы по телефону кто позвонил...

Мысли крутились в моей голове, как колесо водяной мельницы. Я все думала: мог ли обычный человек разглядеть под столом «жучок»? Вернее, я не так поставила вопрос — может обычный человек догадаться, что это именно «жучок»? Мне кажется, что нет. Ну, если даже он и увидит нечто, прилепленное к столу, то скорее всего подумает, что это какая-то специальная деталь или, в конце концов, присохшая жвачка, которую кто-то с полгода назад прилепил к столешнице и она успела потемнеть. Да что угодно он бы подумал! А кроме того, обычный человек не стал бы интересоваться, есть ли вообще что-то под столом. Значит, сегодняшний посетитель магазина человек бывалый, знакомый с такой техникой, как «жучок». А самое главное — ему явно есть что скрывать, раз он обратил на это внимание. Вот оно что!

И еще мне кажется, что напрасно я тут торчу. Мужчина с «дипломатом» может ведь уйти через другой выход. Если он есть, конечно. Как бы мне поточнее узнать? Но если я сейчас отправлюсь на поиски, то по закону подлости мужик выйдет через главную дверь, и я потом ни за что его не догоню и не найду. Так что лучше все же посидеть и подождать тут. А там будь что будет.

Прошел уже целый час. А мне показалось, что прошла целая вечность, вот только результата не было никакого. На двери у скупщика продолжала висеть табличка «Закрыто». Я больше не могла ждать.

Я докурила сигарету, вышла из машины, подошла к двери и стала громко в нее стучать.

— Откройте! — кричала я. — Откройте!

— Что вам, девушка? — Занавеска на двери отодвинулась в сторону, и показалось не очень довольное лицо скупщика.

— Я у вас тут колечко потеряла, — махнула я перед стеклом рукой. — Вот с этого пальца слетело, когда вы меня выпроваживали.

— У меня нет никакого кольца. — Мужичонка беспомощно пожал плечами и оглянулся.

— Я больше нигде не могла его потерять, — настаивала я. — Только у вас. Я же к вам заходила, чтобы сережки похожие купить для комплекта, и кольцо было на пальце. А потом смотрю — нет его.

— Девушка, придите позже. Я поищу ваше кольцо, и если оно у меня, то вы его обязательно получите.

— Ага. Дурочку из меня решил сделать! — Я начала якобы терять терпение. — А ну открывай быстрее, иначе я в милицию позвоню и скажу, что колечко ты у меня украл.

— Ладно, сейчас. — Скупщик задернул занавеску и исчез.

А я подумала: если разбирающийся в «жучках» господин все еще в магазине, то ему самое время показаться и выйти.

Мне все еще не открывали. Я стояла на улице, уже теряя терпение. И только я хотела снова начать стучать, дверь распахнулась и меня пригласили войти.

— Я точно знаю, девушка, что никакого кольца вы тут не теряли. Я бы нашел его, а так — на полу ничего нет. Если не верите, можете посмотреть сами.

— А что тут смотреть! — Я прошлась по комнате, опустив голову и якобы рассматривая напольное покрытие. — Вы могли его найти и спрятать.

— А может, оно вон там, — скупщик вдруг показал мне на что-то блестящее в самом дальнем углу магазина.

Я присела, чтобы рассмотреть валявшуюся на полу вещицу внимательнее, и в этот самый момент прямо-таки спиной почувствовала, что из-за занавески бесшумно вышел человек и прокрался к выходу. Я не стала его смущать и показывать всем, что заметила его. Наоборот, я увлеченно потянулась к блестящей штучке, которая оказалась всего лишь фантиком от конфеты.

— Нет, это не кольцо. — Я с досадой кинула поднятую было бумажку обратно на пол. — Ну, теперь уж я точно никогда не найду его...

И я быстро выскочила за дверь. Вон невдалеке мелькнула белая рубашка. Ага, мужчина с «дипломатом» садится в зеленую «десятку». Хорошо, постараемся ее не упустить. Я улыбнулась и проворно села в свою машину.

ГЛАВА 12

Зеленая «десятка», похоже, никуда не спешила. Думаю, мужик не заметил, что я за ним слежу. Вот только интересно: что я потом с ним делать буду?

Можно, конечно, предположить, что в конторе у скупщика только что была совершена сделка. Бриллианты проданы, и в «дипломате» у этого типа деньги. Или сделка не совершилась, тогда у него должны остаться бриллианты. В любом случае, если его не упустить, то можно будет найти либо одно, либо другое.

Я старалась не потерять из виду машину. Вообще-то, она была на редкость заметная, и я могла сильно не напрягаться. Какой-то азарт охватил меня — я уже видела, как нахожу бриллианты и потом возвращаю их владельцу. И прямо-таки чувствовала, что наконец-то совесть моя может быть спокойна.

Машина, за которой я следовала на достаточно приличном расстоянии, свернула на перекрестке. Я прибавила газ, чтобы не остановиться у светофора. Мне повезло, и я тоже беспрепятственно повернула следом.

Пока еще я твердо не решила, как буду действовать. Если «наезжать» на мужика, то надо бы какие-то веские основания для этого иметь. В принципе мое просроченное удостоверение может и сейчас сработать, ведь не все люди внимательно его рассматривают. А если номер с «корочками» не пройдет, то просто пригрозить можно. В бардачке у меня лежал пистолет Макарова.

Зеленая «десятка» остановилась, человек в белой рубашке вышел. Теперь я могла нормально рассмотреть его. Высокий, довольно симпатичный. Представительный, я бы сказала.

Я взяла на всякий случай пистолет и тоже вышла из машины. Мужчина не оглядывался.

Он пошел по проспекту. Я за ним. Народу было много, так что я шла, почти не прячась, но и особо не приближаясь. Преследуемый шел недолго. Около гостиницы он остановился, потом повернулся к ней и вошел в дверь. Надо же, и этот живет в гостинице. Или же пришел сюда к кому-то. Это уже кое-что.

Я не стала заходить сразу же за моим подопечным.

Подождала пару минут и только потом открыла тяжелую дверь и оказалась в прохладном помещении.

— Где он? — Я подлетела к стойке и горящими глазами посмотрела на сидящую за ней девушку.

— Кто?

— Только сейчас сюда мужчина вошел в белой рубашке. Он бумажник уронил на улице. Вот, отдать хочу.

— Он из пятьсот третьего номера. Сейчас позвоню ему, — вежливо сказала дежурная.

— Не надо. Я сама поднимусь, — не дала я ей опомниться и побежала к лифту. — На каком это этаже?

— На пятом, — крикнула она мне уже вдогонку.

Я поднялась на пятый этаж. Пятьсот третий номер был в самом начале коридора. Я подошла к двери и прислушалась. Тихо. Легонько постучала.

Дверь открылась. Мужчина, стоявший на пороге, был такой серьезный, что мне стало смешно.

— День добрый, — сказала я.

— Чем обязан? — вместо приветствия спросил он.

— Можно мне пройти? — с ходу спросила я. Не у порога же с ним разговаривать.

— Я сейчас очень занят, — невежливо заявил он.

— Мне понадобится буквально пять минут.

Дверь за мной закрылась. Я беглым взглядом осмотрела комнату. «Дипломат» лежал на столе.

— Мне нужно задать вам несколько вопросов. — Я вынула свои «корочки».

Мужчина хотел было взять удостоверение в руки, чтобы рассмотреть получше, но я его не выпустила и быстро спрятала обратно.

— Не положено, — отрапортовала я.

— Так что вы хотите узнать? — Тип в белой рубашке чуть отошел от меня.

— Разрешите посмотреть, что у вас в «дипломате»? — приблизилась я к столу.

— С какой такой стати? Вы в чем-то меня подозреваете? Если да, то предъявите сначала обвинения, а уж потом и поговорим. — Мужчина прикурил сигарету и глубоко затянулся.

— Если я предъявлю вам обвинения, то разговаривать мы будем уже не здесь, а у меня в кабинете. Пока я только прошу вас показать свой кейс.

— А если я не соглашусь? — В уголках его рта обозначилась еле уловимая улыбка.

— Тогда мне придется убедить вас сделать это. — И я не спеша вынула из-за пояса свой «ПМ».

— Похоже, вы не оставляете мне выбора, — усмехнулся мужчина. — А что, если не секрет, вы хотите найти в моем «дипломате»?

— Бомбу, — уверенно произнесла я. — К нам поступило анонимное сообщение, что у мужчины в белой рубашке, который вошел в эту гостиницу, в «дипломате» бомба.

— А... — тип облегченно вздохнул. — Ну, ну, ищите вашу бомбу. Кстати, а вы не боитесь, что она может взорваться?

— Вот такая у нас опасная работа, — на полном серьезе ответила я. — Открывайте.

— Что? Я сам должен открыть?

— Конечно.

— Знаете, после того что вы мне сказали, я боюсь это делать, — неторопливо подошел он к столу.

— Давайте побыстрее, — скомандовала я. — Время — деньги.

— Думаю, что в нашем случае время — жизнь.

— Вы такой остроумный. Давайте, — махнула я пистолетом на «дипломат», — пошевеливайтесь.

Мужчина открыл «дипломат». Там лежали какие-то бумаги, одна папка, сотовый телефон и большое зеленое яблоко.

— Покажите мне ваши бумаги. — Я несколько подостыла.

— Зачем? Вы ведь убедились, что никакой бомбы нет. И уберите вашу пушку, она мне на нервы действует.

Я снова засунула за пояс пистолет. Теперь на самом деле в нем не было необходимости. Я достала из «дипломата» папку и стала просматривать бумаги. Ни слова о бриллиантах или еще о чем-то ценном. Только договоры между торговыми фирмами.

— Ну что? Вы довольны? — весело посмотрел на меня мужчина.

Я не знала, что и сказать. А ведь он наверняка видел меня у скупщика. Тогда странно, почему сейчас ни слова об этом не сказал? А если не обратил внимания? Тогда ему лучше не сообщать, откуда я его веду, что про него знаю и уж тем более что подозреваю. Хорошо, пока буду соблюдать более-менее хорошие отношения.

— Видно, мне придется извиниться перед вами, — скорчила я непонятную рожицу. — Ошибочка вышла.

— Я рад, что вы это понимаете. Больше вопросов нет?

— Только хотелось бы с вами познакомиться.

— Нет уж, увольте. Я не люблю женщин-милиционеров.

— А просто из вежливости? — улыбнулась я.

— Из какой такой вежливости? Вы влетели ко мне, махали тут своим пистолетом, а теперь хотите вежливости?

— Но я все равно могу узнать ваше имя. У того же администратора.

— А зачем вам?

— Интересно просто.

— Ну если вам так надо, то идите и пытайте администратора, я вам докладываться не буду. И если ваша миссия закончена, то, будьте добры, покиньте мой номер.

Что-то удерживало меня на месте. Ни денег, ни бриллиантов в «дипломате» я не обнаружила, но меня все равно не покидало чувство, что с ним не все так просто. Ведь для чего-то он ходил к скупщику. Может, спросить его об этом прямо? Нет, я поступлю хитрее.

Сейчас у администратора я на самом деле узнаю его имя и фамилию, а потом поеду к скупщику и вроде как передам тому что-то от его имени. И порасспрошу его хорошенько. А если что — примчусь сюда.

План мне понравился.

— Думаю, что мы с вами еще встретимся, — стрельнула я на мужчину глазами. — Во всяком случае, мне бы очень хотелось этого.

Мужчина красноречиво промолчал.

Я быстро спустилась на лифте вниз. Но тут меня ждало разочарование. Оказывается, постоялец из пятьсот третьего номера успел позвонить дежурной и просил никому его имя не сообщать, особенно приставучей девушке, которая сейчас спустится.

Меня быстро спровадили. Вот негодяй какой! Ну ничего, он у меня еще попляшет. Лишь бы гостиницу не поменял.

Я подумала, что в крайнем случае попрошу Папазяна

узнать все о заинтересовавшем меня человеке. Ему, при его официальной должности, гостиничные работники не откажут.

А пока я решила наведаться к скупщику. Вот только передо мной стоял выбор: сделать это с моей внешностью или все-таки преобразиться в уже знакомую ему даму.

Я решила, что шансов у меня будет больше, если я переоденусь. И надо все-таки имя узнать. Одной рукой придерживая руль, я набрала номер Гарика.

— Гарик, привет, это Таня. Надеюсь, мой лимит просьб к тебе еще не исчерпан?

— Разве можно? — низким голосом ответил мой товарищ. — Что там у тебя?

— Мне надо узнать имя человека, который проживает в гостинице «Братислава», в номере пятьсот три. Очень надо.

— Будет сделано. — Гарик зевнул. — Все?

— Все. Спасибо.

— На спасибо, дорогая, шубу не сошьешь, — привычно пошутил Папазян.

— Свои люди, сочтемся, — не замедлила я с ответом.

Я решила проехать посмотреть, работает ли вообще контора скупщика. Оказалось, что нет. На двери висела табличка «Закрыто». Кроме нее, об этом безмолвно свидетельствовал еще и навесной замок.

Ну, значит, не судьба мне сегодня со скупщиком еще раз побеседовать. Ладно, займусь другим делом — уточню про новую дверь для Ленки. Я ведь совсем про нее забыла, и подружка что-то не звонит, не напоминает.

Я дозвонилась в фирму по установке дверей. Ничего не поменялось, мастера к девяти часам должны приехать.

Что ж, ладно, съезжу пока к Лене. По дороге я купила ей халвы — она очень ее любит, разных других вкусностей и бутылочку вина.

Ленка встретила меня очень радостно.

— Как хорошо, что ты обо мне вспомнила, — кинулась подруга мне на шею.

— Разве я когда-нибудь о тебе забывала? Вот выдалась минутка свободная, и я тут же к тебе. Как ты тут? Не скучаешь?

— Да я на стенку скоро полезу, — кружилась около меня Лена. — И телевизор уже посмотрела, и музыку послушала, и книжку почитала. Все равно не могу на одном месте сидеть. Как там у нас с дверью?

— Сегодня поставят.

— Сегодня?

— Да. В девять часов мастера придут. Конечно, за срочность дополнительную плату надо будет внести, потому что по ночам, как мне сказали, они не работают.

— Ну ничего. — Лена повеселела. — Главное, что поставят. Ты там проследи хорошенько, чтобы ничего не украли, не испортили.

— Да что там у тебя красть?

— А Петр не звонил тебе по моему поводу? — спросила подруга.

— Кстати, не звонил. На самом деле странно. Впрочем, меня весь день дома не было. Вот сейчас поеду, может, и позвонит, доложит, что ты так и не нашлась. Снова буду его распекать.

— Ты уж поактивнее его прижми. Пусть совесть его помучает, — попросила Француженка.

— Думаешь, его это трогает? — Я пожала плечами. — Он теперь просто боится, что если с тобой что-то случится, то я на него милицию напущу. А так — ему все равно.

— Вот гад! — констатировала Ленка и принялась разбирать принесенную мной сумку с продуктами. — Ой, Таня! — закричала вдруг она. — Какая ты молодец! Купила мне халвы... Век не забуду твоей доброты!

— Да ладно. Я и сама ее люблю.

— Что бы я без тебя делала?

— Это уж точно, — засмеялась я. — Жила бы гораздо спокойнее. Ни тебе похищений, ни прочих сомнительных радостей.

— Самое главное, что ты не бросаешь меня со всем этим. Ты не опоздаешь? — посмотрела Ленка на часы.

— Да нет. Еще куча времени. Успею. Давай чаю попьем.

Лена быстро начала собирать на стол. Поставила чайник, сделала бутерброды, положила в вазочку халву. Мы сели.

— Бриллианты так и не нашлись? — задала подруга вопрос.

— В том-то и дело, что нет. Сама удивляюсь. Если их кто-нибудь украл, то почему они не появляются нигде?

У скупщика их, похоже, тоже нет. Впрочем, завтра снова схожу к нему в виде клиентки.

— Если бы они нашлись, ты отдала бы их Петру? — Ленка серьезно посмотрела на меня.

— Не знаю. — Я задумалась. — Не знаю. Вообще-то камни не его, так что он не имеет права требовать их от меня. Хорошо, что ты убежала! Теперь у него в плену остался только Коля, но мне кажется, что Петр не станет марать руки. Не понимаю, почему он этого балбеса до сих пор не выгнал? Все еще надеется?

— Ладно, иди домой. Я же вижу, что ты хочешь побыстрее оказаться там. Тебе могут позвонить. — Подруга замолчала. — И потом, про дверь не забудь. Я бы сама могла ею заняться, но, думаю, мне пока рано выходить.

— Да. Лучше тобой не рисковать.

Я быстро допила ненавистный чай и ушла.

Дома первым делом я сварила наконец-то себе любимый крепкий кофе, а потом забралась в ванну. До девяти у меня оставалось еще немного времени.

Как только я села в кресло, завернувшись в полотенце, зазвонил телефон. Надеюсь, это Петр звонит.

— Да, — устало сказала я в трубку.

— Таня?

Голос в трубке был вовсе не Петра. И я не смогла сразу сообразить, чей.

— Да.

— Я хотел извиниться.

— А с кем я разговариваю?

— Ты меня не узнала? — Голос на том конце провода повеселел. — Это Клименко. Мы сегодня не очень приятно расстались, и я, мне кажется, немного резко говорил с тобой.

— И что?

— Меня совесть замучила.

— Бедный. Да разве можно так? Ты бы себя поберег. Может, еще и пригодишься.

— Тебе? — тихо после паузы спросил Олег.

— Мне-то зачем? Вообще. Кому-нибудь.

— Короче, Таня, ты на меня не в обиде? — заговорил он бодрее, услышав мои шуточки.

— Нет.

— Ну и отлично! — И Клименко отключился.

Не успела я положить трубку, как телефон снова зазвонил.

— Это Петр. Про Лену ничего не слышно?

— Нет. А что, вы ее так и не нашли? — повысила я интонацию.

— Нет.

— Ну замечательно! — с угрозой в голосе заговорила я. — Между прочим, я сегодня новую дверь делать буду в ее квартире. И чтобы разные личности не шлялись там, учтите!

— Неужели вы даже не можете предположить, где она?

— Вы ждете от меня информацию? — Мне стало смешно.

— А вам все равно?

— Нет. Но, честно сказать, я очень рада, что она от вас сбежала. Надеюсь, теперь вы от меня отстанете?

— Но у нас ваш Коля.

— Оставьте его себе. Меня он совершенно не интересует. И вообще — я не собираюсь искать бриллианты. Они пропали, и мне абсолютно безразлично, где они и что с ними. Так что больше мне звонить не надо. Но если Лена не появится в течение трех дней, я сообщу про вас в милицию.

— От нас она ушла живая и здоровая, — настаивал Петр.

— Я вам не верю. С какой стати? Вы же не очень красиво со мной обошлись. Ну, ладно, мне некогда разговаривать. Убирайте ваших людей от квартиры Лены, я сейчас туда приеду дверь ставить. Или вы хотите, чтобы появились лишние покалеченные?

— А вы кем работаете, если не секрет? — внезапно спросил Ветров.

— Ну уж никак не председателем дачного кооператива «Ветерок», — подколола я.

— О, я смотрю, вы обо мне кое-что знаете, — изумился Петр.

— И даже больше, чем вы можете себе предположить. До свидания.

Я бросила трубку и некоторое время сидела без движения. Но время шло, и мне уже надо было поторапливаться. Неизвестно, как долго мастера будут ставить дверь. Выспаться хочется.

Надев футболку и джинсы, я заперла квартиру и отправилась к Ленкиному дому. Заглянув к соседке, взяла у нее ключи. Лена молодец, ее предупредила. Не успела я войти в квартиру подруги, как в дверь позвонили. Это приехали из фирмы.

Я позволила им заниматься своим делом, а сама еще раз просмотрела все, что так и валялось разбросанным на кухне. Может, у Ленки есть еще одно мусорное ведро? Допустим, в туалете.

Включив свет, я осмотрела туалет. Никакого ведра нет. Ну просто Бермудский треугольник, да и только. Таинственное исчезновение сигаретной пачки стоимостью... м-да... стоимость пропавших бриллиантов немаленькая.

Плюнув на бесполезные поиски, я села смотреть телевизор. И чуть не уснула.

— Девушка, давайте рассчитываться, — подошел ко мне симпатичный парень.

Спросонья я и не поняла, что именно он имеет в виду. Может, я «купила» себе мальчика и теперь должна ему деньги? На меня это не похоже.

— Конечно, — на всякий случай сказала я. — Сколько я вам должна?

— Работу посмотрите.

И тут я окончательно проснулась и вспомнила про дверь. Мне вручили ключи, показали, как пользоваться замками. Потом я с мастерами рассчиталась, аккуратно и надежно закрыла новую Ленкину дверь на все новые запоры и пошла домой по темным, тихим улицам. Прошел еще один день.

ГЛАВА 13

Я снова увидела в зеркале богатенькую особу. Что ж, теперь пора предстать перед очами уже порядком надоевшего мне скупщика. Жалко, что фамилию того типа из гостиницы узнать не удалось. Позвоню-ка Гарику. Вдруг он уже ее разведал...

Я взяла трубку и набрала знакомый номер.

— Гарик, узнал что-нибудь для меня?

— Только фамилию, дорогая. Хмельницкий.

— Отлично. Уже что-то. А с именем тяжко? Не говорят?

— Да просто я странным образом узнавал. Поэтому только фамилия. Тебе мало? — вдруг с акцентом спросил Папазян.

Я удивлялась его способности в какие-то моменты говорить с акцентом. Вообще он прекрасно может изъясняться на чистом русском языке, но иногда вдруг в речи Папазяна проскальзывают нотки армянского. Для чего он это делает, лично мне непонятно.

— Спасибо. Фамилия тоже дает мне шанс. Пока. Буду звонить, — пообещала я.

— Ага. Когда снова что-нибудь понадобится...

Я еще раз посмотрела на себя в зеркало и вышла из квартиры.

У конторы я оказалась точно в час ее открытия. Скупщик прямо передо мной открыл дверь и вошел. Я окрикнула его и мило поздоровалась.

— Я снова к вам, — весело прощебетала я. — Обрадуете меня чем-нибудь?

— Присаживайтесь, — чуть смутился мужчина. — Только ничего нового сказать вам не могу.

— Да что ж это такое! Неужели в наше время так трудно найти что-нибудь стоящее? Я вам не верю. Вы просто решили от меня скрыть то сокровище, которое хотели предложить. Наверное, нашелся более выгодный покупатель. Но вы не думайте, я смогу заплатить очень щедро. Будьте уверены.

— Вы не так меня поняли. Просто тот товар, который я имел в виду, никак до меня не дойдет. Пообещали одни люди, но что-то там у них не ладится.

— Вам не Хмельницкий случайно его предлагал? — чуть наклонившись, тихим голосом спросила я.

— Кто? — переспросил скупщик.

— Хмельницкий. Видный такой мужчина. Симпатяга.

— Что предлагал?

— Бриллианты. Или вы не в курсе? — Я стала сразу серьезной.

— Я в курсе. Только не знал, что он еще и вам хотел их продать. Значит, решил без посредников... — пробурчал себе под нос мужичок.

— Не знаю, что он решил, но пока дальше у нас не

продвигается. Может, обмануть меня захотел? Вы как? Что о нем можете сказать? Надежный он человек или лучше не связываться?

— Я не очень хорошо с ним знаком. Вернее, до недавнего времени вообще его не знал. Так что ничего определенного сказать не могу.

— Жаль. Мне-то, конечно, удобнее дело с вами иметь, чтоб не надули ненароком. Значит, я лучше к вам ходить буду, — сделала я ненавязчивый комплимент.

— Я тоже думаю, что так будет лучше...

Было видно, что мои слова пролили бальзам на душу этого жадного человека. Наверное, он уже прикинул в уме, какой суммы может лишиться, если бриллианты не пройдут через него. Естественно, только идиот не пожалеет о срывающейся сделке. А мужичок на идиота совсем не похож.

— А вам он что говорил? — продолжила я интересующий меня разговор. — Камни у него? Или он еще получить их должен?

— Сначала вроде говорил, что они у него, а потом из разговора с ним я понял, что случились непредвиденные какие-то обстоятельства и теперь надо ждать.

— Что же это за обстоятельства такие? Может, камни у него украли? Такое ведь запросто может произойти. Или он сам их потерял... Или камушки оказались поддельными... Кстати, бывает так, что вам приносят поддельные? — живо поинтересовалась я.

— Всякое бывает. Но я подделку сразу вижу.

— А я вот точно не определила бы. Послушайте, а если что, можно мне к вам прийти, чтобы проверить?

— Нужно! Только... — замялся скупщик. — Вы понимаете, это часть моей работы, и она...

— Конечно! — перебила я его с энтузиазмом в голосе. — О чем вы говорите! Я знаю, что за все надо платить. Собственно, даже за разговоры. Но мы с вами пока не должны друг другу, — сделала я таинственное лицо. — Я вам дала некоторую информацию... и вы мне...

— Да-да. Хотите кофе?

— Нет, спасибо. Кофе я пью только дома и специально приготовленный. Ну, я, пожалуй, пойду. Но обязательно буду к вам заглядывать.

— Вы не хотите оставить мне свой телефон? Я сразу позвонил бы, если что наметится, — предложил скупщик.

— Нет, не могу. У меня очень ревнивый муж. Он терпеть не может, когда мне звонят.

— Вы замужем? — удивился дядька.

— Да. А что? Не похоже?

— Вы так молоды...

— Ничего. Этот недостаток быстро проходит. До свидания!

Я встала и вышла.

Итак, Хмельницкий бриллиантов на руках не имеет. Хоть это ясно. В противном случае он тянуть бы не стал, а сразу избавился бы от камней.

На душе у меня стало немного легче.

Теперь не мешало бы последить за ними — и за скупщиком, и за Хмельницким. Очень интересно, чем они будут заниматься. Вроде бы первого мужичонку я прибрала к рукам, но еще не факт, что он не будет действовать самостоятельно. А за постояльцем гостиницы «Братислава» надо следить постоянно. Только как это сделать, если, кроме него, у меня и другие проблемы существуют?

И тут мне в голову пришел просто блестящий план.

Я прикурила сигарету, струйкой пустила дым в окошко машины и набрала номер по сотовому.

— Олег, теперь вот я тебе звоню. Дело есть. Не поможешь? Ведь все равно ты, кажется, взял несколько дней за свой счет... — затараторила я.

— Конечно. А в чем, собственно, проблема?

— На месте расскажу. Встречаемся в летнем кафе у гостиницы «Братислава». Через сколько будешь?

— Минут через тридцать.

— Жду.

Я поехала к гостинице. Машину поставила на боковой улочке, еле втиснувшись между уже стоявшими там автомобилями, и пошла в кафе. На радостях заказала себе чай со льдом и стала ждать.

План я придумала просто превосходный. Пусть за Хмельницким присматривает Клименко. Меня-то этот тип уже видел, так что мне будет не с руки ходить за ним по пятам. А Олегу и проще и полезнее. Ведь это, собственно, по его делу.

Я уже и чай почти выпила, а Олег все не появлялся. Неужели передумал? Да нет, полчаса еще не прошло. И он позвонил бы, если бы правда передумал. Он производит впечатление человека обязательного и серьезного.

Наконец показалась его фигура. Я улыбнулась и встретила его очень вежливо.

— Я смотрю, ты в прекрасном настроении. Произошло что-то хорошее? — с ходу спросил Олег.

— Да. Я придумала, чем тебе заняться. И как раз по твоему делу. Так что ты вовсе не по моей прихоти работать будешь, а камни свои искать.

— Меня это радует, — оживился Олег. — Что надо делать?

— Надо следить за одним типом. У меня такое ощущение, что он хочет продать бриллианты. Но мне так кажется, что пока их у него нет.

— Мне никогда не приходилось следить за кем-нибудь. Это не очень трудное занятие?

— У тебя должно получиться. Ты фильмы про шпионов смотрел? — засмеялась я.

— Смотрел.

— Значит, знаешь, как нужно за углы прятаться и делать вид, что ты просто стоишь посреди улицы и читаешь газету. Или шнурки завязывать.

— Мне что же, надо темными очками обзавестись?

— А у тебя их нет? — округлила я глаза. — Тогда конечно. В первую очередь.

— Ладно. — Клименко сделался серьезным. — Ну, буду я за ним ходить. А дальше что? Вмешиваться в его деятельность или только констатировать факт его передвижений?

— Если заметишь что-то важное, сразу звони мне. А в остальном — посмотришь по ситуации. Только прошу в разборках не участвовать. Главное — проследить, с какими людьми он встречается, и, если ему что-то передавать будут, не упустить этого, — наставляла я.

— Понятно. А кто он?

— Сама толком не знаю. Но точно уверена, что связан с твоими камушками.

— Значит, ты все же занимаешься моим делом? — со смехом посмотрел на меня Клименко.

— Нет, я занимаюсь всем этим для себя. Найду твои бриллианты и выкуплю своего дорогого Колечку. А ты с носом останешься. — Я чуть рожицу Олегу не состроила, такое было у меня желание.

— Ладно. Ну, и где он, тот человек?

— Живет в этой гостинице. Номер пятьсот третий. Высокий, очень симпатичный. — При этих словах я закатила глазки. — Выглядит замечательно. В общем, красавец мужчина.

— Я так и знал. Другими ты не интересуешься. Только непонятно, почему ты сама за ним следить не хочешь? Могла бы и познакомиться, чтобы проще было.

— Да предлагала, но не хочет он со мной знакомиться. Я, видимо, не в его вкусе, — печально вздохнула я.

— Надо же. Неужели есть мужчины, которым ты не по вкусу?

— Знаешь, мне и самой в такое не верится, — пожала плечами я. — Короче, как бы нам так сделать, чтобы показать его тебе... — задумалась я. И тут... Я даже зажала себе рот рукой, чтобы не крикнуть. — Смотри, это он! Сам решил нам облегчить задачу.

— Где? — повернулся Олег.

— Да вон. В белой рубашке. Не меняет ее, что ли?

— Вон тот?

— Да.

— Игнат?

— Какой Игнат?

— Подожди-ка...

Клименко вскочил, и не успела я слова сказать, как он мигом очутился около того самого мужчины и тронул его за плечо. Потом они пожали друг другу руки, оба посмотрели в мою сторону, а затем стали приближаться. Я не знала, куда себя деть.

— Татьяна, — Олег весь светился, — познакомься, это мой товарищ, про которого я тебе столько рассказывал. Игнат Хмельницкий.

— Вот я и узнала ваше имя, — ошарашенно сказала я «товарищу» и замолчала.

— Это твоя знакомая? — бесцеремонно окинул меня взглядом Игнат, будто видел первый раз.

— Да. Присаживайся, я сейчас все тебе расскажу. Ты не торопишься?

— До пятницы я абсолютно свободен.

Оказывается, Хмельницкий не лишен чувства юмора.

— Слушай, мне придется тебя огорчить, но камни твои пропали, — сразу выложил Олег. — Татьяна — частный детектив, она помогает мне их найти.

Я поперхнулась сигаретным дымом от такой его наглости. Я ему помогаю! Что он о себе возомнил? Но я решила пока помолчать и послушать, о чем они будут говорить.

— Как пропали? — Лицо Игната стало суровым.

— У меня их украли. Но мы их обязательно найдем!

— Надеюсь. А кто украл?

— Если бы все было так просто. Хотя в принципе, кто украл, мы знаем, но это не имеет уже никакого значения. Бриллианты пропали. Их просто нигде нет. — Олег посмотрел на меня.

— Интересная история... — покачал головой Хмельницкий.

— Вы будете что-нибудь заказывать? — к нам подошла миленькая официантка с меню.

— Да. — Игнат сразу оживился.

Минут пять мы выбирали, что будем кушать. Я тоже решила перекусить. Потом снова вернулись к нашему разговору.

— А ты когда приехал? — спросил Клименко у Хмельницкого.

— Вчера.

— А что мне не позвонил?

— Да я звонил, только трубку никто не брал. Вот и телефон у меня записан.

Игнат продемонстрировал нам мятую бумажку. Я удивилась — неужели он хранит номера телефонов на таких вот огрызках? Но ничего не сказала.

— Тут последняя цифра неправильно записана, — ткнул пальцем в бумажку Олег. — Поэтому и не дозвонился.

— Странно, — буркнул Хмельницкий.

— Теперь понятно. А я тут жду не дождусь, когда ты появишься. Наконец-то встретились. Если бы не Татьяна, могли бы еще долго не увидеться.

— Да нет, я бы домой к тебе приехал. Я уже начал подозревать, что с телефоном что-то не так. Слушай, но вы бриллианты точно найдете? — Игнат обвел нас с Олегом встревоженным взглядом.

— Постараемся. Я все понимаю, Игнат, но и ты войди в мое положение. Хотел как лучше сделать, а тут... Я и не думал, что за мной кто-то будет следить.

— А Татьяна точно частный детектив? Кажется, она мне какое-то милицейское удостоверение предъявляла... — улыбнувшись в первый раз, посмотрел на друга Хмельницкий.

— Вы уже виделись? — удивился Клименко.

— Да. Она залетела ко мне в номер, прижала меня к стенке и угрожала пистолетом. Заявила, что бомбу ищет. Хотя теперь я знаю, что вы искали. — Эти слова предназначались уже мне. — Впрочем, я ведь вас еще у скупщика видел.

— Я так и думала, — бесцветным голосом произнесла я. — Я тоже вас там видела.

— А «жучки» тоже вы там расставили?

— Какие «жучки»? — прикинулась я дурочкой. — Про «жучки» ничего не знаю.

Хмельницкий опустил глаза. Уж не знаю, поверил он мне или нет. Но отступать от своей версии я не собиралась.

— Татьяна очень хотела с тобой поговорить. — Олег выкладывал все напропалую. Я даже зажмурилась.

— О чем же? — вопросительно посмотрел на меня Игнат.

— Хотела порасспрашивать вас о ваших знакомых, — ответила я. — О тех, кто мог знать про то, что вы просили Олега продать камни. Может, конкуренты появились из вашего города?

— Да нет. Я никому таких вещей не рассказывал, так что это пустой номер, — уверенно произнес Хмельницкий. — Думаю, тут здешние умельцы постарались. Как узнали про камни, не имею понятия, но захотели поживиться.

Нам принесли заказанное. Я молча принялась за еду. Мужчины теперь обсуждали какие-то свои, только им знакомые вещи. Я даже заскучала.

Надо же было так лопухнуться с этим Игнатом! Я и подумать не могла, что он и есть тот товарищ Олега, хозяин бриллиантов. Но все равно, что-то мне в нем не нравится. Почему он не сразу связался с Клименко? Ах да,

последняя цифра номера телефона была записана неправильно. Но зачем он попёрся к скупщику?

— Игнат, а что вы делали у скупщика? — перебила я
их важную беседу.

— Я? — зачем-то переспросил Хмельницкий. — Я просто ходил консультироваться по поводу камней. И вообще узнать, не продавал ли кто бриллианты. Я же не мог
Олега найти. Вот и подумал, что можно узнать таким об-
ходным путём.

— Узнали?

— Нет. Ничего особенного. Скупщик, правда, сообщил, что приходил к нему один мужчина, предлагал камни, но потом он больше не появлялся.

— Понятно. — Я снова опустила глаза в тарелку.

— Наверное, он обо мне говорил. — Олег посмотрел
на товарища. — Мне вот что кажется: благодаря именно
этому скупщику я и остался без камней. Больше никто не
знал, что у меня есть бриллианты. Только он! И, видимо,
он сообщил кому надо. Вот за мной и проследили.

— Что теперь гадать? Надо думать, как их назад вернуть. — Игнат изучал меня, не скрывая своего интереса. — Вы давно работаете частным детективом?

— Вы сомневаетесь в моей компетентности? — зачем-
то спросила я вместо того, чтобы объяснить товарищу,
что, собственно, этим делом заниматься не намерена.

— Я вас не знаю, — просто ответил он.

— И, я так понимаю, знать не хотите.

— Ну почему? Я не хотел знакомиться с вами, поскольку вы представились работником правоохранитель-
ных органов. А так — можно. — Хмельницкий адресовал
мне ослепительную улыбочку.

Я видела, как Олег отреагировал на его манёвр. Мне
показалось или на самом деле я почувствовала его рев-
ность? С какой стати? Но, в общем, мне это польстило.

— Считайте, что мы с вами теперь знакомы. Олег! Я,
пожалуй, пойду. Вы тут говорите о своём, не буду вам ме-
шать. — И я встала.

— Вы нам совершенно не мешаете, — встал следом за
мной Игнат.

Вот странно, если не мешаю, зачем вставать, провожая меня? Не поймёшь этих мужиков.

— Звони мне. — Я снова посмотрела на Олега.

Почему-то в тот момент мне стало очень жалко его. Нелегко ему придется с этим Хмельницким. Представляю, как он сейчас его «загрузит».

Стоп. Жалость к мужчине — плохое предзнаменование. Я не должна думать о таких вещах! В конце концов, пропавшие брюлики — не моя проблема. Ничего не изменилось — я так и не дала обещания работать на Клименко, хоть он и сообщил об этом другу. Пусть сами разбираются. Сейчас мне пока оказалось с ними по пути. Но не дольше.

— До свидания... — Олег проводил меня долгим взглядом.

Я его взгляд спиной почувствовала.

ГЛАВА 14

Я приехала домой, и на меня навалилась необъяснимая тоска и чувство вины. На душе так противно было! Впрочем, я понимала, что гложет меня, хоть и говорила, будто мне наплевать на Колю. Все равно ведь надо вытаскивать парня из передряги. Больше никто этого не сделает. И он, поди, на меня надеется, а я так подло с ним поступила. Надо срочно исправлять положение.

Странно, что Петр не звонит. Мог бы хоть пошантажировать немного. А то совсем — ни слуху ни духу.

Самой, что ли, позвонить ему? Где-то у меня был домашний адрес Ветрова и телефон... Прямо сейчас и позвоню.

Я села на диван, откинулась на спинку и набрала номер Петра Евгеньевича. Мне долго никто не отвечал, но потом трубку все же сняли.

— Да? — услышала я голос Ветрова.

— Это Иванова, — буднично сообщила я. — Что-то вы мне давно не звонили.

— Неужели? А мне кажется, мы с вами каждый день разговариваем.

— Петр Евгеньевич, давайте поговорим с вами, как взрослые люди. Что вы думаете делать с Колей?

— А судьба вашей подруги вас уже не интересует? — подозрительно спросил он.

— Судьба подруги мне известна. А вот как там Коля

поживает? Вам не обременительно его у себя держать? Может, отпустите? У меня бриллиантов все равно нет.

— А собирались говорить, как взрослый человек, — посмеялся Ветров. — Тогда с какой такой стати я буду друга вашего отпускать? Нет уж. Если он останется у меня, вы в конце концов постараетесь сделать так, чтобы камни попали ко мне.

— Но где я их вам возьму?

— У подруги спросите. Ей виднее. А теперь, раз вы встретились — я ведь правильно вас понял? — то тем более. Ищите вместе. Они не могли пропасть... в никуда.

— Я смотрю, разговор наш совершенно бесполезный. До свидания. Позвоню вам, если что продвинется, — усталым голосом произнесла я.

— Буду с нетерпением ждать вашего звонка. И запомните, от вас зависит жизнь человека.

— Идите вы... куда подальше... — не выдержала я и бросила трубку.

Совершенно бессознательно я потянулась к мешочку с гадальными косточками. Самое время узнать, как действовать дальше.

Я задала этот банальный вопрос и бросила кости на столик. Комбинация 35+2+22 говорила мне следующее: «Вы можете загнать себя в ловушку компрометирующими вас поступками и даже подорвать здоровье».

Интересно, это какие такие поступки я совершу? Меня кости предупреждают или советуют именно так и поступать? Только совсем не хочется здоровье подрывать. Но тут уж как получится...

Теперь надо решить, какой именно поступок может меня скомпрометировать. И даже не один. Короче — что бы я сейчас тут ни придумывала, а надо спасать Колю. Значит, и действовать надо в этой области.

Как я могу его спасти? С милицией поехать на дачу Ветрова? И чем это может закончиться? Думаю, ничем хорошим. Если бедняга там, то мы его, вероятнее всего, спасем. А если нет, то я на самом деле загоню себя в ловушку. А есть ли другой способ?

И тут я вспомнила свой разговор со скупщиком. Что, если отдать Петру... поддельные камни. Не настоящие бриллианты, а так — стекляшки. Ведь не сможет же он сразу определить подделку... Или сможет?

Я вскочила с дивана и принялась ходить по комнате. А действительно, кажется, стоит попробовать. Скажу Ветрову, что хочу обменять пленника на камни. Будто я нашла их. Мне его приведут. Я отдам подделку, уеду с Колей, а когда они чухнутся, мы уже будем далеко. А если Петр просечет сразу, то я по ситуации что-нибудь придумаю.

Настроение мое поднялось. На самом деле — чего я жду? Может, Коля там уже психическую болезнь заработал.

Я решила, что буду проворачивать эту операцию или сегодня поздно вечером, или — так, наверное, лучше будет — завтра с утра. И место надо выбрать людное. Тогда точно завтра. Ой, что это я тут себе думаю? Мне же сначала надо поддельные бриллианты добыть. В количестве двенадцати штук.

Передо мной не стоял вопрос, где их добывать, я и так понимала, что, кроме как у скупщика, — негде. Но теперь я размышляла о том, в каком виде мне там, в лавке, лучше показаться. Через десять минут мучительных раздумий я решила, что лучше всего пойти туда в образе той богатенькой клиентки. Скажу скупщику, что хочу сделать подарок кому-нибудь, причем нужны мне именно фальшивые бриллианты. А чтобы не привлекать особого внимания, попрошу камни не россыпью, а в каком-нибудь изделии. Потом просто разворочу эту безделушку.

Я даже подпрыгнула от воодушевления. И почему такая простая мысль раньше не приходила мне в голову? Давно бы спала спокойно! Если все получится, Клименко можно будет отбрить с чистой совестью.

Быстренько выпив кофе, я с удовольствием стала переодеваться. Но решила предварительно позвонить, вдруг скупщик вздумает закрыть свою контору пораньше и свалить куда-нибудь.

Я снова схватилась за трубку.

— Простите, но я, оказывается, не знаю вашего имени. — Эту деталь я только сейчас сообразила, поэтому сразу начала выкручиваться. — Однако вы должны меня помнить. Я та самая девушка, что собралась купить у вас золотой слиток, — со смехом сказала я.

Должен же он понять, кто именно ему звонит.

— Да, конечно. Я вас помню. Вы все по тому же делу? — сразу спросил скупщик.

— Нет. Теперь совершенно по другому. Вы никуда не отлучаетесь в ближайший час?

— Нет. Буду на месте.

— Я к вам сейчас приеду за покупкой.

— Хорошо... — нерешительно произнес мужичок.

Я мигом понеслась вниз к машине. Села в нее и быстро доехала до конторы. Оставила машину за углом, вышла и остановилась, чтобы успокоиться. Такая благородная и богатая дамочка, которую я из себя изображаю, просто не может быть столь запыхавшейся. Она и не имеет права торопиться куда бы то ни было!

Решив заодно перекурить, я осмотрелась по сторонам. Конечно, сегодня я была одета иначе, не так, как показывалась в магазине раньше. Каждый мой визит сопровождался новым изысканным видом, новой дорогой одеждой.

— Мне кажется, что мы наконец должны познакомиться. Меня зовут Татьяна, а вас как величать? — радостно улыбнулась я с порога.

— Меня можете звать Егор Кузьмич, — с готовностью откликнулся скупщик.

— Какое необычное отчество! Да и имя у вас достаточно редкое. Впрочем, я была удивлена, когда имя Хмельницкого узнала. Вы ведь в курсе, что этого господина зовут Игнатом? Неужели мы скоро вернемся во времена, когда в моде были такие имена, как Пафнутий, Кузьма, Емеля? Как вы считаете?

— Все когда-нибудь возвращается на круги своя, Татьяна. Но мне так кажется, что вы пришли ко мне совсем не эти вопросы обсуждать, — хитро посмотрел на меня Егор Кузьмич.

— Да. — Я села на стул, осмотрелась по сторонам, будто была тут первый раз, потом вынула сигарету и прикурила от спички. — Я приглашена на день рождения к одной особе. Вам, конечно, не обязательно знать все подробности. Хочу только сказать, что мне хочется сделать для этой особы сюрприз. Но необычный. И не совсем для нее приятный.

— Да? — вскинул брови скупщик. — Какой же именно?

— Я хочу подарить ей какое-нибудь украшение, но...

ненастоящее. Понимаете? Подделку, но качественную. Есть у вас такое?

— Что именно вы хотите? — потер ладони Егор Кузьмич.

— Например, ожерелье или колье с какими-нибудь дорогими камнями. Или с жемчугом? Хотя нет, жемчуг не пойдет. Давайте лучше бриллианты. А может, для смеха, диадему какую? Громоздкий браслет? Вы покажите, что у вас есть, а я выберу.

— А вы, оказывается, любите пошутить, — рассмеялся скупщик.

— Вообще-то я считаю, что украшение и со стразами — также неплохой подарок. Подобные вещи ведь тоже недешево стоят? — с легким укором, но и с улыбкой произнесла я.

— Разумеется. Сейчас я вам покажу кое-что.

Мужчина вышел в свое подсобное помещение, вернулся почти через минуту, неся в руках несколько коробок. Коробки были небольшие и очень красивые.

Он положил их на стол, потом подошел к двери и запер ее, повесив объявление, что у него технический перерыв. Надо же, какой предусмотрительный... А вообще странно — почему он не держит у себя охрану? Я подумала об этом и решила сразу прояснить свое недоумение.

— Егор Кузьмич, скажите мне, пожалуйста, а почему у вас нет охранника? Вы тут совсем один. Вам не страшно? Вдруг грабители нагрянут или еще что неприятное случится... — Я рассматривала содержимое первой коробки.

— Я не могу открыть вам всех секретов, но можете быть уверены, что здесь вы в полной безопасности. И я тоже. Смотрите лучше, — скупщик с гордостью, будто сам его и сделал, вынул украшение с поддельными бриллиантами.

— Какая красота, — решила поохать я. — И что? Эти камни ненастоящие?

В моем голосе было столько восторга, но в то же время недоверия, что Егор Кузьмич просто взмок от напряжения. Видно, дело свое он любил сильно, даже самозабвенно. И гордился тем, что имеет и может предложить.

— Да, это подделка. Но, как вы сами понимаете, — очень хорошая подделка.

— Мне стыдно признаться, — шепотом сказала я, приложив руку к груди, — но я совершенно не разбираюсь в этом. Только никому про это не говорите! Хоть убейте, но я не могу отличить настоящий бриллиант от ненастоящего.

— Что ж, бывает. — Егор Кузьмич вроде бы не удивился.

— И сколько это стоит? — Я прикинула, что столько поддельных камней мне совершенно не нужно.

Скупщик назвал мне цену.

— Отлично, — удовлетворенно кивнула я. — Но та особа, к которой я приглашена на день рождения, такого подарка не стоит. Пожалуй, я как-нибудь куплю это колье себе. А еще у вас есть что? — Я отложила украшение в сторону.

— Вот набор — серьги с бриллиантами и колечко.

— Нет, они слишком маленькие, — наморщила я носик.

Здесь «бриллиантов» катастрофически не хватало. Я уже с тоской подумала, что придется покупать первое украшение, довольно дорогое, но тут Егор Кузьмич достал прекрасный браслет. Он был сделан из белого металла — очень может быть, что из серебра, — а «бриллианты» находились в углублениях на некотором расстоянии друг от друга. Пока я крутила браслет, незаметно пересчитала камни. Их было тринадцать. Один лишний. Но это не беда.

Браслет на самом деле очень красивый. Работа такая тонкая — одно удовольствие смотреть. Я представила себе, как буду выколупывать камешки, и мне стало плохо. Очень жаль такую вещь. Но в данный момент, во-первых, я на самом деле захотела его купить, а во-вторых, у меня просто не было выбора.

— Он прекрасен, — сказала я через минуту, после того как осмотрела браслет со всех сторон и даже примерила на руку. — Я даже не знаю, стоит ли его дарить. Вернее, знаю — ни за что!

— И правильно, — резво кивнул скупщик. — Такая вещь и вам всегда может пригодиться.

— Да. Сколько вы за него хотите?

Егор Кузьмич показал мне на бумажечку, лежавшую в коробке. Я посмотрела на цифры и порадовалась, что до гадалась снять некоторые мои запасы со сберегательной книжки.

— Вам подходит?

— Конечно, — не моргнув глазом, сказала я. — Беру браслет. А по поводу подарка... Я сейчас подумала и решила, что куплю какую-нибудь дурацкую вазу. Потому что никто не будет смеяться над той особой, если увидит у нее такой браслет. А вот ваза — хуже некуда.

— Вам виднее, — скромно, но довольно сказал Егор Кузьмич. — Как будем рассчитываться?

— Конечно, наличными, — оскорбилась я. — Я знаю, что в таких случаях лучше рассчитываться именно так.

Скупщик в который раз улыбнулся. Сколько приятных минут я доставила человеку. Даже сама расчувствовалась.

Я достала деньги и расплатилась. Егор Кузьмич аккуратно пересчитал купюры, потом убрал их в сейф, а я все сидела и любовалась своим новым столь удачным приобретением.

— Если вы хотите, то я могу вызвать своего человека, чтобы он проводил вас домой, — обратился ко мне скупщик.

— Да? — удивилась я. — Я и не знала, что вы еще и такие услуги оказываете. Очень мило. Но я на машине.

— Ничего. Он вас отвезет на вашей машине и проводит до квартиры.

Мне вообще-то хотелось пообщаться с человеком Егора Кузьмича, с одной стороны. Ведь я могла узнать много нового, если бы постаралась. Но, с другой стороны, нельзя забывать, что этот Егор Кузьмич — не сама добродетель. Он же «продал» Клименко, сообщив кому надо, что приходил клиент с бриллиантами. А теперь может ведь и меня таким способом проверить.

Допустим, парень довезет меня домой, а потом доложит хозяину, где я живу, на какой машине катаюсь и все остальное. Нет уж. Как-нибудь сама справлюсь.

— Спасибо еще раз, но не надо. Я еще в одно место заехать должна, а потом уже буду не одна, так что не волнуйтесь. Все будет хорошо.

— Как вам угодно. Я рад, что вы посетили мой магазин. Обязательно приходите еще. — Скупщик почти кланялся мне.

Я понимала, что все это показное, но, честное слово, такая вежливость производила впечатление. Как мы любим обманываться! Знаю же я, что работа Егора Кузьмича требует от него такой формы общения с клиентом, а все равно хотелось думать, что только со мной он так мил и любезен.

Уже в дверях я повернулась и как бы между прочим сказала:

— Я сегодня на проспекте видела знаете кого? Ни за что не догадаетесь! — Я выдерживала паузу и ждала реакции Егора Кузьмича.

— И кого же? — не выдержал и спросил он.

— Хмельницкого, — со смыслом произнесла я.

— И что? — удивился скупщик, но с ноги на ногу переступил.

— Он был не один, а с каким-то толстоватым господином. И разговаривали они очень нервно, постоянно оглядывались. Мне даже пришлось на лавочку рядом со старушкой примоститься, чтобы Хмельницкий меня не увидел. А когда они поговорили и стали расходиться, Игнат что-то вспомнил и крикнул второму вдогонку: «Петр! Только точно!» Уж что он имел в виду, я не знаю. Просто опасаюсь, вдруг этот Хмельницкий камушки кому другому решил продать. Некрасиво получается. Мы тут, значит, ждем его, а он с другими дела делает.

— Я думаю... — улыбнулся, но как-то невесело Егор Кузьмич. — Так вот, я думаю, что это просто его знакомый был. Вы не переживайте, никуда ваши ценности от вас не уплывут.

— Да я и не переживаю! — воскликнула я весьма нервно, состроив очень обиженную мину. Я решила, что мне просто необходимо при таком раскладе оскорбиться, а то я какая-то лапочка получаюсь, а не капризная богатая дамочка. — Всего доброго.

Я вышла. Скупщик сразу закрыл за мной дверь. Похоже, больше сегодня работать он не собирался. А что, столько денег зараз получить.

Может, мне бросить детективное дело и заняться торговлей ценностями — чистой и благородной, непыльной работой? Денег будет... Да и вообще...

Я села в свою любимую «девятку» и рассмеялась. Потом прикурила сигарету и помчалась к себе домой. Мне предстояло малоприятное занятие. В принципе я не особенно представляла себе, как именно буду выковыривать камушки, но надеялась до завтра как-нибудь управиться.

Домой я приехала счастливая. Включила настольную лампу и при ее свете еще раз внимательно рассмотрела браслет. Сердце мое сжалось, но я старалась думать только о том, какие мне понадобятся инструменты. А вообще, не позвать ли мне помощника?

Чем дольше я смотрела на прекрасную ценную вещь, тем сильнее я убеждалась в правильности последней идеи.

ГЛАВА 15

Выкурив сигарету, я окончательно пришла к выводу, что без посторонней помощи мне не справиться. Надо звонить. Но кому? Я взяла свою записную книжку и стала перелистывать листочки в надежде найти хоть одну подходящую для такого случая кандидатуру.

О, вот же есть мой старый знакомый Виталька! Он как раз мастер на все руки.

Я схватила трубку и набрала его номер.

— Алло, — услышала я сонный голос.

— Ты что, спишь? — спросила я удивленно.

— А что? Это кто? — тут же поинтересовался он.

— Иванова. Слушай, у меня к тебе срочное и важное дело. Ты не можешь ко мне подъехать? Или нет, лучше я к тебе. Можно?

— Иванова? — переспросил Виталий. — Кто такая?

— Ты что, с дуба свалился? Таня Иванова. Мы на турбазе вместе отдыхали. — Меня задело то, что он никак не может меня вспомнить.

— И что теперь? Я как честный человек обязан бежать по первому твоему зову?

— Виталя, я, конечно, понимаю, что ты сейчас не в духе, но мне на самом деле надо, чтобы ты мне помог. Я сейчас буду.

— Что? Ты разве знаешь, где я живу?

— Я еще и не такое знаю! Еду, из дома не отлучайся.

— Ага. — По его голосу было понятно, что он давно вспомнил меня, но просто продолжает дурачиться.

Собралась я моментально. Вернее, я и не собиралась даже, просто схватила сумку и вылетела из квартиры.

Виталий Ломоносов жил неподалеку, и я решила, что вполне могу обойтись без машины. Совершу вечерний моцион.

Уже через пятнадцать минут я звонила в его дверь. Виталька открыл и пропустил меня вперед.

— Вспомнил, зараза? — Я толкнула его в плечо.

— Чего это тебе на ночь глядя вдруг понадобилось? — Виталий проводил меня в комнату.

Я вынула браслет и протянула ему.

— Нравится? — спросила я.

— Мне все равно. Я такие штучки не ношу. Хочешь продать?

— Нет. Хочу разломать.

— Зачем? — теперь он удивился.

— Надо. Ты можешь сделать так, чтобы каждый камушек был отдельно?

— Если надо, сделаем. Чего стоишь? — посмотрел на на меня. — Садись уже. Не нервируй.

— А чего это ты спишь в неположенное время? — Я присела на диван, достала сигарету и прикурила. Сильно нервничала.

— Когда хочу, тогда и сплю. Честно говоря, не ожидал тебя увидеть. Чем сейчас занимаешься?

— Да все тем же. Ничего нового.

— А мне кажется, при такой работе каждый день приносит нечто новое, — засмеялся Виталий. — Значит, все разделить? — еще раз переспросил знакомый, рассматривая браслет со всех сторон.

— Да. И чтобы каждый камушек выглядел, будто никогда и не был в изделии.

— Ну, можешь идти. Мне тут работы на всю ночь, — повернулся Виталя.

— Так долго?

— Быстро только кошки родятся.

— Может, я все же посижу, подожду?

— Ты же меня замучаешь своими разговорами. Уж лучше я в тишине.

— Виталечка, я буду молчать как рыба, только не гони меня. Я не могу сейчас уйти. Мне надо видеть этот процесс, просто необходимо.

— Но если ты хоть слово вякнешь, берегись. Выгоню среди ночи, и все.

— Хорошо. — Я была согласна на любые условия. — Ничего, что я здесь курю? Кстати, у тебя покушать найдется что-нибудь?

— Посмотри в холодильнике.

Я оставила Виталия за работой и пошла на кухню. Уж не знаю, что имел в виду Виталя, говоря, что еда у него в холодильнике. Лично я там ничего найти не сумела. Делать нечего, пришлось идти в ночной супермаркет, прикупить что-нибудь поесть.

Вернулась я через полчаса. Принесла пиццу, пельмени, консервы. Приготовила все и понесла в комнату подкормить моего работника. Виталий проглотил три куска пиццы, десяток пельменей, запил все это минералкой и снова засел за стол.

Я тоже поела и сидела тихонько, пуская дым колечками. Один камешек уже был вынут. Я подошла и посмотрела на него. А что? Похож на те брюлики. Я лично не поняла бы разницы.

Потом я, кажется, заснула. Очнулась около шести утра. Подошла к столу, где сидел Виталий, и увидела «бриллианты».

— Нравится? — спросил меня Виталий.

— Очень. Ты просто мастер!

— Мастер-ломастер, — передразнил он. — Ну и ночка! Совершенно измучился. Они так хорошо скреплены были. Просто так и не оторвешь.

— Ты молодец, я у тебя в долгу, — весело сказала я.

— Лучше не надо долгов. Давай сейчас расплачивайся.

Я щедро заплатила ему за работу и подумала, что, если так расследование пойдет и дальше, я скоро стану банкротом. Браслет обошелся мне далеко не дешево, теперь вот затраты на то, чтобы его раскурочить... Но главное, чтобы результат был. Мне бы спасти Колю, а там хоть трава не расти.

Наконец-то я держала в руках камешки, которые смогу всучить Петру Евгеньевичу Ветрову. Мне нужно только двенадцать, и один останется на память об этих событиях. Я еще раз поблагодарила Виталия и отправилась домой.

Первым делом я приняла холодный душ. Остатки сна слетели с меня, и я смогла вполне трезво и здраво рассуждать. Значит, теперь надо звонить Петру и назначать встречу. Больше откладывать не имеет смысла.

Я выбралась из ванны, завернувшись в большое махровое полотенце. Потом пошла на кухню и сварила себе чашку ароматнейшего кофе. Сделав добрый глоток, я взяла трубку и набрала номер Ветрова.

— Петр Евгеньевич, — произнесла я взволнованным голосом. — У меня для вас хорошие новости. Я нашла камни и теперь хочу обменять их на Колю.

— Надеюсь, Татьяна, вы не шутите?

— Ничего себе! Разве можно шутить такими вещами? Я на самом деле обнаружила их за мусорным ведром — они просто дальше откатились. И теперь хочу получить Николая. Большего мне не надо.

— Что ж. Это на самом деле очень хорошая новость. Где и когда мы с вами встретимся? — Петр Евгеньевич, похоже, волновался.

— Предлагаю в городском парке. Часов в десять. Вам удобно?

— Ну, конечно. Только почему в таком оживленном месте? Может, нам другое местечко для рандеву выбрать?

— Разве парк — оживленное место? Ну подумаешь, несколько мамаш с детками, всего-то. Хотя вы правы. Зачем к нашим делам внимание детей привлекать? Встретимся лучше на набережной. А может, на пляже? Давно я не купалась.

— С вами все в порядке? — сочувственно спросил Петр. — У меня такое ощущение, будто вы только что солнечный удар получили.

— А вы думаете, не удар — найти бриллианты там, где все уже пять раз перерыли? Я как их нашла, чуть до потолка не прыгала. Это просто чудо, что все так сложилось. Если бы ваши парни нашли их, то мне точно ничего бы не светило.

— Понимаю ваши чувства. И все же вы не правы. Если бы мои мальчики нашли камешки, то мы давно разошлись бы по-мирному и не имели друг к другу никаких претензий. Я человек слова, всегда выполняю свои обещания.

— Приятно слышать. Значит, встречаемся? В десять или в одиннадцать? Только Колю привозите сразу. Обменяемся, и все.

— Давайте в одиннадцать. Так будет удобнее. Значит, на набережной?

— Да. У ротонды.

— Идет. Приезжайте, не опаздывайте.

— Договорились.

Я положила трубку, и мне стало так весело, что хотелось петь и прыгать. Неужели все скоро закончится? Даже не верится. Никогда у меня не было такого дурацкого дела. Первый раз я совершенно не знаю, что мне делать.

После разговора с Петром я пошла на кухню и приготовила себе завтрак. Пожарила яичницу с колбасой и помидорами. Настроение мое продолжало находиться на достаточно высоком уровне. Я так верила в свои силы, что совершенно не сомневалась: мне удастся все мною задуманное. Это ведь так просто!

Казалось, время идет слишком медленно. Я уже сложила бриллианты в красивый мешочек, приготовила одежду, в которой пойду на встречу, а стрелки продвинулись всего только на час. Эх, надо еще два с половиной часа выдержать!

Зазвонил телефон. Я, как сумасшедшая, бросилась к нему.

— Иванова слушает, — отрапортовала я неведомому абоненту.

— Все так серьезно? — услышала я смеющийся голос своей подруги.

— Что ты имеешь в виду?

— Да так. Вот решила позвонить, узнать, как у тебя дела продвигаются, — сказала Лена.

— У меня все хорошо. Иду сегодня на «дело». Буду Колечку спасать.

— Да ты что? Правда? И как ты это собираешься делать? Ты нашла бриллианты? — засыпала меня вопросами Лена.

— Нет. Ничего я не нашла. Я купила поддельные. И хочу обменять их на столь же «драгоценного» субъекта. Только и всего. Правда, я ловко придумала?

— А ты уверена, что все пройдет без осложнений? Вдруг Петр умеет распознавать камни?

— А мне все равно. Тогда отобью Колю с боем. Если случайно в ходе перестрелки он будет смертельно ранен, я плакать не буду. Слишком много я из-за него натерпе-

лась. Такого никудышного мужчину еще поискать надо! — на одном дыхании выпалила я.

— Ты думаешь? — серьезно спросила Лена. — Трудно
найти?

— Хватит дурочку валять. Ладно, мне некогда с тобой
разговаривать. Если у тебя все, то давай вешай трубку.
Ты, собственно, чего звонишь? Может, у тебя дело какое? — на всякий случай решила спросить я.

— Да нет. Но теперь дело появилось. Танечка. — В голосе подруги проскользнули просящие нотки.

— Что? — подозрительно спросила я, думая о том,
что сейчас она опять попросит меня сделать чего-нибудь
сверхъестественное. Еще раз дверь ей поменять или плас-
тиковые окна поставить.

— Возьми меня с собой.

— Что?!

— Возьми меня с собой, — заканючила Ленка. — Я тоже хочу хоть раз в жизни поучаствовать в такой вот опера-
ции.

— Даже не думай об этом! — отрезала я. — Не хватало
мне еще и за тобой присматривать. Я и так не знаю, как
буду действовать, а еще ты под ногами собралась болтать-
ся. Этот глупый Колечка ведь сроду не догадается подыграть.

— Вот, вот. Вдвоем нам сподручнее будет.

— Нет, Лена. Дело ведь нешуточное.

— Если хочешь, Таня, я в кустах сидеть буду. Просто
посмотрю, и все. Меня даже не заметят.

— Ленка, отстань.

Я быстро положила трубку. А то ведь она и уговорить
меня может. Но в мои планы совсем не входило идти на
встречу с ней. И вообще — через полтора часа поеду.
Лучше пока по набережной похожу. Все приятнее будет,
чем дома сидеть.

Я встала и буквально заставила себя отправиться на
кухню. Вот буду мыть посуду и постараюсь отвлечься! Но
посуда помылась, как назло, слишком быстро. Затем я
даже полы протерла. Сначала на кухне, а потом и во всей
квартире. Когда я ко всему прочему вытерла еще и пыль,
можно уже было выходить из дома. Время настало.

Плюхнувшись на сиденье своей дорогой бежевой «девяточки», я позволила себе сначала выкурить сигарету, а потом уже поехала. В кармане в пакетике лежали фальшивые бриллианты, но о том, что они ненастоящие, никто не знал. Ну, кроме некоторых лиц. И я собиралась с пеной у рта доказывать, что они самые что ни на есть настоящие. То есть именно их я и нашла в банке с клубничным вареньем.

Машину я поставила около высотного здания с кучей организаций в нем, хотя тут и висела табличка, что стоянка — только для служебных машин. Пусть попробуют пристать! Проверив еще раз наличие пистолета, я вышла, хлопнула дверцей и пошла по тенистой аллейке.

Ни одного знакомого лица. Неужели я одна так рано прикатила? Как будто мне больше всех надо?

Я прошлась не торопясь, потом повернула в обратную сторону. И что я увидела? На скамейке сидела... одна очень интересная дамочка. Я бы не обратила на нее никакого внимания, если бы она так старательно не прятала свое лицо за обложкой журнала. Несмотря на то что на ней был черный парик, я без труда угадала в дамочке свою драгоценную подругу.

Делать было нечего. Я присела на ту же скамеечку.

— И что ты тут делаешь? — не смотря в Ленкину сторону, спросила я.

— Сижу, — провинившимся голосом ответила она.

— Как меня выследила?

— Ждала у подъезда. Потом поймала машину и ехала за тобой. Это нетрудно. Благодаря тебе я кое-чему научилась.

— Я рада за тебя. А теперь вставай и мигом дуй домой, — злобно прошипела я.

— Не имеешь права, — заявила Ленка. — И вообще я тебя не знаю! — А потом она более громким голосом добавила: — Женщина, что вы ко мне пристали? Идите своей дорогой.

— Хватит ерундой заниматься. Если тебя тут увидят, то поймут, что дело нечисто.

— Наоборот. Если мы будем вместе, то Петр решит, что мы на самом деле нашли бриллианты. Они ведь в моей мусорке были. Так что я непосредственный участник. И без меня никак! — привела довольно логичные доводы Лена.

— Слушай, если дело сорвется по причине твоего присутствия, то сама потом будешь объясняться и с Ветровым, и с Колей соответственно! — Я не знала, что еще сказать такого, чтобы пробудить в подруге совесть и заставить ее убраться с моих глаз.

— Я же тебе сказала: близко не подойду, только со стороны посмотрю. Так что не волнуйся. Хватай своего Колечку и уноси ноги. За меня не волнуйся.

— И это ты? Я совершенно не узнаю тебя. Совсем недавно ты беспокоилась только о своих учениках, а теперь тебе плевать на весь белый свет, дай только острых ощущений! — Я закурила сигарету и смотрела чуть в сторону.

— Подожди. Я вот опыта наберусь и составлю тебе конкуренцию, — хохотнула Лена. — Всех твоих клиентов переманю.

— Ладно, сиди здесь. У нас с Петром встреча около ротонды. В одиннадцать часов. Так что пока не приближайся. А дальше ты помнишь. Если что — тебе несдобровать. И если Ветров украдет тебя снова, я умываю руки. Ты сама как будто добиваешься этого.

— Отлично. Договорились. — Лена снова уставилась в журнал. Мне ничего не оставалось, как встать и пойти дальше.

Без пяти минут одиннадцать я стояла у ротонды и смотрела в грязную воду. И почему никому не придет в голову почистить нашу Волгу, особенно здесь, у набережной? Столько всякого мусора плавает у берега. Впрочем, правду говорят: «Чисто не там, где убирают, а там, где не сорят». Но эта столь простая истина никак не дойдет до умов наших горожан. Кидают в воду все, что попало: бутылки, обертки, пакеты, арбузные корки и прочую дрянь.

Я услышала тихий шорох шин. Повернулась. Подъехали две машины, но выходить из них пока никто не спешил. Я также не торопилась двинуться к приехавшим навстречу. Стекла были затемненными, и я не могла видеть, кто именно пожаловал, но чувствовала — по мою душу.

Да, неудачно я стою. Даже бежать некуда. Надо срочно передвинуться, уйти от воды. Впрочем, нет. Уже поздно.

Из машины вышел здоровенный громила. С другой стороны еще один. Я грустно посмотрела по сторонам и поняла, что оказалась прижатой к воде. Какая же я дура! И что дальше?

А дальше из машины вышел Ветров.

— Татьяна, думаю, нам будет лучше обсудить наши дела в машине, — улыбаясь, заговорил он.

— А я так не думаю, — легкомысленно и уверенно произнесла я. — Покажите мне Колю. Где он? Хочу посмотреть, как он себя чувствует. Здоров ли?

— Конечно, здоров. Что ему сделается? И мне кажется, что он даже поправился при таком стабильном и качественном питании, которое я ему обеспечивал.

Ветров сделал еле заметный знак, и из второй машины вытолкнули Колю. Вид у него был впечатляющий — он озирался по сторонам, как затравленный зверь. Глупо озирался, надо отметить. Неужели не понял, для чего его сюда привезли? Хоть бы одна умная мысль проявилась на его физиономии... Я бы многое ему простила. Но, видно, не судьба.

— Где они? — обратился ко мне Петр.

— Где? У меня, конечно. Давайте мне Колю поближе, я с ним поговорю маленько. Узнаю, на самом ли деле все так хорошо, как вы расписываете.

Ветров сделал знак Коле, чтобы он подошел ко мне. Я все еще надеялась, что можно будет удачно выбраться из этой переделки.

Я достала из кармана пакетик и кинула его Ветрову. В глазах его блеснул огонек. Огонек жадности в предкушении легкой наживы. Мне стало противно.

ГЛАВА 16

Ветров опять сделал едва заметный знак рукой, и к нему подошел один из квадратных типчиков. Петр высыпал мои камушки на ладонь, и они стали внимательно их рассматривать. У меня по спине побежали струйки противного липкого пота.

Громила отрицательно мотнул головой. Именно в этот момент я схватила Колю за руку, быстро дернула его на себя и одновременно вынула пистолет.

— Стойте, где стоите! — крикнула я.

— Напрасно, Танечка, вы хотите нас обмануть, — спокойно сказал Петр.

— Почему обмануть? — пожала я плечами.

— Потому что камешки не те.

— Мне все равно. Какие были в варенье, такие и отдаю. Чего вы от меня еще хотите? — Я держала Ветрова на мушке.

— Это не те камни, — повторил он.

— А мне плевать! Собственно, откуда вы можете знать, что именно находилось в банке? Она ведь вам никогда не принадлежала. Вы хотели ее украсть. Просто поживиться за чужой счет. Вам должно быть стыдно!

— Ладно, — махнул на меня рукой Петр Евгеньевич. — Бесполезный разговор. Николай, — обратился он к Коле, — давай в машину. Похоже, этой дамочке совершенно плевать на твою жизнь. И на свою тоже.

— Никуда он не пойдет! — крикнула я. — А вам пора ехать, смотрите, как на нас народ смотрит. Того и гляди милицию вызовут.

— У меня оружия нет, — спокойно посмотрел по сторонам Ветров, — а вот вы тут... во всей красе нарисовались. Отпусти мужика и забери свои стекляшки! — перешел вдруг Петр на приказной тон и кинул мне мешочек, но я не стала его ловить. Не на ту напал. Я продолжала ровно держать пистолет и не сводила с него глаз.

А сама думала, как мне поступить. Прорываться мимо противника — не получится. Если только со стрельбой. Но мне очень не хотелось ее сейчас устраивать. И тут...

— Таня, — услышала я знакомый шепот.

Честно сказать, я сначала решила, что у меня начались слуховые галлюцинации. Откуда он, этот голос? Ну не с воды же...

— Таня, я здесь. Прыгайте ко мне.

Я чуть повернула голову и бросила взгляд вниз. Так и есть: за высоким парапетом в лодке сидела Ленка и еще какой-то мужик. Еще движение, и они подплывут поближе, так что мы с Николаем сможем и в самом деле прыгнуть в лодку. Только вот почему они с веслами? Не могла подруга что-нибудь поприличнее найти? Но выбора у меня не было.

Я наклонилась к самому уху Коли, потому что он совершенно не владел ситуацией и, похоже, абсолютно ничего не слышал, и скомандовала:

— Сейчас прыгаем в лодку. Смотри не промахнись. Из воды я тебя вылавливать не буду.

— Что? — стал озираться этот балбес по сторонам.

— Что слышал! Видишь Ленку? Давай! — прикрикнула я.

Николай быстренько повернулся, сделал шаг и прыгнул в лодку. Мне кажется, он даже не понял, как сумел сделать это. Следом за ним в лодке оказалась я. И тут взревел мотор, вода за кормой лодки запенилась, и мы благополучно отчалили от набережной. Я и глазом моргнуть не успела.

На берегу метались оставшиеся мужчины, но оружия не доставали. То ли его на самом деле не было, то ли не хотели «рисоваться», как выразился Ветров. Я помахала ему рукой.

— Ну ты даешь, — повернулась я к подруге. — Не ожидала от тебя такой прыти.

— Вот видишь, как я постаралась.

— Как же ты догадалась?

— А я как увидела, в какое дурацкое положение ты попала по своей, собственно, милости, так у меня сразу созрел план, — начала рассказывать Лена.

— Стоп. Куда мы плывем?

— Теперь до Затона. Здесь нельзя причаливать, — произнес свое веское слово мужик, сидевший возле мотора.

— А как же вы тогда возле ротонды причалили? — спросила я.

— Да мне эта девица так руками махала, что я уж подумал, тут помирает кто. Вот и решился. А вообще, меня штрафануть за нарушение могут. Так что не обессудьте. Доберетесь потом от Затона куда вам надо. Не так это и далеко.

— Спасибо, дяденька, — ворковала Лена. — Вы их от смерти неминуемой спасли.

— Да ладно, — махнул крепкой загорелой рукой мужичок.

— Сколько ты пообещала? — поинтересовалась я у подруги.

— Триста, — опустила она голову. И добавила быстро: — Рублей.

Я вынула из кармана свой кошелек и протянула мужчине деньги.

— Хорошо, что я его в машине не оставила... — посмотрела я на Лену.

Хоть я и сидела букой, но была ей благодарна. На самом деле неизвестно, чем бы закончилась наша с Петром «милая беседа», если бы Ленка не подоспела вовремя. И как бы мы уходили? Никак, наверное. Пришлось бы с Колечкой попрощаться.

— Молодец, — решила я похвалить подругу. — Спасибо.

— Ну вот. Наконец-то и я пригодилась, — расцвела она от моей благодарности. — Значит, не зря за тобой следила.

— Конечно, не зря, — не понимая, о чем идет речь, подал голос Коля.

— Кстати, по поводу тебя. Ты понимаешь, надеюсь, что тебе необходимо скрыться из города? — серьезно сказала я ему. — Хотя бы на некоторое время. Потому что больше я за тебя не в ответе. Тебе вообще темную за такие дела устроить. Ни в какие рамки не укладывается! Втянул меня в свои грязные дела, а потом мне еще и спасать тебя пришлось.

— Я так вам благодарен. — Коля опустил голову. — Я сам не понимаю, как так все получилось.

— Конечно, куда тебе понять! — Я отвернулась от него, демонстрируя, что больше разговаривать с ним не намерена.

— Я понимаю, что ты обо мне думаешь, — проникновенно произнес Николай, — и мне хочется извиниться. На самом деле я очень глупо себя вел. Но я никак не думал, что вляпаюсь в такое. Если б знал, чем и как все это закончится, то ни за какие коврижки не стал бы тибрить ту банку.

— Коля, дорогой! Можешь считать, что твои извинения приняты. Единственное, о чем мне хочется попросить тебя, — это самому позаботиться о своей безопасности. Хорошо? Чтобы мне больше не пришлось за тобой бегать. Знаешь, такие развлечения, особенно если они не имеют смысла, не по мне.

— Таня, брось на мужика наезжать, — заступилась за него Ленка. — Ну с кем не бывает?

— Очень со многими такого не бывает, — резко сказала я. — Поверь мне.

Я уставилась на берег. Только сейчас я вдруг поняла, что мы плывем по Волге на катере, кругом очень красиво и день выдался замечательный. И что без толку злиться? Тем более на того, кто моих эмоций и нервов недостоин.

Как-то незаметно оказалось, что мы уже доплыли до Затона. Выбравшись на берег, я стала думать, куда мы с Ленкой отправимся теперь. Есть такая вероятность, что машину мою Ветров заметил и будет около нее пастись. Ну, вопрос с «девяткой» вполне можно решить с помощью Гарика Папазяна. А вот Ленке пока снова придется вернуться на мою конспиративную квартиру.

— Я, конечно, дорогая, понимаю, что у тебя дома теперь дверь железная, но возвращаться тебе туда пока рановато. Особенно после того, как ты сегодня выкинула такой номер... — кивнула в сторону лодки, уже отчалившей от берега, отвечая на просьбу Ленки отвезти ее домой.

— Но я так долго там не была... — Подруга скорчила преуморительную гримасу.

— Ничего. Потерпишь еще денька два.

— Что я? — спросил меня Николай.

— Что ты? Придумай сам что-нибудь. Позвони какому-нибудь другу, только не тому школьному, который тебя на сей подвиг с бриллиантовым вареньем подбил. Попросись к нему пожить несколько дней. А потом забирай свои вещи из дома и сваливай в деревню.

— Точно. К деду поеду. А может, чего за вещами ходить, прямо сейчас и на вокзал? Сяду в электричку, и готово.

— Я не возражаю. — Я, кажется, стала понимать, куда он клонит. — Как хочешь. Теперь ты все должен решать сам.

— Но у меня нет денег, — заявил Колюня то, что я и ожидала.

— И что? — переспросила я.

— Может, ты одолжишь мне немного? — Лицо у него сейчас было таким же, с каким он просил у меня ту злосчастную банку с вареньем.

Наверное, у меня был очень страшный вид. Потому

138 что Ленка быстро вытащила из своей сумки кошелек, вынула оттуда сто рублей и быстро подала их Коле.

— Вот все, что у меня есть. Хватит до деревни добраться?

— До деревни хватит.

— Отлично. А там не пропадешь. — Ленка отпихнула Колю. — Пока. Иди, а то на электричку опоздаешь. Ты только не волнуйся! — повернулась ко мне подруга. — Все, он уже поехал.

Я посмотрела вслед удаляющемуся парню. И ведь вроде он вполне нормальный на первый взгляд. Не сказать, чтобы страшный — обычный. Он самый обычный паренек. И если не знать его, то можно подумать, что я просто дура сумасшедшая, если позволяю себе так разговаривать с мужчинами. Но что тут поделаешь. Сейчас больше всего на свете мне хотелось забыть вот этого мужчину. Забыть, как страшный сон, и больше никогда не вспоминать его. И я была уверена, что у меня запросто получится это.

Мы с Леной поймали машину и поехали на конспиративную квартиру.

Мой сотовый лежал в машине. Там же сумочка с вещами. При мне были только пистолет да кошелек, по счастливой случайности.

Сначала я хотела отдать Лене сотку, что она дала Коле, но потом подумала и решила, что пусть и она в этой истории немного потратится. Не все же мне заботиться обо всех. Так что я с чистой совестью улыбнулась и уставилась на пейзаж за окном. А когда мы доехали, я первой выбежала из машины с криком: «Догоняй». Ленка догнала меня скоро и даже ничего не сказала.

После всего пережитого, после всех эмоций я достала из холодильника с давних пор стоявшую там бутылку водки, Лена приготовила вкуснейшую закуску на скорую руку, и мы решили немного расслабиться.

— Лена, я бросаю этим заниматься, — весело сказала я. — Вот и конец истории. Хватит. Вы все живы и здоровы. Где камни, я все равно не знаю и знать, заметь, не хочу.

Я налила нам по рюмке и взяла свою.

— Ну и хорошо. Правильно. — Лена подняла рюмку и залпом выпила. — Жаль только, что бриллианты не нашлись, но это не беда. Жили без них и дальше проживем, — добавила она, поморщившись.

Я тоже выпила и теперь уплетала жареные овощи. В желудке стало приятно, по телу разлилось тепло. Я почувствовала себя чуть ли не на седьмом небе.

— Как хорошо. — Я откинулась к стене и закрыла глаза.

— Красота, — вторила мне Ленка. — Еще несколько дней, и все будет позади. А лучше вообще об этом не вспоминать. Просто отдыхать.

— Лен. — Я ясно посмотрела на подругу. — А тебе не страшно?

— Чего?

— Просто я не понимаю, как ты решилась сегодня на такое. И вообще, знаешь, чего можно теперь ожидать?

— Ну?

— Если бы я знала... У тебя ведь спрашиваю.

— Но ты, кажется, подозреваешь.

— Да. И причем то, что я подозреваю, еще не самое худшее, что может быть. Ветров ведь может сделать что-нибудь с моей машиной. Ой, кстати, мне срочно нужен телефон! — И я побежала в коридор.

Естественно, я позвонила Гарику Папазяну и попросила его забрать мою машину с набережной и загнать ее пока, к примеру, на территорию его родного учреждения. Мне даже просить долго не пришлось. Он понял меня почти без уговоров.

— Ты не договорила, — напомнила мне подруга, когда я вернулась к ней. — Что там еще Ветров может сделать, чтобы реабилитироваться после сегодняшней встречи?

— Он может нанять киллера, — спокойно сказал я. — Для тебя и для меня.

— Да ты что такое говоришь! Не надо мне киллера!

— А кому надо? — Я налила еще по рюмочке. — Как мне не хватает твоих солененьких огурчиков, — облизнулась я.

— Иванова, брось ерунду городить. Похоже, выпивка тебе не на пользу пошла.

— Ты чего? Я ведь еще и не пила. А в принципе, думаю, Петр Евгеньевич пожалеет на нас денег. Это ж сколько понадобится заплатить...

— Ты меня почти успокоила. — Ленка посмотрела на меня доверчивым взглядом.

— Все равно неприятная история. Ладно, я пойду домой. Надо выспаться хорошенько после всего того, что случилось.

Я встала и ушла. Не могла же я признаться подружке, что меня в очередной раз мучила совесть. Опять представился мне Клименко. Я пыталась уговорить себя забыть про все, но в то же время всем своим существом стремилась помочь ему.

Не успела я отойти и с десяток метров от дома, как внезапно налетел ветер, погнал по земле мусор и пыль, а потом начался сильнейший дождь. Но я не захотела ловить машину, а просто шла и наслаждалась ливнем, который сразу промочил меня насквозь. Я никуда не торопилась. А что толку спешить? А вокруг меня люди сновали туда-сюда, тщетно пытаясь укрыться от дождя. И что они мечутся? Все равно ведь давно мокрые.

Почему многие не любят дождь? Я, например, его люблю. Возможно, и не всегда, а в такие вот особенные моменты. Но зато от всей души. Дождь — это прекрасно. Особенно после жаркого, знойного дня, когда асфальт прямо плавится под ногами, а пить хочется постоянно, когда пот льет по всему телу и не знаешь, что бы такое придумать, чтобы совсем не растаять.

Я добралась до дома через сорок минут. Так замечательно погуляла!

Солнце больше не показывалось. На улице было пасмурно, как будто сейчас уже поздний вечер. Мне это нравилось. Я спокойно вошла в подъезд, поднялась до своей квартиры и вошла внутрь. Никто не ожидал меня. Никаких сюрпризов, хотя я была внутренне к ним готова. Видимо, Ветров и в самом деле решил с нами больше не связываться.

Тщательно заперев дверь и не включая света, я сняла с себя мокрую одежду, переоделась в теплый халат, вытерла голову полотенцем и встала у окна. По стеклу бежали капли, сливаясь в ручейки, которые тут же разбегались в разные стороны. Моя рука тянулась потрогать их, но не могла — они находились по другую сторону стекла.

Я тихонечко включила музыку и легла на диван.

Странно, но я умудрилась уснуть. Хотя, наоборот, все понятно. Напряжение спало, а тут еще этот чудесный дождь.

Очнулась я где-то около семи — звонил телефон. Я взяла трубку и услышала голос Гарика.

— Все сделал, как ты просила, — доложил он. — Никакой слежки за твоей машиной не было. И вообще — никто рядом не крутился.

— Гарик! Ты, как всегда, мой спаситель, — поблагодарила я.

— А ты чем занимаешься?

— Работаю, — зевнула я от души, прикрыв трубку одной рукой, чтобы Папазян не услышал. — Правда, уже домой приехала.

— Что? С бриллиантами никак не закончишь?

— Так я ведь и не нанималась расследовать это дело, — быстро вспыхнула я. — Кто тебе сказал, что я их ищу? Этот зануда Клименко? Я сто раз объясняла ему, что не буду ничего искать. Занималась постольку, поскольку было надо. Теперь заложники свободны, сегодня последнего дурня высвободили. Так что я умываю руки. Тем более что мне не нравится, когда клиент начинает все решать за меня. Быть может, я и согласилась бы поработать на него, но теперь назло ему не буду даже думать об этом! — выдала я тираду.

— Эк, как тебя задело, — медленно проговорил Гарик. — Похоже, Иванова, ты втюрилась в своего клиента...

— Папазян, не зли меня. Сколько можно повторять тебе — он мне не клиент. Запомнил? Не клиент! И не будет им, если я сама не захочу этого.

— Да ладно. Не кипятись. Значит, не клиент. Ну тогда еще лучше. Раз у тебя нет больше никаких дел, я приглашаю тебя, дорогая, завтра в самый лучший ресторан города.

— Гарик, извини за нескромный вопрос. А откуда у тебя деньги на это?

— Кто тебе сказал, что дело в них? У меня дядя там работает, — отшутился Папазян. Или правду сказал. — Ну что?

— Завтра я буду отдыхать, так что кантовать и беспокоить меня не надо. А потом я сама тебе позвоню. Хорошо?

— Ну-ну...

— Не «ну», а точно.

— Тогда пока, работница, — рассмеялся мой товарищ и положил трубку.

ГЛАВА 17

Запели соловьи. Я открыла сначала один глаз, потом второй. Солнце освещало комнату смешными полосками через жалюзи. Вот такое утро, когда не надо никуда спешить, — самое лучшее и любимое мое время.

Я скинула с себя простынку и сладко потянулась. Как хорошо! Тихо, спокойно. Сейчас я встану, сварю себе кофейку, приму бодрящий душ, а потом... Может, мне на пробежку отправиться? Или еще каким-нибудь спортом заняться? Хочется нагрузок физических. Нет, пожалуй, сегодня отдохну. А потом похожу по магазинам.

Точно. От этой мысли я аж подпрыгнула на кровати. Ну, конечно, мне ведь надо купить новую люстру в комнату. Как я могла забыть? А все потому, что занимаюсь непонятно чем.

Я быстренько вскочила. Как все же хорошо, когда тебя ожидают только приятные дела. В голове снова всплыл вчерашний разговор с Папазяном. И почему все мужики уверены, что никто и никогда не может им отказать?

Вот и Клименко тоже. Уже чуть ли не весь Тарасов знает, что я будто бы согласилась на него работать. А это ложь чистой воды. Я сколько раз повторяла ему, что подумаю. Но он, видимо, считает себя очень умным. Значит, мы его проучим.

На самом деле у меня была такая мысль — не бросать это дело. Все-таки интересно. Да и вообще как бы дело принципа. Но Олег с такой вот самоуверенностью — просто напрашивается, чтобы его проучили. Значит, так тому и быть. Пусть потом думает, кому и что говорить. Эгоист.

Я чувствовала, что начинаю расходиться, поэтому срочно приказала своему внутреннему голосу замолчать и отправилась в ванну. Включила прохладный душ и забралась под него. Ах, как хорошо!

Потом притащила на кухню кресло, открыла окно и села около стола пить кофе на свежем воздухе. Хорошо, что воздух сегодня на самом деле был свежим. Наверное, снова дождик будет, или просто после вчерашнего такая благодать.

Я вытянула ноги на соседнюю табуретку, откинулась на спинку мягкого кресла и стала размышлять о том, какой должна быть моя будущая люстра. Я могла сказать точно только одно — всяческие висюльки должны в ней отсутствовать. Никаких побрякушек, которые надо долго и упорно мыть! И еще. Лучше всего, если моя люстра будет сделана из небьющегося материала. Хотя, конечно, не из железа.

По радио в этот самый момент передали штормовое предупреждение. Ого, класс! Надо быстрее на улицу бежать, а то все самое интересное пропущу.

Я натянула джинсы и легкую футболочку, схватила сумку с деньгами, забрала волосы в пучок и вышла из квартиры. Машина моя у Папазяна, но это не страшно.

Выходя из подъездной двери, я нос к носу столкнулась с Клименко.

— Таня, стой, мне с тобой поговорить надо, — схватил он меня за руку.

— Вы кто? — сделала я отрешенное лицо. — Что вам от меня надо?

— Ты куда? — Олег отпустил меня и пошел рядом. — Слушай, мне правда надо с тобой поговорить.

— Олег, — ласково сказала я ему. — Я не буду работать на тебя, если ты снова об этом. А все потому, что мне не нравится, как ты об этом растрезвонил.

— Кому растрезвонил? — развел руки в стороны Клименко.

— Ладно. Пока. Может, еще увидимся.

Я пошла быстрее, но Клименко от меня не отставал. Он все пытался что-то сказать мне, но я шла прямо, совершенно его не слушая. Не выдержав, он преградил мне дорогу.

— Это же вопрос жизни и смерти! Игнат говорит, чтобы я все продавал и отдавал ему деньги. Понимаешь? Я должен огромную сумму. Мне такая в принципе и не снилась. И сделать все надо в короткий срок. Таня! Вся надежда только на тебя! Если ты не найдешь камни, то мне хана. Я даже не знаю, смогу ли все деньги выплатить.

— А разве ты не понимал, что этого следовало ожидать? — прищурила я глаза. — По-моему, сразу понятно было, что Игнат тебе пропажу камней не простит. Да и какой друг сможет такое простить? Такие деньги!

— Что мне делать? — обреченно спросил Олег.

— Мне сейчас некогда, — последний раз проявила я сопротивление, потому как понимала уже, что не смогу отказать этому несчастному человеку. — Лично я за люстрой в магазин шла. Ты же видел, что с моей сделали.

— Неужели твоя люстра не подождет? — Клименко, кажется, готов был упасть передо мной на колени.

— Идем. — Я резко повернулась и направилась снова к дому.

Скорость ветра усилилась. Он вдруг стал нападать рывками, толкая в разные стороны. Волосы Олега встали дыбом. Пыль, мелкий мусор завихрениями поднимались вверх, летели в глаза и нос.

— Мы куда? — крикнул Клименко.

— Ко мне! — И я побежала.

Забежать в подъезд мы не успели, ливень все же нас застал. Буквально за пять метров, которые нам оставалось до укрытия, мы оба промокли до нитки.

— Ну вот... — улыбался Олег. — Надо же, какой дождь.

— Ага. — Сейчас я не разделяла его веселости, потому что мне пришлось уступить.

— Я так рад.

— Я уже это поняла.

— Таня, у меня правда вся надежда только на тебя!

— Олег, хватит повторяться. Нам предстоит тяжелая и трудная работа. И тебе придется платить мне деньги. А что самое обидное — начинать нужно с нуля. Потому что пока все это было больше похоже на баловство, чем на реальное расследование. Мне надо было только своих спасти. А теперь надо на самом деле искать.

Эту речь я успела толкнуть в лифте, пока мы поднимались на мой этаж. Клименко слушал молча, постоянно кивая головой, во всем соглашаясь со мной. Мне даже стало жаль его — показалось, что голова его в любой момент может отвалиться.

Мы вошли в квартиру.

— Иди в ванную и раздевайся, — распорядилась я. — Возьми там халат. А о вещах своих сам позаботься. Я не знаю, что с ними надо сделать — постирать или просто посушить. Мне все равно.

— Спасибо.

Клименко ушел в ванную, я переоделась в комнате. И тут мое проклятое воображение нарисовало мне мужчину, раздевающегося всего в нескольких метрах от меня... Но потом я вспомнила о Николае, и желание куда-то пропало. Вот! Теперь я знаю способ бороться с фривольными мыслями, если они не подходят к моменту.

Как только Клименко вышел из ванной, я усадила его на кухне, а сама приступила к расспросам заново. Мне надо было постараться взглянуть на это дело со стороны. Не как непосредственному участнику, а как постороннему наблюдателю. Иногда именно при таком взгляде становится видно, что упущено и за что можно было бы ухватиться.

— Значит, все по порядку. И начни со своего друга. Кто он такой и что собой представляет.

— Игнат? Я же тебе говорил, что мы только вместе в армии служили. Потом, конечно, переписывались и перезванивались, но особо близких отношений не поддерживали. — Олег сидел за столом и прикрывал подолом халата свои голые ноги.

— Как все быстро меняется! Первый раз, мне кажется, ты говорил, что он — твой самый лучший друг. А теперь вот так, значит...

— Хватит придираться к словам. — Клименко посмотрел на чашку, стоявшую на столе. — Угостила бы чаем, что ли, — вдруг попросил он.

— А может, кофе? — безразлично спросила я.

— С удовольствием.

Пришлось варить ему кофе. Ну и себе, конечно, еще чашечку.

— Поехали дальше. Значит, Игнат Хмельницкий просит тебя, чтобы ты продал его камни. Как просит? Он позвонил или письмо написал? Вы ведь, как я понимаю, в разных городах живете. И как он тебе передал брюлики?

— Я сам за ними съездил. В Москву.

— Поподробнее.

— Игнат мне позвонил и попросил об одолжении. Я говорил тебе, что долго не соглашался, потому как это... ну, сама понимаешь... Но он очень просил. Сказал, что будет пролетом в Москве — только на несколько часов, — и сказал, чтобы я к этому времени подъехал. Не смог я ему отказать! — махнул рукой Клименко и замолчал.

— Понятно. Значит, ты поехал в Москву, встретился там с Хмельницким, он отдал тебе бриллианты и попросил продать в Тарасове? Я правильно говорю?

— Да.

— А почему в Тарасове, а не в Москве? Мне кажется, там за них можно было больше получить, — не унималась я.

— Я ведь с большой неохотой взялся за продажу камней. Видишь, я даже в Тарасове не смог их уберечь. А что в Москве было бы? Да и не люблю я этот город. В своем как-то спокойнее.

— И Игнат не был против?

— Нет. Он согласился, чтобы я продал бриллианты в Тарасове.

— Когда вы встречались в Москве, ты никого подозрительного рядом не заметил? — Я с наслаждением подержала на языке глоток кофе, а потом закурила сигарету.

— Да я и не смотрел по сторонам. Что мне, делать нечего? — Клименко возмутился. — Все было отлично. Мы встретились в аэропорту, в кафе. Он аккуратно передал мне камни. Сказал, какая стоимость его устроит. И все. Обещал скоро приехать — как только управится со своими делами.

— Ладно. Оставим это. Ты доехал до Тарасова нормально? Никто подозрительный тебе на глаза не попадался?

— Да нет.

— Хорошо. Что было потом? — Я затушила сигарету.

— Я приехал домой, потом пошел к скупщику.

— Как ты узнал его адрес?

— Мне Игнат сказал, куда можно обратиться.

— Значит, сам Игнат? — переспросила я.

— Конечно. Он не первый раз этим делом занимается. Уже знает и людей, да и вообще. Так что адрес он сам мне дал. Правда, сказал, что в той скупке может не получиться, и тогда я должен был сам искать покупателя.

— Не понимаю. Разве можно браться за дело, в котором совершенно не разбираешься? — покрутила я у виска. — Неужели ты не боялся, что пролетишь, как фанера над Парижем? Я, например, ни за что бы не подписалась на такое.

— Наверное, ты умная, — очень серьезно сказал Клименко. — А я... я просто не смог другу отказать. Мы ведь привыкли, что ради дружбы надо идти на все. Даже на смерть.

— Я и смотрю, Игнат ради дружбы хочет оставить тебя совершенно нищим. Он ведь теперь говорит тебе, чтобы ты все свое имущество продал? Не так ли?

— Это больше всего меня и волнует! — вскочил Олег. — Я не понимаю, как он мог так сказать! Но вижу, что говорил он абсолютно серьезно. Знаешь, мне даже кажется, — зашептал Клименко, — что он способен меня убить. Мы так неприятно поговорили в последний раз... Просто жуть какая-то!

Лицо Олега посерело в один момент. Я даже язык прикусила от такой неожиданности. На самом деле так серьезно? Но разве бывает такое между друзьями? Или я не разбираюсь в дружбе, или они вовсе не друзья. По крайней мере каждый по-разному оценивал связывающие их отношения.

Я поняла, что самая большая для Клименко неприятность в данный момент не то, что бриллианты пропали, а то, что он вдруг от человека, которого считал своим другом, получил такой сюрприз. Хоть Олег и старается не показывать это, вот сейчас оно как бы вылезло наружу.

Да, не повезло парню.

— Ладно. Брось пока переживать. Все будет хорошо. — Я попыталась заставить Клименко улыбнуться.

— Ты правда в это веришь? — Олег смотрел на меня взволнованным взглядом.

— Конечно. Я просто обязана верить. А иначе мне никакого смысла работать нет, — сказала я бодро. — На чем мы там остановились? Давай не отвлекаться и продолжим вспоминать все по порядку. Ты был у скупщика. Он дал согласие купить бриллианты?

— Да. Но я не хотел сразу отдавать ему камни. Впрочем, он сам попросил меня прийти завтра, потому как у него не было нужной суммы наличных денег. Но он предостерег меня, сказал, чтобы я по сторонам посматривал, вдруг кто за мной следить будет. Именно поэтому я заметил того парня, что за мной шел до самого моего дома. И именно поэтому я и высыпал бриллианты в банку с вареньем. Потому как напугался, что с ними может что-то случиться.

— Я не особо наблюдаю здесь логику, но думаю, что, наверное, она была. Только почему в банку? Ладно, забудем, — сама себя остановила я. — Потом что?

— Затем я вышел из дома. А когда вернулся, банки не было. — Олег развел руки в стороны, как часто любил делать.

— И все? После этого тебе больше сказать нечего? — поинтересовалась я. — Может, ты искал их где-нибудь? Или ходил куда?

— Я искал дома, но никуда не ходил.

Я задумалась. Потом история становится известной мне, ведь это у меня дома нашлась та банка. Жаль, что не получилось с Виктором, одноклассником Колюни и заказчиком кражи, побеседовать хорошенько. Сбежал он от меня. Но, думаю, никуда он не делся, и еще найду его в его же собственном дворе.

Дальше. Надо еще раз проработать скупщика — Егора Кузьмича. Странный он типчик, хоть и кажется на первый взгляд обыкновенным старым человеком. То, что без него тут не обошлось, — это без сомнения. Но вот какую именно роль он играет? Очень может быть, что далеко не последнюю. Конечно, он может быть простым наводчиком, но... А что, если он хотел прибрать камушки себе? Да, необходимо всерьез заняться и им.

Что и кто у нас в деле еще? Ветров? Вроде Гарик нашел мне о нем все, что было можно. Ветров — фигура довольно расплывчатая и неопределенная. В последние годы он никак особо себя не проявил, ни с хорошей стороны, ни с плохой. Это тоже о многом может сказать: например, либо он «завязал», либо пытается «завязать» со своим прошлым. Или... Или очень тщательно скрывается и маскируется.

Если действовать по уму, то первым делом, без всякого сомнения, надо как следует проверить самого Игната. Что-то мне он не нравится как друг и товарищ. Разве может нормальный друг так поступить? Почему, интересно, он не настаивает на том, чтобы подключить к поискам милицию, еще одного частного детектива? Почему не хочет попытаться найти бриллианты? Уже не потому ли, что знает, где они? Ведь и так может быть.

Дальше что у нас? А дальше можно подозревать всех, кто хоть одной ногой был в Ленкиной квартире. Ведь любой мог спереть ту коробочку и забрать ее себе.

Лена сказала, что выбросила ее в мусорку. Но почему ее там нет? Сама улететь она не могла, значит — украли. Кто? Там, кроме меня, были два амбала, которые устроили обыск. Но был там и еще некто. Тот человек, например, который выкрадывал Лену.

Она же не сама на дачу к Ветрову поехала! За ней явно приехали на дом. Она успела только зонт старый для меня как предупредительный знак повесить и коробочку в мусорное ведро бросить. Вот как раз это и мог заметить один из «гостей» и незаметно взять сигаретную пачку себе. Если было так, то представляю, как он теперь смеется над всеми нашими потугами.

Значит, надо расспросить Ленку и узнать, кто приходил за ней. Это также несложно сделать. Что еще?

Надо, кстати, поискать того человека, которого я упустила в гостинице. Того — Сергеева Ивана Борисовича. Вдруг удастся, если проявить все свои таланты? Не может быть, чтобы человек исчез бесследно. Наверняка хоть что-нибудь он после себя оставил. Мне бы сразу, по горячим следам поисками заняться, но я же не думала тогда, что все так серьезно.

— Олег, — проницательно посмотрела я на клиента. — В общем, сделаем так: ты не выключай свой сотовый, чтобы я могла в любой момент тебе дозвониться, и пока ничего не продавай. Кстати, а сколько дней дал тебе Игнат?

— Максимум неделю.

— Что ж, хорошо. В принципе даже за неделю трудно успеть все продать, если только по страшной дешевке. Но ты не делай ничего. Если Игнат спросит, скажи, что нанял адвоката, который за тебя готовит все бумаги, чтобы потом при нужде можно было все срочно продать. Наплети что-нибудь. Только про меня ни слова! Хорошо? Если спросит, скажи, что я тебе отказала в услугах, что искать камни не собираюсь, и все такое.

— Ты и правда отказала мне. Два раза или больше, — грустно засмеялся Клименко.

— Вот такая вот я зараза, — подхватила я.

ГЛАВА 18

Одежда Клименко не досохла, но я все равно выпроводила его домой. А сама собралась к Лене.

Дождь еще не закончился, я взяла зонт и пошла снова пешком. Потом передумала, села в троллейбус и поехала к Папазяну забирать свою машину. Все-таки не могу я без колес и без своих необходимых вещей. Таких, как сотовый телефон, к примеру.

Гарик встретил меня у проходной, проводил меня к машине.

— Я открывал ее отмычкой. Ключи у тебя есть? — спросил он.

— Конечно. Спасибо.

Я села за руль своей «девяточки» и, довольная, поехала к подруге.

Дождь разошелся не на шутку. «Дворники» еле справлялись с потоками воды, сверзавшимися с небес, так что мне пришлось двигаться очень медленно.

— Привет, — с порога крикнула я Ленке. — Как у тебя дела?

Лена вышла из ванной комнаты. Глаза у нее были заплаканные.

— Что с тобой? — обеспокоенно спросила я.

— Ничего. Просто домой очень хочется.

— Осталось немного потерпеть. Знаешь, я согласилась до конца расследовать это дело, и мне теперь надо узнать у тебя кое-что. Идем на кухню, кофейку попьем, — предложила я.

— Я все решила, — сказала мне подруга. — У меня теперь железная дверь, так что особо бояться мне нечего.

— Ну не скажи... Железная дверь — это, конечно, неплохо, но при желании и ее запросто можно открыть. Я, например, смогу.

— Все равно.

— Как хочешь... У меня к тебе вот какой вопрос. Скажи, когда за тобой приехали, кто это был? Можешь мне сказать? Когда тебя забрали?

— Кто? Откуда я знаю? — удивилась такому вопросу Лена. — Пришли два мужика, сказали, чтобы я собирала вещички и двигала на выход. Я пачку быстро в мусорное ведро кинула, потом зонт тебе в прихожей повесила.

Они меня под белы рученьки и в машину, что у подъезда стояла.

— Они могли обратить внимание на то, что ты выкинула?

— Они видели. Но не знаю, что при этом пришло им в голову. Я собрала со стола мусор какой-то и пачку прихватила. Но они точно при мне в ведро не лазили, если это тебя волнует.

— Вышли вместе с тобой или задержались немного? — задала я следующий вопрос.

— Мы вышли вместе.

— Но они потом могли вернуться.

— Нет, никто не возвращался. Они привезли меня на дачу, там еще тусовались, а потом Герман стал за мной присматривать. — Ленка явно не понимала, почему я так упорно хочу удостовериться в том, что бриллианты не могли забрать из ее квартиры сразу.

— Ладно. Оставим это. Но где же тогда они? — Я вскочила с места и со злости стукнула рукой о стенку. — Если их никто не трогал, куда они могли деться?

— А я почем знаю? — спокойно сказала подруга. — Впрочем, и знать не хочу.

— Тогда я пошла. Мне еще в «Братиславу» заглянуть надо.

— А что там? — заинтересовалась Лена.

— Там был некто, кто меня очень интересует.

— У меня там знакомая одна работает.

— Да?

— Да.

— Слушай, дай ее координаты. Вдруг пригодится, — обрадовалась я.

— Виолетта Прямушкина. Она горничной там работает. Скажешь, что ты моя подруга, она постарается для тебя добыть нужную информацию. Она, скажем так, в небольшом долгу передо мной — я помогла ее сыну в институт поступить.

— Сколько же ей лет?

— Под сорок. А какое это имеет значение?

— Да я так просто спросила. Спасибо, твоя знакомая на самом деле мне может пригодиться. Все, я поехала. А ты хотя бы до вечера подожди. Не надо сейчас к себе отправляться. Успеешь еще.

— Посмотрю.

На крыльях надежды я полетела в гостиницу «Братислава». У администраторши, а сейчас за стойкой сидела уже другая девушка, я узнала, где могу найти Прямушкину. И поднялась, по ее совету, на второй этаж, к дежурной, а та мне сказала, что Прямушкина в бассейне, и показала, как туда дойти. Я, честно сказать, удивилась. Надо же, какие в гостинице свободные нравы. Горничная в бассейне. Ну чем не работа?

Ее я узнала почему-то сразу. Ну кто еще может мыть здесь стены? Нет, не мыть — просто протирать, потому что чистота здесь была абсолютно идеальная.

— Виолетта? — обратилась я к ней.

— Да. — Голос женщины звучал мягко, и мне почему-то сразу вспомнилось детство.

— Я хотела с вами поговорить. Я подруга Ленки Француженки, она сказала, что вы сможете мне помочь.

— Ах, Лены! Ну, конечно. Вы можете подождать минут десять? Я сейчас закончу здесь, а потом у меня получасовой перерыв. Мы с вами поговорим. Присаживайтесь прямо здесь или сходите в буфет, тут рядом. Там сегодня лимонный пирог очень вкусный. Мария Ильинична пекла.

— Я тогда в буфете буду.

— Хорошо.

Я дошла до буфета. Запах там стоял просто потрясающий — свежей, как бы домашней выпечки. Я не удержалась и купила себе окрошку, пиццу и лимонный пирог. А на третье взяла стакан душистого чая с чабрецом. Когда пришла Виолетта, у меня оставался только маленький кусочек от пирога, который я немедленно и доела.

— Ну как вам? — с гордостью спросила меня Прямушкина.

— Окрошка лучше домашней. А пирог — язык можно проглотить. Спасибо за совет, давненько я так вкусно не ела. Ну давайте знакомиться, — я сразу приступила к делу. — Я работаю частным детективом и сейчас занимаюсь одной очень запутанной историей. Вы здесь горничной работаете? Мне так Лена сказала...

— Да, — улыбнулась Виолетта, сев рядом со мной на стул.

— А почему тогда бассейн мыли?

— Вера заболела. Вот и стараемся с девочками за

нить ее, чтобы работа не развалилась. А вы по этому поводу? — чуть испугалась она.

— Нет, совсем не по этому. У вас здесь пару дней назад был один постоялец. Всего ночь переночевал. Сергеев Иван Борисович. Мне очень хотелось бы узнать о нем побольше. Известно, что он у вас пользовался не своим паспортом, так что данные из гостиничной анкеты меня не интересуют. Просто я подумала, что, быть может, кто-то был с ним в личном контакте и слышал что-то или видел, пока он жил в гостинице.

— Что вы имеете в виду, говоря про «личный контакт»? — напряглась Прямушкина.

— Я не имела в виду интимный. Хотя, может, у вас тут и проститутки... У вас же есть проститутки?.. Вернее, не у вас, — стала запинаться я, — а те, которые обслуживают клиентов. Вдруг и он вызывал себе кого... Не подскажете, как бы мне об этом узнать? Я ведь ничего в вашем гостиничном бизнесе не понимаю.

— Ясно. Ну, фамилия мне ничего не говорит, хотя и кажется знакомой. Я попробую узнать. Как я поняла, вам нужно найти человека, который с ним общался? — уточнила умненькая женщина.

— Совершенно верно, — с готовностью кивнула я. — Найти такого человека и поговорить с ним.

— Посидите здесь. Я скоро приду.

Прямушкина ушла.

Я посидела чуть-чуть и заказала себе еще кусочек пирога, упустить такой подарок судьбы было бы глупо. Мария Ильинична посмотрела на меня с любовью и положила кусочек побольше.

Закончив с десертом, я узнала, где можно покурить, и вышла на балкон на том же этаже. Крыша над ним была хорошая, так что дождь не доставал до меня, я же наслаждалась приятной прохладой и свежестью.

Подошла Виолетта.

— Вы будете смеяться, но почти единственным человеком, кто общался с этим господином, являюсь я. И еще девушка, которая его оформляла, но ее сегодня нет, — сообщила мне Прямушкина.

— И что вы можете мне сказать? Опишите его, пожалуйста.

— Высокий, симпатичный. Вид у него интеллигентный и приятный. Но он ни с кем особенно не разговаривал. Однако...

— Что? — насторожилась я, как охотничья собака, почуявшая дичь.

— Я видела у него на спине шрам, — наморщив лоб, будто припоминая, сказала Виолетта.

— Поподробнее, пожалуйста, — попросила я.

— Я принесла ему чистое полотенце. Ему, видите ли, показалось, что полотенце в ванной у него грязное, он и позвонил. Так вот, я вошла, он был по пояс раздетым. А потом, когда полез в бумажник за чаевыми, повернулся ко мне спиной. Я и увидела под левой лопаткой большой шрам.

— Насколько большой? — оживилась я.

— Не очень широкий, а в длину почти с ладонь. Знаете, неровный: вот так, а потом чуть в сторону. — И Прямушкина в воздухе изобразила шрам.

— Отлично. Это уже что-то. А потом?

— Я ему и сказала про шрам. Просто поинтересовалась, как так могло получиться. Так вот, он сначала глянул так ужасно, что у меня прямо колени задрожали, а потом лицо его смягчилось, и он сказал, что его корова чуть не забодала или бык. Я больше ничего не говорила, он дал мне денег больше положенного, и я ушла. Вот, собственно, и все.

— Классно. Вы не представляете, как помогли мне, — поблагодарила я Виолетту. — Ваши сведения очень важны. А в его комнате вы не заметили чего-нибудь странного?

— Например?

Я и сама не знала, что странного можно увидеть в комнате у такого человека. Ну, не рассыпанные же на столе бриллианты, в самом деле.

— Опишите мне все, что видели.

— Ничего особенного. Рубашка на постели. Белая. Небольшая дорожная сумка на колесиках, потом еще «дипломат». Пиджак, конечно. Извините, но ничего точнее сказать не могу. — Прямушкина посмотрела на часы.

— Ой, вы, наверное, спешите. Спасибо еще раз. Вам привет от Лены. До свидания. — Я повернулась, вышла в коридор и пошла к лестнице.

Прямушкина аккуратно закрывала за нами балкон. Быстро добежав до машины, я юркнула в салон, и все равно вездесущие капли успели залететь за ворот моей легкой куртки. Я поежилась, но улыбнулась. Думаю, Прямушкина сможет опознать этого мужчину, если я его найду. В принципе у меня теперь есть опознавательный знак — шрам. Правда, не могу же я раздевать всех мужчин, с которыми встречалась. А что? Может, прямо сегодня и начать? С Клименко...

Тут меня осенило. А что, если он сам имеет отношение — именно такое отношение! — ко всему этому? Вдруг он сам каким-то образом оставил камушки у себя? А что? Он мог положить в банку поддельные камни. Мы ведь с Леной их не проверяли, а потом они так и не нашлись. Теперь даже если Олег и продаст все свое не очень дорогостоящее имущество, он не останется внакладе. А весь этот спектакль только ради Игната...

Несмотря на то что на улице, да и в машине, было достаточно прохладно, у меня вспотели руки и лоб. Мне на самом деле захотелось срочно проверить Олега на шрам. А что? Высокий, красивый, представительный, да и белая рубашка у него, думаю, найдется! Впрочем, если шрама нет, это еще не говорит о том, что Клименко ни при чем. За злополучными двенадцатью бриллиантами столько людей гоняется! Даже и не поймешь, сколько именно и за теми же самыми или нет?

«И что? Ехать прямо сейчас? — размышляла я. — И что я ему скажу? Дорогой, покажи мне спину? Я ведь о Клименко подумала только потому, что испытываю к нему симпатию. Но теперь мне страшно».

Я выкурила сигарету, приоткрыла окошко и выбросила окурок. Несколько капель попало мне на нос.

Откладывать проверку не имело смысла. Мне будет несколько легче, если шрама у Клименко не окажется, но все равно былого спокойного состояния не вернуть. По крайней мере пока я все не разрулю.

— Ты? — Олег посмотрел на меня удивленными глазами. — Проходи.

Я была похожа на мокрую курицу, но меня это не очень волновало.

— Промокла, вот и решила заглянуть. Рядом тут проезжала. — Я сняла легкие туфли и прошла на кухню. — Согреешь? — посмотрела я на него как можно ласковее.

— Чай? Кофе? — предложил мне Клименко.

— Есть во что переодеться? А то, боюсь, растаю, как Снегурочка.

Наступила очередь Клименко приносить мне халат, беспокоиться о полотенце и прочих удобствах.

А я не знала, как приступить к самому главному. Я не хотела делать вид, что пылаю к нему страстью, потому как после осмотра спины «страсть» немедленно прошла бы. Мне нужен был другой повод. Но какой? Облить его водичкой, что ли? Или попросить стриптиз исполнить?

Я взяла принесенные мне вещи для переодевания и пошла в ванную.

— Олег! — крикнула я оттуда.

Он подошел, встал у двери и спросил, что мне надо.

— Ничего. Я так просто, — отшутилась я.

Когда я вышла, на столе уже был накрыт чай.

— Может, ты есть хочешь? — спросил Клименко.

— Нет. — Я вспомнила лимонный пирог. — Объелась. Давай лучше потанцуем.

— Что? — не поверил своим ушам Олег.

— Потанцуем, — повторила я. — У тебя музыка есть?

— Да. Только не пойму я, к чему все это? — Его взгляд затуманился, и голос стал чуть хрипловатым.

— Хочется. — Я встала и положила руки ему на плечи.

Он несколько секунд постоял в нерешительности, а потом обнял меня. И тут я... полетела.

Какое мне дело, что он за человек? Разве я не могу позволить себе расслабиться просто потому, что ужасно хочу этого? Использую его, и все! И гори все синим пламенем!

Я почувствовала его горячие руки через халат, а дыхание у себя на шее. Главное, не забыть посмотреть, есть ли у него на спине шрам...

Клименко подхватил меня на руки и понес в спальню.

— Я даже подумать об этом боялся... — шептал он мне. — Ты... ты такая, у меня просто слов нет...

— Тогда и не говори ничего.

Отступать было поздно, да и не хотелось. Я обнимала его спину, а сама пыталась нащупать под левой лопаткой шрам. Но вскоре я совершенно забыла про него.

Я лежала с закрытыми глазами и думала о том, что, собственно, ничего не потеряла. Рядом, обняв меня за плечи, лежал Клименко. И лежал он на животе. Самое время открыть глаза и посмотреть. Но мне почему-то было лень.

Наконец, буквально заставив себя очнуться от сладкой дремы, я взглянула на его спину. Никакого шрама не было. Я снова закрыла глаза.

Олег обнял меня крепче и потянулся к моим губам. Я резко встала и начала собираться.

— Мы с тобой связаны только общей работой, — сказала я ему. — Я не знаю, как назвать то, что было сейчас, но лучше об этом вообще не вспоминать.

— Почему? — Клименко растерялся.

— Иначе работать плохо буду.

— Но потом...

— Олег, все. Закрытая тема.

— Но я не хочу, чтобы она была закрытая, — попытался он поймать мою руку.

— Я тороплюсь. Где мои вещи? Мне пора.

— Таня...

— Что?

— Подожди.

Клименко вскочил и стал одеваться. Но я собралась быстрее. Натянув противную мокрую одежду, я уже стояла у порога.

— Буду звонить, — сказала я весело.

— Ничего не понимаю.

— Вот и хорошо. Ты даже представить себе не можешь, насколько хорошо. — Я открыла дверь и выскочила в коридор.

ГЛАВА 19

Я села в машину и понеслась домой. Надо искупаться и переодеться в сухое, а то так и заболеть недолго. А потом навещу Виктора. Того самого друга, который подбил Колю на «подвиг».

А уж после займусь Хмельницким. Только вот не знаю, как я буду с ним разговаривать. Мне показалось, что человек он не слишком разговорчивый. Может, подпоить его хорошенько? Однако тогда снова придется «косить» под влюбленную. Ну и что? Главное, чтобы он был уверен, что поиском камней я больше не занимаюсь.

Дождь закончился. И славно, а то я уже подустала от него немного. Дела делать надо, а постоянно переодеваться я не смогу. В мокрой же одежде находиться приятного мало.

Вдохнув полной грудью, я закрыла машину и поднялась к себе. Чувствовала я себя просто замечательно.

Кстати, если память мне не изменяет, Виктор видел меня в обличье той самой девушки, что посещала скупщика. Значит, теперь он не обязательно поспешит уносить ноги, если я вдруг подойду к нему в обличье собственном. Что, собственно, я собиралась узнать у него, я и сама толком не понимала. Но мне надо было вытянуть все, что есть в его голове по этому поводу.

Долго прихорашиваться я не стала. Надела другие джинсы и майку с легкой ветровкой и тут же снова пустилась в путь.

Во дворе Колиного дома никого не было. Даже тех противных мальчишек на лавочке. Возможно, время для их посиделок слишком раннее. Я села на лавочку и принялась ждать, одновременно размышляя над разными деталями дела.

Просидела я так минут пятнадцать. Потом показалась бабулька с собачкой. Она вышла из ближайшего ко мне подъезда и пошла вдоль дороги. Я догнала ее и спросила:

— Бабуля, где бы мне Виктора найти?

— Какого Виктора? — спросила она, посмотрев на меня подслеповатыми глазами.

— А у вас тут много Викторов? Давайте всех, — улыбнулась я. — Вообще-то, мне сказали, что у вас тут один такой парень. Ничем особенным не занимается, а только слоняется по улицам.

— Тогда, наверное, Туманов тебе, дочка, нужен. Так он в шестнадцатой квартире проживает.

— Спасибо большое.

Я вошла в грязный и душный подъезд. Несмотря на то что прошел дождь, свежести здесь не прибавилось. Поднялась на третий этаж и позвонила в нужную квартиру.

Дверь открыл сам Виктор.

— За свет заплатили? — строго спросила я его с порога.

— За что? — посмотрел он на меня мутными похмельными глазами.

— За свет, родимый, за свет.

— Почем я знаю.

— Можно пройти?

— Валяй.

Я прошла сразу на кухню. Села на грязную табуретку и осмотрелась. Да, не очень приятное место.

— Виктор, кто тебе велел банку с вареньем украсть? — спросила я напрямик.

— Что?

— Ты что, слышишь плохо? Я тебя спросила о том человеке, который велел тебе выкрасть банку с вареньем. Ты это дело перепоручил своему школьному дружану Николаю, а тот ее своей подружке отнес, и все — пропала баночка.

— А ты откуда все знаешь? — потер парень глаза.

— Сначала ты отвечай, потом я тебе все разъясню.

На мое удивление, Виктор не стал ломаться. Сил, видно, не было.

— Подошел ко мне мужик. Плохо мне тогда было... Предложил деньжат и выпить. Я, конечно, согласился. Выпили мы с ним, тут он и сказал, что есть вариант заработать поболее. И работа, говорит, плевая: надо у одного чувака баночку с вареньем свести. Просто так, для шутки. Только смотрел он как-то странно, да и слишком много денег для клевого-то дела обещал. Я сразу смекнул, что там что-то нечисто. И попросил Кольку, объяснил ему. Но все сорвалось. Вернее, банку-то взяли, но потом она у его бабы осталась, и она ему другую всучила. Тут я окончательно понял, что непростая была баночка-то.

— Ладно, — перебила я Виктора. — Лучше мужика опиши, который предложил тебе эту работенку.

— Не могу, — честно признался парень и повесил голову. — Мне кажется, что если его даже встречу, то не узнаю. Я ж все время выпивши был. Он и второй раз сам ко мне подходил. Так что, сестренка, извиняй.

— Ну хоть примерно, — не хотела сдаваться я. — Высокий или низкий, лысый или с шевелюрой? Картавит или нет? Что-нибудь ты должен помнить.

— Не лысый, не картавит. Рост... обычный или высокий? — задумался он. — Ну не помню! Хоть убей меня.

— Но точно тебе не знаком? Никогда раньше его не видел?

— Нет.

— А если увидишь, сможешь опознать?

— Не уверен, — глубоко задумался парень.

— Дай-ка мне номер своего телефона. Вдруг понадобится.

Виктор продиктовал номер.

Я поняла, что большего от него не добьюсь. И что мне с ним время терять зря? Я с удовольствием вышла на свежий воздух, предварительно сверив названные цифры с теми, что были на самом аппарате. Надо же, не ошибся.

Нет, так мне не найти заказчика. А что, если с самим Ветровым поговорить? Поспрашивать, кто ему сведения дал? Хотя с ним-то понятно — скорее всего скупщик. Но ведь есть еще кто-то... Ой, есть. Не может не быть!

Значит, пора к Хмельницкому, в обязательном порядке. Интересно, где он сейчас обитает? Ну, что, придется звонить Клименко? Тот должен знать.

Усевшись здесь же на лавочке, я набрала номер Олега.

— Это Таня. Я не могу долго говорить. Скажи мне, пожалуйста, где сейчас можно найти Хмельницкого? Телефон или адрес дай.

— Зачем тебе?

— Что еще за вопросы? — возмутилась я.

— Я уже сказал ему, когда он мне недавно звонил, что ты больше поисками камней не занимаешься.

— И хорошо. Так номер даешь? У меня деньги кончаются, — приврала я.

Клименко продиктовал номер. И я тут же перезвонила по нему.

— Игнат? — медленно, тягучим бархатным голосом заговорила я.

— Да. С кем я говорю?

— С той самой девушкой, что давно мечтала с вами познакомиться, но которой вы отказали. — Я говорила не торопясь, чтобы он успел прочувствовать каждое мое слово.

— Мне трудно вспомнить всех, — ответствовал Хмельницкий. Похоже, он не был холодным чурбаном. Я чувствовала, что он улыбается.

— Меня зовут Татьяна Иванова. Мне хотелось бы с вами встретиться и поговорить.

— О чем?

— О погоде. Не нравится мне в последнее время этот дождь. Хочется тепла. Что вы на это скажете?

— По поводу тепла?

— По поводу погоды.

— Давайте встретимся. Сегодня вечером вас устроит?

— Конечно. Где? — Я ликовала.

— А где вы предлагаете? Дело в том, что я не очень хорошо знаю местные заведения. Так что предлагайте, где можно хорошо поужинать и спокойно поговорить. — Хмельницкий явно кокетничал.

— Знаете, мне очень нравится «Барракуда». Там и на улице можно посидеть неплохо.

— Отлично. Значит, там. В восемь часов. Буду вас ждать.

— До встречи. — Я быстро нажала на «сброс».

Ну все. Я и не думала, что будет так просто поймать его на удочку. А может, он преследует свои, неведомые мне интересы? Тогда встреча обещает быть интересной. Будем биться насмерть. А значит, надо быть во всеоружии.

Естественно, я поехала домой.

Собираться я решила по полной программе. Залезла в ванну, вымылась душистым гелем, потом приняла контрастный душ, после которого рискнула вообще облиться для повышения тонуса холодной водой. И почувствовала себя Венерой.

Можно было, конечно, позвонить Светлане, чтобы она приехала сделать мне прическу, но ладно уж. Сама как-нибудь справлюсь. Неудобно обращаться к ней без предварительной договоренности, да и вряд ли у нее найдется свободное время — клиентов у моей подруги-мастерицы достаточно.

Я села перед зеркалом и принялась колдовать. Для начала заколола волосы и натерла лицо клубникой. Смотреть на себя было неприятно, но в какой-то мере и смешно. Затем смыла маску холодной водой, протерла лицо кубиком льда и, не дожидаясь, пока влага испарится, нанесла немного увлажняющего крема.

Феном уложила волосы. Еще минут тридцать потратила на тщательный макияж, предполагая, что одета буду в легкое светло-зеленое платье. Оно достаточно простое на первый взгляд, но ужасно дорогое. И я очень его люблю.

Теперь обувь. Можно было, конечно, выбрать босоножки к этому платью, но на улице слишком сыро. Ладно, туфли пусть будут темно-коричневыми. У меня как раз в тон им сумочка есть. Все вместе смотрится неплохо.

К семи часам я была полностью готова. Выглянула в окно. Тучи, к счастью, развеялись, так что погода обещала приятный вечерок. В половине восьмого я вышла из дома, поймала машину и поехала на встречу.

Хмельницкий стоял у ресторана и курил сигарету. Я с удовольствием отметила, что одет он был с иголочки, значит, также тщательно готовился. Это приятно.

— Выглядишь просто очаровательно. — Игнат взял мою руку и поцеловал ладонь.

— С таким мужчиной, как ты, любая женщина стремится к совершенству, — сделала я ответный комплимент. — Но разве мы на «ты»?

— Разве плохо?

— Мне нравится.

— Я заказал столик на улице, если ты не возражаешь. Не хочется в помещении сидеть. Впрочем, там кондиционер. — Хмельницкий взял меня под ручку.

— Мне и на улице хорошо будет. Куда идти? — Я заметила на себе восхищенные взгляды мужчин и увидела, что это очень льстит Игнату.

Мы прошли к нашему столику. Игнат помог мне сесть на стул, потом расположился сам. Все его движения были плавными и в то же время уверенными и красивыми. Он не суетился, вел себя, как хозяин жизни.

Нам принесли меню. Мы заказали самые лучшие блюда. На цены, разумеется, я совершенно не смотрела. Играла ненавязчивая, легкая музыка. Я думала о том, как бы вывести разговор на персону самого Игната. Впрочем, вряд ли он скажет мне что-то такое, что поможет мне в расследовании. Но, как говорится, кто не рискует, тот не пьет шампанского. А я уж постараюсь раскрутить парня на доверительную беседу.

Я вступила в игру, и мне это нравилось. Будь что будет.

— Ну что, Игнат? Расскажешь мне что-нибудь? — сделала я глоток красного вина и довольно длинную паузу. — К примеру, о том, как тебе удалось стать таким галантным и воспитанным джентльменом.

Как я и думала, Хмельницкий улыбнулся, хотя после первых двух моих вопросов на его лице появилось выражение недовольства. Наверняка он думал, что я начну спрашивать его о чем-то серьезном. А я не «оправдала» его надежд, спросила глупость. Ничего-ничего, пусть расслабится, еще не пришло время мериться силами.

— А что, я действительно галантный? — элегантно поднял он одну бровь.

— Да. Я просто уверена в этом. В тебе чувствуются такая уверенность и сила, что невольно подчиняешься твоему настроению. И вообще — как бы стараешься находиться с тобой м-м... на одной волне.

— Татьяна, а ты случайно поэтессой никогда не была?

— Только графоманкой в прекрасном и далеком детстве, но это оставило на мне неизгладимый отпечаток. С тех пор стоит мне чуть впасть в романтическое настроение, как я тут же начинаю говорить всякие глупости. Останови меня, если надоест их слушать. — Я поправила кокетливо волосы, хоть и была уверена в безупречности своей прически.

— Мне кажется, Татьяна, что ты просто смеешься надо мной. Правда, не пойму почему?

— Я? Зачем мне это?

— Сам ломаю голову.

— Игнат, давай начнем все сначала. Может, я немного странно с тобой говорила, но это скорее всего оттого, что я волнуюсь. И еще. — Тут я опустила голову как бы в смущении и призвала на помощь все свои актерские способности. И у меня даже получилось покраснеть. — Дело в том, что я так давно не была на свидании... Ты можешь мне не верить, но я на самом деле забыла, когда сидела вот так в ресторане в последний раз.

На мою проникновенную речь Хмельницкий не нашелся что сказать. Он только крякнул. Что творилось на его лице, мне, к сожалению, неведомо. Я еще целую минуту «не могла» поднять глаза.

— Татьяна, предлагаю выпить за наше такое необычное знакомство. Честно говоря, я тогда ужасно на тебя разозлился и хотел даже в милицию пожаловаться.

— Но ты же понимаешь, что я просто работала. Но теперь с этим делом покончено, и я могу вздохнуть свободно, — махнула я рукой. — Давай выпьем.

— До дна, — предупредил Игнат.

«Хорошо, что не на брудершафт, — подумала я. — Кстати, очень ловко мы перешли на «ты». Опять же без этого самого брудершафта. Даже удивительно. Обычно мужчины не упускают такого случая».

Я медленно выпила до дна. Хмельницкий, казалось, ждал этого момента. Он приступил к салату и невзначай спросил:

— Значит, ты больше не занимаешься расследованием этого дела с бриллиантами?

— Нет. Если быть до конца честной, то я ведь никогда и не занималась им. Олег Клименко так тогда сказал и ввел тебя в заблуждение. На самом деле я только о своих интересах заботилась и собственные потребности удовлетворяла, — с некоторой тайной в голосе сообщила я.

— Да? — Игнат очень удивился или умело сделал удивленный вид. — Что-что ты удовлетворяла?

— Ты не поверишь! Такая идиотская история получилась... Самой даже не верится, что она со мной произошла... Рассказать? — Я посмотрела на Хмельницкого таким кротким взглядом, что только ледяная Снежная королева могла бы остаться ко мне равнодушной.

— Конечно! Мне очень интересно! — с энтузиазмом воскликнул Хмельницкий. — Ты же понимаешь, что я очень даже заинтересованное лицо.

Я приложила ладонь ко рту.

— Ой, на самом деле! Это ведь твои камни. Но делай со мной что хочешь, а я больше слышать о них не могу. Я чуть лучшей подруги не лишилась... — лепетала я, изо всех сил изображая чуть выпившую девушку, которую уже пробивает на задушевный разговор.

— Ну так что там у тебя за история? — напомнил мне Игнат. — Очень хочется послушать.

— Тебе Олег, наверное, кое-что рассказывал и объяснял. Он положил — и как только додумался до такого?! — твои бриллианты в банку. А мой товарищ...

Тут я поняла, что мне нельзя сказать, что Коля — мой бывший любовник, ведь я только что вещала Хмельницкому про то, что давно ни с кем не встречалась. Как же быть? Я сделала вид, что икаю и мне срочно надо глотнуть воды, а потом махала рукой и показывала, что говорить не могу — жду, продолжится икота или уже прошла. А сама напряженно соображала, как лучше и правдоподобнее представить своего Николая. Ведь Клименко мог уже рассказать другу о нем и о его роли во всей истории. Именно сейчас мне не хотелось предстать в глазах Хмельницкого лгуньей. Я должна внушить ему доверие и полностью расслабить его своим идиотизмом, а не враньем.

— Твой товарищ, ты сказала... — вежливо напомнил мне Игнат.

— Так вот, он принес эту банку ко мне. Угостить хотел. Только я ее не стала открывать, не хотелось сладкого. А потом он вдруг заявился и стал просить банку обратно. Начал сразу оправдываться, что, мол, не дарил ее, а дал как бы на сохранение.

— Не люблю таких мужчин, — заметил Хмельницкий.

Я закивала изо всех сил:

— Сама терпеть всяких жмотов не могу. Правда, я тогда еще не знала, что камни были именно в той банке.

Игнат резко изменился прямо на моих глазах. Видимо, Олег ничего ему не рассказывал про меня. Не описал, с какого бока я попала в эту историю. Хмельницкий посмотрел на меня так, будто видел в первый раз, потом широко улыбнулся и предложил снова выпить. Я согласилась.

— Невероятно. Бриллианты были у тебя? Они и сейчас у тебя?

Вот эта фраза мне не понравилась. Она была так искренне, с такой надеждой произнесена, что у меня больше не могло быть сомнений — Хмельницкий не знает, где его бриллианты. Их нет у него, иначе он так не заинтересовался бы моим сообщением. А значит, скорее всего он здесь ни при чем. Просто друг плохой, и только. Так что пытать, у него ли камни, — бесполезно.

— Хочу тебя огорчить. Бриллиантов у меня нет, — развела я руками.

— Но ты же сказала...

— Они у меня были! Вернее, они были в той банке, с которой я поехала в гости к своей лучшей подруге. Мы их нашли и хорошо вымыли. Но потом ее похитили, а камни пропали. Это все, что мне конкретно про них известно.

ГЛАВА 20

Игнат сдулся, как воздушный шарик. Вся его заинтересованность мною мигом исчезла. Я даже дар речи потеряла. Но, с другой стороны, теперь я могла играть хоть и сложнее, но более честно. Мне ведь все равно надо соврать его или по меньшей мере раздеть, чтобы посмотреть, есть ли у него шрам.

— Мне жаль, что ты больше не расследуешь пропажу камней, — произнес Хмельницкий, взвешивая каждое слово.

— Но ты всегда можешь обратиться в милицию. Я, конечно, не знаю, насколько хорошо и быстро они будут искать твои бриллианты, но ведь не откажут. Или Клименко может обратиться.

— Клименко... — вздохнул Игнат. — Мы были друзьями, но теперь мне все больше кажется, что он просто хотел меня кинуть. Вернее, я так думал до тех пор, пока ты не рассказала мне про эту дурацкую банку. Неужели все так и было? Неужели ты видела настоящие бриллианты в варенье?

— Вот за это поручиться не могу, — покачала я головой. — Я видела красивые камушки, но не знаю, были ли это бриллианты или просто стекляшки.

— Кстати, об этом я как-то не подумал, — вновь оживился Игнат. — А если на самом деле Олег положил в варенье стекло, а потом «нарисовался» с этой банкой так, что его заметили и просто не могли удержаться от соблазна, чтобы банку не своровать? И Клименко теперь держит в руках настоящие камни и смеется над всеми.

— Не знаю. Я с ним говорила, он просил меня не бросать расследование. Мне кажется, что камней у него нет. Зачем бы тогда ему их искать? — предположила я.

— Татьяна, ты хоть и частный детектив, чему я до сих пор не могу надивиться, но не все знаешь про жизнь. А она порой так жестоко обманывает! Друзья оказываются врагами, и приходится, наоборот, доверять тому, с кем ты никогда не думал вести дела... — Хмельницкий грустно улыбнулся.

— Ты, наверное, мало людей знаешь из нашего города, — тихо сказала я.

— Мало. Ну и что?

— Да так... — Я встряхнулась. — Ну что? Мы горячее есть будем? Уже пять минут, как нам его принесли, а мы все болтаем.

В этот вечер у меня с раздеванием Игната, к сожалению, ничего не получилось. Хмельницкий не пал перед моими чарами и даже не пригласил к себе на чашку кофе. Зато расстались мы с ним вполне дружески. Он даже обещал подумать о том, а не обратиться ли и правда к моим друзьям в милиции, чтобы они поискали бриллианты. Но я считаю, он так для того только сказал, чтобы я от него отстала.

Игнат довез меня на такси до дома, нежно поцеловал мою руку и обещал звонить.

Я вошла в подъезд и в сердцах сплюнула. Эх, все было бы гораздо проще, если бы я догадалась просто спросить у Клименко о наличии шрама у его дорогого друга. Думаю, он должен быть в курсе таких вещей.

Ну ничего. Завтра обязательно спрошу. Сегодня-то уже очень поздно, не буду будить парня.

Я легла в постель и долго думала в полной темноте. А что, если на самом деле злоумышленник Олег? А я еще посоветовала ему ничего пока не продавать. Впрочем, он и так не стал бы торопиться. Но все-таки неужели...

Я так и не заметила, как уснула.

С утра я проснулась совершенно разбитая. Вроде бы вчера пила не очень много... Отчего же такое недомогание и усталость? А я чувствовала страшную усталость! Это никуда не годится.

Я налила себе чуточку вина и залезла в ванну. Надо

подумать, чем я буду сегодня заниматься. Несмотря на все мои неприятные догадки и предположения, бриллианты я все же найду. Хоть весь мир вверх ногами переверну, но не успокоюсь.

После водных процедур и нескольких глотков хорошего вина мне стало легче. Я вспомнила себя вчерашнюю, и мне стало противно. Стоило ли устраивать весь этот спектакль? Изображать дурочку, если Хмельницкий все равно не оценил этого?

Но ничего. Он все равно у меня еще попляшет. Говорят же: «Терпение и труд все перетрут». Вот и я буду придерживаться такой позиции. Еще посмотрим, кто кого.

А теперь хватит прохлаждаться! Тебя, Таня Иванова, ждут великие дела.

Мне не хотелось снова переодеваться в дамочку, что постоянно ходит к скупщику, но делать было нечего. Надо посулить ему большие деньги за бриллианты. Должны же они хоть где-нибудь появиться. Пусть уж тогда и он поищет, что ли? А точно, если их украл кто-то, кто не понесет их Егору Кузьмичу, то даже нужно подтолкнуть его к их поискам. Он ведь должен знать, кто еще в Тарасове скупает камни. В самом деле, я хорошо придумала. Но тогда надо мужика заинтересовать.

Я даже в зеркало лишний раз смотреться не стала. Итак выучила свою новую внешность наизусть. Села в «девятку» и поехала.

Егор Кузьмич узнал меня, обрадовался и сразу пожелал мне здоровья. Я опешила: чего это он вдруг о моем здоровье беспокоится? И только несколько минут спустя вспомнила про свои приступы загадочного удушья. А скупщик-то, оказывается, о «моей болезни» помнит.

— Знаете, — капризно сказала я, усевшись на стул, — мне надоело к вам ходить. Мне неинтересно, что у вас там что-то не получается, не складывается, дорогой Егор Кузьмич. Сколько же можно?! Лучше скажите сразу, что наш договор разрывается, и я буду искать камушки в другом месте.

— Татьяна. — Видно было, что скупщик не хочет упускать клиента, но помочь мне и в самом деле не в силах. — Думаете, я не стараюсь? Но не все зависит только от меня.

— Вам кто обещал эти камни? Ветров? Хмельницкий? — небрежно, с полной уверенностью в собственной осведомленности спросила я.

— Я смотрю, вы почти все знаете, — растерянно улыбнулся мужичок.

— Не все. Просто каждый из них хотел иметь со мной дело, но по неизвестным мне причинам этого не делает. А мне хочется. — Я чуть не топнула ногой. — Еще как хочется! Так что давайте договоримся с вами. Вы получите очень большой процент от этой сделки — такой вам и не снился! — если в ближайшее время найдете человека, способного продать мне бриллиантики. Как вам такое предложение?

— Да я и так для вас старался, но теперь...

— Так, а что там Хмельницкий говорит, к примеру?

— Он? Он больше не звонил. А когда мы разговаривали в последний раз, то он твердил, что камни почти у него. Между прочим, то же самое говорил мне и Ветров. Но теперь и он испарился.

— И что за народ пошел? Зачем обещать, если не можешь выполнить обещанное? Разве так делаются дела! Я вот, обычная слабая женщина, и то всегда делаю то, что обещаю. Скажите, — я перевела дыхание, — а больше никто не предлагал вам бриллианты?

— Нет. Больше никто. Но вы можете не беспокоиться об этом. Я обязательно, если появится такой человек, сведу вас с ним. В общем, не волнуйтесь. Оставьте мне лучше свой телефон.

— Нет. Телефон вам не дам, но не потому, что не доверяю вам, а по другой — известной вам! — причине. Я уже говорила.

— Да, да.

— Ну что ж, пойду. — Я встала, распрямила плечи, подняла подбородок и вышла из конторы скупщика.

Снова облом! Сколько же можно? Да что эти камни, сквозь землю провалились, что ли? Как могло так получиться?

Я села в машину такая злая, что почти физически ощущала — сейчас задымлюсь. Если срочно не найдется никакой зацепки, обязательно задымлюсь. Просто невероятно! Ужасно! Куча людей ищет бриллианты, но ни у кого их до сих пор нет.

А вдруг их все же успели выкинуть в мусорный контейнер на улице? Я совершенно не представляю, кто мог это сделать. Но другого варианта просто не вижу. К примеру, кто-то увидел полное мусорное ведро и вынес его? Смешно!

Так, надо успокоиться и все хорошенечко вспомнить, по порядку, я только обмолвилась с Леной парой словечек, потом сбежала от Ветрова и понеслась домой к подруге. Там уже были двое. Но... у них была установка искать, а не выкидывать. Следовательно, это не могут быть они. Но... И все же, вернулась я к первоначальной мысли, кто-то из них мог их украсть.

Все! Срочно к Петру Евгеньевичу! Мне эта ситуация самой надоела.

Я тут же взяла сотовый и набрала номер Ветрова.

— Слушаю, — прозвучал в трубке его голос.

— Нам надо поговорить. Это все безумная Иванова вас беспокоит. Скажите, бриллианты у вас? Я не буду их отнимать, только скажите, у вас они или нет?

— Вы смеетесь надо мной, девушка? Если бы они были у меня, я не стал бы участвовать в том дурацком спектакле, который вы устроили на набережной.

— Где мы можем встретиться? — вместо ответа спросила я.

— Очень надо?

— Очень. И еще я хочу поговорить с теми двумя типами, которые были на квартире у моей подруги и осматривали мусорное ведро первыми, — выкрикнула я как ультиматум.

— Приезжайте ко мне на дачу. Если не боитесь, конечно. Я здесь и буду ждать вас.

Ветров повесил трубку.

Мне пришлось заехать домой, чтобы не показываться в неприлично богатом одеянии перед Петром Евгеньевичем. Я натянула на себя первое, что увидела. Мне было совершенно все равно. Я торопилась.

Всю дорогу, пока я ехала, представляла, каким пыткам подвергну тех придурков, что рылись в Ленкиной квартире передо мной. Только они! Больше некому было взять камни.

Возможно, кто-то из них просто не понял, что взял. Хотя такой вариант и кажется мне неправдоподобным, но я готова поверить даже в него. К примеру, какой-то из парней схватил пачку, не посмотрев в нее. Почувствовал тяжесть и решил, что там сигареты. Потом, допустим, забыл. А его дорогая жена, стирая ему брюки, вдруг находит эту гадость, собирается ее выкинуть, но в последний момент все же открывает.

И что она там видит? Бриллианты на огромную сумму! Бедная женщина несколько дней ходит сама не своя. Она все ждет, что муж гневно спросит ее: «Где моя пачка с драгоценностями?» А он все молчит. Великие сомнения закрадываются в ее голову. Почему он молчит? Неужели сам не знал, что у него в кармане?

Тогда она начинает разведывать. Спрашивает завуалированно про сокровища, но глупый мужик бестолково мотает головой, просит оставить его в покое и делать, что ее душе заблагорассудится.

И что она будет делать? Она побежит их продавать. Куда? К скупщику!!! Но никто к нему не приходил!!! Так в чем же дело?

А быть может, та самая жена сделает это именно сегодня?

Вот такие безумные мысли посещали меня, пока я неслась по дороге к даче Ветрова. Я так все здорово придумала, что почти сама поверила в придуманное. Ведь на самом деле и такое возможно. Жизнь иногда преподносит такие сюрпризы, что потом только хватаешься за голову и убеждаешься, что ты в принципе самый тупой в мире человек.

Именно так я сейчас о себе и думала.

— Все бесполезно. Я уже говорил с ними, — недовольно посмотрел на меня Петр, встречая на пороге своей дачи.

— Но камни не могли испариться. Сами подумайте. Если бы камни были у меня, то я бы точно у вас больше не появилась. Вы ведь теперь мне ничего не должны, все мои товарищи-друзья на месте, — убеждала я Ветрова, размахивая в ажиотаже руками.

— Тогда зачем вы ищете камни, если у вас все в порядке? Это-то вы можете мне объяснить?

— Конечно. Мне просто интересно. Безумно интересно, куда они подевались. Дело принципа, понимаете?

Если бы я знала, что они, к примеру, у вас, или у скупщика Егора Кузьмича, или у Клименко, у Хмельницкого, наконец, я бы успокоилась. Но ни у кого камней нет. А ведь они были! Я сама, собственными руками положила их в сигаретную пачку!

— Я понимаю. Хорошо. Если вы так настаиваете, то можете поговорить с моими людьми. Идемте. — Петр Евгеньевич пропустил меня вперед.

— А они у вас не совсем тупые?

— Я бы принял этот вопрос как личное оскорбление, но прощаю его вам, видя вашу психическую неуравновешенность. Вам бы, знаете ли, сейчас успокоительное не помешало. Хотите, я скажу Герману? Он приготовит для вас превосходный успокоительный чай.

— Пусть приготовит, — махнула я рукой, потому как устала от всего отказываться.

Мы вошли в дом. Я села на диван и угрюмо посмотрела по сторонам. Ветров вышел, и я осталась одна.

Эх, а что же я никого не предупредила, что сюда поехала? Вдруг этим придуркам придет в голову теперь меня в заложники взять? Или просто отомстить за личное оскорбление? Тогда никто не узнает, что со мной. И вообще ничего не узнает!

Я почувствовала себя неуютно. Мне не верилось в печальный исход, но исключить его я не могла. Чужая душа — потемки. Тем более такая душа, как у Ветрова.

Прошло около десяти минут. Пришел Герман с чашкой дымящегося душистого чая.

— Кого я вижу! — обрадовалась я ему, как родному. — Герман!

— Вот ваш чай, — сдержанно ответил парень.

— Спасибо. А мне плохо от него не будет? — улыбнулась я, пытаясь разрядить обстановку и хоть немного развеселить его шуткой.

— Нет, конечно, — совершенно серьезно ответил он.

Я сделала несколько глотков, и тут появился Петр Евгеньевич с парнем, которого я сразу узнала. Он был одним из тех двоих, кто обыскивал квартиру Лены.

— Вот, девушка очень хочет с тобой поговорить, — сказал ему Ветров.

Парень уставился на меня. Я допила чай, надеясь, что моментально успокоюсь, и посмотрела на вошедшего.

— Ты куришь? — спросила я его.

— Да. — Парень с непониманием посмотрел на хозяина.

— А как тебя зовут?

— Павел.

— Какие сигареты, Павел, ты куришь?

— Какое это имеет значение? Я чего-то не пойму.

— Ты был в квартире вашей бывшей пленницы Лены и искал там камни. Ты ведь не будешь отрицать?

— Ну, был. Да и ты там была.

— Ты находил там сигареты? Я не спрашиваю тебя про камни, я спрашиваю тебя про сигареты. Видел ты там пачку?

— Нет. Ничего не видел.

— Совсем ничего?

— Нет, конечно, кое-что видел. Но сигарет точно не было.

— А тот, второй, что был с тобой. Он курит?

— Курит, курит. Но мы ничего не находили. Мусорное ведро мы сразу высыпали, да только там была всякая ерунда.

— Вы оба смотрели или один смотрел мусор, а второй что-то другое?

— Сначала вместе глянули. Потом я полез по шкафам. Мне не светило в мусоре копаться.

— Ты не заметил изменения настроения твоего напарника? — продолжала я задавать, по его мнению, бессмысленные вопросы.

— Еще бы! Ты как пришла, да как вставила нам по первое число... Думаешь, наше настроение улучшилось? — гоготнул он.

— А со вторым поговорить можно? — обратилась я к Петру Евгеньевичу.

— Ничего нового он вам не скажет. Но, если хотите, я не возражаю. Мне очень интересно понаблюдать за вами.

Павел ушел, пришел второй парень. Как я с ним ни билась, он твердил как заведенный, что никакой пачки из-под сигарет, никаких бриллиантов не находил. И вообще ничего из той квартиры не брал. Даже печенье со стола не слопал, а мог. Надо же, какой герой!

Я была опустошена.

Моему уходу из дома Петра Евгеньевича никто не

препятствовал. Я извинилась за беспокойство, спокойно села в машину и поехала в Тарасов.

Проезжая мимо конторы скупщика, я решила остановиться и немного подумать, а заодно послушать его телефонные разговоры. «Жучок» со стола Игнат Хмельницкий снял, а вот про тот, что в трубке, никто не знает.

И тут мне повезло. Ох, этому давно надо было случиться!

— Вы же помните меня? — Голос говорившего был явно изменен.

— Конечно, — ответил Егор Кузьмич.

— Я приходил к вам и предлагал купить ценные камушки.

— Да, да. Такое не забывается.

— Я хотел узнать, кто-нибудь еще предлагает вам такой товар? И есть ли на него покупатель?

— Никто не предлагает, а вот покупатель есть. А вы почему интересуетесь? — заволновался скупщик. — Хотите продать?

— А кто хочет купить? — не ответил на вопрос незнакомец.

— Почему я должен вам это говорить?

— Я хочу продать камни тому человеку, но не вам. Правда, вы деньги, причитающиеся вам, все же получите. Вы должны просто свести меня с покупателем, и все.

— А почему не через меня? — Егор Кузьмич явно нервничал.

— Так надо. И давайте без лишних вопросов. Так вы сведете меня с ним или нет?

— Во-первых, это женщина. Очень богатая и красивая. Во-вторых, у меня нет ее телефона. Если только она сама позвонит. А в-третьих, я все равно не могу понять, почему вы хотите провести сделку без моего присутствия.

— Мне так будет спокойней. Допустим, я вам не доверяю.

— Пока ничего ответить не могу, — после паузы, видимо, решившись, сказал скупщик. — Звоните позже. Будем надеяться, что эта девушка мне позвонит, и тогда будет видно.

— Я сегодня еще раз вам позвоню. До свидания.

— Подождите. Вы с ней встретитесь, сделка состоится, а где гарантия того, что я получу свои проценты? — не унимался Егор Кузьмич. — Вы ведь запросто можете меня обмануть.

— Кажется, это вы пытались обмануть меня. Теперь вам остается верить мне на слово. Можете верить.

И человек отключил связь.

ГЛАВА 21

Я сидела и не могла поверить в то, что сейчас услышала. Неужели все-таки нашелся кто-то, кто решил наконец продать эти проклятые бриллианты. Жаль, я разговор не с самого начала застала. Наверняка продавец как-то представлялся. Ну ничего. Я все равно с ним увижусь.

Я посмотрела туда, где должен был высветиться номер звонившего. Но там ничего не было. Значит, звонок был из автомата. Ловко придумано. Так сказать, на всякий пожарный случай. Я вздохнула.

Звонить скупщику сразу же было бы подозрительно. И мне стоило большого труда не схватить трубку телефона. Я развернулась и поехала домой.

Сначала я позвонила Лене, чтобы хоть как-то оттянуть время. Она все еще находилась на моей конспиративной квартире, но вечером уже собиралась с нее съезжать.

— А знаешь, ты, пожалуй, можешь ехать к себе без всяких проблем, — обрадовала я подружку.

— Почему? — как-то недовольно спросила она.

— А потому, что Ветров больше не будет тебя преследовать. И меня, собственно, тоже.

— Откуда ты знаешь?

— А я сегодня была у него в гостях.

— Ты?! У него?! Как тебя угораздило?

— Да вот так. Он, думаю, удостоверился, что камней у меня нет. Я очень популярно объяснила ему это.

— И что?

— Да ничего. Больше не будет приставать. Так что переселяйся спокойно.

— Ты правда у него была? — с недоверием переспросила Лена.

— Ну да.

— Ничего себе! И как же ты решилась?

— Да потому что дошла до последней точки. Ладно, не могу долго разговаривать. Я, наверное, приеду к тебе сегодня вечерком, если все мной задуманное сложится. Отметим твое новоселье.

— Хорошо. Буду ждать.

— Готовься.

Я несколько раз прошлась по комнате и подумала, что можно уже звонить Егору Кузьмичу.

— Это Татьяна. Вот решила позвонить вам и сказать, что скоро уезжаю. Так что, наверное, больше не буду вас беспокоить, — индифферентно произнесла я.

— Неужели? А у меня для вас хорошие новости, — сказал скупщик. — Нашелся человек, который готов продать вам необходимое.

— Шутите? — после небольшой паузы спросила я.

— Нет, правда. Этот человек должен сегодня мне позвонить, так что будьте добры, перезвоните попозже. Но только обязательно. Он тоже спешит, поэтому надо все быстро провернуть. И, я думаю, вы не забудете обо мне, — напомнил Егор Кузьмич.

— Ну конечно, не сомневайтесь! Я так рада... — лепетала я восторженным голоском.

— Значит, договорились. Буду ждать вашего звонка.

— А во сколько мне позвонить? — решила уточнить я. — Вы сами можете с ним связаться?

— К сожалению, нет. Вы ведь все не хотите оставлять мне свои координаты. Но тот человек обязательно сегодня позвонит. Так что можете периодически мне позванивать и узнавать.

— Спасибо. Я не прощаюсь, — радостно завершила разговор я.

Я положила трубку и начала безудержно прыгать от такой удачи. Сегодня, максимум завтра я встречусь с человеком, у которого находятся бриллианты. Не думаю, что это какие-то другие камешки. Такие совпадения редко бывают. Я его увижу, а дальше уже дело техники. Неужели идиотская история наконец-то закончится?

Я так хотела приблизить вечер, что решила загрузить себя работой, чтобы время шло быстрее. Займусь опять стиркой и уборкой. А за люстрой пока не пойду. Мне и дома дел хватит.

Я закинула белье в машину, включила ее и приступила к уборке. С таким замечательным настроением я давно хозяйственными делами не занималась.

Телефонный звонок.

— Ну, как у нас дела? — услышала я голос Клименко.

— Пока ничего нового сказать не могу. — Я боялась спугнуть удачу. — А у тебя что нового?

— Ничего. Звонил Игнат. Сказал, что вы вчера просто замечательно посидели в ресторане. — Олег замолчал, видимо, ожидая моего ответа.

— Да. Я встречалась с ним, — радостного настроения я скрыть не могла. И мои возбужденные интонации не ускользнули от ушей Клименко.

— Ты такая довольная... — сказал он.

— А что мне, плакать, что ли? Мы на самом деле хорошо посидели. Покушали. Даже танцевали пару раз. А потом он отвез меня домой.

— И все?

— Это что еще за допрос? — Я старалась говорить серьезно, но у меня не очень получалось. — Все. А тебе чего надо?

— Ничего. — Голос Клименко был грустным. — А когда мы сможем с тобой встретиться?

— Сегодня навряд ли. Но как только смогу, сразу тебе позвоню, и мы тоже где-нибудь посидим.

— Я думаю, к тому времени у меня совсем не будет средств. Чувствую, что так и придется все продавать.

— Перестань раньше времени себя хоронить. Ладно, пока. Позвоню тебе, как только смогу.

— Ну давай...

А Клименко меня, похоже, ревнует. Надо же... Неужели он отнесся ко мне так серьезно? Надо бы ему сразу объяснить, что с мужчинами я не строю долгих и прочных отношений. Ни с кем. И он не будет исключением.

Не успела я еще переварить разговор с Олегом, как снова зазвонил телефон.

— Татьяна?

— Игнат? — удивилась я по-настоящему, так как совершенно не ожидала его звонка.

— Да, я. Хочу поблагодарить тебя за приятный вечер. Надеюсь, он был у нас не последним. Вот и сегодня хочу пригласить тебя куда-нибудь.

— Игнат, я сегодня никак не могу. Занята своими скромными женскими делами. Так что на сегодня не рассчитывай.

— И ты не можешь их отложить? — удивленно произнес Хмельницкий.

— Никак. Я сама позвоню тебе, когда смогу. Но только не сегодня.

— Жаль. А я так надеялся.

— Ну, пока. Не могу долго говорить. Дела.

Что вдруг с мужиками случилось? Чего это они все сразу стали мне названивать? Хотя так бывает, если они друг перед другом стараются. В подобных случаях женщина совсем ни при чем. Просто у них между собой нечто вроде соревнования. Но я не позволю им так со мной обращаться! Возьму и ни с одним не пойду никуда. Впрочем, мне же надо еще шрам у Хмельницкого посмотреть. О! Самое лучшее место для этого — пляж. И совращать не надо. Ловко я придумала!

Меня раздирало желание позвонить снова скупщику, и я не стала сопротивляться ему.

— Татьяна, как хорошо, что вы позвонили. Продавец назначил вам встречу. В шесть часов вечера около памятника Чернышевскому. У него в руках будет желтая роза.

— Как романтично, — довольно произнесла я. — Хорошо. Как только сделка будет завершена, я приеду к вам и рассчитаюсь.

— Он тоже должен рассчитаться, так что и его везите, — сказал Егор Кузьмич.

— Договорились.

Ну все. Дело осталось за малым. Скупщик, конечно, сильно рисковал, но, видать, ему приспичило. Если не через него, то вообще ничего могло не получиться. Вот он и рискнул.

До шести часов еще куча времени. Да, кстати, не забыть, что я должна быть «той самой девушкой». Мне почему-то показалось, что Егор Кузьмич будет за нами наблюдать. На его месте я сделала бы именно так — со стороны посмотрела, а потом, если что, сказала, что видела, как совершалась сделка.

Я не знала, чем себя занять. Уборку продолжать я больше не могла. Поэтому решила поспать.

Ложась отдыхать, я и не надеялась, что у меня получится заснуть. Но, как ни странно, получилось. Видимо, сказалось напряжение последних дней. А когда я проснулась, часы показывали половину пятого. Как бы не опоздать!

Я быстро собралась, тщательно оглядела себя в зеркале и вышла из дома. Не стоит заставлять типа с желтой розой ждать. Все-таки у нас не свидание, а очень даже деловая встреча. Ехать я решила на своей машине. Просто оставлю ее неподалеку и подойду к месту встречи пешком.

Приехала я как раз вовремя. Закрыв дверцу, я проверила ее, потом осмотрелась по сторонам и двинулась к памятнику.

Его я увидела издалека. Высокий мужчина, хорошо одетый, с желтой розой. А вот он и повернулся. Я остановилась как вкопанная. Это был Клименко.

Я стояла и не знала, как мне дальше поступить. Если я сейчас подойду к нему, то он может запросто меня узнать. И что тогда? Навряд ли он будет продавать бриллианты мне. Собственно, у меня и денег таких нет. Я же просто посмотреть хотела.

Ну, я ему скажу! Мне очень многое хочется сказать ему! Надо же, какой негодяй! Все это время делал вид, что у него камни украли, а на самом деле они именно у него. А я? Как я могла не распознать ложь в его словах? А еще работать на него согласилась. Эх, сейчас бы Хмельницкого сюда! Он бы посмотрел на своего «друга».

Ладно, подойду. Поговорю с ним серьезно. Узнает он меня или нет — меня уже мало волнует.

— Здравствуйте, — я приблизилась к Олегу со спины, так что он не мог видеть меня, когда я подходила. — Вы, наверное, меня ждете?

Клименко повернулся и долго смотрел в мое лицо. На лбу его появились напряженные морщины.

— Мы с вами знакомы? — спросил он и протянул мне розу.

— Вам виднее, — сказала я.

Неужели он меня еще не угадал?

— Давайте отойдем отсюда. Я на машине. Поедем ко мне и все решим там.

Ловкий ход. Будь он мне совершенно незнакомым человеком, я ни за что не поехала бы с ним. Но сейчас я ничего не боялась. К нему, значит, к нему.

— Поехали, — кивнула я.

Он подвел меня к своей машине. Я села на заднее сиденье и молчала всю дорогу до его дома. Клименко иногда посматривал на меня в зеркальце заднего вида, но тоже ничего не говорил.

Мы приехали, вошли в его квартиру.

— Покажите мне товар, — сказала я ему.

Олег вынул из кармана мешочек и высыпал двенадцать камушков на стол. Я подошла и внимательно осмотрела их.

— Так, значит, никакой кражи не было? — повернулась я к нему.

— Какой кражи? — спросил Клименко, покраснев.

Я сняла парик. Этого оказалось достаточно.

— Таня? — удивленно спросил он и вдруг громко рассмеялся. — А я все голову ломаю, где мог видеть тебя. Ну не тебя, а...

— Олег, — я присела на диван, — а теперь объясни мне все, пожалуйста. Как ты ловко все придумал, однако.

— Что придумал?

— Значит, ты ненастоящие бриллианты положил в банку с вареньем. И ждал, пока весь этот цирк пройдет?

— Я?

— Ну не я же. А ты тот еще фрукт!

— Ты ничего не поняла, Таня. Бриллиантов у меня на самом деле нет. Это поддельные. Я хотел просто наколоть покупательницу, чтобы отдать деньги Игнату. Он ведь совсем меня зажимает.

— Так я тебе и поверила! — покачала я головой.

— Правду тебе говорю. Они ненастоящие. Это просто стекло. Посмотри.

— А чего мне смотреть? Я все равно не разбираюсь в бриллиантах.

— Я и надеялся на это. Вернее, на то, что покупательница не разбирается. Именно поэтому я и решил провернуть дело без скупщика, чтобы он не разоблачил меня. Потом, конечно, все открылось бы, но мне очень нужны деньги. Сама понимаешь.

Я молчала и обдумывала то, что сказал мне Клименко. Неужели все обстоит так, как он говорит? Значит, мне снова не повезло.

— Пошли. — Я встала и снова нацепила парик. — Сейчас поедем к Егору Кузьмичу. Я покажу ему эти «бриллианты». Посмотрим, что он скажет.

— Нет, я не поеду. Мне стыдно. Они фальшивые. Не хочу лишний раз выглядеть в неприглядном свете, — стал отнекиваться Олег.

— Но ты уже и так засветился. Он ведь знает, что это ты мне встречу назначил?

— Да.

— Значит, хватит ломаться. В конце концов, от этого зависит, буду ли я тебе доверять и продолжать работать на тебя. — Я была непреклонна.

И мы отправились к скупщику. Как ни странно, Егор Кузьмич был на месте. Или уже успел добраться до своей лавочки после встречи «продавца» бриллиантов со мной, или не ездил подглядывать за ней.

— Вы? — обрадовался он нам.

— Да. Вот только он, — я демонстративно ткнула пальцем в Олега, — говорит, что камни ненастоящие. Типа того, что он и не говорил, что они настоящие. Посмотрите, пожалуйста.

Егору Кузьмичу хватило одного мимолетного взгляда, чтобы определиться.

— Да, это фальшивые бриллианты, — утвердительно кивнул он головой.

— Я же говорил тебе... — начал Клименко.

— Тогда я не желаю их покупать. Мне настоящие нужны! — громко заявила я. — Я же не дешевка какая-нибудь! За кого вы меня принимаете? — наступала я на Олега. — Просто стыд какой-то.

— Да идите вы! — Клименко выскочил за дверь.

Я села на стул и закрыла лицо руками.

— Вы не переживайте так, — севшим голосом пытался успокоить меня Егор Кузьмич.

— Я так надеялась... я так хотела... — начала я причитать. — Как хорошо, что я догадалась привезти его сначала к вам, а только потом брать эти стекляшки.

— Неприятная история, — согласился со мной скупщик.

— Еще какая неприятная!

— Но вы понимаете, что я тут совершенно ни при чем? Наверное, он именно поэтому и хотел устроить сделку наедине с вами.

— Я все понимаю. Но мне так тяжело! Спасибо вам огромное, Егор Кузьмич, что не подвели меня. Не хотела бы я оказаться в таком дурацком и смешном положении. Представляете, я стала бы хвалиться приобретением, а мне сказали бы, что я дурочка глупая. — Я вошла в роль и никак не могла остановиться.

— Но ведь этого не произошло.

— Да.

Я встала и поправила платье. Потом пошла к выходу.

— Мне жаль. Но вы тут в самом деле ни при чем. Я позвоню еще вам перед отъездом. Хотя уже ни на что не надеюсь.

Я вышла на улицу и пошла к машине Клименко, стоявшей за углом.

— Вези меня к памятнику, — устало сказала я.

— Почему туда?

— Потому что машина моя там. А я домой хочу.

— Может, поужинаем? — предложил Олег.

— Нет, мне надо отдохнуть.

— Ты отдохнешь. Я же не заставляю тебя работать. Если не хочешь в кафе, то ко мне можно. Покормлю тебя хорошенько.

— Нет. Давай к памятнику.

Клименко понял, что со мной сейчас бесполезно спорить. Он привез меня к месту нашей встречи. Я лениво махнула ему рукой и направилась к своей машине.

Дома я достала кости. Мне определенно не хватало их совета.

Цифры выпали следующие: 36+20+8 — «Вас ожидают прекрасные перспективы и приятные переживания».

Но у меня не было сил даже улыбнуться. Какие такие прекрасные перспективы меня ожидают? И когда?

Толком не понимая, что делаю, я переоделась, приняла душ, потом сварила себе кофе. Даже не заметив его вкуса, выпила чашку, а потом снова пошла в комнату. Тут я и вспомнила, что обещала съездить к Ленке. Может, на самом деле бросить все и забыться? Пусть Клименко сам выпутывается, как может.

Француженка сможет успокоить меня и вселить надежду. Но как неохота тащиться сейчас куда-то... нет, не поеду. Ленка меня поймет.

И все-таки хорошо, что у меня есть такая подруга. Что бы я без нее делала? Но я не всегда помню об этом. Только когда приспичит, вспоминаю. Вот, все мы такие. Не я одна.

Я сидела и чуть не плакала. Если я откажусь от расследования, это будет первое мое дело, которое я не смогла распутать. Думаю, тогда я вообще не смогу работать частным детективом. Неужели моей карьере пришел конец?

Мне стало по-настоящему страшно.

ГЛАВА 22

Проснулась я утром, выглянула в окно и поняла, что день сегодня и в смысле погоды нерадостный. На улице шел дождь. К Лене я вчера так и не поехала. Хорошо, что хоть позвонила и предупредила. Впрочем, она все равно немного обиделась.

Я выпила кофе и решила пойти просто погулять. Пусть уж грусть окончательно доконает меня. Может, потом станет легче. Не будет же черная полоса длиться вечно. Тем более что кости вчера предсказали «прекрасные перспективы и приятные переживания».

Я накинула непромокаемый плащ, взяла зонт и вышла во двор. Гулять я решила по проспекту. А до него пойду пешком.

Не спеша, перешагивая лужи, я пошла по улицам. Меня даже не волновало, что ноги мои сразу промокли. Пусть.

Вот я очутилась уже на проспекте. И тут увидела Игната. Он шел мне навстречу.

— Привет. — Он увидел меня и улыбнулся.

— Привет.

— Ты чего такая невеселая?

— А чего веселиться?

Я чуть не сболтнула ему, что дело-то мое не получается, поэтому и не веселюсь. Но вовремя вспомнила, что у него другие сведения.

— Как провела вчерашний вечер? — подхватил он меня под руку и повлек куда-то.

— Так себе.

— Значит, сегодня будем отдыхать. Знаешь, чем больше я о тебе думаю, тем больше понимаю, что ты очень не похожа на современных девушек.

— Что, такая несовременная?

— Нет. Ты другая. Умная, красивая... Ну, я не знаю, как объяснить. Интересная! Не откажешься посидеть со мной в кафе? — Игнат заглянул мне в глаза.

— Идем. До пятницы я все равно абсолютно свободна.

Мы вошли в первое попавшееся кафе. Уселись за столиком в самом углу. Я заняла место у стены и видела всех, кто входил и выходил из кафе. Игнат же смотрел только на меня.

Честно говоря, мне его внимание льстило, конечно. Да только настроение было не то. Но я уговаривала себя тем, что на пляж поехать, судя по погоде, вряд ли скоро получится, а ведь надо же мне как-то осмотреть его спину. Чего откладывать?

И тут меня словно что-то толкнуло. Я и сама не могла определить, что такое случилось. Наверное, знак свыше какой-то был. Я извинилась, вышла в коридор и набрала номер Виктора.

— Виктор? — спросила я, услышав его опять похмельный тоскливый голос.

— Да.

— Это звонит девушка, что про банку с вареньем пытала. Ты говорил, что попытаешься узнать человека, который просил украсть ту самую банку, если увидишь его. Не мог бы ты подойти ненадолго в одно место?

— Я плохо себя чувствую, — вдруг резко сказал он.

— Я заплачу тебе.

— Ладно.

Я сказала ему название кафе, а потом вернулась к Игнату.

Мы заказали курицу-гриль, картошку и салат. Пить решили белый мартини с апельсиновым соком. Играла приятная музыка, посетителей было до крайности мало.

Я рассматривала Хмельницкого без всякого смущения. А он на самом деле очень интересный мужчина... Выпив чуточку мартини, я почувствовала, что мне становится лучше. Может, кости говорили об этих перспективах? Что ж, чему быть, того не миновать.

Мы разговаривали, ели поджаристую горячую курицу со свежими помидорами, и я все больше попадала под необъяснимое обаяние Игната. Он, похоже, чувствовал это, потому что напропалую сыпал мне комплименты, брал меня за руку и временами долго смотрел в мои глаза.

— Какие у тебя планы на сегодня? — спросил он меня так, что я сразу поняла, на что он намекает и что предлагает.

— Пока не решила, — честно ответила я. — А у тебя?

— А мне хочется забраться с тобою в постель и провести этот дождливый и нудный день именно в ней. Нам будет тепло и хорошо.

Хмельницкий повернулся к официантке, стоявшей за стойкой, и сделал ей знак принести нам еще мартини. И как раз тогда в кафе вошел Виктор. Я еле заметно кивнула ему. Хорошо, что Игнат этого не видел. А парень, едва глянув в мою сторону, после секундного замешательства вылетел наружу.

— Выпьем еще? — повернулся Игнат снова к столу.

— Я на секундочку, — извинилась я и выбежала прямо без плаща на улицу.

Я посмотрела по сторонам, увидела быстро удаляющегося Виктора и помчалась за ним.

— Виктор! — крикнула я ему.

Он резко повернулся, готовый бежать, но, разглядев одну меня, остановился.

— Что случилось? — сразу задала я вопрос. — Почему ты убегаешь?

— Этот мужик с тобой. Ну, тот, кто мне про баночку сказал, — дрожа то ли от холода и сырости, то ли с похмелья, сказал мне Виктор.

— Ты уверен? — Я взяла его за руку, будто боясь, что он сейчас сорвется с места и удерет.

— Абсолютно точно. Я вообще-то не помнил его лица, а как сегодня увидел, так сразу узнал.

— Но ты же видел его сбоку.

— Все равно.

— Значит, именно он просил тебя украсть банку с вареньем? — Я никак не могла поверить этой информации.

— Точно говорю. Я, конечно, люблю выпить, но кое-что помню.

— Ладно. Спасибо. — Я повернулась, чтобы идти.

— Слушай, как тебя там! У тебя денег нет? А то плохо мне, просто ужас.

— Да. Я же обещала. Но мой кошелек остался в кафе. Погоди, сейчас схожу за ним.

— Тогда не надо.

— Погоди. — Я пошарила в карманах джинсов и выудила оттуда смятый полтинник. — Вот, держи.

— Ты спасительница моя! — расчувствовался Виктор. — Ну, всего тебе.

— И тебе.

Я вернулась в кафе, села на свое место, но никак не могла вернуть своему лицу беззаботное выражение.

— Что-то случилось? — озадаченно спросил меня Игнат.

— Да нет, ничего особенного. Знакомого увидела, а у него неприятности, — попыталась выкрутиться я.

— Не бери в голову. У кого их нет? Я вот тоже влетел на приличную сумму, но ничего — улыбаюсь.

— А ты с Клименко будешь деньги требовать? — зачем-то спросила я.

— Конечно. Я же говорил тебе: у меня создалось впечатление, что он не потерял бриллианты, — чуть насупился Хмельницкий.

— Но ведь в банке они были.

— Однако ты ведь не носила их к специалисту, чтобы подтвердить подлинность.

— Не носила. Все равно неприятно. — Я пригубила коктейль.

В голове мысли выстраивались в цепочку. И вот что у меня получалось. Значит, Игнат попросил Олега продать камни, но сам не уехал к себе. Он также приехал в Тарасов. Причем следом за Клименко. Возможно, на самолете, потому что, видимо, знал о нем все. И когда именно тот пошел к скупщику, и куда потом положил бриллианты. А узнал он об этом, подглядывая за ним в окно. С биноклем.

Далее он обратился к пьянчуге Виктору с просьбой выкрасть банку. Но почему именно к нему? Наверное, кто-то посоветовал ему оторву-парня. Ведь Виктор не знал его лично. Пусть так. Хмельницкий дал ему ключи от квартиры Клименко. Он ведь мог сделать дубликат, когда был у того дома ранее, к примеру. Тут вроде понятно.

А Виктор перепоручил кражу Николаю. Дальше тоже все понятно.

Теперь осталось узнать: Хмельницкий — тот человек, что был в гостинице и звонил скупщику по поводу продажи камней? Очень может быть. Ведь он надеялся, что они попадут к нему, когда банка будет украдена. Игнат не мог предполагать, что у парней случится какая-то нелепая заминка и варенье окажется у меня.

Так, вроде бы и здесь сходится. Но остается непонятным главное — где камни сейчас. И каким боком здесь Ветров фигурирует. А! Ветрову скинул информацию Егор Кузьмич, и тот — просто лишний конкурент. Но бриллиантов все равно ни у кого нет. Весело. Однако в наличии шрама обязательно надо убедиться. И только потом предъявлять обвинения.

Если я смогу прижать Игната, пусть даже при помощи того же Виктора, то он тогда не посмеет требовать с Клименко деньги. Это уже хорошо. А на камни — плевать. Потерялись и потерялись. Жалко, конечно, но, может быть, они давно уже на свалке и их нашел какой-нибудь бомж.

— Татьяна, — услышала я ласковый голос Хмельницкого. — Ты так серьезно о чем-то задумалась.

— Да? — встрепенулась я и улыбнулась. Мне в самом деле стало весело. — Выпьем еще! — сама предложила я.

Мы выпили, доели курицу. Дальше сидеть в кафе смысла не было. Я поняла, что вот она и настала — решающая минута. Сейчас мне придется соглашаться на то, чтобы поехать к Игнату.

— Ты просто очаровательна, — сказал он мне.

— Я ненакрашена, с мокрыми волосами...

— Ну и что? Зато ты так естественна. Тебе идет.

— Быть мокрой курицей, — добавила я.

— Ну что? Хочешь чего-нибудь еще? — Игнат подвинул мне меню.

— Нет. Спасибо. Достаточно.

— Так как насчет моего предложения?

— Мне не хочется сейчас оставаться одной, — опустила я глаза. — Но я не знаю...

— Если не хочешь в постель, то мы можем просто попить кофе. Я умею готовить классный кофе, — заманивал меня Игнат.

— Ну что ж, — вздохнула я. — Поедем.

Мы вышли. Дошли до перекрестка, и Хмельницкий поймал машину. Оказывается, он жил неподалеку — мы доехали буквально за десять минут.

— Я квартиру тут снимаю, — пояснил он. — В центре. Очень удобно.

— А когда ты уезжаешь?

— Как только закончу свои дела, так сразу, — сделал он печальное лицо.

Мы поднялись на пятый этаж. Квартира была двухкомнатной. Зачем ему такая?

— Можешь переодеться. Все-таки ты промокла, а сидеть в сырой, противной одежде неприятно. А я сейчас мигом кофе сварю.

И он подал мне халат. Какой ужас! Снова халат... Я пошла в ванную, пустила горячую воду и решила, что мне и правда не мешает согреться, причем именно так.

Пробыла я там недолго. Игнат за это время ни разу не побеспокоил меня.

— Кофе немного остыл. Я же не знал, что ты купаться будешь, — оправдывался он.

Кофе на самом деле был чудесный. Я пила его с удовольствием, думая о том, как действовать дальше.

— Таня, — Игнат положил свою руку на мою. — Я так рад, что познакомился с тобой.

Нет, ложиться с ним в постель мне уже не хотелось. Как только я подумала о том, что он сделал со своим другом, желание напрочь пропало. И я решила сыграть с Игнатом неприятную шутку. Только пусть сначала немного разденется.

— Идем. — Хмельницкий встал.

— Куда?

— Я кое-что тебе покажу.

У меня с губ готов был сорваться вопрос: «Уж не шрам ли?»

Я встала, влекомая Игнатом. Он повел меня в комнату.

— Все будет хорошо. Поверь мне, — шептал Хмельницкий мне на ухо, обнимая сзади.

— Игнат, пусти, — робко сопротивлялась я.

— Таня, не надо себя мучить. Тебе ведь тоже хочется.

— Игнат...

Хмельницкий резко повернул меня лицом к себе. Потом скинул футболку, в которую успел переодеться.

— Таня!

— Подожди.

Я вырвалась и чуть отошла.

— Ну что? — как-то болезненно посмотрел он на меня.

— Принеси мне воды. Очень пить хочется.

Хмельницкий повернулся и пошел на кухню. Шрам на его спине под левой лопаткой я увидела отчетливо. Большего мне не надо было.

Я тут же побежала в ванную, заперлась там и стала переодеваться в свои вещи. Когда я вышла и Игнат увидел меня, у него челюсть отвисла.

— Ты чего?

— Я вспомнила... Мне срочно надо домой... — тараторила я. — Игнат, не торопи меня. Я сейчас не могу. Я позвоню...

Хмельницкий стоял, как статуя, и обескураженно смотрел на мои сборы.

— Таня. Почему?

— Все потом. Мы еще обязательно встретимся и поговорим. Я обещаю тебе!

Я быстро открыла дверь, вылетела на лестницу и побежала вниз.

Задержись я хоть на минуту, представляю, какой был бы «концерт». Мужики ведь терпеть не могут таких обломов. Начинают говорить такое и в таких выражениях, что уши в трубочку сворачиваются. Правильно я сделала, что так быстро ретировалась.

На всех парах я летела по улице. И только у самого Ленкиного дома поняла, что иду к ней, а не к себе.

— Лена! — закричала я с порога. — Лена! Срочно выпить!

— Ты чего? — Подруга все еще стояла у открытой двери, а я уже носилась по квартире.

— Быстрее. Да закрой ты эту ужасную дверь!

— Отличная дверь. Мне понравилась. Зря ты так на нее.

Ленка не спеша закрыла дверь, потом встала в проходе, загородив мне выход в коридор, чтобы я не бегала по всей квартире, а только по комнате.

— Я тебе сейчас такое расскажу! Ты упадешь! — весело сказала я.

— Тогда лучше сесть. Идем на кухню. У меня водка осталась.

— Знаешь, кто устроил похищение бриллиантов? — с горящими глазами спросила я, усевшись на табуретку с ногами.

— Ну? — Лена доставала из холодильника водку, а также всякую всячину на закуску.

— Теперь я это знаю точно. Сегодня напьюсь, а завтра пойду к нему с наездом. Никуда он от меня, миленький, не денется. — Я замолчала, с торжеством глядя на подругу.

Она тоже молчала. Потом не выдержала.

— Ты мне так и не сказала, кто это был, — напомнила она мне.

— Да?

— Да.

— Ты не поверишь.

— Поверю. Говори.

— Наливай. — Я почему-то никак не могла произнести его имя.

Лена послушно налила. Мы быстро выпили.

— Я теряю терпение.

— Это был друг Клименко — Игнат Хмельницкий.

— Друг Клименко? Того самого, который просил тебя найти их?

— Да. Тот самый друг, который просил Олега продать эти камни. То есть, понимаешь, этот Игнат сначала просит товарища продать бриллианты, а потом сам же устраивает их похищение, — объясняла я.

— Значит, бриллианты у него?

— Нет, бриллианты пропали. Это неоспоримый факт. Но — представляешь? — наглец Игнат теперь требует деньги с моего клиента, с Олега, со своего друга! Если не найду камни, я хоть Клименко от этой жестокой участи избавлю.

— Класс! Невероятно! — Взгляд подруги стал тоже заинтересованным. — Ты уверена?

— Его опознал один тип. Да потом еще и шрам на спине...

— Ты видела его спину? Ты что, спала с ним? — осуждающе посмотрела на меня педагог Ленка.

— Нет. Он, конечно, собирался, но я убежала. Зато голую спину видела. Не бойся, — я увидела большие глаза подружки, — только спину, не более. — И я засмеялась.

— Ну и зря, — теперь засмеялась Лена. — Надо было все посмотреть. Заодно.

— Чего я там не видела?

Мы выпили еще по одной.

— А он знает, что ты его вычислила? — Лена сделала мне бутерброд.

— Еще нет. Я же говорю — разбор полетов завтра. Я уже представляю, как я соберу их вместе и устрою им... светопреставление.

— Смотри, чтобы и тебе не досталось.

— Не волнуйся. Теперь все будет хорошо. Мне кости пообещали и не обманули меня. — Я откинулась к стене и зажмурилась от удовольствия. — Да, теперь все будет хорошо!

— Ага. Только сокровища пропали.

— Так и должно быть, — серьезно и осуждающе посмотрела я на подружку. — По закону жанра. Сокровища пропадают, чтобы потом найтись в самый неожиданный момент.

И тут — тоже неожиданный момент! — раздался звонок в дверь.

— Надеюсь, это не бандиты, — вздрогнула Лена и засмеялась. — Впрочем, теперь они мне не страшны. У меня такая классная дверь. До сих пор нарадоваться не могу.

Звонок повторился.

— Иди открывай, — показала я ей на дверь.

Лена глянула в «глазок» и открыла. Это был всего лишь сосед. За кусочком хлеба пришел. Подруга отдала ему все, что у нее было, и снова села передо мной.

Мы поболтали еще немного. Потом Ленка собралась мыть посуду, но оказалось, что отключили воду. Однако нам было глубоко на такие мелочи наплевать.

Домой я притопала только в двенадцать часов.

ГЛАВА 23

Сегодня мне предстоял очень важный день. Пора было выводить Хмельницкого на чистую воду и наконец разрешить проблему. Я не имею в виду сами камни. Их найти сможет разве только ясновидящая. Я же таковой не являюсь. Зато я могу избавить Клименко от уплаты теперь уже непонятного и нечестного долга.

Но торопиться я не хотела. Я знала, что Игнат никуда от нас не денется. Я предвкушала, как разобью его своими доводами в пух и прах. И пусть попробует возразить...

Я тщательно собралась и решила позвонить Олегу. Сначала трубку никто не брал. Я настырно продолжала звонить. Ну не мог же он уйти из дома! Я ведь говорила ему, чтобы он всегда был со мной на связи. В любой момент.

Бросив трубку, я сварила себе кофе, а потом снова взялась за аппарат.

— Привет, — сказала я, когда соединение получилось.

Но абонент на том конце провода сразу отключился, оставив меня слушать длинные гудки. Интересно, сорвалось, что ли?

Я снова набрала номер:

— Олег. Это Иванова.

Та же история.

Либо шутка дурацкая, либо у него что-то случилось. Я сделала еще одну попытку с тем же результатом, потом быстро выбежала из квартиры, села в машину и поехала к Клименко домой.

Я поднималась по лестнице пешком и думала, что же такое могло произойти. Можно, конечно, было предположить, что Хмельницкий так рьяно и упорно требовал деньги, что вышел из себя и... Ой, даже додумывать страшно!

Дрожащей рукой я дотянулась до кнопки звонка и нажала на него. Дверь открылась, и на пороге появился сам Клименко, собственной персоной.

— У тебя все в порядке? — вздохнула я с облегчением и уже почти сделала шаг вперед, как дверь с грохотом захлопнулась перед самым моим носом. Хорошо, что не прищемила его.

Такого оскорбления я выдержать не могла. Ну, сейчас я ему устрою веселую жизнь!

Я начала стучать в дверь ногой и орать на весь подъезд:

— Клименко! Открывай! Я все равно не уйду, пока ты не объяснишь мне, в чем, собственно, дело. Открывай! Я знаю, что ты меня слышишь.

Я стучала и звонила, но результата не было никакого.

— Не хочешь по-хорошему, значит, сейчас я достану твоих соседей, и тебе потом от них попадет. Ты испортишь себе репутацию. Про тебя подумают, что ты водишься с дебоширами.

На лестничной площадке открылась дверь напротив. Оттуда выглянула женщина и с укором посмотрела на меня.

— Вы чего так шумите?

— Мне ваш Клименко открывать не хочет. А у меня для него важные сведения. Пожалуйста, помогите! Скажите ему, чтобы он впустил меня хотя бы на пять минут. Мне большего не понадобится, — сложила я руки на груди, присев перед женщиной чуть ли не в реверансе.

Она еще раз внимательно осмотрелась, потом осторожно вышла на площадку, подошла к двери Олега и позвонила.

— Олежек, — сказала она, не сводя с меня глаз, — тут девушка к тебе пробивается. Говорит, что у нее важное дело. Ты уж впусти. Не устраивай здесь бардак. В квартире разберетесь, что к чему.

Не успела она договорить, как дверь распахнулась, Клименко схватил меня за руку и втянул внутрь.

— Ты чего здесь орешь? — спросил он, закрыв за мной дверь.

— Не очень-то вежливо ты с гостями разговариваешь. — Я потерла руку, за которую он ухватился. — Больно все-таки.

— Так что за шум?

— А ты чего устроил? Почему трубку бросаешь?

— Что тебе от меня надо? — Клименко злобно посмотрел на меня.

— Мне? — искренне удивилась я. — От тебя? Ничего. Насколько я понимаю, ты меня нанял, чтобы я твое дело расследовала. И деньги заплатил. А теперь видеть не хочешь. Может, проснишь мне, глупой, ситуацию?

Я поймала себя на мысли, что испытываю некоторое удовлетворение от скандала. Бывает так, что хочется поорать, нагрубить кому-нибудь. Олегу не повезло, что я нарвалась на него. Впрочем, он вроде бы сам добивался этого.

— Знаешь, просто мне не хочется тебя видеть и тем более разговаривать с тобой.

— Почему же? — Я сверкнула глазами, пихнула Олега, прошла в комнату и села на диван. — Я слушаю.

— Мне звонил Игнат. Сказал, что ты вчера вечер с ним провела.

— Ну и что? — До меня все еще не доходил истинный смысл его возмущения.

— Ты спала с ним!

— Я? Спала с ним?

— Да.

Я рассмеялась. Так вот о чем он так переживает! Вот тебе и приехали... Вроде бы большой мальчик, а ведет себя просто как в яслях.

— Олег, послушай меня внимательно, — четко произносила я слова. — Итак. Если я с тобой спала, как ты это называешь, то данный факт ни в коем случае не дает тебе права считать меня чем-то тебе обязанной и вовсе не вынуждает меня быть верной тебе до гроба. Это раз. Теперь во-вторых. С Хмельницким я не спала.

— Да?

— Да.

— А в-третьих?

— А в-третьих, я могу делать что захочу, с кем захочу и когда захочу. И разрешения твоего я спрашивать не буду. И отчитываться перед тобой тоже. Первый и последний раз популярно объясняю тебе это. Понял? — Хоть мне и было смешно, я старалась сохранить серьезный вид.

А Олег стоял обиженный.

— Не знаю, — сквозь зубы процедил он.

— Мне все равно. А пришла я к тебе за тем, чтобы сказать: я сворачиваю дело. Я уже могу сказать тебе, кто украл у тебя бриллианты.

— Да? И кто? — чуточку оживился он.

— Может, тебе лучше присесть? Хотя, я смотрю, ты достаточно стойко переносишь неприятные новости. Слушай, а сам ты не догадываешься?

— Как же я могу догадаться?

— В общем, бриллианты у тебя украл твой дружок. Вернее, не сам, а заплатил одному человеку, чтобы тот стащил банку с вареньем и бриллиантами.

— Какой дружок? — переспросил меня Олег. — Таня, говори яснее.

— Хмельницкий. Неужели так сложно догадаться?

— Игнат?

— Ага.

— Не может быть! Нет. Он просто никак, даже физически не мог этого сделать. Его ведь не было в городе.

— Олег, это он. У меня есть свидетель — тот самый парень, которого он нанимал для кражи. Парень его опознал, так что сомнений быть не может. И потом, когда Игнат приехал, ты что, на перроне его встречал? Впрочем, даже если бы было так, устроить прибытие с поездом не проблема. Можно отъехать от города одну станцию назад, потом пересесть во встречный поезд и показаться из вагона с тяжелым чемоданом. А с самолетом еще проще. Они так быстро и часто летают, что за один день можно несколько раз смотаться туда и обратно. Подстроить «прибытие» можно элементарно. И не такое преступники совершают.

— Погоди. Говори медленнее. Я не могу взять в толк...

Любовная спесь с Клименко быстро слетела. Он приобрел нормальный человеческий вид. Вот и хорошо.

— Короче, собирайся, и поедем сейчас к Хмельницкому, к другу твоему, так называемому. Там обо всем и поговорим.

— Я сейчас. — Клименко повернулся, чтобы пойти переодеться, но потом вдруг становился и спросил: — А зачем ему надо было бриллианты у меня красть? Они ведь и так его?

— Вот те на! Ты не понимаешь? Он камни украл, а потом с тебя еще и деньги содрать собрался. Если на современном языке сказать, то дружан твой очень хочет тебя кинуть. И по-крупному! Так что давай собирайся быстрее.

— Ага. Я сейчас. А ты можешь пока поесть. Я там яичницу пожарил.

— Не успел ты, бедный, позавтракать. Надо же, и я тоже. Так спешила к тебе с новостями. Я подожду. Оденешься, вместе тогда за стол сядем.

Мы плотно позавтракали, выпили кофе и на моей машине поехали к Хмельницкому. Звонить предварительно не стали, решили заявиться сюрпризом.

Я встала перед дверью, а Олегу велела чуть спрятаться за стенку. Позвонила.

— Таня? — удивился Игнат. — Какими судьбами? Проходи. Я так рад тебя видеть.

— А я не одна.

И тут из-за угла появился Клименко.

— Ты? — вздрогнул Хмельницкий. — Что-нибудь случилось?

— Еще как! — сделала я страшные глаза и протиснулась вперед.

Мы прошли в комнату и сели на предложенный диван.

— Ну? Что произошло? — Игнат стал прикуривать сигарету.

— Ругать тебя буду. Ты зачем наврал Олегу, что мы с тобой спали? — в порыве праведного гнева спросила я. — Этого ведь не было!

— Так вот в чем проблема... — улыбнулся Хмельницкий, и черты его лица немного разгладились.

— Скажи ему все, как было, — настаивала я.

— Мы посидели с тобой в кафе, потом поехали ко мне, потому что очень хотели очутиться в постели, но, полежав в ванне, ты вдруг резко передумала и сказала, что сегодня не можешь. Но встретимся мы с тобой обязательно. Я, собственно, думал, что наступил ответственный и торжественный момент, — противным голосом проговорил Игнат.

— Я спать с тобой не собиралась, — спокойно парировала я. — А поехала с тобой и дождалась, пока ты разденешься, только для того, чтобы убедиться, что у тебя на спине, под левой лопаткой, есть шрам. Мне только этого и надо было. А знаешь, зачем?

Своего я добилась. Игнат снова занервничал.

— Интересно послушать.

— Интересно, значит, не откажу в такой малости. Мне проверить надо было. Потому как несколько дней назад в гостинице «Братислава» останавливался на одну ночь мужчина. Сергеев Иван Борисович. И горничная мне сказала, что у него на спине шрам. Да и по всем описаниям ты подходил — высокий, красивый, представительный.

— Не вижу никакой связи.

— Сейчас увидишь. Дело в том, что этим мужчиной был ты, и ночевал ты в гостинице по чужому паспорту. Уж где ты его взял, украл или нашел, будет выяснять милиция. Горничная сказала, что точно сможет опознать того мужчину. Хочешь с ней встретиться?

— Но при чем это все? — Хмельницкий курил уже вторую сигарету. Или третью.

— А при том, что я подслушала твой телефонный разговор со скупщиком. И там ты говорил ему, что будешь продавать камни. А какие, скажи, камни, если ты отдал их своему другу, чтобы тот продал их? А вычислил тебя, кстати, один мой товарищ из милиции, так что он почти уже в курсе дела.

— Ты блефуешь?

— Нет. Констатирую. Так вот. Будем двигаться дальше. Ты в Тарасов когда приехал?

— А это какое имеет значение? — встрепенулся Хмельницкий.

— И все-таки...

— Мы встретились с Олегом в Москве, потом он поехал сюда, а я приехал дня через два.

— Опять не сходится, — усмехнулась я. — Дело в том, что тебя видели в Тарасове до того, как у Клименко украли бриллианты, спрятанные в банку с вареньем.

— И кто же меня видел?

— А тот человек, которого ты и нанял за деньги, чтобы тот выкрал банку, и которому ты дал ключ или его дубликат от квартиры Олега. Его Виктор зовут. И он также может это подтвердить. Кстати, он вчера нас с тобой в кафе видел. И сразу вылетел. Я потому и выбежала на улицу за ним. Он мне как раз и указал на тебя. Выпить он любит, конечно, но парень не тупой.

— Это ошибка. — Игнат встал и начал ходить по комнате.

— Ты приехал в Тарасов в тот же день, что и Олег. Ты проследил за ним, когда он посещал скупщика. Ты подглядывал за ним в окно, поэтому знал, куда он спрятал бриллианты. И доказать это будет совсем нетрудно. Ты заказал кражу. И есть свидетель.

— Что вы от меня хотите? — Глаза Хмельницкого бегали по комнате и не могли остановиться ни на одном предмете.

— Да ничего особенного. — Я вытянула ноги и откинулась на спинку дивана. — Просто мне кажется неправильным, что теперь, после всего, что ты сделал «хорошего» для своего друга, ты еще хочешь, чтобы он заплатил тебе баснословные деньги.

— Но бриллиантов у меня нет! — резко ответил Игнат.

— А это уже не наша проблема.

— Все равно. Все ваши слова не стоят выеденного яйца. Вы...

— Игнат, неужели ты не понимаешь, что всего того, что я узнала, да при двух свидетелях, будет достаточно, чтобы привлечь тебя к ответственности? Да еще ко всему записанный мной телефонный разговор. Ты, кажется, обещал скупщику продать камни. А значит, предполагал, что они будут у тебя. И они были бы, кабы не парень-простофиля, который по каким-то там причинам отнес банку не по назначению. А потом ее вообще случайно подменили. Но эту историю ты уже знаешь.

— Еще раз — ваши требования?

— Ты должен оставить меня в покое. Я не буду обращаться в милицию, но и денег тебе платить не буду, — тихо, но твердо сказал Клименко.

— Какой ты великодушный, — улыбнулась я Олегу. — На твоем месте я бы поступила несколько иначе.

— А ты, Татьяна, я смотрю, хороший частный детектив, — проговорил Игнат. — Я тебя недооценил.

— Я не просто хороший. Я очень хороший частный детектив! Даже самый лучший в Тарасове.

— Может, ты поработаешь теперь на меня? И найдешь эти проклятые камни? Я заплачу тебе большие деньги. А?

— Нет, Игнат. Даже не уговаривай. На тебя я работать не буду. Ни за что! Человек ты ненадежный. Если так нехорошо с друзьями поступаешь, то я представляю, как ты относишься к остальным.

— Я не смогу успокоиться, пока не узнаю, где бриллианты, — сказал Хмельницкий.

— А ты в курсе, что не один за ними охотился?

— Кто же еще?

— Например, Ветров.

— Про него знаю. Это давний мой друг. Или, лучше сказать, недруг. Он всегда хотел мне насолить. Но камней у него нет, и хоть это меня радует, — со злобой в голосе процедил Хмельницкий.

— Вот и хорошо. Значит, радоваться жизни ты еще умеешь. Олег, — повернулась я к Клименко, который за весь разговор произнес только одну фразу. — Ты как? Хочешь, чтобы он тебе расписку написал?

— Нет. Я думаю, Игнат и так все понял.

— В принципе я всегда смогу сделать так, что тобой заинтересуются правоохранительные органы. Именно поэтому рисковать тебе нет смысла, — добавила я, снова обращаясь к Хмельницкому.

— Все? — Игнат встал. — Вы закончили? — Его настроение снова стало агрессивным. — Если да, то убирайтесь отсюда. Вы получили то, что хотели, теперь я хочу побыть один.

Я встала. За мной поднялся и Клименко.

— Таня, подожди меня в машине, — попросил он меня. — Я скоро буду, только парой слов еще перекинусь со своим... товарищем.

— Хорошо.

Я, довольная жизнью и собой, вышла на улицу, села в «девятку» и стала мурлыкать себе под нос песенку. Я смотрела на выглянувшее солнышко, радовалась вроде бы как устанавливавшейся погоде и тому, что теперь на самом деле больше заниматься этим дурацким делом не буду.

Тайна осталась нераскрытой. Я знала, что необъяснимая пропажа бриллиантов не даст мне спокойно спать. Особенно в первое время. Но зато почти все участники идиотской истории остались довольны. И злодей наказан. Наказан самой судьбой. Он хотел кинуть человека, а кинул сам себя. Вот и пусть теперь делает выводы. Хотя если человек таков по складу своего ума и характера, то ничто не сможет перевоспитать его. Даже мы с Олегом для него — только смешные клоуны.

Вообще, я рада, что Клименко не захотел связываться с милицией. Еще неизвестно, согласился бы Виктор давать показания или нет. Тогда бы ведь и ему несладко пришлось.

Я посмотрела на часы. Прошло минут двадцать, а то и больше, а Клименко все не возвращался. Странно, о чем они там так долго беседуют?

Я открыла дверцу, чтобы пойти посмотреть, но тут из подъезда вышел Олег. Вид у него был весь помятый, на губе и на скуле кровь, рубашка разорвана. Но какой довольный вид он имел...

— Ты замечательно выглядишь, — сказала я, сдерживая смех.

— Правда? Я нравлюсь тебе?

Неужели снова заведет песенку про любовь?

— Ладно, садись. Отвезу тебя домой, бедолага.

Клименко сел в машину.

— Ты даже не представляешь, что ты для меня сделала, — с грустинкой в глазах произнес он. — Ты спасла меня.

— Даже так?

— Да. Теперь я в долгу перед тобой.

— Ты мне должен за оставшийся день и небольшие премиальные.

— Я предлагаю устроить сегодня праздник. Мы сейчас поедем куда-нибудь и оторвемся. Не бойся, — увидел он сомнение в моих глазах, — я не буду приставать к тебе.

— Ну если так...

— Только у меня одна просьба. Не могла бы ты выключить свой сотовый телефон, чтобы никто из твоих знакомых и приятелей не мог нас потревожить? Я хочу, чтобы этот день ты провела только со мной.

— Почему нет? Ладно. Куда поедем? — Я настроилась на прекрасное продолжение дня.

— К тебе.

— Почему ко мне? — немного опешила я.

— Машину твою ставить. Сегодня кататься будем на такси.

ГЛАВА 24

Утром я проснулась часов в девять, потому что сильно захотела пить. Я встала, дошла до кухни, достала минералку из холодильника, вернулась в кровать, напилась и снова закрыла глаза. Буду валяться в постели до умопомрачения. Пока не надоест. Думаю, вполне заслужила это.

Я лежала, но спать почему-то больше не хотелось. Сдаваться я не собиралась, поэтому повернулась на другой бок и уткнулась лицом в подушку.

Вчера мы с Олегом здорово погуляли. Давно я так не отрывалась. Так как день был хорошим, теплым, то мы собрали необходимое для небольшого пикника и поехали на пляж. На остров.

Мы жарили над костром копченые колбаски, отчего они становились еще вкуснее. Мы пили замечательное красное грузинское вино. Но самое главное, Клименко на самом деле ко мне не приставал. Видно, понял, что таким образом может лишиться друга в моем лице. А с недавнего времени он именно с этой стороны меня и оценил.

Я улыбнулась, но глаза упорно не открывала. Пусть это мгновение продлится вечно. Неужели я разрулила дело?

Тут мне понадобилось покурить. Пришлось вставать. Я вышла на балкон прямо в легкой рубашке и закурила.

«Сейчас докурю и снова в постель, — подумала я. — И так весь день. Чтоб надолго отдыха хватило».

Балкон мой не выходит во двор, поэтому я не могла видеть, идет ко мне кто-нибудь или нет. Зато я это поняла, когда раздался звонок в дверь. Я решила не открывать. Но настырный посетитель не собирался уходить. Ох, лишь бы не новый клиент... Мне передохнуть денек надо.

Я пошла открывать. У моей двери с огромным свертком в руках стоял Клименко. Встретиться мы не договаривались, поэтому я очень удивилась.

— Чем обязана? — спросила я, не впуская его в дом. — И что это у тебя, такое огромное?

— Отойди с дороги, — скомандовал Олег и сделал шаг вперед.

Я удивленно насторожилась. Он прошел в комнату, положил сверток на пол и попросил меня принести нож.

— Это еще зачем?

— Неси. И накинь на себя что-нибудь более скромное и не постельное. Смотреть невозможно.

Я не могла противоречить. У меня просто сил на это не было. Я принесла нож, накинув на плечи халат.

Клименко торжественно перерезал веревку, бумага упала, и я увидела на полу люстру. Слов у меня просто не было.

— Ну как? — светился Олег. — Тебе нравится?

— Да, — пошевелила я сухим языком.

Люстра была большая и красивая. Но это не самое страшное. Она была почти точной копией той моей, разбившейся. Столько же висюлек, если не больше.

— Я старался, специально такую выбирал, — продолжал улыбаться ненавистный мне Олег.

— Симпатичная. И, наверное, дорогая?

— Уж не самая дешевая. Давай стол пододвинем, буду новую люстру вешать, — с энтузиазмом произнес Клименко.

— Может, пока не надо?.. Пусть огрызок еще повисит. Мне не мешает.

— Нет уж. Зачем в долгий ящик откладывать? Я быстро.

Мне ничего не оставалось, как предоставить Олегу действовать. Пока он занимался с люстрой — я просто не могла смотреть на это! — приготовила завтрак. Проваляться целый день в постели мне так и не удалось.

Я пила на кухне кофе и курила сигарету. И тут снова звонок в дверь. Я не знала, радоваться мне или печалиться.

Не успела я открыть, как в квартиру залетела на всех парах Ленка Француженка.

— Ну ты, Иванова, совсем обнаглела! — накинулась она на меня с порога. — Я тебе вчера вечером звонила-звонила... И сегодня тоже... У тебя что, со слухом плохо?

— Нет. Просто сотовый я еще вчера отключила, а домашний ночью, чтобы выспаться сегодня. А что?

— Ты не одна? — Лена услышала шум в комнате.

— Да. Там Клименко вешает мне новую люстру.

Подруга прошла поздороваться, потом потянула меня на кухню.

— Я тебе сейчас такое скажу... — зашептала она.

— Что?

— Позавчера я затопила соседку. Помнишь, мы с тобой выпивали, а потом воду отключили. Так вот, я забыла кран закрыть. А ночью воду дали, и... В общем, это совершенно не важно.

— Ну? — лениво спросила я. — А что же важно?

— Вчера ко мне пришли слесари трубу менять. Мне пришлось все разбирать. Они мойку снимали.

— Я не понимаю, к чему такие пикантные подробности? — Я начинала злиться.

— Дурочка! Я нашла за мойкой пачку. Вот она!

Ленка вынула из сумочки сигаретную пачку и протянула ее мне.

— О господи, она... — тихо прошептала я.

— Да, — так же тихо подтвердила подружка. — Прикинь. Она все время там лежала. И если бы не потоп, мы никогда не узнали бы об этом.

— Но как она там оказалась? — задала я глупый вопрос.

— Значит, я так хорошо ее закинула, — объяснила подруга то, о чем и так можно было догадаться.

Меня бросило в жар, потом начал бить озноб. Минут через пять я стала хохотать так, что из комнаты прибежал Клименко.

— Что за веселье? — по-деловому спросил он.

Я резко замолчала. И как теперь объяснить ему, что бриллианты нашлись? Как доказать, что мы не знали о том, что они там? А, собственно, зачем объяснять...

— Ужас, — только и смогла я произнести. — Столько людей мучились, а они... — Я посмотрела на Лену.

— И не говори! — довольно кивнула она. — Короче. — Подружка встала и подошла к Олегу. — Идешь в магазин, покупаешь белый мартини. У тебя есть закуска? — Этот вопрос предназначался мне. — Нет, — Француженка снова посмотрела на Клименко. — Все равно возьми чего-нибудь вкусненького.

— В честь какого праздника? — заулыбался Олег.

— Ты люстру повесил? — Ленка, похоже, взяла инициативу в свои руки.

— Да.

— Обмыть надо, а то висеть не будет. И давай быстрее! А потом у нас для тебя будет сюрприз.

Она буквально вытолкнула Клименко за дверь.

— Дайте хоть пакет, — закричал уже с лестницы.

— В магазине купишь, — отрезала подруга, захлопывая дверь. — Ну что? — обратилась она ко мне, когда мы остались одни. — Что с бриллиантами делать будем?

Мы высыпали на стол содержимое пачки. Ровно двенадцать штук. И переливаются так, что невозможно отвести глаза от их искрящейся красоты.

Я смотрела на камни и никак не могла сообразить, о чем спрашивает меня подруга.

— Ну? — толкнула она меня в бок.

— Красивые.

— Дурочка, я не о том тебя спрашиваю.

— А что мы с ними можем сделать? — обреченно сказала я. — Отдать. Они же нам не принадлежат.

— Вот и я туда склоняюсь, но как жалко! — заломила Ленка руки. — Их теперь ведь уже никто не ищет. Почти забыли.

— Ну не скажи, — позволила я себе с ней не согласиться. — Наверняка еще ищут. И долго искать будут. А если мы появимся где-то с ними, то потом бед не оберемся. Сейчас придет Клименко, пусть сам решает.

Мы молчали. Когда в дверь позвонили, я накрыла бриллианты салфеткой и пошла открывать.

— Что-то случилось? — Олег настороженно посмотрел на меня. — Ты какая-то обалдевшая.

— Да. Проходи.

Клименко поставил на стол сумку с продуктами и сел на табуретку.

— Говори, — кивнула я подруге.

Она с ходу рассказала ему историю, как бросила сигаретную пачку за мойку и как вчера, когда пришлось мойку снимать, коробочку с бриллиантами нашла.

— Что? Вы нашли камни? — Глаза Олега стали оченьочень большими.

— Представь себе...

Я откинула салфетку. Клименко уставился на бриллианты, потом присвистнул.

— И они все это время лежали там? — спросил он.

— И как ты догадался? — съязвила я.

— Но это так глупо...

— Это не глупо, а просто смешно! Нет, — я не могла найти нужного слова, — это просто идиотизм какой-то!

— Вы чего? — Клименко оживился. — Наоборот же, здорово!

— А мы о чем? — Я закурила сигарету.

— А чего тогда такие кислые? Ну, такую находку в самом деле обмыть надо. Только сначала давайте смотаемся к Хмельницкому.

— Куда? — Я открыла рот.

— К Игнату. Бриллианты ведь принадлежат ему. Отдадим, и пусть он ими подавится.

— Умом-то я понимаю, что это решение правильное. — Я застыла на месте. — Но вот только Игнату их отдавать так не хочется... Он бы тебе их не отдал. Вспомни, как он хотел тебя кинуть. И кинул бы, если бы нам не повезло.

— Я все понимаю, — размахивал руками Олег. — Но это дело чести. Мне чужого не надо.

— Ладно. Чего тут думать. — Я потушила сигарету. — Надо собираться и ехать. А праздновать будем потом.

— Ну уж нет, — стала сопротивляться Ленка. — Пусть сам к нам едет. Еще чего. Все ему на блюдечке принеси. Ни за что не поеду и вам не позволю!

— Она права, — обратилась я к Олегу.

— Я не против. Давай, Татьяна, звони. Только не говори сразу, в чем дело, мне хочется на его реакцию посмотреть, когда он их увидит.

Ленка принесла мне телефон. Я набрала номер. Трубку долго не брали, но потом все же ответили.

— Да, — услышала я усталый голос Игната.

— Это Иванова. — Я не стала даже здороваться. — Ты можешь ко мне сейчас приехать?

— Зачем? — после молчания спросил он.

— Это не телефонный разговор. Но очень надо.

— Разве мы вчера не обо всем с вами поговорили? Или вы решили все же...

— Хмельницкий, давай приезжай! Я тебя не съем. Это в твоих интересах.

— Какая у тебя квартира? Дом я помню.

Я назвала ему номер квартиры и отключилась.

Ждать было невыносимо. Хорошо, что Игнат приехал сразу, минут через двадцать.

Когда он вошел, то чуть не ломанулся обратно, увидев нашу компанию.

— Проходи, — я гостеприимно пригласила его. — Присаживайся. Выпить хочешь? Ой, кто это тебя так разукрасил?

Игнат был со здоровенным синяком и с распухшим глазом. И смотрел он на нас очень подозрительно. Хмельницкий никак не мог понять, для чего мы его сюда позвали, да еще и выпить предлагаем. Впрочем, он не отказался, видимо, так бороться с волнением было легче.

Мы выпили мартини. Я посмотрела на Олега, решив предоставить слово ему. Он правильно истолковал мой взгляд.

— Игнат, у нас для тебя хорошая новость. Ты только не волнуйся. Мы ведь на самом деле были с тобой друзьями. Хорошими друзьями. Я не знаю, что случилось потом, почему ты изменился, но память о том времени, когда мы вместе служили в армии, не позволяет мне обмануть тебя.

— Ну ты загнул! — не выдержала я. — Говоришь, как пишешь.

Хмельницкий сидел все так же напряженно.

— Дело в том, — продолжал Клименко, — что Лена нашла бриллианты. Вот они.

Олег высыпал на стол камушки. Игнат молча взял бутылку и налил себе еще выпить.

— Для него надо было водки купить, — сказала Лена.

— Ты можешь их забрать. — Олег выглядел очень довольным.

— И где они были? — заикаясь и запинаясь на каждом слоге, спросил Хмельницкий.

— Они были у меня. — Ленка с удовольствием пересказала историю.

— И теперь вы их мне отдаете? — удивленно спросил он и окинул нас недоверчивым взглядом.

— Да. Они ведь твои, — кивнула я. — Или нет?

— Мои. Но... как-то странно.

Игнат взял один бриллиант на ладонь. Мне показалось, что он сейчас заплачет. Но он не заплакал. Этот высокий, интересный и представительный мужчина только хлопал глазами, как ребенок, и весь дрожал.

— У меня в голове не укладывается. — Он попытался улыбнуться, но получилась гримаса.

— Ну вот, собственно, и все. Забирай их. — Олег сам разволновался.

И я поняла, что, несмотря на то что сделал ему его друг, он все равно любит его. Наверное, их на самом деле связывало что-то особенное.

— Олег. — Губы Хмельницкого дрожали. — Ты... Я так виноват перед тобой! Я... Вот, на, возьми. — И Игнат протянул Клименко один искрящийся камень.

— Зачем? — Олег не брал бриллиант.

— Как зачем? — встряла в разговор Лена. — Ты столько пережил, переволновался. И потом, если дарят, то глупо спрашивать, зачем.

— Лена, Татьяна! Я хочу, чтобы вы тоже взяли, — Хмельницкий подал и нам по камушку.

— Ну, прямо сказка какая-то получается, — Ленка не ломалась и взяла бриллиант сразу. — Спасибо.

— Тебе ведь тоже досталось, — грустно улыбнулся Игнат. — Ты в заложниках из-за них была.

Я тоже не стала сопротивляться и взяла камушек, предложенный мне. Олег все еще раздумывал.

— Олег, не обижай меня, возьми. — Игнат сам вложил бриллиант в его руку. — Так будет честно.

— Ради такого случая предлагаю всем выпить. — Ленка была на седьмом небе от счастья.

Мужчины смотрели друг на друга долгим и, видно, многозначительным взглядом.

— Я пойду. — Игнат встал. — Спасибо еще раз и до свидания.

Я встала, чтобы проводить его. Дверь за ним закрылась.

— Не ожидал такого поворота? — обратилась я к Клименко.

— Честно? Не ожидал. Возвращая ему бриллианты, я хотел как бы плюнуть ему в лицо. И теперь мне стыдно.

— Дурак, — спокойно и весело сказала Лена.

— Сейчас Игнат был тем же самым, что и раньше. Я не жалею, что так поступил. А стыдно мне, потому что думал плохо, — закончил свою мысль Клименко.

— Перестань заниматься самобичеванием, — положила я ему на плечо руку. — Ты молодец. Поступил правильно. А что ты хотел — Игнат этого ведь не знал. Но принял твой поступок достойно. Я, например, беру бриллиант с чистой совестью. Только продавать надо быстрее, а то найдутся желающие. Кстати, у меня и скупщик знакомый есть. Только к нему без милицейского сопровождения лучше не соваться. А то вмиг заложит небезызвестному нам Петру Евгеньевичу.

— А я вот не знаю, продавать его или на память оставить, — задумалась Лена.

— Знаете, я, пожалуй, тоже пойду. — Клименко встал.

— Ты люстру хорошо повесил? — засмеялась моя подруга.

— Да.

— Ну тогда иди.

Мы проводили и Клименко.

— А теперь, дорогая, мы точно отметим это дело. — Ленка подпрыгивала на месте. — Я и представить себе не могла, что мне такой подарок выпадет. Я так рада! Хоть история получилась идиотской, но вполне выгодной в конечном результате.

— И правда.

Мы сидели с ней долго. Разговаривали, смеялись, вспоминали, что и как происходило. Теперь все казалось нам смешным. Вечером Лена собралась домой.

Я стояла у двери, провожая ее, и тут в комнате что-то грохнуло. Послышался звон стекла.

— Люстра? — спросила Лена, повернувшись ко мне.

— Похоже.

— Ну вот. Жалко.

— Да она мне все равно не нравилась, — махнула я рукой.

— Тогда ладно. Ты теперь можешь позволить себе купить новую, — усмехнулась подруга и добавила: — Хоть десять!

— Это точно.

Черным по белому

ПОВЕСТЬ

ГЛАВА 1

Господи, никогда не думала, что день может так ужасно и отвратительно начаться. Что в руки ни возьмешь, все из них валится, за какое дело ни примешься, только напортачишь и все испортишь. Нет, ну, может, я встала, как говорится, не с той ноги, хотя с другой я бы при всем желании встать не смогла, учитывая то, что кровать у меня стоит вплотную к одной из стен. С какого же перепуга тогда все так резко не заладилось? Поломка машины, пробки на дороге, кошмарное происшествие, стресс...

А ведь все могло пройти и по совершенно другому сценарию. Утро бы началось с чашечки ароматного кофе, а не с булки, уплетенной всухомятку. Затем я занялась бы преображением себя, любимой, до образа едва ли не принцессы из волшебной сказки. Потом встретилась бы с одним из своих старых друзей по школе, с которым меня случайно свела судьба и который пригласил меня пойти вместе с ним на бракосочетание своего друга Лапина Станислава Станиславовича, посчитав, что одному ему там будет скучно и неинтересно, а в паре со мной, такой красивой, как раз наоборот. И вообще, убеждал он меня, уговаривая согласиться сопровождать его, только тогда праздник удастся.

Удался, как же... Я даже представить себя на месте счастливой невесты не смогла, тем более что ее почти и не видела, то есть видеть-то видела, но в таком, простите за тавтологию, виде, какого себе бы никак не пожелала. Так что и середина дня у меня выдалась на редкость мерзкой, под стать его началу. Однако я немного поспешила — заговорив о самом празднике, перескочила через несколько малоприятных инцидентов. А в данный момент я стояла среди массы истерично ревущего народа и проклинала себя за то, что не послушалась предостережений судьбы и все же поперлась на свадьбу. Чувствовала же, что ничего хорошего из этого не выйдет, и все же согласилась пойти, как будто мне больше нечем себя занять. Вот и результат: лишние проблемы на мою голову...

Впрочем, я опять-таки забежала вперед, а надо бы рассказать все так, как оно и было, с самого начала и по порядку. И начну как раз с того момента, с какого все и началось для меня, частного детектива с многолетним стажем, Татьяны Александровны Ивановой.

Момент этот ненавистен мне с детства, так как я просто патологически не переношу будильники, но все же вынуждена ими пользоваться, потому что без их помощи просыпаться так и не научилась. Я вообще люблю понежиться в теплой постельке и вставать лишь тогда, когда она начнет мне надоедать. Так вот на сей раз все утро испортил будильник. Он зажужжал мне в ухо так противно, что я резко проснулась и на ощупь стала искать кнопку, этого монстра отключающую.

«Черт, нужно купить где-нибудь на рынке будильник старого образца. У него, по крайней мере, кнопка отключения прямо сверху находится, достаточно ладонью стукнуть, и мучительный грохот прекращается, — в который раз подумала я, с трудом полуупав и сдвинув в нужную сторону рычажок. Будильник заткнулся, и я снова откинулась на подушку. — Опять утро, снова утро... — навязчиво вертелось у меня в голове. — И почему только день начинается именно с утра, а не, скажем, с обеда, когда уже полностью выспишься и просто невмоготу становится глядеть в потолок? Кто это придумал? Явно кто-то из разряда тех, у кого бессонница, потому что нормальному человеку такая идея даже и в голову бы не пришла. Э-эх!»

Я вздохнула и несколько минут просто полежала, ни о чем не думая. Затем опомнилась: вроде бы у меня на сегодня были запланированы какие-то дела, не зря же я завела проклятущий будильник. И я стала вспоминать, какие именно дела и нельзя ли их как-нибудь отложить на более позднее время. Оказалось, что отложить нельзя, так как я приглашена на свадьбу. Согласилась я на нее пойти потому, что уже и не знаю, когда я в последний раз наблюдала за созданием новой молодой семьи и поднимала бокал с шампанским за ее здоровье. Опоздавших же в загсе ждать никто не станет, это всем известно, вот мне и пришлось сделать над собой усилие и встать с постели.

Опустив ноги на пол, я решительно тряхнула головой,

отгоняя последние сонные наваждения, и потянулась к халату, висевшему на стуле. Прибрав к рукам незатейливую одежку, я накинула ее на себя, запахнулась, подпоясалась поясом и пошла к двери. Вяло дотопав до кухни, я открыла дверцу висящего на стене шкафчика, достала из него металлическую баночку, в которой хранился кофе, открыла ее и потрясла над кофемолкой. На дно последней высыпались всего какие-то три жалкие крошки, являющиеся остатками зерен кофе. И больше ничего.

«Вот черт! — отставляя баночку в сторону, снова выругалась я, только сейчас вспомнив, что вчера вечером окончательно опустошила все свои запасы кофе, а сходить за ним в магазин поленилась. Сейчас же было еще слишком рано, и ни один из ближайших супермаркетов не успел открыться. — Что же делать?» — спросила я себя, чувствуя урчание желудка.

Единственным вариантом, пришедшим в голову, было выпить чашку чая или растворимого кофе, так как и то, и другое у меня имелось в предостаточном количестве на тот случай, если нагрянут какие-нибудь гости и пожелают совсем не то, что нравится мне, то есть не кофе, а как раз чай. Припомнив вкус этих двух напитков, я с отвращением поморщилась и поняла, что просто не смогу проглотить даже глотка любого из этих так называемых тонизирующих средств. Лучше уж совсем ничего, чем всякая ерунда.

Нет, не подумайте, что я совсем не пью чай или растворимый кофе. Пью, конечно, но... только в гостях, если ничего другого не предлагают. Сама же считаю растворимый кофе полнейшим суррогатом и химией, а чай — крашеной водой, а потому предпочитаю покупать только натуральные кофейные зерна, затем сама их размалываю в кофемолке и варю в джезве любимый ароматный напиток. Уж на что, на что, а на кофе, чудесное средство, поднимающее мне настроение и наполняющее силами, я никогда денег не жалела и жалеть не буду.

Поняв, что с кофе сегодня ничего не выйдет, я достала из хлебницы завалявшуюся в ней булочку-рогалик и принялась ее уплетать всухомятку, стараясь таким образом хоть ненадолго утолить голод. Позднее ведь все равно попаду в кафе, там и поем, причем чего-нибудь вкусненького. А уж полчаса-то до кафе как-нибудь выдержу, не столько еще ждать приходилось.

Когда с булочкой было покончено, я перебралась в зал и занялась облачением в заранее приготовленное нежно-голубое длинное платье с симпатичным вырезом на груди и высоким разрезом сбоку, открывающим для обзора мою прелестную ножку до бедра. С этим мне повезло и никаких проблем не возникло. Зато вот с запланированной супермодной прической ничего не получилось. Обещавшая прийти перед отправлением на работу Светка-парикмахерша позвонила и сказала, что не сможет, так как ее старенькой соседке только что стало плохо, она вызвала «Скорую» и теперь сидит возле этой бабушки, дожидаясь приезда медиков.

Ничего не оставалось, как мудрить с волосами самой. Порядком нанервничавшись, я все же смогла уложить их в некоторое подобие извилистой «ракушки», оставила «локон страсти» у виска и закрепила все это сооружение большим количеством шпилек и залила лаком. Потом поработала над макияжем, решила, что выгляжу просто восхитительно, и торопливо покинула свою квартиру, отправившись к машине. Времени оставалось в обрез, поэтому, быстро юркнув за руль своей бежевой «девяточки», я завела ее и надавила на газ.

Но не тут-то было! Не проехав и двух метров, моя машина вдруг взяла и заглохла, напрочь перестав подавать хоть какие-то признаки жизни.

«Только этого мне сейчас и не хватает! — раздраженно вспыхнула я. — Что с ней случилось-то? Вчера ездила нормально, а сегодня ни с того ни с сего бунтует».

Чтобы разобраться в причинах такого поведения машины, пришлось ее покинуть, открыть капот и начать созерцать ее внутренности. Наклоняться низко над масляными деталями в красивом платье я, конечно, не могла, а потому еще больше разозлилась. Хорошо, что из нашего же подъезда вышел мой пожилой сосед, живший этажом ниже. У него тоже есть машина — темно-синий «жигуленок» неизвестно какого года выпуска, но все еще как-то ездящий. Этого соседа я и окликнула:

— Федор Владимирович, вас не затруднит помочь мне найти неполадку в машине?

— Помогу, о чем разговор, — улыбнувшись, ответил сосед и неторопливой походкой направился ко мне.

Шел он очень медленно, но вовсе не потому, что не желал помогать, а по причине недавнего перелома ноги.

Кость срослась, но вот хромота так и осталась, и ничего с ней уже не поделаешь. Это ведь у молодых все очень быстро заживает, как говорится, до свадьбы, а у пожилого организма таких возможностей для регенерации уже нет.

— А что случилось-то? Аккумулятор сдох или еще чего? — полюбопытствовал сосед, подойдя совсем близко.

— Не знаю, — честно призналась я, освобождая место у капота. — Просто заглохла и больше не заводится. А мне через час надо в загсе Трубного района быть, на свадьбе.

— Свадьба — это хорошо, — с некоторой грустью вздохнул сосед. — Помню свою свадьбу... Как мы тогда гуляли, как веселились! Тогда ведь не было всех этих центров музыкальных и магнитол, как сейчас, так мы под баян, под гитару... Да так отплясывали... сейчас подобного и не увидишь.

— Представляю, — натянуто улыбнулась я, нервничая от того, что Федор Владимирович ударился в воспоминания о былом и совсем позабыл о моей машине. Пришлось ему напомнить о просьбе: — Так вы посмотрите, что с моей «девяточкой»? Может, можно починить?

— Ах да, машина... — спохватился сосед. — Сейчас, сейчас, разберемся.

Сказав это, Федор Владимирович Московин, прозванный старушками Федотом, непонятно, правда, почему, погрузился в изучение мотора моей машины. Ковыряясь во всяких там железках и проводах, он что-то бурчал себе под нос и то и дело мотал головой.

— Ну что там? — не сдержавшись, спросила я, заглядывая через плечо соседа туда же, но все равно ничего не видя и не понимая.

— Плохо дело, девочка, — повернувшись ко мне, ответил Московин. — Тут за час не управиться. Ты, видно, давно машину не проверяла и не ремонтировала, — я кивнула, а Федор Владимирович продолжил: — Масло течет, аккумулятор почти сел, свечи все в нагаре. Дел, одним словом, невпроворот. Я бы тебе посоветовал ее в автомастерскую отдать, сама не сделаешь, — дал совет мужчина. И тут же добавил: — Ну ладно, я пойду, а то жена дрожжи ждет, а я все никак не донесу. Так пирогов и к обеду не дождусь.

— Спасибо, — поблагодарила я соседа, а как только он отошел, раздраженно пнула свою машину ногой по колесу и тяжело вздохнула: — Угораздило же тебя сломаться именно сегодня. Раньше, что ли, не могла?

Правда, потом быстро успокоилась и стала думать, каким же образом доехать до нужного мне места. Без машины добираться до самого отдаленного от центра загса затруднительно — общественный транспорт я не переношу, а просить доставить меня туда кого-то из знакомых было не слишком удобно, поскольку все нормальные люди в пятницу работают, а я-то собиралась отдыхать. Оставалось одно: вызвать такси.

Я достала из сумочки сотовый телефон и, набрав известный мне номер службы вызова такси, произнесла:

— Я бы хотела заказать машину.

— Назовите адрес, — вежливо попросила девушка-оператор, по всей видимости, приготовившись записывать.

Я начала диктовать адрес, но едва назвала улицу, как девушка меня перебила и виноватым тоном произнесла:

— К сожалению, в данный момент мы не сможем выполнить ваш заказ. Просим нас извинить.

— Как это не можете? — удивилась я.

— Дело в том, — стала объяснять девушка, — что в настоящий момент все подъезды к вашей улице перекрыты из-за проходящего в городе парада в честь Дня Победы.

— Но ведь сегодня только восьмое мая, — удивилась я.

— Верно, — согласилась та. — Но завтра официальная часть будет проходить на Соколовой горе, поэтому парад решено было сделать сегодня. Вы разве об этом не слышали?

— Нет, не слышала, — призналась я. А потом сразу спросила: — Как же мне тогда добираться?

— Только автобусом, их хоть кое-где пропускают, — вздохнув, сказала все та же операторша. — Или перезвоните нам через три-четыре часа, парад как раз закончится и транспорт пустят по центральным улицам.

— Через три часа? Но мне нужно быть в загсе уже через полчаса! — возмутилась я.

— Увы, ничем не могу вам помочь, — ответила мне девица и сразу отключилась, посчитав, видно, что сказала мне все, что могла, и больше разговаривать со мной не о чем.

Я едва не разразилась бранью от злости, что ничего не выходит и что на мою голову кучей свалились все возможные неприятности разом, однако все же сумела сдержать себя и не поддалась некрасивому порыву. Но я не из тех, кто при первом препятствии отступает, а потому моментально выудила из глубины своей души такое замечательное качество, как упрямство, и решила, что во что бы то ни стало доберусь до загса к сроку. Иначе я — это не я.

Захлопнув капот и заперев сломавшуюся машину, я уверенно зашагала к остановке. На удивление, автобус нужного маршрута подошел быстро. Народу в нем было не очень много, так что никто слишком уж сильно ко мне не прижимался и не обдавал меня противным запахом своего потного тела. Это радовало, но недолго, так как уже через одну остановку я поняла, что имела в виду операторша, когда сказала, что до меня такси просто не доберется.

Представьте себе: восьмое мая, пятница, обычное утро рабочего дня, все спешат на работу. Но не тут-то было — местные власти устроили парад на главной улице города, демонстрируя зевакам всякого рода свежеокрашенную военную технику, впереди которой вышагивали под музыку мальчишки в форме и в белых перчаточках. Зрелище должно было быть ошеломляющим, если бы не одно «но», носящее название «пробка». Не знаю уж, кто там следил за парадом, но мне лично пришлось любоваться на стихийно возникший парад автомобилей города Тарасова, когда дряхленькие «копейки» стояли бок о бок с лоснящимися блеском джипами и «Тойотами», а от души улыбающиеся пассажиры дружно вышагивали по тротуару, поняв, что иного способа попасть на работу просто нет.

Нет, пробки для нашего почти миллионного городка, конечно, дело привычное, но такая на моем веку была впервые. Ее и пробкой-то называть сложно — скорее забитая транспортом труба, и не прямая, а с мелкими отводами, отходящими от основной во все возможные стороны.

«Интересно, кто придумал устраивать парад восьмого числа, в рабочий день, да еще и в самый час пик, когда даже при наилучшем стечении обстоятельств добраться до места работы без осложнений не представляется возможным? — спросила я сама себя, уже приходя к выводу, что все равно опоздаю на бракосочетание, а идти пешком такое расстояние глупо, да к тому же и бессмысленно. А потом сама же и ответила: — Конечно, наша власть, которой ни до кого из жителей никакого дела нет». Ну просто смешно, для кого вообще организовывался парад, если попасть в назначенное место не смогли не только ветераны, но и родители с детьми, которых зрелище всякой там техники только и могло бы привести в восторг? Оставалось лишь догадываться об ответе на сей вопрос.

Усмехнувшись своим собственным мыслям, я вздохнула и принялась наблюдать за пассажирами, давно привыкшими к премудростям властей и носа из-за таких пустяков не вешающими, а даже, наоборот, становящимися веселее обычного. Большинство из них, так же, как и я в первые несколько минут, озабоченно вздыхали и пытались решить, выйти из автобуса сразу или немного подождать. Чуть позже, когда этот вопрос уже не ставился, пассажиры принялись звонить на работу по сотовым и предупреждать, что раньше чем через час их можно не ждать.

— Сразу говорите, что и через два тоже не прибудете, — услышав, о чем идет речь, бросил свое замечание шофер и хитровато подмигнул мне в зеркало, через которое его хорошо было видно. — Пока доберемся до конечной, можно будет с полным салоном в обратку ехать, как раз пора будет с работы домой возвращаться.

— А если надо в Трубный район? — решила полюбопытствовать я.

И в ответ услышала:

— Так это после праздников.

— Я на свадьбу опаздываю, — встав с сиденья и подойдя к шоферу, объяснила ситуацию я. — Очень нужно, понимаете?

— Понимаю, — кивнул веселого вида мужчина с торчащими в разные стороны усиками. Эти самые усики слегка делали его похожим на казачка из кинофильмов про боевых вояк. Ему бы бурку на плечи да соответствующий убор на голову, и был бы самый что ни на есть казак. — Попробуем прорваться, — пообещал водила и стал заводить заглушенный ранее мотор автобуса.

— Прямо как в годы Великой Отечественной, — подурацки пошутил сидящий рядом кондуктор, паренек лет двадцати. Он был одет в светлую майку, представляющую собой одно большое решето, — всю в дырочках. Таким образом он, вероятно, пытался устроить проветривание своего организма, только уж не знаю, насколько ему это помогало спастись от жары, навалившейся на город с раннего утра.

После моей просьбы уставший торчать на одном месте шофер действительно пытался вывести автобус из пробки окольными путями. Он выпроводил кондуктора искать дорогу, а сам медленными рывками стал направлять машину туда, куда тот ему показывал. Сначала получалось вроде бы вполне удачно: медленно, но уверенно мы все же ехали, не важно, что объездными путями и делая большой крюк. Я даже начала надеяться, что застану хоть какую-то часть регистрации. Зря надеялась. Раз мне не везло с самого утра, можно было догадаться, что что-нибудь да случится. Случилось — автобус уперся в низко установленный рекламный щит, возникший поперек дороги. Дальше ехать было нельзя, не свалив эту мерзость с пути.

— Ну вот и все, — усмехнулся шофер, облокотившись на руль обеими руками. — Ничего не выйдет. Был бы автобус пониже или щит повыше, тогда бы проехали.

— А что, если попробовать сделать из автобуса летний вариант — кабриолет, коли иначе не выходит? — предложил один из сидящих позади меня молодых парней, до этого момента все как-то больше дремавший. — Нас тут немало, сила есть, заняться нечем, так что вмиг крышу отломаем.

Остальные пассажиры дружно засмеялись, но шофер шутку не одобрил, сказав, что машина не его и он не позволит портить автобус. Люди снова стали выходить — ждать неизвестно чего наш народ не привык. Я осталась в салоне, не видя смысла идти пешком.

— М-да, похоже, наше правительство наконец-то позаботилось о том, чтобы привлечь к занятиям спортивной ходьбой половину населения, — произнесла я вслух через пару минут, чтобы хоть как-то подбодрить оставшихся, да и саму себя тоже.

Ответной реакции не последовало, потому как все просто изнемогали от усталости, жары и бездействия. Теперь уже и я сникла и расстроенно вздохнула. Тут автобус вдруг дернулся, и шофер сообщил, что кондуктор нашел новый выезд и он делает еще одну попытку.

Не стану рассказывать о том, как муторно и долго мы выбирались из этой пробки, как объезжали заполоненные машинами дороги какими-то задворками, по совершенно лишенным асфальта дорогам. Главное, что в конце концов наш кондуктор вывел нас на нужное место, и все радостно стали выгружаться, громко благодаря предприимчивую команду автобуса. Я тоже вышла, а вскоре дождалась другого автобуса, движущегося в сторону Трубного района, и села в него. Благодаря тому, что в этой отдаленной от центра части города ничего не перекрывали, я доехала до нужной остановки очень быстро и почти бегом ринулась в сторону загса, располагавшегося за несколькими домами, прямо напротив парка.

«Вот-вот, еще несколько шагов, и я буду на месте, — подбадривала я сама себя, преодолевая парк и уже едва дыша от слишком быстрой ходьбы. — Вон уже и крыша загса видна, вон пестреют яркие платья гостей...» Только какие-то странные оттуда звуки доносились. Не смех, а что-то скорее напоминающее плач...

В одно мгновение на душе стало жутко, и я интуитивно почувствовала: что-то случилось. Стараясь не поддаваться упадническому настроению, тем более что ничего еще толком не зная, я предположила, что, возможно, просто запаздывает кто-то из молодых и гости в панике. Но мой внутренний голосок не дал соврать самой себе и метко заметил: «Ты не в Америке. У нас жених сначала невесту выкупает, а только затем везет ее в загс, так что отдельно прибыть сюда они никак не могли».

Замечание оказалось очень правильным, и мне пришлось его признать. О том же, что еще плохого могло случиться, я заставила себя не думать, прекрасно зная, что ничего хорошего после столь нелегкого пути в мою голову не придет, а стресс раньше времени мне ни к чему. Да и вполне может оказаться, что проблема и репы пареной не стоит.

Торопливым шагом покинув территорию парка, я с улыбкой на устах и гордо поднятой головой шагнула в сторону загса. И заранее начала готовиться к тому, что сейчас придется извиняться перед Александром Хопиновым, своим другом и бывшим одноклассником, за опоздание, пусть даже и вынужденное.

Извиняться не пришлось. Буквально в следующую

минуту я замерла на дороге, понимая, что все мои самые худшие мысли, оставленные «на потом», сейчас, по всей видимости, найдут реальное подтверждение. Вокруг крыльца загса толпилось множество народу, причем как приглашенного, так и случайно проходящего мимо. Гости рыдали навзрыд, остальные озадаченно качали головами и тихо перешептывались. А на самом возвышении перед дверью мельтешили сотрудники милиции, что-то тщательно осматривающие и изучающие. Чуть в стороне, среди парадно украшенных машин, виднелась «Скорая помощь», возле которой стояли несколько медбратьев с весьма задумчивым видом.

Совершенно ничего не понимая, я торопливо собрала подол своего платья и кинулась к толпе, надеясь отыскать в ней единственного человека, которого знала, а именно Александра Хопинова — того, кто меня сюда пригласил. На мое счастье, Саша попался мне на глаза почти сразу: он стоял, прислонившись к одной из по-свадебному украшенных машин, и нервно кусал нижнюю губу. Эта привычка была у него с детства, и отделаться от нее он так и не сумел, несмотря на то, что она очень сильно мешала ему по жизни, так как из-за нее скрыть свою нервозность от посторонних глаз ему никогда не удавалось.

— Саша, что тут произошло? Почему здесь милиция, «Скорая»? Где молодые? — налетела я на своего одноклассника.

— Молодые... — как в бреду, повторил Александр и, чтобы скрыть слезы, торопливо отвернулся от меня.

— Да что тут происходит? — стараясь сдерживать себя и не закричать слишком громко, раздраженно повторила я и дернула Хопинова за рукав. — Ты можешь мне нормально объяснить? Что тут случилось?

— Погибли молодые, — не поворачиваясь, ответил мне Александр. — Взорвались, выходя из здания загса.

— Как взорвались? Как погибли? — не могла поверить в услышанное я, но все же кинула взгляд в сторону дверей загса и только сейчас заметила, что вся поверхность крыльца забрызгана ярко-алыми пятнами крови. — О господи! — невольно вырвалось у меня, и я торопливо отвернулась, не в силах видеть это зрелище. Такого поворота событий даже я себе представить не могла.

Хопинов же как в бреду добавил:

— Старики говорят, этого стоило ожидать, ведь свадьба устроена в мае. А май, значит, «маяться». Вот они и... отмаялись.

Чтобы прийти в себя после увиденного и отогнать прочь мысли о том, что все это могло случиться прямо у меня на глазах, если бы я прибыла вовремя, а не с опозданием на полчаса, мне потребовалось несколько минут. Только после этого я смогла задать новый вопрос, обращаясь опять же к своему бывшему однокласснику:

— Но как... как такое могло произойти? Откуда на крыльце загса могла взяться бомба?

— Не на крыльце, она была в телефоне, — все тем же убитым голосом объяснил мне Александр, а потом предложил: — Давай отойдем куда-нибудь подальше, я больше не могу на все это смотреть.

Я согласилась, и мы медленно побрели к парку. Там сели на первую попавшуюся деревянную лавочку, я достала из сумочки пачку с сигаретами и предложила закурить Хопинову. Александр не стал отказываться, трясущимися руками взял сигарету и прикурил от своей зажигалки. Несколько глубоких затяжек вернули его к жизни и дали возможность хоть немного прийти в себя. Хотя я подозревала, что жуткая картина происшествия еще долго будет стоять перед глазами парня.

Выждав несколько минут, я теплила надежду, что Александр сам предпримет попытку мне рассказать, и поняв, что этого не случится, я осторожно попросила:

— Саш, расскажи, что и как произошло? Понимаю, сейчас тебе очень тяжело, но...

— Ты возьмешься за расследование этого дела? — непонятно почему, вдруг спросил Александр, не дослушав меня.

— Я еще ничего такого не думала, — честно призналась я и внимательно посмотрела на старого знакомого. — А почему ты спрашиваешь?

— Просто я тут подумал, что ты могла бы помочь обеим семьям найти виновного. Ты же частный детектив, причем хороший, — объяснил причину своего предложения Хопинов. — Не верится мне, что милиция сумеет разобраться с этим делом. Я хорошо знал жениха... он был моим другом... я просто не могу допустить, чтобы преступление осталось нераскрытым. Слушай, разве тебе не жалко молодые загубленные жизни? Впрочем, тебя не было в тот момент, когда все случилось... Нужно было видеть, как тела молодых... — Александр тяжело сглотнул, — как их разбросало в стороны, как кровь брызнула... как забились в истерике родители, а некоторые гости попадали в обморок...

Александр всхлипнул и утер рукой снова выступившие на глазах слезы, которых на сей раз он уже не скрывал. А потом он добавил:

— Я думал, умру, когда все это увидел. У меня до сих пор все внутри сотрясается, а что уж говорить о женщинах. Половину из них на «Скорой» отвезли в ближайшую больницу, другие глотают успокоительное в своих машинах. Такой ужас!

— Да, очень страшно, — согласилась я, понимая, что Александр прав и что мне стоило бы предложить свою помощь самой, несмотря на то, что я опоздала.

Я, конечно, человек совершенно посторонний, никого из присутствующих не знаю, кроме жениха, с которым пару дней назад меня познакомил Хопинов. Тогда-то я и была приглашена на свадьбу. На милицию и в самом деле в подобных случаях слишком уж большой надежды нет, а обратиться к частному детективу родственники не скоро соберутся. А когда надумают, большая часть следов будет стерта и уже сложно будет разобраться совсем. Я же волею судьбы оказалась на месте происшествия и могла попытаться помочь. Не из-за денег, в которых последнее время у меня острого недостатка не было, а из солидарности и уважения к памяти двух невинных молодых людей.

— Знаешь, наверное, ты прав, — немного подумав, произнесла я. — Работы у меня сейчас срочной нет, так что я могла бы попробовать...

— Ты чудо, Танечка, — не дослушав, крепко обнял меня Хопинов. — Я знал, что ты не эгоистка и сможешь понять чужое горе. Что касается денег, я сам тебе могу немного дать, ту часть, что планировал подарить сегодня молодым. Ну и еще немного подкину, а если понадобится больше, обращусь к родственникам. Думаю, они поймут и...

— Насчет денег не переживай, — решительно перебила я парня. — Я не всегда работаю только ради них, хотя и не считаю, что предложенное будет лишним. В данной же ситуации я просто не могу их у тебя принять, это было бы не слишком красиво, согласись?

— В общем, да, — натянуто улыбнулся Александр. Потом еще раз обнял и по-дружески чмокнул меня в лоб, сказав при этом: — Я рад, что ты не изменилась и все такая же отзывчивая, как и раньше.

Мы с Александром с пару минут помолчали, думая каждый о своем, а затем я принялась расспрашивать его.

— Расскажи по порядку, как все случилось? — в первую очередь попросила я. — Сам понимаешь, теперь для меня это очень важно. Других гостей беспокоить я пока не могу, да и вряд ли они способны трезво мыслить в данной ситуации.

Александр кивнул и начал пересказывать события прошедшего часа. Я внимательно слушала, едва сдерживаясь, чтобы не прослезиться.

— Когда мы приехали в загс, ничего подозрительного никто не заметил. Бракосочетание прошло по первому классу, все было так, как и положено: музыка, слова поздравлений, клятва верности, обмен кольцами. Одним словом — все, как и обычно, — пояснил Хопинов и, глубоко вздохнув, приготовился переходить к описанию самых страшных событий.

Рассказ давался ему нелегко, и я это чувствовала, но Александр все же держался и старался не пропускать наиболее важных деталей, понимая, что они могут быть очень нужны.

— Затем, — продолжил Хопинов, — после торжественной части все гости вышли на улицу и стали рассаживаться по машинам, а жених с невестой... — При воспоминании о них Александр мгновенно погрустнел больше прежнего, но сумел собраться и продолжить: — Они решили сфотографироваться на крыльце загса и остались на нем вдвоем, третьим был фотограф. Я в тот момент как раз открыл дверцу машины и посмотрел на пару, искренне радуясь за них. И тут вдруг прогремел взрыв и... В общем, ты сама понимаешь.

Александр попросил у меня еще одну сигарету и, закурив, добавил:

— Взрыв произошел, когда у жениха зазвонил сотовый телефон. Молодые упали замертво. Фотографа потом увезли на «Скорой» с несколькими ранениями. М-да... кто-то сделал хороший свадебный подарок.

— А их самих, я имею в виду жениха с невестой, уже отправили в морг? — поинтересовалась я, впрочем, и сама догадываясь об ответе.

Хопинов ничего не сказал, только кивнул. Я же немного подумала и снова спросила:

— Родители или другие родственники жениха не догадались, чьих рук это могло быть дело? Ведь по всему видно — убийство заказное и заранее хорошо спланированное, а не спонтанное происшествие. Наверняка кто-нибудь догадывается, кто и почему мог такое устроить.

— Что ты, какое там! — отмахнулся Александр. — Родственники и тем более родители теперь вообще не скоро разговаривать способны будут. Их даже милиция не расспрашивает ни о чем, видя, в каком истерическом состоянии они все находятся... Особенно женщины, — добавил через секунду Хопинов. — Мать и отец Стаса, наверное, лет на двадцать постарели, ведь потерять сына в день его свадьбы... страшнее не бывает на свете.

Я вздохнула. Прежде чем задать новый вопрос, взяла руку Александра в свою, слегка сжала ее и спросила:

— А ты как думаешь, чья это работа? Ты ведь был другом жениха, а значит, тоже мог знать, какие у него имелись враги.

— К сожалению, мы с ним не очень долго были знакомы, — откликнулся Александр, потушив ногой окурок второй выкуренной сигареты. — Чуть больше года. Встречались не часто, так как оба люди занятые. И встречи наши были не такими, чтобы он стал жаловаться на кого-то или рассказывать о врагах.

— Ну что ж... — кивнула я и задумалась над тем, каким образом можно выяснить что-то еще о жизни жениха и невесты — Станислава Лапина и Алены Скрябиной.

Я прекрасно понимала, что в настоящий момент пообщаться с кем-то из более близких друзей и родственников не удастся, учитывая их душевное состояние. Иного же способа прояснить ситуацию пока не было, а значит, следовало хоть немного подождать, когда большинство свидетелей оправится от пережитого, и лишь затем заняться опросом.

Господи, как же я не люблю ожидания! Они для меня

всегда страшнее всего на свете. Правильно говорит наш умный народ: «лучше убегать и догонять, нежели лежать и ожидать». Хотя, по-моему, эта поговорка звучит немного иначе, но в моем варианте она мне больше нравится.

Не желая тратить время на бесполезные посиделки, я повернулась к Александру и произнесла:

— Пожалуй, мне стоит наведаться на место преступления. Вдруг удастся выяснить какие-то подробности. Ты со мной?

— Прости, но я предпочту остаться тут, — отказался от предложения сопровождать меня Хопинов. — Иди одна, я тебя тут подожду.

— Хорошо, — не стала настаивать я и, встав с лавочки, направилась назад, к злополучному загсу.

Подойдя к нему, я увидела, что народа меньше не стало, а напротив, собралось еще больше прохожих и зевак — в основном по соседству живущих бабулек-сплетниц, с интересом наблюдавших за действиями милиции. Они-то как раз больше всех и обсуждали случившееся, то и дело охая и вздыхая, задавая друг другу вопросы и выдвигая всевозможные версии, кто кого и за что убил. Приглашенные же на свадьбу гости и родственники, причем больше мужского пола, пока еще тоже толпились возле загса, пытаясь выудить из сновавших туда-сюда милиционеров хоть какие-то сведения. Они, видно, считали своим долгом узнать всю правду и донести ее до своих жен, а также до родителей погибшей пары.

Просочившись сквозь толпу, я остановилась у ментовского ограждения и снова посмотрела на место взрыва. Сейчас оно выглядело уже не так ужасно. Кровь застыла и превратилась в грязно-коричневые пятна, несколько кусков ткани от платья невесты и костюма жениха гоняло ветерком по ступеням, а все остальное, что могло бы напугать прохожих, уже давно отсутствовало благодаря быстрым действиям криминалистов и работников морга.

Я вздохнула. Какая же все-таки мерзкая середина дня у меня выдалась сегодня. Свадьба обернулась трагедией, а потому в данный момент я и стояла среди массы расстроенного и убитого горем народа и проклинала себя за то, что не послушалась предостережений судьбы. Вот и результат: лишние проблемы на мою беспокойную голову.

* * *

Покрутившись на месте преступления какое-то время, но так и не выяснив ничего нового, я отправила Хопинова домой, а сама поехала в отдел к Владимиру Сергеевичу Кирьянову, решив переговорить с ним и узнать все о странной взрывчатке, способной уместиться в обычном сотовом телефоне, таком же, какой есть у меня и у половины населения нашего милого Тарасова. Хотя, может быть, телефон тут был совсем даже ни при чем и взорвалось что-то другое, подброшенное, например, в карман жениха или ему под ноги. В любом случае я хотела знать, с чем имею дело и что мне вообще следует искать.

Подойдя к одному из присутствовавших на месте преступления мужчин, имеющих собственную автомашину, я кратко объяснила ему, что собираюсь сделать, и попросила помочь. Мужчина, оказавшийся дядей Станислава Лапина, не задумываясь согласился и мигом доставил меня к месту назначения. Я поблагодарила его за помощь и отправила назад, к загсу, в то время как сама пошла к центральному входу в отдел милиции.

Вскоре я уже сидела перед подполковником милиции и моим старинным другом Владимиром Сергеевичем Кирьяновым, которого звала попросту Кирей. С ним меня связывало очень многое, как, впрочем, и его со мной: мы часто помогали друг другу, благодаря чему Киря теперь имел погоны подполковника, а я с его помощью зарабатывала приличные денежки и была очень известным в Тарасове частным детективом. Согласитесь, взаимовыгодное сотрудничество.

— Володя, помогай, — плюхнувшись на единственный свободный от бумаг и папок стул в кабинете Кири, тяжело вздохнула я. Потом облокотилась на стол и добавила: — Опять без тебя ничего не выходит.

— Это комплимент, — расплылся в улыбке Володька, удовлетворенно почесывая кончик носа.

— Считай, что так, — согласилась я и уточнила: — Так что, поможешь?

— Ты сначала объясни, что стряслось и что нужно, — приостановил мою попытку сразу перескочить к главному Киря. — Давай-ка с самого начала и по порядку, а там уж подумаем, что делать и как быть.

— Хорошо, — кивнула я и сразу приступила к объяснению, начав, по женскому обыкновению с вопроса: — Слышал о сегодняшнем происшествии у загса, что в Трубном районе?

— Это о взрыве, что ли? — моментально сосредоточился Киря.

— Да, о нем. Я только что оттуда.

— А что ты там делала? — не дал продолжить мне Володька. — Только не говори, что предчувствовала совершение преступления, а потому решила поприсутствовать при нем лично, чтобы потом взяться за дело. У тебя, конечно, отменная интуиция, но не до такой же степени.

— Собиралась на свадьбе погулять, — разочарованно вздохнула я, отведя взгляд в сторону. — Думала, оторвусь по полной, повеселюсь, а тут вон как все вышло. Впрочем, я самого взрыва и не видела, опоздала на бракосочетание из-за этой чертовой пробки и парада. Но дело не в том, — решительно отодвинула я на второй план все сказанное. — Тот человек, который пригласил меня пойти на свадьбу, мой одноклассник и друг Саша Хопинов. Он-то и попросил меня заняться расследованием, а я согласилась. Не смогла отказать, тем более что сама уже познакомилась с женихом, да и...

— Понимаю, — кивнул Кирьянов. — Из чувства сострадания. Это правильно. Только не совсем понимаю, чего ты от меня хочешь? Я этим делом не занимаюсь — не мой участок. Так что извини, но помочь вряд ли чем могу.

— Знаю. Но я не за тем приехала, чтобы ты рассказал о том, что накопали твои коллеги. С ними я уже побеседовала там, на месте. Они говорят, что ясно пока лишь одно: убийство наверняка заказное. Больше они пока ничего не выяснили. Я же хочу разобраться с самим взрывным устройством, которое было помещено в телефон жениха, потому и приехала к тебе.

— А я что, похож на подрывника? — попытался пошутить Киря, не совсем поняв еще, что я имею в виду.

— Нет, не похож. Но ты можешь устроить мне встречу с вашим техником. Или как там его еще называют? В общем, с тем человеком, который может меня проконсультировать по поводу изготовления взрывчатых устройств, — более точно пояснила я. — Можешь ведь?

— Попробую. Подождешь минутку? — И как только я

согласно кивнула, Киря снял со своего рабочего телефона трубку и стал куда-то звонить.

Мне ничего не оставалось, как ждать. Как только трубку сняли, Володька попросил пригласить к нему в кабинет Михаила Максимовича Проклова. А пока тот шел к нам, объяснил мне:

— Миша — лучший из известных мне специалистов в области взрывчатых веществ. Он прекрасно разбирается в радиоприборах, электротехнике, в химии, ну, и, соответственно, в физике. У нас работает давно, так что ему доверять можно. Человек он общительный, расскажет все, что попросишь.

— Это хорошо, — кивнула я и снова вздохнула, прикидывая в уме, какие вопросы сейчас стоит задать.

Через несколько минут появился и сам специалист: мужчина лет сорока с небольшим, с приятной внешностью и совершенно лишенной волос головой. У него были ясные голубые глаза, очень густые, нависающие над ними брови и маленький картофелеобразный нос, в настоящий момент шелушащийся от загара. Губы мужчина имел широкие, но при этом не женственные, а очень даже волевые. Таким же, впрочем, волевым был и подбородок. В целом мужчина выглядел довольно внушительно и вполне отвечал представляемому мной образу человека данной профессии.

Внимательно рассмотрев со стороны этого самого специалиста, я почему-то решила, что он человек очень замкнутый и не слишком разговорчивый. Но едва Киря представил нас и я задала ему первый вопрос: «Каким образом сотовый телефон можно превратить во взрывное устройство?», Михаил Максимович принялся очень эмоционально все разъяснять, сопровождая свои слова самыми разнообразными жестами.

— Довольно просто и без особых проблем. Если, конечно, вы хоть немного разбираетесь в радиоэлектротехнике и физике с химией, — улыбнувшись, начал свой рассказ специалист. — Сейчас инструкцию того, каким образом можно изготовить взрывчатку, или же данные о том, где можно достать капсулу со взрывчатым веществом и как поместить ее затем в сотовый телефон, пульт от телевизора или иную вещицу, без труда можно раздобыть в Интернете. Там сейчас чего только нет! Если хорошенько порыться, можно найти и полное описание изготовления атомной бомбы или подлодки. Вот ведь до чего прогресс дошел! А там дело остается за малым: заказать необходимые вещества, а потом быстренько засунуть их куда следует. Вот и бомба готова.

— А каким образом происходит взрыв? То есть что ему предшествует? — внимательно выслушав ответ Проклова, задала я новый вопрос.

— Каким? — повторил Михаил Максимович. — Как бы вам попроще объяснить? Короче, как только на тот телефон, в который помещена взрывчатка, поступает звонок, происходит замыкание внутри электронного механизма, и устройство срабатывает, как в случаях с пехотной миной, когда на нее наступают, а потом поднимают ногу. Принцип похож. Вот вам и взрыв. Сейчас, я смотрю, часто стали этот вариант взрывчатки использовать, вот и сегодня... — Михаил Максимович, явно уже наслышанный о происшествии возле загса, вздохнул. — Говорят, взрыв был очень мощным, оба погибли. Жаль молодежь, могли бы ведь и деток еще нарожать... А тут нате вам — кто-то постарался, поздравил с законным браком.

— Да, я в курсе сегодняшних событий, — произнесла я, заметив про себя, что уже не первый человек отзывается о взрыве как о свадебном подарке. Но, быстро отогнав эти мысли и все с ними связанное, снова продолжила расспросы: — Скажите, а звонить на начиненный взрывчаткой телефон должны были только с определенного аппарата или с любого?

— Абсолютно с любого, ведь замыкание происходит от самого звонка, а не от чего-то еще, — пояснил специалист. — Так что тому извергу, кто подложил это устройство, на месте преступления присутствовать необязательно, ни самому даже утруждаться и звонить. Ведь позвонить может кто угодно, совершенно посторонний. Весьма удобное изобретение. Для преступника, я имею в виду. Вложил взрывчатку в телефон, сам делай что угодно, а кто-то случайно позвонит, и дело в шляпе. М-да, вот так вот, — подвел итог Михаил Максимович.

— Стойте! Что же тогда получается — взрыв мог произойти в любой момент? Даже когда рядом с молодоженами находились бы другие люди или... или прямо во время регистрации? — испуганно спросила я и сама содрогнулась от пришедшей мне на ум мысли.

— Увы, это и в самом деле так, — признал мою правоту Проклов. — Но ведь преступников никак не задевает смерть людей, иначе бы они никого не убивали. Тому, кто такое задумал, нет дела до того, один человек умрет или целая пачка.

— Какой ужас... — теперь уже вздохнул Кирьянов, хотя ему и не такое еще приходилось порой видеть.

А я тяжело сглотнула и спросила:

— Скажите, а можно ли найти в Тарасове тех, кто бы мог заниматься изготовлением взрывающихся капсул и продажей их? — я решила проверить, знает ли Проклов людей, снабжающих преступников нашего города подобными орудиями убийства.

— Вряд ли. Я же уже сказал — сделать такое устройство по силам каждому, даже вам. Главное — иметь под рукой все необходимое и знать, что со всем этим делать, — ответил мне епециалист, а потом попросил разрешения закурить и полез в карман за сигаретами.

— То есть, если я вас правильно поняла, искать изготовителя попросту бесполезно? — стала уточнять я, протягивая мужчине зажигалку.

— Верно, так оно и есть, — прикуривая сигарету, ответил мой собеседник. — Так что не знаю, как наши коллеги теперь будут выяснять, кто решил провернуть сегодняшнее дельце, — снова вернулся он к недавней и всех заинтересовавшей новости. — Трудновато будет найти виновного. Тем более что сам телефон, естественно, разорвало при взрыве на части.

— Ничего, разберутся как-нибудь, — высказал свое мнение на этот счет Кирьянов.

А Проклов решился наконец спросить:

— А зачем вам-то информация о взрывчатке в телефонах понадобилась?

— Пытаемся понять, как все произошло, — коротко ответил Киря за меня.

— А, так вы, наверное, родственница погибших сегодня молодых? — сделал собственный вывод Михаил Максимович, явно весь наш разговор ломавший голову над тем, почему именно я, какая-то посторонняя особа, а не подполковник Кирьянов, задаю ему вопросы.

Я не стала вдаваться в объяснения и просто кивнула. Ему ведь все равно, кто я и зачем мне нужна информация.

Главное, что вызвало-то его начальство, с него и спрос в случае чего. Удовлетворившись такого рода ответом, Проклов поинтересовался, не нужно ли еще чего от него, и покинул кабинет.

ГЛАВА 2

— Ну, что собираешься делать теперь? — задал свой излюбленный вопрос Володька, когда мы остались наедине и в кабинете повисла неловкая тишина. — Есть идеи насчет того, кто бы такое мог совершить? Сразу скажу, что думаю сам: скорее всего не террористы, так как никаких требований не выдвигалось, никто не грозил продолжать устраивать подобные взрывы.

— Я тоже так думаю, — ответила я. — Если бы террористы, было бы проще. Мы хотя бы знали, кого именно ловить, а тут...

— Что, даже мысли никакой нет? — удивился моему заявлению Киря. — Что-то на тебя не похоже. Обычно ты...

— Мысли-то есть, а толку? — перебила я Володьку. — Мне, чтобы что-то выяснить, нужно с кем-то из родственников поговорить, а они сейчас все в таком жутком состоянии пребывают, что я даже не знаю, когда смогу встретиться с ними.

— Да, проблемка, — посочувствовал Киря. А потом спросил: — Я так понял, что если еще какие новости по данному делу будут, тебе их обязательно сообщить?

— Да, если не сложно, — извиняющимся тоном произнесла я и, встав со стула, направилась к двери.

Киря проводил меня до порога и, пожелав удачи, вернулся на свое рабочее место изучать какие-то бумаги.

Оказавшись на крыльце, я вспомнила, что совершенно лишена на сегодня своего средства передвижения, а значит, вынуждена буду тратиться на такси или ездить в жутком общественном транспорте. И то, и другое не слишком вдохновляло, но я понимала, что если день не заладился с самого утра, то и к вечеру не стоит ждать перемен.

Не совсем еще решив, что следует делать дальше, я перешла через дорогу и медленным шагом направилась по тротуару, размышляя, каким бы образом выявить хоть мало-мальски способного на такую жестокость подозреваемого. Он, этот самый убийца, наверняка за что-то мстил молодоженам, а убивать собственноручно не решился, понимая, что так его гораздо проще вычислить. Вот и придумал подстроить взрыв.

Впереди на моем пути появилось некоторое подобие парка с несколькими лавочками, в данный момент почему-то совсем пустыми. Прибавив шагу, я дошла до одной из них, смахнула с нее пыль бумажной салфеткой, достав ее из сумочки, и села, продолжая свою умственно-аналитическую работу.

Итак, убиты парень и девушка. По сведениям очевидцев, взрыв произошел в момент звонка на телефон жениха. Стало быть, именно его прежде всего пытались уничтожить, тем более что звонок мог поступить на телефон еще до отъезда парня в загс, и злоумышленник это хорошо понимал. Что касается невесты, то девушка буквально ни за что пострадала. Теперь о мотивах. Причиной убийства молодого человека могла стать, например, месть. Также в качестве причин возможны соперничество или стремление избавиться от парня в связи со слишком большой его осведомленностью в каком-либо деле. Пока точная причина убийства не ясна, но моя задача — ее выяснить.

Теперь разберемся с другим этапом, а именно — с внедрением капсулы со взрывчаткой в телефон. Чисто логически рассуждая, видим мы тут следующее: для того чтобы поместить капсулу в трубку, нужно сначала эту самую трубку у ее владельца забрать хотя бы на время. Потом отнести ее куда-то, скажем, нужному человеку, а когда с нею будут проделаны необходимые манипуляции, вернуть обратно. Жаль, что нет возможности расспросить жениха о том, кто и когда брал у него телефон, а тогда сразу бы стало ясно, с кого следует начать расследование. Но, как известно, ничего так просто и случайно не бывает, и потому жениха именно взорвали, чтобы он уже ничего не сумел сказать.

Стараясь выудить из всего известного хоть какой-то факт, за который можно было бы ухватиться, чтобы выяснить истину, я сосредоточенно уставилась на барахтающегося в маленькой лужице на тропинке воробья. Тот преспокойно себе занимался собственным прихорашиванием и явно не подозревал, что жизнь может быть ужасно

234 проблемной и сложной. Позавидовав беззаботности милой пташки, я отвела глаза в сторону и тяжело вздохнула, прикидывая, с какой стороны подойти к решению проблемы.

И меня вдруг осенило: а ведь для того, чтобы в сотовый телефон что-то поместить, его и в самом деле потребовалось сначала забрать у хозяина. Сам он вряд ли бы его кому-то постороннему отдал, кроме родственников и самых близких людей. Значит, скорее всего трубку выкрали на время, а затем вернули обратно. А кто имел такую возможность? Да опять же один из тех, кто был ближе всего к жениху: родственник либо человек, приглашенный на торжество.

Поняв, что никакой «человек с улицы» не мог заминировать телефон, я даже немного порадовалась тому, что теперь у меня частично обрисовался круг подозреваемых, и стало ясно, что искать виновного следует именно среди своих. Как ни странно, но этот вывод меня ничуть не удивил — чаще всего именно так всегда и бывало. Близкие родственники что-то не сумели поделить, друзья вспомнили старые обиды и... в один далеко не прекрасный момент решили за них отомстить... Вполне банальная история. Куда реже бывает, когда кого-то убивает посторонний человек. Для этого тот «кто-то» должен быть, скажем, миллионером и президентом крупной компании. Но погибший Станислав ни тем, ни другим не был.

Кстати, а вдруг к этому делу приложил свою руку мой бывший одноклассник, Александр Хопинов? Вот уж непонятно, почему мне в голову пришла подобная мысль. И я сразу же воспротивилась ей, доказывая самой себе, что такое попросту невозможно. «Во-первых, Саша присутствовал на свадьбе и собственными глазами все видел, — первым делом напомнила я себе. — И я лично видела, как он тяжело переживал».

«Да-да, — тут же влез в мою беседу с самой собой мой противный внутренний голосок. — Наверное, хотел лично убедиться, что его врага разнесет в клочья».

«Ничего подобного, — возразила ему я. — Если бы это был он, тогда я на свадьбу приглашена не была бы, тем более что Александр прекрасно знает, кто я и чем занимаюсь, а также и то, что на моем счету нет ни одного дела, не доведенного до конца. Кстати, он же меня и попросил заняться расследованием злодейства».

«А вдруг он решил попробовать бросить тебе вызов и посмотреть, как тебе удастся со всем этим разобраться, тогда как он будет строить из себя убитого горем друга, все время находясь в курсе событий и всех твоих действий, — выдвинул новый довод мой внутренний голосок, все еще идя от противного. Впрочем, это была его основная обязанность, и он с ней прекрасно справлялся. — А может, понадеялся, что ты опоздаешь из-за парада».

Но я все равно не верила ему и продолжала настаивать на своем:

«Хопинов не виновен. Я его знаю со школы, он не тот человек, который может совершить убийство, тем более такое жестокое».

«Люди меняются», — отозвался мой несносный вечный спутник.

«Возможно, — согласилась я с ним. — Но кое-что в их поведении все равно остается прежним. Если Александр и изменился, то его непроизвольные жесты, движения, хотя бы то же самое покусывание губ, всегда говорят о нем правду».

«А может, он просто хороший актер?» — спросил у меня же мой внутренний голосок.

Я прикинула, что и как, вспомнила, сколько раз случалось, что те, кому я так верила, в итоге оказывались совсем не теми, за кого я их сначала принимала, и вынуждена была признать правоту своего глубинного голоса:

«Да, возможно, Хопинов имеет какое-то отношение к случившемуся. Даже, вероятно, непосредственное. Но в таком случае он сильно сглупил, пригласив меня на свадьбу и попросив заняться расследованием. Я выведу на чистую воду виновного, и мне не важно, кто он такой. Даже если им окажется мой друг».

Покончив с внутренними дискуссиями, я снова собралась с мыслями и, зная теперь о том, что проверку следует начать с самых близких родственников и друзей жениха, решила отправиться к нему домой и побеседовать с теми, кто будет на это способен. Одним словом, сориентируюсь на местности. Родителей тревожить, может, и не стану, учитывая их угнетенное, если не сказать невменяемое состояние. Значит, придется за них отдуваться остальным родственникам.

Встав с лавочки, я закинула сумочку на плечо и поспешила к остановке. Там дождалась маршрутки и спокойненько уселась на предпоследнее свободное сиденье. Я очень надеялась, что хоть в маршрутке дорога окажется сравнительно удобной. Здесь некому толкаться, как в обычном автобусе, никто не будет топтаться по ногам и пытаться пристраиваться тебе на колени, никому не придется уступать место, как в трамваях. Ха, как бы не так! День у меня начался преотвратно, так же он и продолжался.

Сев в маршрутку, я только пару минут смогла дышать спокойно. А потом в салон, на последнее свободное место — и рядом со мной, между прочим! — влез пьяный и ужасно вонючий дед. И он начал всем рассказывать, какой он великий музыкант и как он сейчас работает на проспекте, даря всем якобы захватывающие своей красотой мелодии. Смех, да и только! Мелодии эти он наверняка исторгает из старого и рваного баяна, способного производить лишь хрип и шипение, а рабочим местом «музыканта» уж точно является любой участок на земле, на который брошена какая-нибудь грязная тряпица или же в лучшем случае установлен шатающийся стул. Одним словом, видели мы всех этих бродячих музыкантов, зарабатывающих себе на выпивку с закуской «искусством» выпрашивания милостыни — «Подайте, люди добрые, тому, кто не сумел доучить ноты».

Не знаю, как я выдержала всю эту пытку — противный дребезжащий голос, запах перегара, постоянное ерзанье старикана на сиденье. Но точно уверена: если хоть раз впоследствии я встречу этого горе-музыканта на проспекте, припомню ему все, что из-за него вынесла. Просто в тот момент очень уж не хотелось устраивать скандал в замкнутом пространстве. Да и что толку пьяному что-то говорить или доказывать — все равно что горохом в стену кидать. Благо ехать мне было недалеко. Вскоре показалась моя остановка, и с нескрываемой радостью я покинула маршрутку. Первым делом сделала глубокий выдох, а затем вдох, наполнив легкие свежим воздухом. И только потом отправилась на поиски квартиры, в которой проживал жених, то есть погибший Станислав Лапин. Адрес его у меня был, но вот бывать там мне еще не приходилось.

Чтобы не слишком плутать по закоулкам, тем более

что на здешних домах почему-то таблички с номерами прибить никто не удосужился, я назвала адрес одиноко сидящей у своего подъезда старушке и попросила ее мне помочь. Та сразу указала на дом напротив, стоящий к данному «спиной». То есть подъезды в нем располагались с другой стороны, мне не видимой. К нему я и направилась.

Едва зайдя за угол этого дома, я почти сразу наткнулась на несколько по-свадебному украшенных машин. Правда, возле них никого не было и вообще территория перед домом была пуста. Этот покинутый кортеж производил немного угнетающее впечатление. Наверное, уже все соседи знали, как закончилась едва начавшаяся свадьба.

Быстро дойдя до нужного подъезда, я поднялась на второй этаж и остановилась было возле двери Лапиных, собираясь надавить на звонок. Но тут заметила, что дверь не заперта вовсе. По всей видимости, близкие погибшего решили не запирать входную дверь, так как люди будут то и дело входить и выходить из квартиры, помогая теперь с организацией похорон. Ключей на всех не хватит, каждый раз кидаться к двери при звуках звонка не слишком удобно.

Посчитав такое решение вполне даже правильным, я осторожно толкнула дверь от себя, шагнула через порог и оказалась в маленькой прихожей, из которой в саму квартиру вела еще одна дверь. Ее я тоже попробовала открыть без стука, и это у меня вполне получилось. И вот я стояла в просторном коридоре, заставленном множеством пар обуви, и услышала доносившийся из внутренних помещений раздирающий душу плач. Мгновенно захотелось развернуться и уехать к себе домой, где было спокойно и тихо. Но я понимала, что не могу себе этого позволить хотя бы потому, что завтра часть гостей может уехать и мне потом придется мотаться по городу, чтобы с ними побеседовать. Я ведь уже решила, что займусь этим делом.

Сделав над собой усилие, я прошла до кухни и заглянула в нее. Там стоял густой сигаретный дым, а все сидячие места занимали только лишь мужчины, погруженные в тяжкие воспоминания и пытающиеся успокоить свои нервы спиртным и куревом. Понять их было несложно, ведь кто как может, тот так и глушит душевную боль.

Тихонько кашлянув, чтобы привлечь к себе внимание, я спросила:

— Не скажете, где найти свидетеля со стороны... — чуть было не сказав «жениха», я быстро осеклась и не закончила фразу. Тем более что все и так поняли, кого я ищу.

— Если вам нужен Сергей Костромов, то он на балконе. Его до сих пор тошнит, — совершенно лишенным эмоций голосом сухо ответил мне один из мужчин и тут же снова принялся глядеть в рюмку, словно спрашивая у нее: «Сумеешь залить горе, сумеешь залечить рану?» Остальные присутствовавшие в кухне люди выглядели не менее обреченно и расстроенно и даже не смотрели в мою сторону.

У меня сжалось сердце, и я снова почувствовала себя здесь лишней и никому не нужной. У людей было горе, а я собиралась приставать к ним с какими-то вопросами, сама еще ничего толком не зная и лишь только подливая масла в огонь. Может, мне все-таки лучше уйти, дать им время опомниться, вернуться к действительности и прогнать из мыслей страшную картину взрыва? Пусть я потом буду вынуждена мотаться по разным адресам, а может, и по разным городам, чтобы что-то прояснить и уточнить, но зато сейчас не стану никого напрягать и притягивать к себе всеобщий гнев. Людям нужна разрядка, а я со своими расспросами очень даже подхожу, чтобы вызвать ее на себя.

Почти поддавшись порыву, я едва не сделала шаг назад, но тут же вспомнила, что детектив обязан идти по горячим следам и никогда не отступать. А потому, решив, «будь, что будет», направилась на балкон. Для этого мне пришлось пересечь зал, где собрались женщины, выглядевшие еще более плачевно, чем их вторые половины. У меня навернулись на глаза слезы, но я заставила себя отключиться от восприятия окружающего мира и, погрузившись в свои размышления, упрямо прошла к балконной двери. На меня никто даже внимания не обратил.

Выйдя на открытый балкон, я увидела одинокого молодого паренька, довольно хорошо сложенного, со светлыми, немного вьющимися на висках волосами. Лица его видно не было, так как, сидя на стуле, лбом он опирался на кольцо своих рук, лежащих на балконном ограждении.

Парень либо не заметил меня, либо ему было все равно, во всяком случае на мое появление он никак не отреагировал.

Несколько минут молча постояв рядом с ним, а заодно и собравшись с мыслями, я окликнула его:

— Если я не ошибаюсь, вы Сергей Костромов?

— Что? — словно его разбудили посреди ночи, резко, но в то же время как-то неосознанно парень поднял заплаканное лицо и тупо посмотрел в мою сторону.

У него оказалась довольно своеобразная внешность: маленькие, глубоко посаженные глаза, так же небольшой нос, женский овал лица, широкий рот с четко обрисованными губами. Особой привлекательностью парень не отличался. Обычное русское лицо, как раз такое, какие раньше подбирали для съемок художественных фильмов о тех годах, вернее веках, когда Россия еще называлась Русью.

— Вы что-то спросили? — спустя минуту, немного очнувшись, спросил парень.

— Да, я спросила, вы ли Сергей Костромов? — ответила я на его вопрос, а потом сразу представилась: — Татьяна Иванова, частный детектив. Вы не будете против, если я вас немного потревожу? Я понимаю, что сейчас вы не в том состоянии, когда люди беседуют с посторонними, но все же просто поймите, что наш разговор необходим. Это нужно и важно для памяти вашего друга.

Сергей всхлипнул носом и, отвернувшись в сторону, выпалил:

— Гады, ублюдки, живодеры! За что они его, за что?

— Вот в этом-то я и хочу разобраться, — вставила я. — И даже надеюсь, что вы мне немного поможете.

— А кто вас нанял? — задал уже более осмысленный вопрос парень, как бы возвращаясь к жизни.

— Да почти никто. Я была приглашена на свадьбу, хотя видела жениха всего один раз. А раз такое произошло, решила заняться расследованием. Тем более что я это могу.

— А-а-а, — протянул Сергей то ли от удивления, то ли просто потому, что нужно было что-то сказать.

Мы еще пару минут помолчали, а потом я снова спросила:

— Ну так вы согласны ответить на мои вопросы?

— Да, — уверенно ответил Сергей. — Я постараюсь.

Встав со стула, на котором сидел, он предложил его мне. Я отказалась, сказав, что предпочитаю постоять.

— В таком случае я тоже постою, — ответил парень и облокотился на перила балкона.

Мы снова замолчали, глядя перед собой, созерцая вид двора с высоты.

— Вы давно знакомы с Лапиным? — спросила наконец я у Сергея, понимая, что разговор о женихе лучше начать издалека.

— С детства, — все еще глядя куда-то вдаль, произнес парень. — Мы со Стасом учились вместе. Да и вообще всегда были как братья. Я никак не могу поверить, что теперь его нет.

— Старайтесь не думать сейчас об этом, — попыталась я подбодрить парня. — Лучше вспоминайте о хорошем, ну и, конечно, думайте, чем можете помочь в поиске его убийц. Если вы действительно ценили Станислава как человека и как друга, то должны хотя бы стараться мне помогать.

— Я согласен, но не знаю, чем могу вам помочь, — развел руки в стороны Сергей. — Я даже представления не имею, кто мог совершить подобное. У меня вообще в голове не укладывается мысль о том, что кто-то мог настолько ненавидеть Станислава, чтобы...

— И все же вы лучше всех знали Лапина. Наверняка он делился с вами своими проблемами, рассказывал о ссорах с кем-то, о неурядицах, — ничуть не обратила я внимания на последние слова парня. — Вы должны знать, кто имел на него зуб и кто мог решиться его убить. Или хотя бы догадываться об этом.

— Да нет, что-то не помню, чтобы он что-то такое рассказывал, — немного подумав, ответил Сергей. — Друзья, да, у него были, а вот насчет врагов... Даже не знаю, имел ли он их вообще. Стас ведь был человек спокойный, очень уравновешенный, он никогда зря ни с кем не ругался и всегда первый шел на примирение, за что его и уважали. Так что вряд ли это кто-то из друзей или знакомых.

— Возможно, друзья здесь действительно ни при чем, а виноваты более близкие люди, — осторожно произнесла я, чем немного насторожила и заинтриговала своего собеседника, который слегка прищурился и пристально посмотрел на меня, ожидая, что я скажу дальше. Я не стала медлить и продолжила объяснять: — Понимаете, Сергей, если брать в расчет, что взрывчатка была заложена в телефон Станислава, то ведь выходит, что для того, чтобы ее туда поместить, требовалось саму трубку сначала забрать. Так?

— Да, так, — согласно кивнул Костромов. А я продолжила:

— Исходя из всего этого, у меня возникла мысль, что взял телефон на время кто-то свой. Тот, кто все время был рядом с женихом. Ведь взрывчатку помещать в трубку следовало именно сегодня, иначе взрыв мог случиться намного раньше. А значит, посторонние или не приглашенные на свадьбу люди сделать этого никак не могли.

— Верно, — сообразив, что я совершенно права, с еще большей заинтересованностью в глазах откликнулся Костромов. — Но это что же тогда получается, что сами гости... точнее, кто-то из гостей убил жениха? Подложил взрывчатку и сам же на все это смотрел? К-ка-какой ужас!

— Увы, выходит, что так. Поэтому попробуйте вспомнить, не упоминал ли Стас, что кто-то из приглашенных к нему не совсем хорошо относится. Пусть он даже не уточнял, почему именно, дальше я уже сама разберусь, главное, вспомнить, не говорил ли Лапин чего-то такого. Пока мне просто нужно найти точку, с которой можно начать расследование, — пояснила я.

— Понимаю, — в очередной раз кивнул Сергей и вдруг как-то резко встрепенулся. Я догадалась, что он что-то вспомнил, а потому тотчас же напряглась. — Я знаю, кто это мог сделать, — уверенно заявил Костромов. — Знаю!

— Объясните, — пока еще без энтузиазма попросила я. — Кто и, главное, за что?

— Его старший брат — Андрей Лапин.

— С чего вы взяли? — удивленно переспросила я.

— Сейчас объясню, как я узнал, что Андрей и Стас — сводные братья. Мать Стаса вышла замуж за человека, у которого уже был сын — на несколько лет старше Стаса. Поначалу Андрей и Стас были как родные, но стали взрослеть, и все изменилось. Стас мне рассказывал, что они уже давно не ладят между собой, — принялся объяснять Костромов. — А все потому, что Стас был любимцем у родителей, его всегда хвалили. А с Андреем было наоборот: он ведь разгильдяй порядочный, поэтому его ругали все время, а в пример ставили Стаса. Естественно, Андрей злился и завидовал младшему брату. Так что наверняка он виноват.

— И все же они братья, хоть и сводные, — не совсем пока верила сказанному я. — Из-за одной зависти разве стоит убивать? Для подобного решения нужно что-то более важное и весомое.

— Вы правы. Но, насколько я знаю, — продолжил свое объяснение Костромов, — в последнее время их отношения еще больше испортились. Даже был какой-то скандал. А причиной его стало то, что родители купили собравшемуся жениться Стасу квартиру, тогда как Андрей давно уже слоняется по общежитиям со своей девушкой. Узнав, что младшему брату сделали такой подарок, он заявил, что это несправедливо, что он старший сын и имеет на жилье больше прав. Конечно, стал требовать, чтобы квартиру отдали ему, обвинять всех и во всем, короче, они все сильно тогда поругались. — Сергей с минуту помолчал, а потом тихо добавил: — Как же это я раньше не вспомнил?

— А вы уверены, что старший брат мог решиться на такой поступок? — принялась уточнять я, понимая, что зависть такого рода запросто могла стать поводом для убийства.

— Абсолютно, — подтвердил свои слова Костромов. — Я же сказал вам, что Андрей — тот еще тип. После школы он нигде не работал и не учился, только в армии отслужил. А занимался он черт знает чем.

— И чем же именно? — не стала пропускать я таких подробностей.

— Воровал и сдавал цветной металл, перекрашивал краденые машины... В общем, много интересного на его счету было, я всего даже и не знаю. Родители Андрея всегда за него краснели, периодически откупали его, когда он попадался.

— Значит, мог, — подвела я итог. — А он, я имею в виду Андрея, был сегодня у загса? Или, может быть, утром здесь?

— Нет, он принципиально сказал, что не появится, — усмехнулся Сергей, — наверное, думал, что этим кого-то заденет. Но вчера наверняка здесь был, а может, и рано утром сегодня. У него же ключи от квартиры свои есть, вот он и приходит, когда захочет, никого не спрашивая. Стас даже говорил, что они собирались замок в двери поменять, потому что он уже всем надоел — ведет себя бессовестно: берет из холодильника и из шкафов все, что понравится. А кому такое понравится?

Отметив себе в памяти факт наличия у старшего брата собственных ключей от квартиры родителей, я спросила у Сергея:

— Скажите, а Стас всегда носил с собой свой сотовый телефон или в какие-то дни оставлял его дома? И еще, мог ли он доверить его кому-то на время? Ну, скажем, хотя бы на час?

— Ну, тут я твердо уверен: он не всегда брал телефон с собой. Несколько раз бывало: когда мы где-то надолго засиживались и я просил у него трубку, чтобы позвонить домой и предупредить, что задержусь, и оказывалось, что Стас ее не взял. Стас — парень экономный, зря деньгами он не швырялся, а телефон у него так, для души, чтобы иметь возможность самому куда-то позвонить. Для работы он ему не требовался, и ему очень редко звонили, потому что он почти никому не давал свой номер — считал, что если кто захочет пообщаться с ним по телефону, так позвонит и на домашний.

— То есть получается, что он редко брал трубку с собой, — подытожила сказанное я.

— Ну, как редко? Когда знал, что ему должны позвонить, или когда ему он нужен был. А так оставлял дома, боялся потерять. Он его несколько раз уже то там, то тут оставлял, хорошо, люди попадались честные, всегда возвращали, правда, за вознаграждение. Потому Стас и старался не рисковать, предпочитал оставлять мобильник дома. Особенно на время гулянок.

— С этим ясно, а как насчет сдачи трубки в прокат? — напомнила свой второй вопрос я. — Мог он телефон свой доверить кому-то из друзей, дать попользоваться на время?

— Вряд ли. Стас поленился бы потом ехать куда-то забирать телефон. Да и зачем бы ему это надо вообще? К тому же телефоны сейчас стоят так дешево, что, если они кому-то нужны, люди их просто идут и покупают. Мобильник ведь уже не роскошь, а средство необходимости, и не более.

— Понятно, — согласившись с тем, что купить телефон сейчас по силам каждому, ответила я. — А где живет Андрей, вы знаете? — спросила я вслед за тем.

— Да, но только не точный адрес, а так, могу объяснить, как найти. У меня память зрительная больше развита, я обычно адреса и не запоминаю, знаю просто, как дойти, а большего мне и не надо. Я там был всего один раз. Точнее, мы со Стасом мимо проходили, и он мне показал тот дом.

— Ну что ж, попробуйте объяснить, — ответила я, решив, что лучше уж искать дом, где Андрей снимает квартиру, по таким вот разносторонним объяснениям, чем пытаться выяснить его точный адрес у остальных родственников. Те сразу заподозрят неладное, начнут выспрашивать, что да зачем. Объяснять придется... А вдруг решат, что я с ума сошла со своими подозрениями, схлопочу тогда по полной.

Достав из сумочки блокнот, я записала в нем все координаты, названные Костромовым, и даже доверила ему начертить мне приблизительный маршрут пути — пока все вроде бы было понятным. Затем поблагодарила парня за помощь, записала и его данные, включая номер домашнего телефона, и попрощалась.

— Как только что-то найдете, звоните, — крикнул мне вслед парень. — Мне интересно узнать, правда брат это сделал или кто другой.

Я согласно кивнула, затем закрыла за собой балконную дверь и снова очутилась среди заплаканных и бледных, как тысяча смертей, женщин. Даже праздничные наряды и специальные к свадьбе прически не могли сделать их чуть привлекательнее — все до одной женщины в настоящий момент походили больше на старух и даже не пытались этого исправить, всем было не до того.

Стараясь не смотреть по сторонам, я направилась в сторону коридора, мечтая только об одном: поскорее покинуть пронизанную скорбью квартиру и оказаться на улице. Еще бы лучше в собственной машине, но... Кстати, надо срочно заняться ремонтом моей «девяточки».

— Дочка, пойдем, хоть ты нам на кухне поможешь, а то остальные совсем плохи, — неожиданно донеслось до меня откуда-то сбоку.

Я прекрасно поняла, что обращаются именно ко мне,

но страсть как захотела сделать вид, что глуха на оба уха и ничего не слышу. Кухня отнюдь не моя стихия, да и вообще у меня есть совсем другие дела, нежели забота о хлебе насущном для присутствующих. Но все же не обернуться вовсе мне не позволила совесть, и я, скрипя зубами, повела головой туда, откуда донесся голос.

Недалеко от меня, у серванта с хрустальной посудой, стояла женщина лет сорока пяти и перетирала сухим полотенцем ложки. Одета эта особа была в длинную черную юбку и легкую безрукавную, но того же траурного цвета кофточку. На голове у нее уже был повязан черный же платок. Лицо ее, как и у других, покрывало множество мелких морщинок, выражение глаз было печальное, но все же она держалась, прекрасно понимая, что кому-то придется готовить еду и кормить родственников.

— Вы ко мне обращаетесь? — на всякий случай решила уточнить я.

— Ну да, больше тут вроде бы таких не расклеившихся окончательно нет, — ответила мне женщина. — Нам на кухне помощница требуется, мы вдвоем со Светкой не успеваем. Пойдем, милая, поможешь.

Я уже хотела сказать: «Извините, но я такими вещами не занимаюсь, и вообще я тут человек посторонний» и даже открыла было рот, но потом спохватилась, подумав: а что про меня сейчас подумают остальные? Ведь зал был буквально полон народу, и если придется объяснять женщине, кто я и что здесь делаю, то никак уж не при всех. Слегка кивнув, я приняла из рук женщины перетертые ложки и направилась за ней в кухню. Там уже не было мужчин, две стойкие бабенки уже успели их разогнать, чтобы те не мешали, хотя стойкий запах дыма и перегара в помещении все еще держался. Я положила ложки на стол и обратилась к своей проводнице:

— К сожалению, я не смогу вам помочь, я частный детектив и пришла сюда, только чтобы кое-что уточнить. Сейчас мне нужно продолжить расследование, а потому прошу извинить, но я вынуждена покинуть вас.

Речь получилась отменная, но ее никто не оценил. Обе женщины посмотрели на меня таким холодным и тяжелым взглядом, что я невольно испугалась.

— Знаешь что, — сухо произнесла все та же женщина в черном платке. — Мне все равно, кто ты, хоть работник милиции. Я знаю только одно: у меня в квартире куча голодных людей, половина из которых бьется в истерике, другая лежит, наколотая успокоительным, и мне всех их нужно как-то накормить. Не в кафе же за банкетные столы везти. А тебя я видела еще у загса, значит, ты была приглашена, а раз так, то имей совесть и хоть в память о молодых помоги там, где тебя просят. Все остальное подождет.

Сказано все это было таким жестким тоном, что я невольно почувствовала себя задетой: «А разве я, Таня Иванова, не стараюсь хоть что-то сделать для молодых? Разве я не ищу преступника, в то время как остальные льют ручьи слез? А тут меня еще смеют в чем-то упрекать...»

В общем, в первую секунду я собралась было возмутиться и поставить дамочку на место, но почему-то не стала этого делать. Ведь, с другой стороны, она тоже права и на данный момент у нее была проблема поважнее, чем поиски преступника, за которые взялась я. Ведь есть, как говорится, человеку в любой ситуации надо. Хоть в радости, хоть в горе.

— Хорошо, я помогу вам, — со вздохом согласилась я, подошла к горе грязной посуды в раковине, включила воду и принялась ее перемывать.

Сама же подумала о том, что сегодня от моей детективной работы все равно будет мало толку, учитывая тот хвост неприятностей, что неотступно за мной следует. А так я хоть чем-то помогу и хоть что-то полезное за нынешний бестолковый день сделаю, что уже будет неплохо. Своими же прямыми обязанностями займусь завтра.

Постепенно втянувшись в хозяйственные заботы, не требующие работы головы, я даже не заметила, как руки продолжали машинально мыть посуду, а мозг сосредоточился на обдумывании и переваривании собранной информации. Первым делом я проанализировала рассказ Сергея Костромова о брате погибшего Стаса Лапина.

Обычная ситуация: два брата в чем-то стараются друг друга превзойти. Только одному все удается: законченная с отличием школа милиции, а затем институт, адвокатура, удачная женитьба и·квартира в подарок, а второму со всем этим не везет — ни тебе образования, а только армия позади, ни жилья собственного. Невольно затаится злоба, тем более что родители сами ее подогревают постоянным приведением в пример старшему младшего и утверждениями, что старший ни на что не годен. Кого бы такое не заело?

А тут еще история с квартирой. Ясно, что старшему совсем не понравилось оставаться обделенным, тем более что он и без того всегда ощущал недостаток родительских тепла и ласки. Естественно, он возненавидел брата еще сильнее, а после того, как произошел скандал с выяснением того, кто, кому и чем обязан, Андрей попросту решил убрать Станислава со своего пути. После гибели брата квартира достанется ему, к тому же он станет единственным, а следовательно, теперь и любимым ребенком. Ему будет уделено все родительское внимание.

Имея собственные ключи от квартиры родителей, Андрей мог еще вчера вечером поместить в телефон брата взрывчатку, надеясь, что когда тот покинет дом и включит свой телефон, а потом ему кто-то позвонит, произойдет взрыв, и дело с концом. Он наверняка хорошо знал, что Стас отключает сотовый, едва только входит в подъезд своего дома. Сообразил он и то, что, если убить брата после свадьбы, квартира достанется его жене на правах наследования, а это ему было совсем ни к чему. Но Андрей не рассчитал, что, будучи все время дома и пользуясь телефоном домашним, брат не стал никуда выходить вечером, а если и выходил, то не взял с собой трубку, потому-то все и случилось утром, уже в момент окончания бракосочетания.

Одним словом, у меня получалось, что старший брат Станислава вполне мог быть замешан в гибели младшего, и если даже провернул все не он сам, то запросто мог кого-то нанять. Теперь мне предстояло проверить Андрея Лапина «на вшивость» и вывести его, если потребуется, на чистую воду.

Вспомнив о воде, я посмотрела в раковину и увидела, что посуды в ней почти не осталось, исчезли с кухни куда-то и сами «надзирательницы». Это был удачный момент для того, чтобы покинуть квартиру и отправиться по своим делам. В конце концов, они также не последней важности, а дамы с остальным уж сами как-нибудь справятся. Я помогла, чем могла.

Быстренько вытерев руки о найденное на столе полотенце, я схватила лежавшую в сторонке свою сумку и вынырнула в маленький коридорчик. А оттуда, никем не замеченная, вышла на площадку.

«Все, домой, теперь только домой! Кушать, ремонтировать машину, без которой я не только как без рук, но еще и как без ног. А уж с завтрашнего дня начну упорно заниматься только расследованием. Да, так будет лучше и правильнее всего».

ГЛАВА 3

Как ни странно, но машину отремонтировать удалось буквально за пару часов, и все благодаря Гарику Папазяну, человеку, способному ради меня на любой подвиг.

Гарик был моим давним другом и обычным рядовым опером, правда, армянского разлива. Как и любой представитель своей жгучей и любвеобильной нации, он души не чаял в блондинках, меня же страстно желал с самого первого дня нашего с ним знакомства. Гарик постоянно старался всячески мне свои чувства продемонстрировать, тонко намекнуть на то, как нам с ним могло бы быть хорошо. Ну да я ведь натура непоколебимая, если и влюбляюсь в кого, то ненадолго, а на Гарика и вовсе не запала и предпочла иметь его рядом в качестве друга. Так мне было гораздо удобнее и проще.

Друг вышел преотличный — со связями, с умением быстро находить для меня что угодно и где угодно. И самое-то главное, что в качестве платы за все это он просил всего лишь какой-то поцелуй и немножечко моего драгоценного времени. Получал желаемое не всегда, так как я каждый раз весьма умело его «кидала» и оставляла ни с чем, но Гарик не очень обижался и упорно продолжал добиваться своей цели. А я своих с его помощью. Так что на этом-то мы с ним и сошлись.

Так вот, Гарик и теперь значительным образом помог мне. Не знаю уж откуда, но он притащил к моему дому сразу нескольких автослесарей, мастеров по «Жигулям», которые мою «девяточку» мигом перебрали и отремонтировали. Я же все это время вынуждена была развлекать Гарика, строить ему глазки, позволять касаться своих прелестных локотков. Ну да бог с ним, не велика цена. Главное, что теперь я снова была на машине. В денежном эквиваленте поблагодарив всех работничков за помощь, я дала понять Папазяну, что у меня дела, и, попрощавшись с ним, отправилась домой. Там наконец-то перекусила, с облегчением плюхнулась в кресло и с наслаждением вытянула перед собой ноги.

И тут заверещал телефон. Я выпалила в адрес звонившего, побеспокоившего меня и оторвавшего от заслуженного отдыха, пару резких слов, тяжело вздохнула, но все же сняла трубку и произнесла:

— Я слушаю.

В ответ мне донеслось какое-то бурчание, а потом знакомый мужской голос спросил:

— Я не ошибся, это Татьяна Иванова?

— Да, — коротко ответила я и безо всякой охоты попыталась вспомнить, откуда я знаю голос звонившего.

Гадать долго не пришлось, так как он сразу же представился — им оказался мой недавний собеседник Сергей Костромов, друг Станислава Лапина.

— Что-то случилось? — сразу все вспомнив, поинтересовалась я.

— Да, — уверенно заявил тот. — Я только что узнал от родственников Стаса, что его брат Андрей, ну, про которого я вам говорил, сегодня куда-то уехал, якобы на дачу к другу. Его пытались найти, чтобы сообщить о случившемся, но так и не смогли разыскать. И я думаю, точнее, я почти уверен, что он пытается замести следы и скрыться от милиции, ведь он чувствует свою вину. Вы должны его отыскать и заставить во всем признаться, потому что...

— Я вас поняла, — устало ответила я, прекрасно осознавая, что никуда спешить прямо сейчас не намерена. И так у меня выдался отвратный денек, пусть хотя бы завершение у него будет приличным. — Спасибо за информацию, я учту ваши пожелания, — произнесла я ожидающему ответа парню. А потом сразу попрощалась и повесила трубку.

«Значит, Андрей исчез из города», — буквально сразу завертелись в голове активные мыслишки, никак не давая мне расслабиться и отключиться. Пришлось им подыграть, чтобы побыстрее от них освободиться.

Итак, родственники жениха уверены, что парень уехал на дачу к другу. Сергей же Костромов считает, что он попросту скрылся. Насколько я могу судить из его рассказа о старшем из братьев, то он человек не слабо-нервный — в армии все-таки служил, а к тому же не со-всем законными делами занимался, — стало быть, вот так сразу выдавать себя не станет. Да и ни к чему ему пока нервничать, ведь никто ничего не знает, милиция его не беспокоила, и неизвестно, побеспокоит ли? Нет, не ста-нет Андрей никуда пропадать, по крайней мере некото-рое время.

Следовательно, не о чем и мне беспокоиться. Вернет-ся этот деятель завтра домой, а там уж и понаблюдаем. Пока же понаслаждаюсь последними свободными часами перед тем, как кидаться с головой да в омут. Я и так се-годня много сделала и даже посуду — причем не свою, а чужую! — перемыла. Для меня такой поступок равноси-лен подвигу, но никто его не оценил.

Несколько минут посидев просто так, ничего не де-лая, я поняла, что долго безделья не выдержу, тем более что настенные часы показывали всего восемь часов. Сле-довательно, нужно найти себе какое-нибудь занятие на оставшийся до сна отрезок времени. Как-то само собой вспомнились мои магические косточки. И я решила пря-мо сейчас узнать, что мне в ближайшее время светит.

Эти самые косточки, иначе говоря, двенадцатигран-ные кубики с цифрами на всех сторонах, давно уже помо-гали мне найти ответы на терзающие меня вопросы. Они словно считывали информацию из будущего и давали мне тот или иной ориентир, на который я и опиралась в ходе дальнейшего расследования. Ну, а чтобы этот самый ори-ентир получить, всего-то и требовалось, что бросить две-надцатигранники, посмотреть, какие числа выпали, а по-том уже суметь понять, что пытались сказать кости. По-нять и, конечно же, прислушаться к их совету.

Быстренько встав с кресла, я принесла из прихо-жей свою сумочку, достала из нее небольшой черный мешочек с косточками и принялась трясти его. Затем раз-вязала веревочку и высыпала содержимое мешочка себе на колени. Сложившаяся комбинация оказалась такой: 10+21+25. Память у меня отменная, и я без особого труда вспомнила трактовку данного сочетания цифр: «Если че-ловек не хочет что-то изменить, значит, его устраивает положение вещей».

Вот теперь можно было и поломать голову над информацией, переданной мне из самого космоса моими магическими косточками.

Что именно она означает, скоро станет ясно. Я давно уже знала, что косточки определяют ход дальнейших, еще даже не произошедших, а порой даже и не приблизившихся событий. Их главная задача — предупредить меня, показать, в том ли направлении я двигаюсь. Если оказывается, что та или иная расшифровка вдруг подходит под случившиеся обстоятельства, жди продолжения. Пока же мне было ясно только одно: нужно действовать, и как можно скорее, потому что ничего само по себе не случится, и для того чтобы приблизиться к развязке, нужно хоть что-то делать. Ведь я-то как раз хочу все изменить, и сложившееся положение вещей именно меня никоим образом не устраивает!

Как было сказано выше, решив ускорить процесс поиска преступника, тем более что мне как раз пришла в голову прекрасная идея, как и что можно сделать, я решительно открыла шкаф, извлекла из него удобные серые брючки и легкую кофточку, а затем со всем этим добром отправилась в ванную. Там быстро переоделась, слегка подправила макияж, бывшую пышную прическу разобрала и зачесала волосы назад, укрепив их там заколкой. После чего прихватила со столика свою сумочку и выпорхнула на улицу. А несколькими минутами спустя уже неслась на своей отремонтированной «девятке» в сторону места проживания Лапина Андрея...

Дом, где снимал квартиру Лапин, я нашла без труда. Это было двухэтажное кирпичное сооружение с тремя подъездами. Причем один из подъездов был накрепко заколочен в связи с тем, что там когда-то произошел пожар и теперь в данной части здания никто не проживал. Как же обитали люди в другой части здания, оставалось только догадываться, учитывая, что выглядел дом похлеще многих студенческих общежитий или же бомжовых пристанищ. Я бы лично в таком убежище даже сутки переночевать по собственной воле не согласилась бы.

Прикинув, что квартира с нужным мне номером должна располагаться в самом последнем, то есть третьем, подъезде, я вошла в него и стала подниматься по лестнице. Достигнув последней площадки, осмотрелась по сторонам, но так и не обнаружила ни одного номерного дверного знака. По всей видимости, тут это было не принято.

Как хочешь, так и гадай, где квартира двадцать девять, а где тридцать. Пришлось действовать наобум. Подойдя к наиболее приличной двери, я громко постучала по косяку. Расчет был такой: если ошибусь и окажется, что здесь живут соседи Лапина, то они много интересного смогут мне поведать.

Через несколько минут из двери высунулась молоденькая совсем девушка в коротеньком ярком халатике, небрежно запахнутом на груди. Ее темно-каштановые волосы были небрежно разбросаны по плечам и слегка взлохмачены, что указывало на то, что я нарушила ее сон или прелюдию перед ним. Скорее даже второе, так как маленькие аккуратные губки девушки ярко пылали, как после страстных поцелуев, и делали ее еще более обворожительной. В целом девушка была весьма даже миловидной и чем-то походила на сказочную фею или маленького хрупкого эльфа.

— Скажите, как мне найти квартиру Лапина Андрея? — приветливо поинтересовалась я у юной красавицы.

— Лапина? — немного растерянно переспросила девица, а потом добавила: — Они, кажется, живут напротив.

Тут рядом с ее головой появилась другая. Правильно я предположила сначала! Это был мужчина, лицо которого, кстати, по сравнению с девичьим, выглядело ужасно омерзительно и отталкивающе. Маленькие глазки, сломанный нос, неправильной формы губы... — и как такое «чудо» вообще можно любить? Каково же было мое удивление, когда это самое чудо после немедленного пересказа девушкой нашего разговора произнесло:

— Жена вам совершенно правильно сказала, Лапины живут напротив. Только сейчас их нет, еще в обед куда-то свалили.

Сказав это и больше не дожидаясь от меня никаких слов, омерзительный тип резко захлопнул дверь и, по всей видимости, удалился доводить до конца то, от чего я его, собственно, и оторвала. Несколько минут находясь почти в шоковом состоянии и даже не смея представить себе картины любви красавицы и чудовища, я лишь спустя некоторое время вспомнила, зачем именно сюда пришла. Резко мотнув головой и отогнав от себя все лишние мысли, я подошла к двери напротив и постучала в нее.

Мне необходимо было удостовериться, что хозяев нет дома и что можно спокойно влезть в их жилище, чтобы установить там «жучки», как я задумала, и для чего, собственно говоря, приехала.

На мое счастье, хозяева не откликнулись и не вышли мне навстречу, стало быть, они еще не вернулись с дачи, и я смогла спокойно приступить к намеченному плану. Первым делом я достала из сумочки свои проверенные отмычки, позволяющие без труда справиться с любым замком, и стала примерять их к двери. Замок в данном случае попался наипростейший, так что справиться с ним удалось в два счета, и уже через минуту я была внутри и осторожно, чтобы не привлечь внимания соседей, закрыла за собой дверь.

Потом прошла внутрь и торопливо осмотрела убранство данной каморки. Именно каморки, так как иначе эту, с позволения сказать, квартиру назвать просто было нельзя из-за невероятно маленьких размеров комнат. Жильцы, конечно же, пытались хоть как-то облагородить комнатенки — покупали новую мебель, например. Да только ставить ее все равно было некуда, потому предметы обстановки и стояли чуть ли не друг на друге, превращая и без того тесное помещение в кротовую нору.

Отметив про себя, что с деньгами у парочки явно напрягов нет, так как вещи здесь были не дешевые, да и холодильник, в который я не замедлила заглянуть, набит до отказа. Одним словом, несмотря на то, что снимают Лапины не квартиру, а совершеннейшую халупу, я сделала вывод, что Андрей со своей пассией от нищеты и голода не сильно страдают, хотя жилье получше им, кажется, нужно позарез. Стало быть, Лапин действительно мог пойти на риск и попытаться убрать брата со своего пути, а тем самым обеспечить себе и квартиру, и родительскую любовь.

Еще больше утвердившись в мысли, что Андрей мог быть причастным к смерти брата, я достала из сумочки несколько «жучков» и стала искать для них место. В конце концов после беглого осмотра помещения первый я поместила за небольшой картиной, висящей на стене в зале, второй — в спальне за шкафом, а третий на кухне, забросив его в вазу с сухими цветами, сиротливо стоящую на полке. Жаль, что в доме не было еще и телефона, тогда бы я смогла поместить «жучок» и в него, но выбирать не приходилось.

Оценив со стороны свою работу и решив, что мои маленькие «шпионы» вряд ли будут скоро обнаружены, я преспокойно вернулась в прихожую, глянула в дверной «глазок» и, не обнаружив на площадке никого постороннего, покинула квартиру. Когда я спускалась по лестнице, встретила одного из мужчин, которого видела сегодняшним утром в кухне. Правда, он на меня тогда никакого внимания не обратил, а потому сейчас даже и не узнал. В руке у родственника погибшего белел свернутый вдвое листок, и он явно нес его туда, откуда только что вышла я.

Заинтересовавшись этим посланием, я решила пока не уходить далеко, а посмотреть, что станет делать мужчина, когда обнаружит, что Андрея нет дома. Впрочем, наверняка просто оставит записку под дверью, не зря же он ее сейчас несет. Если бы не был уверен в том, что никого дома не застанет, понадеялся бы на то, что перескажет все устно, а раз пришел с запиской, значит, уже знает, что Лапин отсутствует.

Спустившись вниз, я не стала выходить на улицу, а спряталась под лестницей. Но как только самодеятельный почтальон вышел из подъезда, снова поднялась наверх и прочла записку. В ней Андрею сообщалось о том, что его брат вместе со своей невестой мертвы и что родители просят его прийти домой и помочь с организацией похорон. Снизу была приписка: «Не время вспоминать былые обиды, сынок» и стояла чья-то подпись. Я сравнила почерк, каким был написан весь текст, и подпись и поняла, что писали разные люди, точнее, писал кто-то один, а расписывалась и дописывала постскриптум мать.

Ознакомившись с содержанием записки, я вернула ее на место и поспешила на улицу. Оказавшись там, села в свою машину, завела ее и спокойно отправилась на соседнюю улочку. Там я собиралась временно устроиться и дождаться, когда дачники вернутся домой и узнают о случившемся. Уехать к себе насовсем я не могла, так как радиус действия прослушивающих устройств был небольшим и лишал меня возможности заниматься другими делами попутно с прослушиванием разговоров в данной квартире. Приходилось готовиться к длительному ожиданию. Кто знает, когда голубки вернутся в свою крохотную, заставленную мебелью квартирку.

Поудобнее расположившись в машине, я настроила прослушивающее устройство на нужную волну, вставила в него кассету на тот случай, если потребуется что-то записать, и откинулась на спинку сиденья, чтобы чуточку подремать. Да не тут-то было. Буквально через несколько минут мое устройство заработало, и я вскочила, поняв, что дачники вернулись домой.

Первые несколько минут мне, правда, почти ничего, кроме какого-то шипения, не было слышно, но это потому, что парочка толкалась в прихожей. Может быть, Андрей с подружкой уже у порога начали обсуждать полученную новость. Я занервничала, испугавшись того, что все самое важное для меня будет сказано на пороге. А ведь уловить разговор там «жучок» из комнаты не может! Вдруг затем, уже в доме, парочка не проронит по этой теме ни слова? Это было бы для меня ужасно, учитывая, что с уликами и информацией дела у меня пока обстоят неважнецки, одни только голые предположения. Но мне повезло, и уже несколько секунд спустя слова стали более различимыми и понятными.

— Что ты по этому поводу думаешь? — немного устало спросил приятный женский голосок, шелестя какими-то пакетами.

— А что я должен думать? — тут же небрежно откликнулся другой голос, показавшийся мне немного похожим на голос Стаса.

— Как что? — удивилась собеседница. — Это ведь твой брат, и он умер. Разве тебе его не жаль?

— Ну жаль... И что с того? — никак не желал продолжать разговор на эту тему Андрей.

— «Что с того»? Да как это, что с того? Я тебя не понимаю, — удивилась девушка. — Ты словно даже рад его смерти. Признайся честно, рад?

— Не знаю, — буркнул парень. — Как будто мне больше делать нечего, как думать об этом. Не приставай.

— Странно ты как-то себя ведешь, — не унималась девушка. — Ну, подумаешь, поссорились вы с братом... Но разве в такой момент об этом можно вспоминать? Нет, я просто не верю, что ты...

Дальше небольшая часть разговора у меня потерялась, так как парочка перебралась в кухню, и я не успела быстро перестроить аппарат на новую волну. Зато потом все снова стало отчетливо слышно.

— ...считай, что мне подфартило, — закончил не услышанную мной полностью фразу парень. — Теперь я получу его квартиру. Все остальное не мои проблемы. Кстати, если бы умер я, со мной бы родичи так не носились.

— Тут ты не прав, — попыталась убедить его в обратном девушка. — Тебя они тоже любят, но по-своему. К тому же он младший, а младшие, как известно, всегда более опекаемые. Взять, например, мою соседку, у нее вот тоже две дочери. И ведь все больше любят младшую, так как та болезненная, о ней нужно заботиться, а о старшей уже нет. Вот представь, что вдруг — не дай бог, конечно! — умерла бы старшая. Неужели ты думаешь, родители бы не обратили на это никакого внимания? Конечно бы, обратили, потому что она им такая же дочь, как и младшая. И к тому же...

— Все, Вика, давай прекратим этот разговор, — решительно заявил Андрей. — Я уже сказал свое слово: я не пойду к ним. Если желаешь, иди сама, а я не люблю смотреть, как бабы ревут. Будет время, как-нибудь позже наведаюсь... на могилу.

— Ты эгоист и всегда думаешь только о себе, — раздраженно выпалила девица и, чем-то стукнув по столу, убежала в соседнюю комнату. Я услышала ее нервные шаги и тяжелый вздох оставшегося в одиночестве Лапина.

«М-да, парочка поругалась, — сделала я вывод из всего услышанного. — Причина этого ясна. Как ясно и то, что Виктория, сожительница Лапина, совершенно не в курсе того, как погибли молодожены и что с ними случилось, иначе бы она не задавала таких глупых вопросов Андрею и нервничала бы совсем по другому поводу — что теперь делать и как быть?

Нет, она явно не в курсе событий, тогда как сам Лапин ведет себя слишком уж озлобленно и даже вызывающе — старается показать своей девушке, что обижен родителями и братом смертельно, но при этом, похоже, он также ничего не знает о происшедшем. Если бы знал, то есть если взрыв подстроил он, то ему бы стоило хоть немного погоревать о брате, а не осуждать его, по-прежнему демонстрируя агрессию. Или таким образом он старается избавиться от возможных подозрений со стороны своей пассии, а заодно настроить ее на собственное оправдание перед лицом милиции? Мол, можете спросить у нее, я даже ничего не знал?»

Еще раз все проанализировав, я решила, что раз Лапин всеми силами старается обойти в разговоре тему гибели брата, значит, он боится сболтнуть лишнее, а если так, то не такое уж он постороннее лицо в организации смерти брата и за ним не помешало бы немного последить.

«Впрочем, сегодня-то он вряд ли уже куда отправится, — подумала было я, но тут же сообразила, что как раз наоборот: если Лапин-старший является заказчиком убийства и лично забирал у Стаса его телефон, то он может сейчас отправиться к тому человеку, кто ставил в сотовый капсулу со взрывчаткой. Должен же он поблагодарить за работу или же отнести оставшуюся часть денег в оплату труда, ведь вряд ли рискнул отдать всю сумму, не зная, что удастся ли покушение. — Пожалуй, придется мне пока остаться тут и немного последить за домом Лапина. А там видно будет».

Обреченно вздохнув, я завела машину и перегнала ее поближе к дому Андрея, чтобы увидеть подозреваемого, если он вдруг выйдет на улицу. Ну а чтобы не скучать, оставила включенным прослушивающее устройство. Правда, толку от него теперь было мало, учитывая то, что пара совсем не разговаривала между собой. Мне были слышны только отдельные шорохи и шумы.

Но моя интуиция меня и в самом деле не подвела — уже через полчаса я увидела, что Андрей покинул-таки свой дом и медленно направился в сторону остановки. Обрадовавшись тому, что больше не придется бездействовать, я завела свою «девяточку» и тронулась вслед за парнем, который сел в маршрутку с номером одиннадцать и поехал в центр города. Я пристроилась позади автобуса и, превратившись в хвостик, неотступно следовала за ним.

Так мы добрались до улицы Кутякова. Андрей Лапин вышел из автобуса и все тем же спокойным шагом направился в один из совершенно не освещенных проулков. Мне не оставалось ничего, как оставить машину на обочине и поспешить за ним следом, стараясь не отставать и не потерять объект преследования из виду, что очень легко могло случиться из-за очень плохой видимости в округе.

258

С большим трудом передвигаясь по сплошь перекопанному и заваленному всевозможным мусором проулку, я едва сдерживала себя, чтобы не выругаться и тем самым не выдать себя. Наконец-то Лапин остановился у какого-то забора, и я поняла, что цель его похода на данный момент достигнута.

Осторожно подкравшись поближе, что вполне позволяла мне сделать моя не слишком светлая одежда, я спряталась за каким-то сильно разветвленным кустом и стала наблюдать за действиями парня. Лапин же продолжал стоять у калитки, не пытаясь ни зайти во двор, ни хотя бы постучать камешком в окошко. И все же хозяин дома почему-то вышел ему навстречу, словно у них на это время была назначена встреча. Я замерла, стремясь хоть краем уха уловить суть их разговора.

К сожалению, мужчины разговаривали слишком уж тихо — я ни слова не разобрала из их короткого разговора и терялась в догадках, что тут к чему. Мне оставалось лишь продолжать следить за действиями обоих. Как ни странно, хозяин дома снова в него удалился, но уже через несколько минут вышел на улицу, как я поняла, переодевшись. Затем парни закурили и, что-то еще друг другу сказав, куда-то направились неспешной походкой.

Я быстренько вылезла из кустов и, все так же выдерживая допустимое расстояние между мной и объектами слежки, пошла следом. Парни покинули жуткую ухабистую улочку, вышли на проезжую часть чуть в стороне от моей машины и стали ловить такси. Я порадовалась, что не придется и дальше шастать пешком, и поспешила занять место за рулем своей красавицы «девяточки». Через пару минут я уже висела на хвосте какой-то светло-серой «Лады», водитель которой согласился подбросить куда-то Лапина и его друга, а может быть, и сообщника, с которым он решил отметить успех предприятия. Как выяснилось немного позже, ребятки поехали в работающий до утра бар под названием «Лунатик», чем еще больше подогрели мою мысль насчет празднования успеха.

Бар находился в полуподвальном помещении, работал раньше почти круглосуточно, но ощутимую прибыль давал исключительно ночью, тем самым подтверждая свое название. Днем же открывалось расположенное недалеко уличное кафе и отбивало всех его посетителей, а потому руководство бара, насколько мне было известно, решило переключиться на ночной режим работы. И, как я могла судить по явно недавно подремонтированной вывеске, решение оказалось правильным и прибыльным.

Зайдя в этот самый бар, преследуемые мною мужчины сели за самый дальний столик, заказали себе пиво и погрузились в беседу. Я же, мышкой прошмыгнув мимо них, стащила со стола одного спящего типа газету и, прикрывшись ею, уселась поблизости. Тут же подлетела молоденькая официантка в ярком костюмчике и елейным голоском поинтересовалась, что я желаю. Чтобы от нее отвязаться, пришлось пожелать натурального сока, так как ничего другого я сейчас бы просто не смогла употребить. Пока девушка выполняла мой заказ, я прислушалась к разговору своих соседей.

— Так как у тебя дела? Что нового? — поинтересовался Лапин у своего собеседника, которого только сейчас я смогла более или менее нормально рассмотреть.

Он был примерно моего возраста, довольно высокий, с редкими светло-русыми волосами, глубоко посаженными глазами и густыми бровями. Нос имел крупный, даже можно сказать, орлиный, и именно нос сильнее всего привлекал к себе внимание и просто подчеркивал свою собственную несуразность на этом лице. Зато вот губы у парня были очень красивой формы, крупными и четко очерченными, но не волевыми, а скорее жеманными. Подбородок оказался двойным, с маленькой ямочкой посередине, так что отличительных черт у парня было хоть отбавляй, такого вряд ли с кем спутаешь.

— Ну как дела? Как и всегда, — отпивая глоток пива из своей стеклянной кружки, ответил субъект, имени которого я пока еще не знала. — Новостей пока нет, разве что надоел мне до ужаса этот чертов завод.

— Надоел? — почему-то удивился Андрей. — Ты же раньше в нем души не чаял! Так хотел на него устроиться, а теперь что? Понял совсем, что не это тебе надо?

— Да как сказать... — вздохнул парень. — Сначала-то и в самом деле хотел там работать, а теперь, когда во все окунулся, уже нет. Не то чтобы мне не нравится, дело совсем не в этом, просто... Я куда больше могу на частных заказах заработать, сидя дома, чем там, целыми сутками сваривая и спаивая всякие детальки. Это только смотреть легко, как кто-то в аппаратуре копается, а когда сам попробуешь, поймешь, что за каторжный труд, эта электротехника. Короче, решил я до отпуска доработать и уйти. Не стоит эта зарплата того, чтобы за нее держаться.

— Ну, как знаешь, твое право, — откликнулся Лапин и лениво принялся закуривать сигарету.

Пока ребятки молчали, я про себя подумала примерно следующее: «Так, значит, друг Лапина работает где-то, где занимаются ремонтом электротехники. Насколько мне известно, такой завод у нас в Тарасове только один, и носит он название радиоэлектротехнического. Ну, даже если парень трудится и не на нем, ясно, что в технике он разбирается неплохо. Следовательно, с легкостью мог оказать соответствующую помощь своему другу и установить капсулу с взрывчаткой в телефон Стаса. Тем более что только что сам сказал, что на частных заказах может срубать куда больше денег, чем на заводе. Не интересующее ли меня занятие он имел в виду? Данную информацию следует проверить».

В этот момент разговор ребят возобновился и затронул еще более интересную для меня тему. Друг Лапина тихонечко спросил:

— Ты и в самом деле не пойдешь на похороны брата? Прикинь, как про тебя тогда будут думать. Ведь только лишний повод для сплетен дашь и...

— Нет, не могу я все эти погребальные процессии переносить, сразу всякие паршивые воспоминания всплывают, от которых отделаться все время пытаюсь, — со вздохом ответил Андрей и с удвоенной активностью отпил изрядный глоток пива.

— Ты Чечню имеешь в виду? — тут же полюбопытствовал друг и сразу же получил утвердительный ответ.

И снова мужчины замолчали, погрузившись каждый в свои воспоминания. Мне ужасно интересно было, о чем каждый из них думал. Но, к сожалению, паранормальными способностями, такими, как чтение мыслей на расстоянии, я не обладала, а значит, могла лишь догадываться, кто и о чем думает.

«Интересно, что имел в виду друг Андрея, говоря о том, что если Лапин не пойдет на похороны, он только подаст лишний повод для сплетен? Считал ли он, что того могут заподозрить в организации взрыва, или же подразумевал что-то совершенно другое? И потом, если он помогал Лапину, почему же он тогда не интересуется, что теперь следует делать ему: затихнуть, спрятаться или что-то еще? Хотя, может, они уже обговорили все заранее, например, пока шли до остановки, а здесь ни о чем таком условились не беседовать, понимая, что кто-то может услышать, а потом и проболтаться. М-да, запутанная история».

Вскоре друзья вновь заговорили, но выбранная ими тема была для меня настолько не интересной, что я предпочла подумать над тем, каким образом можно проверить друга Лапина и выяснить, имел ли он отношение к убийству Станислава или же нет. Идей было много, но пока ни одна из них по той или иной причине мне не подходила. Выпив весь свой сок и даже заказав еще один, в конце концов я все же смогла принять решение и определилась с дальнейшими действиями. Оставалось только дождаться, когда ребятки расстанутся и каждый отправится по своим делам.

Случилось это довольно-таки скоро, так как, допив пиво и выкурив по паре сигарет, мои мальчики посмотрели на часы и решили, что пора разбредаться по домам, иначе их будет ожидать прехорошенький скандал, устроенный их прекрасными половинами. Единодушно приняв такое решение, ребята вышли из бара, вместе дошли до остановки, там пожали друг другу руки и расстались. Лапин остался ждать своего автобуса, а его друг предпочел дойти до дома пешком, тем более что идти было не так уж и далеко, всего каких-то пару кварталов.

Порадовавшись такому удачному стечению обстоятельств, я оставила на время в покое Лапина и последовала за его дружком. Причем на этот раз я шла не позади него, а весьма спешно обогнала его на своей машине, поставила ее под каким-то деревом, сама распустила волосы, достала из заднего кармана своего сиденья бутылку с минеральной водой и стала смачивать ею лицо и маленький носовой платочек. Сейчас мне предстояло сыграть ужасно сентиментальную и плачущую навзрыд дивчину и попытаться разжалобить этого товарища.

Дождавшись, когда друг Лапина появится в поле моего зрения, я торопливо, но стараясь не быть замеченной, перебежала на другую сторону улицы и уже оттуда пошла ему навстречу. В конце концов мы должны были столкнуться, и к этому моменту мне следовало если не выдавить из себя пару слезинок, то хотя бы добиться видимости этого. Вспомнив, что мои глаза слегка подкрашены, а потому вряд ли похожи на заплаканные, я принялась обоими кулаками тереть их. Потом заставила себя во всех красках представить всю картину сегодняшнего взрыва и буквально завыла от жалости к бедным погибшим молодоженам.

Не знаю уж, насколько все это выглядело правдоподобно, но друг Лапина сначала резко притормозил, затем минутку постоял на месте, вглядываясь перед собой, и лишь после того, как понял, в чем, собственно, дело, ускорил шаг и направился в мою сторону. Я мысленно поблагодарила провидение за то, что разыгрывала свое представление ночью, а потому можно было не заботиться об очень уж большой достоверности спектакля, и снова вдалась в плач, содрогаясь от рыданий и непрестанно утирая щеки смоченным предварительно минералкой носовым платком.

— Девушка, извините, я могу вам чем-то помочь? — едва мы оказались на расстоянии трех шагов друг от друга, сочувственно поинтересовался доверчивый парень.

В ответ я зарыдала с еще большей силой и прямо-таки упала в его объятья. Друг Лапина немного растерялся, но все же обнял меня за плечи и стал гладить ладонью по волосам, шепча какие-то нелепые успокоительные слова. Я несколько минут совершенно не реагировала на них, затем стала немного сбавлять обороты и утихать, а потом совсем отстранилась от мужчины и убитым голосом произнесла:

— Простите, извините, я... я не хотела вас отвлекать от ваших дел, я...

— Ничего, ничего, — отказался от моих извинений парень. — Я все понимаю. У вас наверняка случилось какое-то горе.

Я кивнула и снова всхлипнула.

— У вас украли деньги? — наивно предположил парень.

— Нет.

— Вас, простите... изнасиловали? — продолжил расспросы друг Андрея, явно заинтересовавшись моей персоной.

Я снова отрицательно замотала головой и, чтобы не

мучить своего собеседника, сама во всем призналась, сказав:

— Меня лишили брата.

— Брата... — как-то глухо повторил парень. — Его что, убили?

— Хуже, — ответила я и снова взялась за старое, то есть завыла навзрыд.

Совершенно к этому моменту поверивший мне парень снова подошел ко мне поближе и, осторожно обняв за плечи, спросил:

— Хотите выговориться? Я согласен вас выслушать. Я понимаю, как тяжело бывает человеку, если ему некому поведать о своем горе, я и сам однажды такое испытал. И если бы не один старичок, то меня бы, наверное, сейчас уже не было на белом свете. Давайте пройдем с вами вон в тот бар, там и поговорим.

Я несколько раз всхлипнула носом и согласно кивнула. Друг Лапина взял меня под руку и повел в какое-то расположенное в подвале помещение. Я не упорствовала, радуясь, что все получилось даже намного легче и проще, чем я сначала себе представляла. Мы спустились по лестнице в подвал и оказались в очень просторной комнатке, в обе стороны от которой шли коридоры. В центре же располагался прилавок, за которым стоял какой-то кавказец в сравнительно белом фартучке, если так вообще можно было выразиться.

Кавказец тот имел интересную внешность. Кожа у него была совсем светлая, волосы жгуче черными, а глаза голубыми. Именно глаза в первую очередь и привлекали внимание при взгляде на него. Такие контрасты в лике человека не часто доводится увидеть. Мне невольно захотелось пообщаться с ним на тему о его родителях и выяснить, как же так вышло, что с практически кавказской внешностью он унаследовал и совершенно не свойственные восточным людям черты внешности. Ведь обычно кавказские гены более стойкие и проявимые, нежели европейские. Но, видно, бывают исключения и из этого правила.

— Что желаем, дорогие? — прямо с порога спросил у нас ясноглазый кавказец, явно намеренно говоря с очень типичным акцентом.

Вот так же Гарик Папазян иногда вдруг вспоминает о

своих армянских предках и вдруг начинает говорить с акцентом. Шутит вроде бы.

Кавказцу-бармену акцент тоже совершенно не был свойствен, и я могла поспорить, что говорит он на русском не хуже меня. Просто, по всей видимости, он не желает причислять себя к нам, русакам. Видно, родня с Кавказа его устраивает больше.

Пару минут мы с моим спутником почти неотрывно рассматривали необычного бармена, и я едва не позабыла о том, что должна изображать из себя убитую горем девушку и периодически всхлипывать. Хорошо еще, что какой-то паренек, также заглянувший в кафе, сильно задел меня плечом, и я моментально очнулась, опустила глаза в пол и снова принялась утирать их носовым платком.

Совершенно не заметивший моего кратковременного выпадения из роли друг Лапина попросил кавказца устроить для нас не слишком шумное местечко и заказал по чашечке крепкого горячего кофе с булочками. Бармен кивнул и принялся объяснять, куда следует пройти.

— Сейчас идете по этому коридору, за ним будет дверь. Вам надо пройти в нее. Там несколько комнат, выбирай любую и садись. Кофе сейчас будет.

Несколькими минутами спустя мы уже сидели в небольшой комнатенке, обитой ковровым покрытием до середины стен. Этим же самым покрытием были покрыты и полы, а потолок и верх стен оказались крашенными обычной серой краской поверх деревянной обшивки. В самой комнате размещалось всего три деревянных столика и шесть прибитых зачем-то к полу лавок. Посетителей же пока не было вовсе. Друг Лапина усадил меня за центральный стол, сам сбегал за кофе, не дожидаясь, когда нам его принесут, а когда наконец все доставил и сам сел, представился:

— Не знаю, как вас зовут, а меня величать Романом.

— Татьяна, — не став врать, тут же откликнулась я.

— Ну так что же у вас стряслось, Татьяна? — делая глоток из своей чашки, полюбопытствовал Роман. — Вас всю просто трясет. Сразу видно, что-то у вас серьезное случилось.

Меня и в самом деле трясло, но скорее от холода, так как вечером температура заметно понизилась, а я оказалась на улице одетой не совсем по погоде. Правда, пока признаваться в этом совсем не стоило, пусть Роман думает, что трясусь я из-за своего горя, мне же играть роль.

Несколько минут помолчав, как будто решая, стоит ли рассказывать какому-то постороннему человеку о своих проблемах, я с трудом выжала из своих глаз две сиротливые слезинки и, подняв очи на Романа, сказала:

— Моего брата посадили в тюрьму.

— Да? — с непонятной интонацией переспросил парень. — Могу я узнать, за что? Если не хотите, конечно, можете не говорить, я не настаиваю. Просто интересно и...

— Якобы за зверское убийство двоих школьников, — не дослушав парня, ответила я. — Но... — я сделала вид, что невероятно возбуждена, и продолжила свое дальнейшее повествование в довольно быстром темпе: — Но дело в том, что он никого не убивал. Его подставили, жестоко подставили! В тот день он был со мной в кинотеатре, мы ходили смотреть фильм, а когда вернулись домой, на нас налетели менты и забрали его. Только потом утром я узнала, в чем его обвиняют. И я знаю, кто на самом деле совершил это убийство, и брат знает, но нам не верят. А тот тип, этот... ублюдок, он ведь уже не раз убивал и не раз сидел... он живет в нашем подъезде... и теперь я должна буду смотреть на его ухмылки каждый день, тогда как мой брат будет сидеть в тюрьме. Разве это справедливо, скажите, разве справедливо?

— Нет, конечно, нет, — попытался успокоить меня Роман. А я не унималась, продолжая свой занимательный рассказ, сопровождаемый периодическим пусканием слез и вздрагиванием:

— Вы не представляете, как я ненавижу этого типа! У него есть деньги, есть связи, поэтому его и не трогает милиция, он ее всю купил давно. А у нас, у нас нет ни того, ни другого... Так что же, значит, на нас можно вешать чужие преступления? Нет, я не допущу такой несправедливости, я лично убью этого гада, я его...

— Но ведь вы сами только что сказали, что убийство — это плохо, и тут же утверждаете, что кого-то решили убить, — немного резко перебил меня Роман. — Я думаю, вы просто чересчур возбуждены сейчас и расстроены, а потому не способны мыслить справедливо и правильно. Лучше вам сейчас пойти домой и отдохнуть, а уже завтра, все хорошо обдумав, вы поймете, что убивать никого не стоит и нужно придумать какой-то иной способ вызволения вашего брата из тюрьмы. Вот это-то и будет справедливо.

— Справедливо? — вскочив, возмутилась я. — Да о какой справедливости вы говорите? Вы что, на стороне того гада, который подставил моего Митеньку? — на ходу выдумала я имя несуществующему братцу и изобразила на своем лице такое злобное выражение, что Роман невольно напугался, принялся усаживать меня на место и успокаивать.

Но я упорно продолжала свои гневные излияния:

— Справедливо будет отомстить за брата. Я не считаю, что сделаю что-то плохое, лишив общество такого отвратительного монстра, как этот гад. Разве я не права? Скажите, разве не права?...

— Да. Отчасти, — не совсем уверенно ответил Роман и тяжело вздохнул, видимо, уже жалея, что взвалил на себя столь непосильную ношу, предложив меня выслушать. Лучше бы шел себе домой и ни о чем не думал, а теперь вот он вынужден мучиться со мной.

Я поняла, что слегка переборщила, и сразу же немного успокоилась. Мы с Романом пару минут посидели молча, а потом я совершенно спокойным голосом продолжила:

— Знаете, я ведь даже придумала, как его убить, чтобы меня никто потом не смог ни в чем обвинить. Хотите скажу?

— И как же? — с некоторым интересом спросил Роман, внимательно вглядываясь мне в глаза.

— Я видела однажды по телевизору передачу о взрывных устройствах, — начала объяснять я. — Так в ней сказали, что в любой сотовый телефон с легкостью можно поместить взрывчатку. И как только потом на этот самый телефон позвонят, прогремит взрыв, и его обладателя разнесет на куски. По-моему, идеальный способ убийства. Как вы думаете?

— Я думаю, что любой способ убийства нельзя назвать идеальным, ведь он лишает жизни человека.

— Жаль, что у меня нет знакомых, понимающих в аппаратуре и взрывчатке, — сделав вид, что не слышала его слов, продолжила я. — Я бы заплатила ему любые деньги, продала бы все, что у меня есть, только бы он поставил взрывчатку в телефон. А там уж я добралась бы до этого урода.

В ответ на мои слова Роман только усмехнулся, а когда я посмотрела на него, слегка сомкнув вместе брови, пояснил:

— Вы слишком легко себе все представляете. На самом деле ничего такого просто невозможно сделать.

— Это почему же? — переспросила я, слегка нахмурившись.

— Ну, хотя бы потому, что тот гад, как вы его называете, ни за что не даст вам свой телефон, даже на время. Как же тогда вы сможете поместить в него взрывное устройство?

— Просто куплю точно такой же телефон, помещу взрывчатку в него, а потом поменяю трубки местами. Он и заметить ничего не сумеет, — не задумываясь, выдала я. — Это-то легко. Главное — найти того, кто все сделает, остальное уже мои заботы.

— И все же я считаю то, что вы задумали, полнейшей глупостью, — продолжал настаивать на своем Роман. — Я разбираюсь в электронике, но все же, имея даже тысячу врагов, не стал бы бороться с ними таким вот путем. Это же просто негуманно. И вообще отвратительно!

— Почему вы не стали бы так мстить? — пропустив последнюю часть сказанного, с интересом переспросила я.

— Хотя бы потому, что я законопослушный гражданин своей страны. И если я считаю, что в чем-то наши органы власти не правы, то попытаюсь доказать им это вполне законным путем, — стал объяснять мне друг Лапина. — Например, наняв хорошего адвоката или людей, которые бы провели по делу свое собственное расследование. Сейчас ведь довольно много в Тарасове и адвокатов, и опытных частных детективов. Почему бы вам не обратиться за помощью к ним? Вы же сами сказали, что заплатите любые деньги тому, кто поможет брату. Вот и заплатите, но не за новое преступление, а за совершенно правовые действия. Так будет более правильно.

«И это мне предлагает человек, который только что устроил подобный придуманному мной взрыв? — невольно удивилась я про себя. — Или он и в самом деле не при делах и не имеет никакого отношения к убийству брата

Андрея? А может, просто раскусил меня и теперь старается убедить в том, что он ни при чем? Нужно как-то заставить его рассказать правду».

— Не верю я всем этим адвокатам, — отмахнулась от данного предложения я. — Деньги бешеные дерут, а потом говорят, что сделали, мол, что смогли, даже при нулевом результате. Нет, я все равно найду того, кто мне поможет с взрывчаткой. Вы же наверняка знаете кого-то, кто это может сделать, но не говорите. Ясно, вы мне не желаете помогать...

— Я не сказал, что не хочу помочь вам, — немного раздраженно произнес Роман. — Напротив, очень хочу. Но еще я хочу, чтобы вы не загубили жизнь и себе, вы ведь еще так молоды. Давайте я лучше подыщу вам хорошего адвоката. У меня есть один друг, так вот у него был брат, адвокат. И хотя этот брат сегодня умер, я все же думаю, что можно найти кого-то из его знакомых, кто вам поможет, — предложил Роман и сразу спросил: — Вы согласны попробовать?

— Не знаю, — отмахнулась я и тут же полюбопытствовала: — Вы сказали, что у этого вашего друга сегодня умер брат. Что с ним случилось?

— Точно не знаю, я в подробности не вникал, — вроде бы вполне правдиво ответил мне Роман. — Мой друг не любит обсуждать с посторонними свои семейные проблемы, я и не лезу.

— Какой же вы посторонний? — не уходила я от темы, понимая, что это единственный шанс выяснить все подробности. — Вы ведь его друг, вам он может доверять. Будь я на вашем месте, то обязательно бы его расспросила. Да и высказаться человеку наверняка нужно было, а вы его не поддержали в этом.

— Вот именно, вы бы расспросили, — с усмешкой произнес Роман, прищурившись глядя на меня. — А я нет. И все потому, что мы разные люди. Знаете, этот мой друг считает, что подобного рода беседы, то есть на темы семейных отношений и всего подобного, это удел женщин и сплетников, а так как он к ним не относится, то мы уже давно решили, что сор из своих домов не будем выметать даже друг перед другом. И тут я с ним совершенно солидарен, потому и не спрашиваю ни о чем. Захочет, сам все расскажет.

— Странные вы оба какие-то, — отставляя пустую чашку в сторону, ответила я. — О чем же тогда вообще можно разговаривать, если не о делах семейных?

— Ну, о многом, — развел руками мой собеседник. — Например, о политике, о женщинах, о погоде, об общих увлечениях. Да тем — море, главное, их видеть и не пропускать, — пояснил мне Роман. А потом снова спросил: — Ну так как, вы согласны, чтобы я попробовал найти для вас хорошего адвоката? Выбор за вами.

— Пожалуй, да, — ответила я и, понимая, что больше мне уже разговаривать с Романом не о чем, учитывая, что все необходимое я уже выведала, посмотрела на свои часики. Заметив мой жест, парень поинтересовался:

— Куда-то торопитесь?

— Да, я должна была быть дома еще час назад, мама, наверное, уже волнуется. Тем более что она еще не в курсе всего случившегося. Представляю сейчас, как она начнет плакать. Мне заранее жалко.

— Хотите, я вас провожу? — предложил свою помощь Роман, хотя по нему было видно, что сделал он это из чисто джентльменских соображений, так как сам был бы не прочь поскорее добраться до собственной хаты и завалиться спать.

— Нет, спасибо, — отказалась я, не желая больше мучить бедного парня.

К тому же мне и самой хотелось остаться наедине с собой и подумать над тем, что я только что узнала и выяснила. А в соседстве с кем-то сделать это практически невозможно, следовательно, нужно побыстрее остаться одной и спокойно подумать.

— Вам в какую сторону? — поинтересовался Роман, едва мы оказались на улице.

Я зябко поежилась от прохладного ветерка, слегка коснувшегося моей спины, и указала в сторону, противоположную той, где жил Роман. Сделала я это, конечно, специально, так как иначе мне пришлось бы еще какое-то время идти рядом с Романом, а так я могла спокойно вернуться в свою машину и отправиться к себе домой. Как назло, Роман оказался большим джентльменом, нежели я ожидала. Выяснив, куда именно мне нужно, парень вызвался проводить меня до остановки, заявив:

— Сейчас уже слишком темно, чтобы такая привлекательная женщина гуляла по темным улочкам одна. Не хватало еще, чтобы на вас напали какие-нибудь хулиганы. Давайте уж лучше я вас провожу до остановки, так мне будет спокойнее.

Я попыталась было сначала возражать, но быстро поняла, что это бесполезно, и вынуждена была, взяв парня под руку, направиться к автобусной остановке. В сторону от своей-то машины! Добравшись до остановки, мы минут двадцать выстояли на ней, так как время уже было действительно позднее, когда транспорт ходит не часто. Я успела окончательно промерзнуть, но все же упорно делала вид, что чувствую себя вполне нормально. Наконец якобы нужный мне автобус подошел, Роман посадил меня в него и, крикнув вслед свой номер телефона, попросил позвонить, если я и в самом деле хочу найти хорошего адвоката. Я согласно кивнула и порадовалась, что наконец осталась одна.

Подойдя к шоферу, я попросила его остановиться прямо за поворотом. Выйдя, преспокойно направилась пешочком в сторону оставленной мной под каким-то деревом машины. К счастью, «девяточка» обнаружилась весьма скоро, она стояла, почти сливаясь с ветвями раскидистого дерева, почти не видная в темноте. Но, как говорится, свое хозяин всегда отыщет, так что в том, что я быстро найду свою машину даже в кромешной тьме, я и не сомневалась.

Открыв любимую «девяточку», я торопливо села в нее, завела, включила обогреватель и, частично оттаяв, полезла в сумочку за сигаретами. Достав их, закурила и погрузилась в размышления. Из всей сегодняшней беседы у меня получалось, что Роман не в курсе даже того, как погиб брат его друга. Причем он явно не врал, иначе бы я это сразу заметила, почувствовала бы, ведь обладаю очень хорошей интуицией и неплохо разбираюсь в психологии человека. Стало быть, мне он не врал. И вообще, судя по всему, Роман относится к тем людям, которые закон если и нарушают, то только под дулом пистолета.

И теперь у меня выходило, что Андрей Лапин человек очень осторожный, если даже с другом ничем не делится. Естественно, и о помощи такого рода он вряд ли бы стал просить Романа, понимая, что, если тот вдруг откажется, потом может его же и выдать. С такими правильными людьми, как Роман, темные дела не делаются.

К тому же, будь Роман задействован в деле с убийством, от моих вопросов он бы обязательно занервничал. И уж никак он не выглядел бы таким уравновешенным и спокойным. Так что Андрею куда проще было найти совершенно постороннего человека, профессионала, тем более что трубку, как я сама сегодня догадалась, можно было купить точно такую же, сделать с ней все необходимое, а потом подменить. Благо ключи от квартиры родителей у него были.

«Стоп, а ведь если трубку Андрей подменил, значит, где-то должна быть еще одна точно такая же трубка. И скорее всего — у него дома. Выкидывать ее он вряд ли бы стал, понимая, что телефон можно продать за деньги, пусть и не очень большие. Если это так, то, найдя трубку, я смогу сразу доказать, что виновен в смерти Стаса именно Андрей. Главное ее найти, пока еще не слишком поздно».

ГЛАВА 4

Проснувшись утром, я вспомнила, что вчера сама себе дала подсказку, когда врала парню и говорила, что можно поменять трубки телефонов, настоящую на заранее подготовленную. Наверняка так и сделал брат убитого, а значит, у него где-то должна быть вторая, точно такая же трубка. Ее поиском я и решила заняться, дождавшись, когда Андрей Лапин со своей Викой не покинут квартиру и оставят ее в моем полном распоряжении.

Сегодня я успела выспаться и теперь чувствовала себя более или менее сносно. С легкостью покинув теплую постель, я наведалась в ванную комнату, приняла любимый бодрящий душ, затем сделала себе кофе и, сев с ним за стол, пододвинула к себе телефон. Немного покопавшись в памяти, я выудила из нее номер Сергея Костромова и набрала его. Как я и думала, Сергей еще не успел никуда уйти и сам снял трубку.

— Сережа, доброе утро, — узнав его по голосу, поприветствовала парня я. — Надеюсь, я вас не слишком побеспокоила?

— Да нет, я как раз собирался поехать к родителям Стаса, там сегодня похороны. Вы будете?

— Пожалуй, нет, — честно призналась я и сразу продолжила: — Я занята проверкой вашей версии, и у меня возник вопрос.

— Да, я слушаю, — откликнулся Сергей. — Что вы хотите узнать?

— Опишите мне, пожалуйста, сотовый телефон Станислава, — без всяких предисловий попросила я. — Вы ведь его наверняка видели.

— Да, видел. Подождите, сейчас вспомню. — Сергей на несколько минут замолчал, а потом продолжил: — Когда он его кинул, мы еще говорили о преимуществах именно этой фирмы.

— И какой же?

— По-моему, у него была «Нокия» шестьсот десять. Не самая крутая моделька, но весьма удобная.

— Что ж, спасибо, — поблагодарила я Костромова и, не говоря больше ни слова, отключилась. Теперь мне было понятно, что именно следует искать в доме Андрея Лапина, а значит, нужно допивать кофе и отправляться на дело.

Быстро покончив с завтраком, который на сегодня у меня был не слишком насыщенным: кофе и несколько рассыпчатых печенюшек, я перебралась в зал и стала выбирать из имеющихся вещей такие, которые сегодня больше всего подошли бы. Учитывая то, что с самого утра мне предстояло влезть в чужую квартиру и делать в ней обыск, я решила надеть топик с коротким рукавом и темно-коричневые бриджи длиной до середины икр. Облачившись, я заплела волосы в косу, на лоб нацепила темные очки и направилась в прихожую. Макияж сегодня я решила не делать, подумав, что и так выгляжу не только очень красивой, но еще и весьма естественной.

Выйдя на улицу, я подошла к машине и только сейчас увидела, как сильно она запылилась. Но заниматься ее мытьем было некогда, поэтому я решила оставить все как есть, села за руль и, повернув ключ в замке зажигания, надавила на газ. Машина послушно тронулась с места, и уже через пятнадцать минут я была у дома Лапина-старшего.

Поместив машину за расположенными в стороне гаражами, я села на лавочку, стоявшую у одного из подъездов, и закурила. Я знала, что отсюда меня почти не видно за деревьями и детской площадкой, в то время как мне очень даже удобно наблюдать за подъездом. Не успела я выкурить и половину сигареты, как из нужного мне подъезда вышел Лапин со своей девушкой. Они, по всей видимости, отправились на работу, активно что-то обсуждая и двигаясь в сторону остановки.

Решив не медлить, я сразу встала с лавочки, отбросила сигарету и направилась к подъезду. Там поднялась на второй этаж и, не став на этот раз стучать в дверь, сразу принялась открывать замок отмычками. Как и в первый раз, на это мне потребовалось совсем немного времени, и вскоре я уже была в квартире. Торопливо заперев дверь изнутри, я облегченно вздохнула и сразу принялась за обыск.

Первым делом проверила все шкафы и полки, но не обнаружила ничего похожего на телефон. Затем переключилась на осмотр коробок, стоящих на шкафу. Но не просмотрела еще содержимое и одной, как услышала, что в дверь кто-то вставил ключ.

«Вот черт! — вздохнула я. — С какой стати им понадобилось вернуться? Впрочем, сама виновата, можно было бы немного подождать, а не кидаться сразу в квартиру».

Быстро пробежав взглядом по комнате, я торопливо юркнула за стоящее в углу кресло, понадеявшись, что, возможно, Лапин просто что-то позабыл, а потому сейчас возьмет, что нужно, и сразу уйдет. Может быть, так бы и случилось, если бы я сообразила, прежде чем прятаться самой, закинуть на шкаф снятую оттуда коробку, а не оставила ее стоять на столе. Именно ее и увидел Андрей, когда проходил мимо. Осторожно выглядывая из-за кресла, я заметила, как он напрягся, как принялся внимательно осматривать квартиру, пытаясь определить, что еще в ней стоит не на своем месте.

Я буквально съежилась за креслом, надеясь на то, что мне повезет и Лапин посчитает, что коробку сняла со шкафа его девушка. Я даже считать про себя начала, чтобы хоть чем-то отвлечься от малоприятных мыслей, лезущих в голову, и тут услышала над собой:

— Ага, вот и воришка. Чего спряталась, вылезай!

Я осторожно подняла голову и нос к носу столкнулась с нависшим надо мной Лапиным. Вид его не предвещал для меня ничего хорошего. Не дав мне толком опомниться и сообразить, что лучше сделать в таком случае, Андрей резко схватил меня за руку и дернул наверх. Я вскрикнула и вскочила. Мгновенно опомнившись, я резко вывернулась и, освободив захваченную руку, нанесла ею удар по ребрам парня. Тот мгновенно свернулся пополам, но так же быстро и выпрямился, справившись с болью. В результате мы оказались стоящими друг против друга в напряженных позах.

Окинув меня оценивающим взглядом, Лапин язвительно усмехнулся и произнес:

— Так ты, оказывается, не только воришка, но еще и драчунья. Ну да ничего, сейчас я тебя проучу.

В следующую минуту он уже летел на меня с кулаками, и мне оставалось только отражать его удары и успевать попутно наносить собственные. Завязалась драка, в сторону полетели вазы, рамки с фотографиями, смещались со своих мест стулья и кресла — одним словом, стало жарко. Никак не ожидая такой силы и такой подготовки у Лапина, я вынуждена была собрать все свои, чтобы не быть поколоченной. Но Андрей не унимался, а с еще большей активностью стремился меня побороть. Пришлось пойти на хитрость.

Дождавшись, когда парень снова кинется на меня с кулаками, я поставила ему подножку и приготовилась уже прыгнуть ему на спину, как только он упадет, да не тут-то было. Лапин хоть и упал, но при этом сумел схватить меня руками так, что я невольно оказалась под ним, причем не имея никакой возможности пошевелиться. Хорошо подготовленный и явно еще не успевший позабыть все то, чему его научили в армии, парень не дал мне и минуты на то, чтобы собраться, а мигом стащил со стола тонкую скатерть и смотал ею мои руки. Затем встал с пола и, небрежно поставив меня на ноги, а затем толкнув в кресло, произнес:

— Ну вот, так-то лучше. А ты, я смотрю, хорошенькая, — теперь уже чуть лучше рассмотрев меня, добавил он как бы невзначай и даже поднес к моему лицу свою лапищу, то ли чтобы погладить его, то ли чтобы потрепать, но я быстро среагировала на это и вцепилась своими острыми зубками в его волосатую руку.

Лапин заревел, как раненый зверь, отдернул руку, а затем другой с силой ударил меня по щеке. Одна половина моего лица тут же загорелась болью, но я только усмехнулась на это, не собираясь признавать свое поражение. Совершенно озверев от такого моего поведения, Лапин оторвал от той же самой скатерти кусок ткани, скомкал его в комок, потом схватил меня за скулы и с силой надавил на них. Естественно, что такого натиска я не выдержала и вынуждена была открыть рот. Ну и тут же получила в него скомканную тряпку. Теперь я была не только связана, но и не имела никакой возможности что-либо сказать.

Решив, что я совершенно обезврежена, Лапин подошел к окну, открыл его и, свесив голову вниз, крикнул:

— Вика, поднимись-ка наверх. Дело есть.

Девушка, по всей видимости, что-то спросила, но Лапин только махнул на нее рукой и принялся снова закрывать ставни. Я же ломала голову над тем, что теперь со мной будет. Перспективы казались не очень радостными. Если учесть, что меня приняли за вора, то сейчас хозяева квартиры наверняка решат сдать меня ментам, а там попробуй докажи, что ты частный детектив, а не кто-то еще. Кире позвонить мне могут и не позволить, и потом даже для частного детектива незаконное проникновение в чужую квартиру наказуемо. Так ведь и лицензии можно лишиться. Да, похоже, влипла я отменно. И даже возможности как-то все объяснить нет — рот-то заткнут.

Вскоре появилась девушка Лапина. Вблизи она показалась мне гораздо менее привлекательной, нежели издалека, когда я увидела ее утром. У нее был слишком маленький и вздернутый кверху носик, блеклые и совершенно невыразительные глаза, которые она очень ярко красила, не особо впечатляющие губы, а также темно-русые волосы. Губы напоминали собой неправильной формы вишенку, одна половина которой выступала вперед чуть больше второй. Хотя в общем все смотрелось неплохо, тем более что девица за собой ухаживала и всячески пыталась скрыть свои недостатки.

Войдя в зал, она сразу охнула и непонимающе уставилась на своего кавалера.

— Что тут происходит? — кое-как выдавила она из себя.

— Воровку поймал, — доложил Андрей. — Лазала по нашим вещам. Явно золото искала. Что будем с ней делать?

— А что мы можем? Конечно, сдаем ментам, а там уж пусть они с ней разбираются, — не задумываясь, предложила девушка.

— Ментам? — недовольно переспросил Андрей. — Вот еще. Знаю я их методы, подержат в камере сутки и отпустят, а если у нее деньги есть или адвокат хороший, так и того быстрее отпустят. Нет, меня такое наказание совсем не устраивает. Я ее куда лучше сам могу отдубасить, другой раз подумает, прежде чем в чужие владения лезть.

— Может, лучше не стоит прибегать к жестокости? — с надеждой произнесла девушка. — Не нравится мне смотреть на мордобои.

— А тебя никто и не заставляет смотреть, — высыпав на стол содержимое моей сумочки, откликнулся Лапин. — Выйдешь на улицу, там меня и подождешь.

— Ну да, как же! — вспыхнула девица. — А вдруг ты тут с ней сексом займешься или, того хуже, убьешь ее. Нет, никуда я не пойду.

— Тогда придется посмотреть на мордобой, — откликнулся Лапин и тут же добавил возбужденно и с издевкой: — Опаньки, ты глянь, что я тут обнаружил! Удостоверение работника прокуратуры.

— Так она, значит, из ментовки? — испугалась девушка.

— Ага, как же, из ментовки! Документик-то сто лет как просроченный. Нашла где-нибудь на помойке, вклеила свою карточку и пользуется, обманывая людей. Это ж надо, какая лиса! Представляешь, вот приходит она к тебе под видом милиционера, говорит, что обыск, при тебе же забирает все, что приглянулось, и только ее и видели. Отлично придумано.

— Да уж, — озабоченно вздохнула Вика и уселась в свободное кресло. — Так ты думаешь, что ее нужно как следует побить?

— Не думаю, а уверен в этом, — все еще копошась в моей сумочке, ответил ей Андрей.

Я же, никак не желая даже на время становиться спортивной грушей, попыталась дать понять, что могу все объяснить, но так как мне мешал кляп, выходило это неважнецки. Развязать же руки, стянутые очень крепко и профессионально, все никак не выходило.

— Мне кажется, она хочет что-то сказать, — заметив мои старания, сказала Вика. — Может, дадим ей шанс?

— Да что она может сказать? Разве что орать начнет, — не придал предложению подружки никакого значения Лапин. Но его девица все же продолжала настаивать на своем, за что ей огромное спасибо.

— Орать она не будет, я так думаю, — заявила она.

— Это почему же?

— А зачем? Ну, прибегут соседи, мы все объясним, вызовем милицию, пока едет, она все равно свое получит. Не вижу смысла, — разъяснила все девушка, а потом, повернувшись ко мне, спросила: — Я права?

Я согласно закивала, так как ничего иного сделать больше не могла.

— Вот видишь, — продолжала Вика. — Вынь кляп, посмотрим, что она скажет. А если начнет орать, так ты его тут же назад сунуть сможешь.

— Хорошо, — согласился Андрей, хотя по нему было видно, что он мне не доверяет и безо всякой охоты идет на этот шаг.

Быстро подойдя ко мне, Лапин рывком выдернул у меня изо рта кляп, едва вместе с ним не вырвав и половину зубов. Я сразу же закашляла, потому как горло сильно пересохло и теперь в нем першило.

— Ну, что ты нам можешь сказать? — пренебрежительно поинтересовался Андрей. — Только не надо сказочек всяких, типа про белого бычка. Я знаю, что ты воровка-профессионалка.

— Я и в самом деле профессионалка, — наконец обретя способность нормально говорить, спокойно произнесла я, — только не воровка, а частный детектив.

— Кто? — заржав от смеху, переспросил Лапин. — Частный детектив? Ты хоть ври, да не завирайся. Кто в эти твои басни поверит!

— Это не басни, а правда. Вот вы, например, знаете, каким образом вчера погиб ваш брат?

— Откуда тебе стало известно о его смерти? — моментально посерьезнел Лапин.

— Я была на свадьбе, — честно призналась я. — Я знаю, как все случилось, и я, как и еще некоторые люди, посчитала, что это убийство было делом ваших рук.

— Моих? Что ты брешешь! — разозлился Андрей. —

Думаешь, раз сама попалась, так можно на меня всех собак навешать? А про смерть брата ты наверняка из записки узнала, что на холодильнике лежит. Да, сообразительная мадам, моментально смекнула, как нас на свою сторону перетащить. Ты, небось, подумала, что стоит тебе нам все в красках рассказать, так мы сразу тебе поверим, убедимся, что мы ни при чем, и отпустим? Как бы не так!

— Так вы все еще не сказали ни мне, ни своей девушке, как же погибли ваш брат с невесткой, — понимая, что Лапина не переслушаешь и он может возмущаться еще очень долго, продолжила начатое я. — Скажите, я вас очень прошу?

— Я понятия не имею, как они погибли, — огрызнулся Лапин.

— А вот я имею, — продолжила я вслед за этим. — Хотите скажу?

— Говорите, — ответила за него Виктория.

— Их разорвало на части взрывчаткой, помещенной в сотовый телефон Стаса, — глядя на девушку, ответила я. — И чтобы эту взрывчатку в тот самый телефон поместить, его нужно было подменить. Сделать это мог только человек, имевший ключи от квартиры, а их имел, насколько мне известно, только ваш возлюбленный.

— Это правда? — повернувшись к Андрею, строго спросила Вика. — Ты и в самом деле подменил его телефон?

— Ничего я не менял, что ты ей веришь! — окончательно разозлился Лапин. — Даже если Стас и в самом деле погиб именно так, то об этом уже всему городу известно, а она решила на нашей неосведомленности сыграть. Я ее насквозь вижу. Себя выгораживает.

— Но ведь ключи и в самом деле есть только у тебя, — не поверила ему Вика. — И ты действительно накануне свадьбы брата зачем-то ходил к родителям.

— Как это «зачем-то»? — взмахнул руками Андрей. — Нам за картошкой я ходил. Или ты забыла, что мы свою всю съели? Но телефонов никаких я не брал, и точка на этом. И вообще, ты кому больше веришь, этой воровке или мне?

— Тебе, конечно, но... — попыталась было что-то еще сказать Вика, но Лапин ее перебил и решительно направился ко мне.

— Вот и ладненько. А теперь иди в кухню, а я этой крале сейчас спесь-то немного собью, другой раз не станет на доверчивости людей и на их горе играть.

Подойдя ко мне, Лапина схватил меня за плечо и, крепко сжав его, потянул меня вверх. Я как раз успела ослабить узел на руках и, понимая, что медлить больше нельзя, рывком вытянула из пут одну руку и с силой ударила ею Лапина в живот. Теперь уже хорошо зная, что времени на передышку ему требуется немного, я еще раз ударила парня, на этот раз соединенными в замок руками по затылку. Парень повалился на пол, но тут Виктория резко завизжала и, схватив первое, что попалось под руку, а попалась какая-то ваза, кинулась с нею на меня.

Понимая, что с девушкой справиться куда проще, чем с ее хахалем, я не стала сразу кидаться ей навстречу и пытаться ее обезвредить, а стукнула Лапина еще раз, чтобы он окончательно потерял сознание, а только затем врезала и подбежавшей ко мне девице. Ее ваза полетела на пол и разбилась на множество мелких кусочков, тогда как сама она схватилась обеими руками за щеку и, зарыдав, осела на пол. Я быстренько схватила все ту же, не раз уже задействованную сегодня в борьбе скатерть, подняла Вику с пола и крепко-накрепко перевязала ей руки. Девушка даже и не сопротивлялась, продолжая всхлипывать и просить о помощи, причем почему-то у своего сожителя, явно находившегося в бессознательном состоянии.

Но тут он начал приходить в себя, так что мне пришлось оставить девицу и переключиться на него. Понимая, что какой-то там скатертью его не удержишь, я вовремя бросила взгляд на стол и, увидев лежащие на нем наручники, непременный атрибут моей изящной сумочки, схватила их и поспешила к зашевелившемуся Андрею. Тот попытался было нанести мне удар, но, поскольку еще не совсем очнулся, не сумел рассчитать траекторию и стукнул рукой по ножке стола, так как я отпрыгнула в сторону. Затем снова подскочила ему и, схватив обе его руки, крепко-накрепко скрепила их наручниками. Вот теперь все было так, как положено, как и должно было быть, и это мне намного больше нравилось.

Облегченно вздохнув, я подняла Лапина с пола, посадила парня в кресло, и его девице приказала сделать то же самое. Та послушно села, куда ей было указано, и кинула взгляд, полный надежды, своему возлюбленному. Тот только злобно покосился в ее сторону и сразу обратился ко мне с вопросом:

— Ну и что теперь? — с некоторой усмешкой спросил он. — Что же ты не сматываешься, не забираешь все то, ради чего сюда приходила.

— Ну хотя бы потому, что я еще не нашла этого, — тем же тоном ответила я. А потом пояснила: — А искала я вторую трубку, похожую на ту, что была у вашего брата. Скажите, куда вы ее дели?

— Да ты что, совсем сдурела? — вспыхнул Лапин. — Я ведь уже сказал: не в курсе я, что там случилось. Никакого телефона не брал, ничего не делал. И вообще, мне до моего брата дела нет, что там с ним произошло, это все его проблемы.

— Да неужели? — подхватила его речь я. — А мне вот стало известно, что вы как раз очень желали заполучить то, что досталось вашему брату, и ради этого могли еще и не такое сотворить, с вашим-то хулиганским прошлым.

— И что же мне было надо? — не понял меня Лапин.

— Квартиру, которую родители подарили не вам, своему старшему сыну, а Стасу. Разве я не права? — задала вопрос я и добавила: — И потом, вы всегда чувствовали нехватку родительского внимания к себе, зато теперь можете надеяться, что его у вас прибавится.

От моих слов девица совсем притихла и, вжавшись в кресло, принялась безостановочно вертеть головой, глядя то на меня, то на Лапина.

— Ну так что же вы теперь молчите? — видя, что Андрей нахмурился, принялась уточнять я. — Не думали, что на вас так быстро выйдут?

— Кто вам рассказал все это? — сухо спросил Андрей.

— Не важно, — отмахнулась я. — Главное, что это правда.

— Нет, это-то как раз полная чушь. Я непременно узнаю, кто меня так оклеветал, и тогда ему очень не поздоровится. А вам бы, дамочка, не знаю, кто вы такая, но раз все еще не уходите и задаете свои глупые вопросы, то возможно, что вы и правда частный детектив, так вот вам бы я посоветовал в следующий раз более тщательно все проверять. У вас недостоверные сведения.

— В каком смысле? — не поняла я.

— А в том, что квартира, доставшаяся брату, мне совершенно не нужна, хотя, если теперь достанется, отказываться не стану. У меня есть жилье, только сейчас я его пытаюсь продать, чтобы приобрести другое, чуточку получше и в более удобном мне районе.

— Откуда у вас может быть жилье? — не поверила я.

— От меня, — теперь уже встряла в разговор Вика. — Мы несколько дней назад зарегистрировались, но пока об этом никому не говорили. У меня есть квартира, но она находится на самом дальнем конце Трубного района, поэтому мы решили ее продать и купить что-нибудь здесь, в городе. Андрей как раз немного подзаработал, да и мои родители обещали чуть-чуть помочь.

— Вот так-то, дамочка, — усмехнулся Лапин и с благодарностью посмотрел на свою Вику.

Я же не стала сразу раскаиваться и признавать свою ошибку, а, напротив, только спросила:

— Почему вы думаете, что я вам так сразу поверю? Вы, так же, как и я, можете попытаться мне сейчас наврать, чтобы спасти свою шкуру. Разве я не права?

— Я могу это доказать, — снова ответила Виктория.

— Каким образом?

— У меня есть документы на квартиру, и я могу дать вам телефон того риелтора, который занимается ее продажей.

— Где эти бумаги? Я сама их возьму, — заявила я.

— В шкафу, на второй полке под платьями.

— Отлично, — бросила я в ответ и сразу же занялась поиском бумаг. Однако сама не забывала поглядывать и в сторону Лапина, прекрасно понимая, что Виктория мне запросто могла наврать, чтобы дать ему возможность освободиться от пут так же, как недавно сделала я.

Но, как ни странно, бумаги и в самом деле нашлись. Точнее сказать, я нащупала под одеждой что-то бумажное в пластиковом пакете. Достав сверток, я вернулась на прежнее место, высыпала содержимое пакета на стол и, подняв один из листов, внимательно посмотрела на него. Это оказался договор дарения на квартиру в Трубном районе, оформленный еще пять лет назад на имя Власовой Виктории Максимовны. Сразу вспомнилось одно из предсказаний моих косточек: «Если человек не хочет что-то изменить, значит, его устраивает положение вещей». Сомневаться в подлинности слов девушки и ее парня не приходилось. И все же я не спешила полностью полагаться на услышанное и на всякий случай попросила еще и координаты риелтора.

Вика без лишних вопросов продиктовала мне его телефон. Я набрала номер на своем сотовом, также лежащем на столе среди других предметов, высыпанных Андреем из моей сумочки, и, дождавшись, когда мне ответят, спросила:

— Скажите, а вы не продаете квартиры по улице Забурина?

— Продаем, — уверенно ответил мне мужчина. — Одна в трехэтажке, другая в пятиэтажке. Вас что больше устроит?

— Мне, пожалуйста, расскажите о той, которая двухкомнатная, на третьем этаже, — глядя все в тот же договор, попросила я.

Риелтор тут же удивился:

— А откуда вы знаете, что она там находится?

Я не ответила, отключив телефон, тем более что все необходимое уже было выяснено и большего не требовалось.

— Ну что, теперь-то вы нам верите... — взял инициативу в свои руки Лапин и брезгливо посмотрел в мою сторону, — мадам частный детектив.

— Теперь верю, — вскинув голову, ответила я. — Только все равно это не оправдывает вас полностью.

— А мне плевать, что у вас там и кого оправдывает! Я не интересуюсь квартирой, подаренной родителями моему брату, и можете даже заявить от моего имени родичам, что я у них ее и просить не стану, если это они вас на меня натравили. Да наверняка они, больше некому. Они всегда думали, что я завидовал их дорогому Стасику, его пятеркам, его хорошим дружкам. Тьфу! — Лапин смачно сплюнул в сторону, прямо на палас, отчего я даже поморщилась. — Не завидовал я ему ни в чем. Потому что когда у него были пятерки, у меня уже были деньги и все остальное. А с ним сюсюкались только, меня же их целования всегда раздражали. А высказал я все это родителям только для того, чтобы унизить их, заставить почувствовать себя паршиво, как и я, когда они объявили мне про квартиру. Я тогда и в самом деле сорвался, — взялся почему-то выкладывать всю подноготную Андрей. — Несправедливо ведь это, вот я и возбухнул, но не столько ради самой квартиры, сколько ради справедливости. Они же меня не так поняли, вот и прислали вас.

Я не стала говорить Лапину, что его родители тут вовсе и ни при чем, а стала думать, что делать дальше, поверить ли парню или попытаться побеседовать с ним немного иначе. В конце концов, решила задать еще несколько наводящих вопросов и последить за его реакцией.

— Что ж, допустим, ты мне сейчас не соврал, — спокойно начала я. — Тогда давай подумаем вместе, кому смерть твоего брата была нужна?

— Вот уж спросили... — вздохнул Лапин. — Вы ж сами сказали, что мы с ним друг друга ненавидим. Мы не общались, это действительно так, следовательно, откуда я могу что-то о нем знать? Ответ: ниоткуда.

— Когда вы узнали, что ваш брат умер? — резко спросила я, стараясь сбить Андрея с толку и заставить произнести что-то непроизвольно.

— Вчера вечером, когда вернулся с дачи, — не задумываясь, ответил Андрей. — Нашел под дверью записку.

— А почему же вы сразу не поехали к родителям, чтобы их успокоить? — снова спросила я.

— Не смог заставить себя, — немного смутившись, ответил Лапин. — С тех пор, как вернулся из армии, просто не могу видеть трупы. Готов сам повеситься, все вспомнив.

— Он был в Чечне, — пояснила мне Виктория, хотя я и сама уже поняла.

А потом девушка снова спросила:

— Может, все же скажете, кто вы и что вам от нас нужно?

— Я же уже сказала, я частный детектив и занимаюсь расследованием смерти брата вашего мужа. У вас в квартире искала сотовый телефон.

— Господи, я уже устал повторять, что я не убивал Стаса. Я его, конечно, недолюбливал, — выдохнул Лапин-старший, — но не до такой же степени. К тому же мы все-таки родные братья. Если для вас это ничего не значит, то для меня хоть маленькую роль, но играет.

— К тому же он просто не способен кого-либо убить, — продолжила за мужа Виктория. — Андрей боится даже фильмы про убийства смотреть, сразу уходит. Это потому, что еще свежи воспоминания о Чечне.

— Черт, кто тебя просил об этом всем подряд рассказывать? — рассердился на жену Лапин. — Это мои личные проблемы.

— Что ж, — вздохнула я. — Возможно, вы и в самом
деле ни при чем. Я поверю вам, но не думайте, что не
стану проверять и дальше. Если вдруг окажется, что вы
меня обманули, пеняйте на себя, — предупредила я.

— Вы нас что, в милицию сдадите? — испуганно поинтересовалась Виктория.

— Зачем? — не поняла ее я. — Это мне пока совсем
ни к чему. Я отпускаю вас.

Пара обрадованно переглянулась и облегченно вздохнула. Я же встала с кресла, развязала руки девушке, а потом подошла к Андрею. Но прежде чем расстегнуть наручники, глядя ему прямо в глаза, спросила:

— Ну что, будем буянить?

— С какой стати? — вопросом на вопрос, усмехнувшись, ответил Лапин, возможно поняв, что если я действительно та, за кого себя выдаю, он просто раскроет себя
тем, что снова полезет в драку, а потому решил не бунто-
вать.

Я освободила его от наручников, еще раз напомнила,
что буду за ними следить, затем собрала свои вещи и направилась к двери. Провожать меня никто не пошел, так
что я спокойно покинула дом и почти стремглав помчалась к своей машине. Я вспомнила, что в доме у парочки
все еще стоят мои «жучки», а значит, если ребятки сейчас
станут о чем-то разговаривать, я смогу это услышать.

Торопливо загрузившись в свою «девяточку», я быстренько настроила прослушивающее устройство на нужную волну и навострила ушки.

— Ты веришь, что она действительно частный детектив? — тихо спросила Виктория у мужа.

Тот что-то пробурчал в ответ, но я этого не расслышала.

— Думаешь, она вернется? — продолжила девушка.

— Нет, если она действительно частный детектив, как
говорит, — уверенно заявил Лапин.

— Почему ты так думаешь? — не унималась Вика.

— Потому что хороший детектив сумеет найти настоящих виновных, которые вогнали в гроб моего брата, и
наказать их по заслугам, — с некоторой злостью в голосе
произнес Лапин.

— Ой, в тебе никак проснулись братские чувства! — обрадовалась этой интонации девушка.

— Они во мне давно проснулись, — тихо признался Лапин, не подозревая, что я все слышу. Или, может, догадывался? — Как-никак он мой брат, какой бы он ни был. Ну, если попадутся вдруг в мои руки те гады, что его убили, накостыляю так, что мало не покажется. Но сам их искать не буду.

— Какой же ты все-таки гордый, — упрекнула мужа Вика. — Подумаешь, ну сказал ты однажды при всех, что пальцем о палец ради него не ударишь, так необязательно же высказанное сгоряча обещание стараться держать.

— Это не твое дело, — отмахнулся Лапин. — Не лезь. Дело не только в нем.

— А в ком же еще?

— В родителях. Раз они засомневались во мне, то пусть и дальше думают, что хотят. Я не стану их ни в чем переубеждать.

— А ты уверен, что эту девицу именно они к нам прислали? — поинтересовалась Вика.

— Да, — коротко ответил ей Андрей. — Больше некому. Никто другой о наших отношениях и ссорах не знал.

— А если все же не они? — предположила Вика.

— Может, не может... Давай оставим этот разговор, я и так на работу опоздал. Пошли лучше такси ловить.

Затем наступило молчание, а вскоре что-то сильно стукнуло, и я поняла, что хлопнула дверь. Все, больше ничего мне здесь услышать сегодня не удастся.

Отключив свое прослушивающее устройство, я достала из сумочки пачку с сигаретами и закурила. В голове моментально замелькали разные очень умные мысли, пытаясь выстроиться в правильную цепочку и представить на мой суд логическое заключение.

«Похоже, что старший из Лапиных действительно не причастен к смерти своего брата. Квартира, пусть и жены, у него уже есть, с родителями он так и так не ладит и даже не старается теперь, после всего случившегося, заслужить их уважение. Зачем же в таком случае ему вообще нужно было избавляться от брата? Если хотел за что-то отомстить, мог просто припугнуть, побить хорошенько, но опускаться до убийства вряд ли бы стал — все ж таки и правда они родные».

Продолжив анализировать ситуацию дальше, я постепенно выстроила своего рода цепочку, начинавшуюся все с того же телефона. Тот, кто сотовый взял, тот и начинил его взрывчаткой. Как ни крути, а снова выходило, что взять телефон на несколько часов или же просто подменить его мог только тот, кто был вхож в дом Лапиных или жил в квартире. Стало быть, теперь следовало проверить алиби и остальных членов семьи, ведь чем черт не шутит...

«Из других членов семьи у Стаса были только родители: отец и мать. Но, насколько мне известно, они-то как раз в нем души не чаяли, — продолжив размышлять, подумала я. — Любимчика, да еще таким каверзным способом, они бы убивать не стали, а если бы и решился кто-то из них на подобное, то наверняка предпочел бы менее сложный способ убийства. Как-никак, а родители парня — люди другого поколения и до манипуляции с мобильником вряд ли бы додумались. Получается, что они в данном случае тоже ни при чем. Но кто же тогда такую подлость сделал?»

Еще раз начав перечислять самых близких, я вдруг поняла, что подозревать-то, собственно, и некого: родители сына убивать вряд ли станут, брата я уже проверила, а больше в доме никого не было.

«Хотя почему я так уверена, что преступник — кто-то из самых близких, а не какой-нибудь друг Стаса? Ведь друзья также могли подменить трубку. Даже перед тем, как парень отправился на регистрацию. До того ли ему было, собираясь в загс, чтобы следить, на месте ли его сотовый? Так что телефон Стаса запросто мог подменить кто-то из его друзей. Или же он, допустим, отдавал его в ремонт и об этом узнал кто-то еще, кто и позаботился о помещении в трубку взрывчатки. Одним словом, пора переключаться на другие версии и проверять остальных приглашенных», — сделала я вывод и, выбросив окурок в окошко, завела машину.

ГЛАВА 5

Прибыв к дому Стаса, я только сейчас вспомнила, что именно на сегодня назначены похороны и, скорее всего, сейчас все гости пребывают на кладбище. Осмотрев на всякий случай территорию двора и не увидев возле подъезда ни одной знакомой машины, я решила подождать, когда все вернутся, и отловить друзей парня прямо на улице. Подниматься в квартиру мне, прямо сказать, совершенно не хотелось, так как я понимала, что там меня тут же усадят за поминальный стол и не выпустят до тех пор, пока я не съем все приготовленные по этому поводу перемены блюд.

На мое счастье, ждать пришлось не так уж и долго. Уже через полчаса к дому подъехал «Икарус», и из него стали выгружаться родственники жениха и невесты, одетые во все черное. Я торопливо покинула свою машину и, подойдя поближе, стала высматривать среди этих людей молодежь, то есть тех, кто бы мог оказаться друзьями Стаса. К сожалению, иного способа их отыскать у меня просто не было, так как ни у моего одноклассника Александра Хопинова, ни у свидетеля жениха сотовых телефонов не было.

Пока я так стояла и вертела головой, ко мне сзади кто-то подошел и, осторожно постучав кончиками пальцев по плечу, произнес:

— Здравствуй, Танюша.

Я обернулась и увидела перед собой Хопинова.

— Саша, какое счастье, что ты меня увидел, — не скрывая своей радости, по-дружески обняла его я. — У меня к тебе дело. К тебе и к друзьям Станислава. Не поможешь мне таковых отыскать?

— К сожалению, все его друзья разъехались по своим делам сразу после погребения, — произнес он. — Они люди рабочие, да и, сама понимаешь, молодежь не слишком-то жалует траурные мероприятия. Потом отдельно соберутся, простятся со Стасом.

— Понимаю, — кивнула я и тут же добавила: — Но хоть кто-то ведь остался, приехал сейчас сюда?

— Да, свидетель и еще один паренек. Вон они как раз из автобуса выходят, — ответил Александр.

Я торопливо обернулась назад и в самом деле увидела свидетеля Станислава Сергея Костромова. Сейчас он выглядел ничуть не лучше, чем в тот страшный день, когда все случилось. Под глазами у парня выделялись темные круги, щеки ввалились, как будто он сутки ничего не ел, лицо осунулось, словно он совсем не спал, а плечи опустились и делали его похожим на горбатого старика.

— Если тебе не сложно, позови этих двоих к моей машине, — попросила я Хопинова. — У меня к ним разговор.

— Хорошо, сейчас подойдем, — откликнулся мой старый друг и уверенным шагом направился к ребятам. Я же повернула к своей машине, планируя дождаться друзей жениха возле нее.

Вскоре все уже были в сборе и сидели в моей машине. Я коротко пересказала парням суть дела, то есть поведала о том, что после тщательной проверки выяснилось, что брат жениха ни при чем и теперь я буду проверять остальных гостей.

— Но ведь гостей было так много... — несколько неуверенно ответил на это мое заявление неизвестный мне пока парень.

Он был маленького росточка, с сильно выступающей вперед челюстью, ровным прямым носом, красивыми глазами и высоким лбом. Красавцем его назвать, конечно же, было нельзя, но и отталкивающего впечатления он тоже не производил.

— Да, много, но не все имеют отношение к убийству, — ответила я юноше. — К тому же я считаю, что самого убийцы среди приглашенных могло даже и не быть, вряд ли ведь он захотел бы любоваться на устроенное им самим зрелище. Вот именно по этому поводу я и хотела бы задать вам несколько вопросов. И прежде всего давайте попытаемся выяснить, были ли у вашего друга враги.

— Не совсем понимаю, что вы имеете в виду, — остановил меня Костромов.

Пришлось пояснить поподробнее. Я сказала, что думаю, что жених мог отдавать свой мобильник в ремонт и вернули его ему именно перед свадьбой, уже начиненным взрывчаткой. Или же кто-то просто подкупил кого-то из гостей, чтобы тот поменял аппарат. Тут со мной все согласились и даже приготовились отвечать на мои вопросы. Я не стала медлить и сразу спросила:

— Попытайтесь вспомнить, были ли у Стаса враги?

Ребята дружно пожали плечами и вопросительно переглянулись между собой, а потом Костромов ответил за всех:

— Лично я таких не помню.

— Я тоже, — поддержал его Алексей, а Хопинов только согласно кивнул на все это, тем более что он не настолько хорошо, как они, и не столь долго знал погибшего.

Первый раунд не удался, но я не отчаялась и снова спросила:

— И все же попытайтесь напрячь свою память. Может, здесь замешаны враги не сегодняшние, а давнишние. Ведь люди, как известно, бывают злопамятными и могут отомстить за что-либо и по истечении нескольких лет. Может, Стас говорил вам, что кого-то когда-то обидел, очень сильно унизил, избил?

Мужчины нахмурили лбы и принялись копошиться в своей памяти, ища в ней ответ на поставленный мной вопрос. Я терпеливо ждала результата. Наконец, после довольно долгого молчания, я услышала:

— Сейчас, сейчас... — Костромов, и это было видно, сильно напрягал память. Он даже заерзал на месте, как будто пытался проверить все, что только что начало вспоминаться. — Сейчас я все вспомню... Да, точно, избил. Вы верно сказали, Стас однажды избил в институте одного парня, и тот мог быть его врагом. Он как раз мог устроить взрыв и...

— Стойте, стойте, не спешите, — остановила я эмоциональный поток слов, полившийся из уст возбужденного Сергея. Я уже знала, что парень всеми силами желал помочь моему расследованию, но он явно до конца всего не проверял или же не знал, а потому и на сей раз все могло получиться точно так же, как и в случае, когда он назвал мне как возможного убийцу Андрея Лапина. — Не стоит обвинять в чем-либо каждого человека, которого ваш друг побил или обидел, это не совсем правильно, — заметила я ему. — Не каждый же будет за пощечину или синяк, поставленный ему в школе, мстить подобным способом. Для этого должна быть очень веская причина, такая...

— Такая, как у избитого Стасом парня, — теперь уже перебил меня Алексей. — Сергей правильно сказал — таким врагом мог быть тот парень. Ведь когда Стас подрался с ним из-за какой-то ерунды, он сломал ему ногу. А пацан тот, его Витьком звали, собирался сделать карьеру в милиции.

— Мы все учились в школе милиции, — добавил Костромов, поняв по выражению моего лица, что я не совсем понимаю, при чем тут это.

— Так вот, — продолжил дальше Алексей. — Мечты

Витьку пришлось оставить, ведь перелом был очень серьезный. Его в больницу положили, а потом признали негодным для подобной работы и отчислили из школы милиции. Насколько мне известно, Виктор Стаса с тех пор просто возненавидел.

— Ну тогда другое дело, — согласилась с приведенными доводами я. А потом сразу спросила: — А вы знаете, где он сейчас, этот самый Виктор? Его адрес, фамилию?

— Нет, я с ним никогда не дружил и никаких отношений не поддерживал, — первым откликнулся Алексей. — Я несколько раз встречал его случайно, но довольно уже давно, а в последнее время он что-то затерялся совсем. Помню только, что фамилия у него Старчак.

— А вы? — обратилась я к остальным.

— Я тоже не в курсе, где он живет, — пожал плечами Костромов. — Не интересовался.

— Ну а я и подавно, — развел руками Хопинов. — Я тогда Стаса еще и не знал.

— Понятно, — вздохнула я. — Значит, придется мне искать парня самой. — Ну, а других врагов у Станислава не имелось? Может, еще кого вспомните? — спросила я на всякий случай.

Все с минуту подумали, а потом отрицательно закачали головами. Выходило, что в роли подозреваемого у меня теперь только один человек, бывший однокурсник погибшего Стаса по школе милиции.

Поблагодарив ребят за помощь, я попрощалась с ними и, как только они отправились в дом, достала свой сотовый и стала звонить Кирьянову. Володя снял трубку буквально сразу. Я поприветствовала его и с ходу поинтересовалась:

— Ну что, нет для меня никаких новостей?

— Это ты по поводу того дела со взрывом? — уточнил Киря и, получив мое подтверждение, сразу сообщил: — Вдобавок ко всему известному выяснили только то, что трубка действительно взорвалась в руке жениха. Но тебе это, наверное, еще с самого начала известно было. В остальном все пока глухо.

— Я так и думала, — вздохнула я и тут же спросила: — Можешь помочь мне найти адресок одного человека?

— Диктуй данные, — без лишних вопросов отозвался Киря.

Я быстренько назвала ему все, что мне было известно о Старчаке, а это было не так уж и много, и спросила:

— Ничего, что без отчества?

— Как-нибудь разберемся, — отозвался Володька и, спросив на всякий случай, не надо ли мне чего еще, отключился.

Я отложила телефон в сторону и задумалась, что делать дальше. Пока иных версий и подозреваемых, кроме хромого парня, у меня не было, а Киря сумеет разузнать про него что-то не раньше чем через час. Впрочем, я могу как раз заскочить к себе домой, перекусить и хоть немного отдохнуть. Не весь же день гонять по городу, как ошалелая, да еще голодная. Точно, так я и сделаю.

* * *

Не успела я даже как следует насладиться выдавшимися минутками отдыха, как позвонил Киря и сообщил, что нужного мне субъекта он обнаружил. Я обрадовалась, да не тут-то было.

— Он мертв, — «обрадовал» меня Киря как ни в чем не бывало.

— То есть как это мертв? — не сразу поверила услышанному я.

— Как обычно, — откликнулся Володька. — Умер от белой горячки. Видать, пил безбожно. Такое сейчас не редкость.

— А ты уверен, что это именно тот человек, который мне нужен, а не какой-нибудь другой? — на всякий случай решила уточнить я.

— Уверен. Тем более что Старчак Виктор в Тарасове нашелся лишь один, возраст двадцать шесть лет, как ты и сказала. Так что все сходится.

— Да, похоже, сходится, — теперь уже согласилась я. — Ну что ж, спасибо за информацию, если понадобится что-то еще, позвоню.

— Ладно, — отозвался Киря и сразу отключился.

Я тяжело вздохнула и погрузилась в раздумья. Такого поворота событий, честно говоря, я не ожидала. Хотя, с другой стороны, может, прости господи, оно и к лучшему, что Старчак умер, лишнее время не придется тратить на проверку ненужных людей, так что мне это даже на пользу. Что ж, тогда надо переключаться на остальных гостей. Прекрасно понимая, что кто-то мог подменить телефон только в том случае, если все время находился возле жениха или часто забегал в его комнату, я решила было попробовать позвонить Лапиным и попросить к аппарату Хопинова, чтобы дать ему задание выяснить подробности.

Но потом немного подумала и поняла, что все это бесполезно, так как заходить в комнату мог кто угодно, хоть за день до свадьбы, хоть за пять минут до нее, и ничего уже выяснить не удастся. И виновные, и даже ни в чем не виновные люди, лишь бы отвести от себя подозрения, будут отпираться и сваливать все друг на друга, так что я только время зря потрачу. Пришлось смириться с мыслью, что проверить гостей подобным способом, как, впрочем, и любым другим, не удастся. Не могу же я начать лазать по их сумкам и пиджакам в поисках точно такого же, как был у Стаса, телефона. У меня и права никакого нет, да и чуть ли не у каждого второго может оказаться «Nokia», ведь это весьма популярный в народе мобильник.

Сделав себе еще одну чашечку кофе, я принялась прокручивать в голове другие возможные варианты, но ничего интересного не приходило в голову. В конце концов я совсем отчаялась, но тут как-то сама собой пришла шальная мысль: а что, если убить хотели невесту? А так как сотового телефона она не имела, решили воспользоваться женихом, к тому же это позволяло прекрасно отвести от себя подозрение и перекинуть его на родственников и друзей жениха. После некоторых размышлений мысль показалась мне уже не такой шальной и безнадежной, как сначала, и я сразу прицепилась к ней, принявшись все тщательным образом анализировать.

Итак, то, что убийца — человек очень осторожный и умный, ясно с самого начала. Следовательно, от него можно ожидать и того, что он позаботился и о собственном алиби, например, сделал так, чтобы все, включая гостей и милицию, думали, будто убить пытались Станислава Лапина, а не его невесту. Весьма хитроумный ход. Так что подобную версию отбрасывать никак нельзя, а потому я должна попытаться выяснить, могли ли быть у кого-то причины убивать Алену Скрябину, невесту Стаса. Если окажется, что могли, придется порыться в истории ее жизни поактивнее и повнимательнее.

Придя к такому выводу, я решила переключиться с проверки родственников жениха на проверку родственников невесты. И первым делом планировала поговорить с сестрой девушки — Наташей. Насколько мне было известно, Наташа была старшей, и они вместе с Аленой снимали в Ленинском районе квартиру, живя отдельно от родителей. Об этом мне рассказал еще до свадьбы Александр Хопинов, расхваливая обеих девушек, которые, как он считал, совершенно правильно делали, что жили подальше от родителей, полностью самостоятельно.

Не зная ни адреса, ни телефона девушки, я вынуждена была снова побеспокоить Хопинова, позвонив ему прямо в дом к Стасу. Хорошо еще, что никто не стал уточнять, зачем и кому он понадобился, и мне буквально сразу пригласили его к телефону.

— Саша, привет, это опять я, — поздоровалась я со своим одноклассником. — Ты случайно не в курсе, где проживала невеста Станислава? Не знаешь ее адрес?

— Знаю. А что, нужен? — в свою очередь спросил он.

— Очень нужен, — обрадовавшись, откликнулась я. Александр продиктовал данные, а потом добавил:

— Могу еще и телефон дать, если нужен.

— Давай, — согласилась я.

— Тогда записывай...

— Спасибо, — поблагодарила я друга и собралась было отключиться, но он задержал меня, спросив:

— Не напала еще на верный след?

— Нет, очень сложное и запутанное дело, сам видишь, — ответила ему я. — Но стараюсь, как могу.

— Удачи, — пожелал Александр и отключился.

Я же не стала убирать телефон далеко, а решила прямо сейчас позвонить сестре девушки, узнать, дома ли она вообще и может ли меня принять и ответить на вопросы. Заявляться вот так, без приглашения, в данном случае было не совсем красиво и уместно, так что приходилось вспоминать о правилах хорошего тона. Набрав только что записанный номер, я прослушала несколько длинных гудков, а когда услышала какой-то шип, поняла, что трубку сняли.

— Здравствуйте, это квартира Скрябиных? — на всякий случай уточнила я.

— Да, — ответил мне тихий, расстроенный женский голосок. И тут же спросил: — А кто это говорит?

— Вы меня не знаете, — пояснила я. — Я Татьяна Иванова, частный детектив. Занимаюсь расследованием убийства Станислава Лапина и Алены Скрябиной, — пояснила я. — Могу я с вами по этому поводу поговорить?

— К сожалению, нет, — не задумываясь, ответила мне девушка. — Я еще не пришла в себя, и вам лучше расспросить об Алене ее подруг. Я не могу сейчас спокойно на эту тему беседовать, вы должны меня понять.

— Да, я вас прекрасно понимаю, — согласилась с девушкой я, только сейчас сообразив, что Наталья вроде бы как должна быть на похоронах, а не у себя в квартире. Но особого значения этому придавать не стала, решив, что девушка уже успела оттуда вернуться и теперь горевала в одиночестве, вдали от всех. — А вы не могли бы дать мне адреса ее подруг или хотя бы их телефоны? — попросила я следом.

Наталья что-то тихо ответила мне, затем отошла от телефона и вновь взяла трубку только спустя пару минут. Но зато теперь она сразу сказала:

— Записывайте.

Я схватила первое, что попалось под руки: свой старый блокнот и какой-то цветной карандаш, давно валявшийся на газете с недоразгаданными кроссвордами, и принялась черкать диктуемые адреса и телефоны. После того как все записи были сделаны, я предприняла еще одну попытку договориться о дальнейшей встрече, сказав:

— Я надеюсь, что когда вы придете в себя и вам станет лучше, мы все же сможем с вами немного побеседовать по поводу вашей сестры. Вы как, согласны?

— Я... я не знаю. Я вообще ничего не понимаю, ничего не знаю, я... Я так устала... — вслед за этим наш разговор прервался — Наталья повесила трубку.

Я посочувствовала бедной девушке, потерявшей самого близкого человека на свете, человека, с которым она проводила куда больше времени, чем с родителями, человека, которому, наверное, доверяла больше, чем подругам и друзьям. Ее можно было понять. Пожалуй, я бы и сама вела себя точно так же и чувствовала себя так же, если бы с кем-то из моих подруг случилось подобное. Ну а сестру мне бог не подарил, наверняка заранее зная, какому опасному и сколько времени и сил отнимающему труду я решу себя посвятить.

Имея в наличии несколько телефонов, я попыталась позвонить по ним, но моя попытка не увенчалась успехом — ни к одному телефону никто не подходил. Оставалось надеяться только на то, что те двое, что телефонов не имели, окажутся дома и я смогу с ними побеседовать.

Убрав со стола грязную чашку из-под кофе, я сполоснула ее, закинула на плече сумочку и покинула свою квартиру. Оказавшись на улице, села в свою машину и, глянув на записи, отправилась на поиски одной из подруг Алены. Некая Лидия Ступина жила в моем районе, так что до нее мне было ехать не так уж и далеко. А учитывая еще и то, что я хорошо знала свой район, путь до ее дома занял у меня не более пятнадцати минут, и вскоре я уже стояла перед металлической дверью и с усилием давила на маленький звонок.

Минуты через две после этой процедуры мне открыла дверь молоденькая совсем девушка, и я сразу поняла, что на этот раз мне повезло — я наткнулась как раз на ту особу, что мне и была нужна. По моим прикидкам, девушке было не многим более двадцати, хотя выглядела она так наивно, что тот, кто плохо разбирается в людях, дал бы ей лет шестнадцать. Волосы у девицы были темные, немного волнистые у висков. Лидия заплетала их в тугую косу, явно избавляя себя таким образом от лишних хлопот и проблем с прической, особенно в ветреную погоду.

Что же касается лица, то оно требовало особого, отдельного разговора, так как было очень необычным и совершенно не стандартным. Глаза у девушки казались очень глубоко посаженными, хотя на самом деле на них просто сильно нависали веки, немного припухшие от природы. Ресницы, обрамлявшие глаза, были длиннющими и загнутыми вверх, нос маленьким и аккуратным, а губки припухшими, словно после частых поцелуев. Одним словом, девушка была невероятно привлекательной, хотя ее красота и была слегка кукольной и ненатуральной. Я так засмотрелась на ее интересное лицо, что не сразу и сообразила, что нужно бы что-то сказать. И я просто спросила:

— Вы Ступина Лида?

Девушка, удивленно глядя на меня, кивнула и поинтересовалась:

— А вы кто такая?

Я представилась и коротко сообщила о причине своего посещения.

— Ну что ж, тогда проходите, — буднично сказала девушка и отошла в сторону от двери, освобождая мне проход.

Я прошла мимо нее, отметив про себя, что и фигуркой бог эту красотку не обделил. Я оказалась в очень уютной и со вкусом обставленной квартире, которую даже и описывать не стану, так как это заняло бы слишком много времени. Скажу только, что все здесь гармонично дополняло друг друга и подчеркивало такое качество хозяев, как стремление к постоянству.

Сев в мягкое кресло, на которое указала мне красотка Лида, я тихонечко откашлялась и, решив не ходить вокруг да около, напрямую спросила:

— Вы слышали, что случилось с вашей подругой? Ну да, наверняка слышали, раз не удивились, когда узнали, что я частный детектив.

Девушка кивнула.

— Что ж, тогда, пожалуйста, расскажите мне о вашей подруге. О том, какая она была, какими чертами характера обладала, одним словом, все, все, все. Можете это сделать?

— Постараюсь, — ответила приятным голоском девушка. Затем тяжело вздохнула и, с минуту помолчав, начала рассказывать: — Алену я знаю давно, еще со школы. Ничего плохого о ней не скажу, хотя недостатки найти можно в каждом. Многие почему-то считали Алену замкнутой, но я думаю, что она скорее просто была задумчивой, погруженной в себя. Общалась она со всеми достаточно легко, но слишком уж сильно ни с кем не дружила.

— То есть вы хотите сказать, что настоящих подруг она не имела? — уточнила я.

— Да, у нее все были просто знакомыми.

— Но кто-то же был для нее объектом для подражания, тем человеком, с которым она всем делилась? — не совсем поверила в сказанное я. — Может, мать или сестра?

— Скорее сестра, — уверенно ответила Лида. — О ней она всегда отзывалась с восторгом. Я никогда не слышала, чтобы Алена хоть что-нибудь сказала о сестре плохого. Если честно, то я даже думаю, что она ей немного завидовала.

— Завидовала? — переспросила я. — В чем именно?

— Ну в том, что та всегда хорошо училась, ее приглашали участвовать во всей школьной, а потом и училищной самодеятельности, она прекрасно пела, танцевала. Ну и парни ей попадались лучше, чем Алене.

— А Алене что, попадались плохие? — зацепилась за эту фразу я.

— Ну, как плохие... — пожала плечами Ступина. — Это с какой стороны посмотреть. К тому же она же их сама выбирала. Никто же не виноват, что ее все время тянуло к каким-то там типам, ничего собой не представляющим. Один даже некоторое время преследовал ее, утверждая, что влюблен без памяти. Это как раз перед свадьбой было, такой ужасный тип, то ли рэпер, то ли рокер.

— Расскажите о нем поподробнее, — попросила я, предположив, что столь настойчивый парень вполне может оказаться причастным к смерти Алены.

— А что про него рассказывать? Я его видела пару раз — страшный, волосатый, лохматый. Весь в железках и на мотоцикле. Алену считал своей собственностью, даже пару раз бил, я видела у нее синяки. Хотя она и не признавалась, что это его рук дело.

— А когда Алена стала встречаться со Стасом, как повел себя этот парень? — снова спросила я.

— Взбесился, конечно, — со вздохом произнесла девушка. — Все грозился его убить. Рассекал на своем мотоцикле возле его дома, но делать ничего не делал, потому что вообще-то слабак. Мы с Аленой вместе однажды застукали его у дома Стаса, когда прогуливались, так они долго ругались. Она сказала, что видеть его не хочет, что он никчемный и ни на что не способный тип, отброс общества. Он тоже что-то орал, но я сильно не вникала, это были их разборки.

— Вспомни, он в тот день не угрожал ей или ему? — попросила я, предположив, что парень мог убить молодых из ревности.

— Угрожал, скорее всего, — не совсем уверенно ответила Ступина. — Но я не слушала. Не люблю слушать, когда ругаются.

Прямо в квартире девушки, решив сразу же заняться проверкой этого типа, я поинтересовалась у Лиды, где можно найти того волосатого оболтуса и как его зовут, а в ответ услышала:

— Зовут его Иваном, фамилия Фомин. Отирается чаще всего в баре «Железный конь», это их излюбленное место.

Поблагодарив девушку за беседу, я покинула ее квартиру, вернулась в машину и сразу же направилась на поиски бара. Пока Фомин был единственным подозреваемым в убийстве молодых, подходящим по всему, что мне стало о нем известно.

К тому моменту, как я отыскала бар «Железный конь», на улице стемнело и одновременно с закатом, только с противоположной стороны, на небе появилась полная луна. Я остановила машину на небольшой автостоянке, пока еще полупустой, и внимательно посмотрела на вывеску бара. Вывеска оказалась довольно впечатляющей, учитывая, что представляла она собой целый мотоцикл, укрепленный на покатой черепичной крыше и украшенный множеством всяких прибамбасов.

В один миг сразу стало понятно, какой контингент обычно собирается в этом заведении и чем он там занимается. Это были байкеры. Днем они ничем не отличались от обычных людей, учились, работали, занимались спортом и тому подобными вещами, а вот по вечерам выгоняли из гаражей своих навороченных «коней» и мчались сюда. Пили пиво, болтали, устраивали гонки и соревнования, в общем, отрывались по полной. Стало быть, Фомин также был байкер, раз чаще всего его можно встретить именно тут.

Я посмотрела на часы. До того момента, как байкеры начнут собираться у бара, оставалось, наверное, полчаса. Чтобы не тратить время зря, я покинула машину и пошла за сигаретами. Магазин оказался по соседству с баром. Едва я в него вошла, как старенький седоволосый продавец многозначительно покачал головой и произнес:

— Зря вы, девушка, свою машину на эту стоянку поставили. Сейчас понаедут эти охламоны, потом забрать не сумеете.

— Ничего, как-нибудь справлюсь, — ответила я, про себя же подумав, что старик совершенно прав и следовало бы отогнать мою «девяточку» в более безопасное место, от греха подальше.

Купив свои любимые сигареты, я торопливо вернулась к машине и успела как раз вовремя, так как вокруг нее первые подъехавшие байкеры начали уже устанавливать свои навороченные мотоциклы. Я села за руль, завела машину и отъехала от бара, сочтя гораздо более безопасным местом маленький дворик, расположенный через квартал от него.

Обезопасив таким образом свою машину, я снова вернулась к бару «Железный конь», у которого уже толпилась кучка лохматых мужиков, одетых в кожаные штаны, некоторое подобие американских курток с нашивками в виде орлов на всю спину, а также высокие сапоги со шпорами. Все они что-то весело обсуждали и очень громко смеялись, привлекая этим самым внимание прохожих.

Я попыталась на глаз определить, кто из них мог бы быть Фоминым. Но очень быстро поняла, что ничего у меня не выйдет, так как практически не имею понятия, как парень выглядит. Похоже, придется поинтересоваться о нем у его же собственных дружков. Немного подумав, я поняла, что если начну что-то спрашивать, то таким образом могу себя сразу же выдать, а потому пока решила не торопиться и просто понаблюдать за ребятами в надежде, что нужный мне парень сам как-то проявит себя, начав хвалиться или что-то рассказывать. Так, собственно, все и вышло, но не буду забегать вперед.

Чтобы не слишком «светиться», я снова пошла в тот же магазин к старичку и спросила, не найдется ли у него одежды, похожей на униформу байкеров. В ответ услышала:

— А почему только похожей? Я тебе прямо ее, родимую, вместе с мотоциклом дать могу. Сам когда-то увлекался.

— Ну, если не жалко, — улыбнулась я нежадному дедку.

Тот быстренько куда-то сбегал и выволок мне кожаные штаны, правда чуть большего размера, чем мой, а также курточку и сапоги. Сапожки оказались в самую пору, как, впрочем, и курточка. Что же касается мотоцикла, то пока за ненадобностью я от него отказалась.

Быстро переодевшись во все предоставленное, я немного подправила свой макияж и, выслушав массу комплиментов в свой адрес от словоохотливого и явно падкого на слабый пол деда, покинула его магазин. Затем дошла до бара, преспокойно проникла внутрь, не привлекая к себе ничьего внимания, и заняла свободный столик. Ну а чтобы уж совсем не отличаться от других, заказала пиво и стала вертеть головой по сторонам.

Вокруг меня стоял густой тяжелый дым и мерзкий запах пивного перегара. Впрочем, к последнему я очень быстро привыкла и увлеклась изучением присутствующих и подслушиванием их разговоров. Сначала ничего интересного моими ушками не улавливалось. Парни обсуждали свои навороченные мотоциклы, которые они лично собрали чуть ли не из того, что нашли на свалке, иногда разговор перескакивал на какой-то недавно прошедший фестиваль байкеров и более ничего. Но вот, наконец, какой-то сорванец заговорил о какой-то девушке. Я напрягла слух и даже немного подалась вперед.

— Да, красивая была стервочка, очень красивая... — полупьяным голосом во все горло произнес сидящий за соседним столиком ко мне спиной тип. Так же, как и остальные, он был одет в кожаную куртку и штаны, носил длинные волосы.

— А почему была? — чуть менее пьяным голосом, без особого интереса, поинтересовался парень, сидевший рядом с ним.

— По-по-чему была? — еле ворочая языком, но все же продолжая лакать пиво, ответил парень. — А потому что т-теперь ее нет. Бум, и нет!

Он сделал несколько глотков из своей кружки и как-то болезненно засмеялся. Когда же сумел сдержать себя и снова стал серьезным, спросил у своего собеседника:

— Хочешь, расскажу, как ее... того...

— Валяй, — равнодушно откликнулся тот.

Расслышав следующие несколько слов, я поняла, что нашла того, кто мне нужен. Это и был Фомин. Кроме него, вряд ли здесь кто-то еще знал о том, что Алену разорвало на куски на собственной свадьбе. Причем парень об этом не только знал, но как бы даже и немного радовался, что казалось мне довольно странным, а потому я продолжила свое подслушивание.

— Что-то я тебя не пойму. Тебе что, ее и не жаль совсем? — выслушав рассказ Фомина, спросил его приятель. — Девица-то вроде бы как погибла...

— Верно говоришь, — подтвердил свои слова Иван, а потом сразу добавил: — Только это ей по заслугам.

— Как это? — не успокаивался теперь уже заинтересовавшийся собеседник Фомина.

— А так. Бросила она меня, — как на духу, обидчивым голосом выпалил мой подозреваемый.

— И что с того? — не понял его парень. — Мало ли кого бросают, так что ж теперь, смерти всем сразу желать?

— Ты не понимаешь, — замотал своей рыжей, лохматой и какой-то сальной головой Иван. — Я ведь ее любил... Все ради нее делал все! А она взяла и вышла за другого. Зачем тогда, спрашивается, со мной встречаться надо было, за нос меня водить? Просто поиграть хотела? Так ей теперь и надо! — подвел итог парень. — Правосудие, оно всегда торжествует, вот и ей наказание за то, что людей обманывала.

— Жестокий ты, Ванька, — досадно вздохнул курчавый и, сделав глоток пива, демонстративно отвернулся в сторону.

— Так ты это что, на ее, что ли, стороне, значит? — принялся возмущаться перебравший субъект. — Тебе, значит, ее жалко? А меня нет? У меня, может, сегодня тоже горе. Ее ведь хоронят, вот я и пью. И буду пить! А ты — еще друг называется! — даже поддержать меня в этом не хочешь. Нет, ты за кого?

Фомин вскочил со своего стула и принялся орать на весь бар.

Но, как и везде, быстренько нашлись люди, которые аккуратно подхватили его под белы рученьки и вывели прочь, подышать воздухом и немного проветриться. Как ни странно, друг Фомина тоже пошел за ним, явно побоявшись оставить Ивана одного — кабы куда не влип или чего не натворил. В конце концов, к тому моменту, когда и я смогла покинуть насквозь прокуренное заведение, дружки уже сидели в обнимку прямо на бордюре, рядом со своими мотоциклами, и о чем-то тихо беседовали.

Когда мне удалось увидеть пьяного болтуна в лицо, я невольно в нем разочаровалась — сзади он смотрелся куда интереснее. А спереди оказалось, что Фомин жутко конопат, с густыми бровями и светлыми глазами. Губы у парня были длинными, тонкими и какими-то кривыми, отчего рот походил на неровную полоску. А уж про подбородок и вовсе говорить не приходилось: он у него просто сливался с шеей, как у старого, обрюзгшего уже деда. Обычно у молодых весьма редко увидишь, чтобы подбородок мало выступал на лице, но, как видно, и такое все же встречается.

Я отошла в сторону и, спрятавшись за круглым афишным столбом, стала размышлять, как быть дальше. Наблюдать за Фоминым больше не было никакого смысла, так как все, что мог, он уже выболтал, а завтра проспится и пойдет себе спокойненько на работу. Ну а так как мне-то все же нужно вытянуть из него всю правду, то проще всего, наверное, будет его где-нибудь отловить, пока он в невменяемом состоянии, и поговорить по душам, как я умею. Впечатления крутого парня этот байкер не производит, так что бояться мне в данном случае совершенно нечего.

Определившись с дальнейшими действиями, я стала ждать, когда ребятки расстанутся и каждый отправится в свою хибару, но не тут-то было. Расходиться в такую рань — было начало одиннадцатого вечера, — похоже, никто из них не собирался. Но и без дела сидеть мальцам, видно, тоже не хотелось, а потому они решили пока поиграть. А сие означает — погонять на своих «железных конях» наперегонки прямо по этой улице. Благо людей на ней уже почти не осталось.

Вскоре гонки и в самом деле начались. Точнее, некое их подобие, так как оба дружка больше виляли да цеплялись ногами за тротуарные оградки, нежели могли спокойно их объехать. Впрочем, кажется, такая своеобразная езда им даже нравилась, так как оба они гоготали во все горло, как ошалелые, и что-то кричали на своем жаргоне. Я не стала наслаждаться столь живописным зрелищем, а пошла в соседний магазин, чтобы вернуть старику его одежду, переоблачиться в свою и приготовиться к дальнейшей работе. Так и время быстрее пролетит, и может, как раз эти чертовы байкеры немного подустанут и решат поехать домой, а я как раз буду готова.

Неторопливо переодевшись в маленьком магазинчике, я мило побеседовала с дедулечкой, удовлетворив его старческое любопытство каким-то прямо на ходу выдуманным рассказом о пылающем любовью девичьем сердце, а потом вышла на улицу. И тут меня что-то дернуло, и я едва не упала прямо на асфальт, не сразу поняв, что произошло, тем более что после освещенного магазина на улице казалось темно, хоть глаз выколи. И только спустя пару минут я сообразила, что у меня украли сумочку. Причем не кто бы то ни был, а Фомин. Именно он, проезжая мимо меня на мотоцикле и явно устав от обычного катания, решил развлечься, а потому, оказавшись напротив меня, резко выхватил у меня сумочку и помчался прочь с радостным криком. Я буквально взъярилась от такой наглости. И, ни минуты не размышляя, со всех ног бросилась догонять этого оболтуса, веля ему сейчас же отдать мне мои вещи.

Парня же мое поведение только позабавило, и он, немного сбавив скорость, стал просто-таки издеваться надо мной, виляя по дороге на метр впереди меня. Поняв, что так мне его не догнать, я резко развернулась и рванула в подворотню, как раз туда, где была оставлена моя машина. За несколько минут домчавшись до нее, я торопливо завела свою «девяточку» и, надавив на газ, вынырнула на то же место, с которого только что исчезла. Никак не ожидавшие увидеть меня снова парни, а байкеры уже успели сгруппироваться и теперь совали нос в содержимое моей сумочки, в первые мгновения остолбенели и не знали, что делать. И лишь когда до них дошло, что я еду прямо на них, схватились за руль своих мотоциклов и рванули с места, причем в разные стороны.

Какие же они были наивные! Естественно, я погналась за тем, кто мне был важнее, — за тем, кто и стащил у меня мою сумочку, то есть за Фоминым, а уж друг его мне был, прямо сказать, по барабану. Выжимая из машины все, что только было возможно, я ни на метр не отставала от Ивана, все время держа его в поле своего зрения и поставив перед собой цель во что бы то ни стало поймать рыжего охламона и где-нибудь зажать. Конечно, мотоцикл и машина — две совершенно разные вещи, мотоциклом манипулировать куда легче, да и проехать можно там, где моей «девяточке» ни за что не проскочить, но все же меня спасало то, что я отлично знала город и все проулки с переулками.

Так что ускользнуть от меня парню все никак не удавалось.

Через полчаса гонок, и, похоже, уже порядком протрезвев и поняв, что я от него так просто все равно не отстану, Фомин решил выбросить мою чертову сумку и вернуться обратно к бару. А там уж наврать приятелям с три короба, как ловко он меня обошел. Только он понятия не имел, что мне не столько была нужна сама моя сумка, хотя я ею очень дорожила, сколько беседа лично с ним. А потому сумку, брошенную мне бывшим ухажером Алены Скрябиной прямо на капот, я, конечно, достала, причем даже не вылезая из машины, хоть и рискуя сломать себе шею, но преследовать парня все же не перестала. У того сдали нервы, и он, обернувшись назад, громко закричал:

— Что тебе надо, ментура поганая? Я же отдал твою сумку!

«Ага, значит, удостоверение-то мое пареньки уже увидели, — усмехнулась про себя я, только теперь поняв, почему мое преследование парня не особо радовало, он не смеялся, не прикалывался, а действительно старался удрать. — Вот так-то вот, нечего было на рожон лезть».

Ничего не ответив своему подозреваемому, я чуть усилила давление ноги на педаль газа и тихонечко стукнула бампером машины по заду мотоцикла Фомина. Тот перепугался до смерти и тут же принялся вилять по дороге, как заяц по полю. Я же, в свою очередь, почему-то начала про себя прикалываться.

«Ну что, голуба, не нравится? А ты думаешь, тем, у кого ты сумки тягаешь, твои забавы нравятся? Ух ты, как мы завиляли, прямо как уж хвостом. Зря стараешься, от меня все равно не уйдешь! Это я тебе говорю, частный детектив Таня Иванова. Лучше сдавайся сам, меньше проблем будет. Да и бензин сэкономишь, а то прокатал, небось, уже полбака».

Не успела я подумать про бензин, как заметила, что мотоцикл Фомина вдруг резко заглох. Парень упорно делал попытки завести его на ходу, но у него ничего не получалось. Я победно усмехнулась и надавила на тормоза.

ГЛАВА 6

— Ну что, голубчик, покатались и хватит? — облокотившись на дверцу своей машины, с легкой усмешкой спросила я у Фомина.

Тот все еще делал безуспешные попытки завести свой

мотоцикл, но у него не выходило. Бросить же столь дорогую вещь и бежать парень просто не смел, видно, боясь, что второго такого агрегата у него уже никогда не будет.

— Можешь не стараться, у тебя бензин кончился, — направляясь к парню, произнесла я и, видя, что он разрывается между двумя решениями: бежать или остаться, сразу же добавила: — Не нервничай, я с тобой поговорить хочу. За сумку я не обижаюсь, у меня другое дело есть.

— Врешь, — не поверил мне Фомин, продолжая пятиться назад. — Знаю я вас, ментов, вы все такие.

— Такие не такие... Будешь вести себя плохо, придется стать такой, то есть воспользоваться оружием и наручниками, — более понятно пояснила я. — Давай лучше сядем и поболтаем немного. Вот тут и лавочка есть.

Я кивнула в сторону маленькой детской лавочки, очень глубоко врытой в песок и огороженной по сторонам невысоким бордюрчиком. Скажете, что это же не лавочка, а песочница? Ну и пусть, какая разница — посидеть-то на ней можно. А я вообще натура не привередливая, если кто еще не понял.

Вроде бы мне поверив, Фомин осторожно направился к лавочке, таща за собой туда и свой мотоцикл и стараясь держаться от меня на приличном расстоянии. Ох, и наивный же он парень... Неужто думает, что если мне потребуется его скрутить, то меня что-то остановит? Если бы мне это было нужно, он бы давно лежал скрученным и свернутым и не рыпался бы. Ну да ладно, пусть себе боится. Как любит говорить мой друг Киря: «Боится, значит уважает». Буду считать, что Фомин меня уже уважает.

Преспокойно сев на лавочку, я повернулась к своему стоящему собеседнику и спросила:

— Скажи, а почему ты не попытался со мной подраться, когда у тебя кончился бензин? Как-никак, я женщина, а ты мужчина.

— Нет уж, спасибо, мне свои кости дороже, — усмехнулся в ответ паренек. — Видел я уже однажды женщин из милиции. Так нокаутируют, мало не покажется. А раз вы не побоялись без оружия выйти, значит, тоже не из слабых.

— Тут ты прав, — согласилась я, расценив слова парня как комплимент, и сразу же продолжила: — Короче,

306 дело у меня к тебе такое: я хочу знать, где ты был и что делал последние два дня?

— Не понял, зачем это? — поставив мотоцикл на подножку и присев на него, поинтересовался парень. — Меня что, в чем-то обвиняют?

Я не стала пока браться утверждать, что да, тем более что уже первый раз на подозрениях обожглась и теперь предпочитала сначала все проверить, а уж потом делать выводы, а потому сказала:

— Пока нет, но такое возможно.

— Опять не понимаю, — закачал головой Фомин, — объясните все толком. Кто, чего, за что?

— Не стану спрашивать, в курсе ли ты, что погибла твоя бывшая девушка, Алена Скрябина. Знаю, ты уже об этом наслышан.

— Ну да, — как-то моментально нахмурился парень. — А я-то тут при чем? Она же на своей свадьбе погибла, а не на моей.

— Да, но у тебя была причина сделать ей такой свадебный подарок, согласись? — подловила я парня на слове.

— С чего вы взяли? — сделал вид, что не понял, тот.

— Ну хотя бы с того, что слышала сегодня многое в баре «Железный конь». Не ты ли там громко кричал, что правосудие восторжествовало, что так ей и надо, раз она бросила тебя и решила выйти за другого? Было это?

— Ну, было, — неловко замявшись, признался Фомин. — Только я тогда сильно выпимши был, вот и нес всякую чушь, а вы и поверили. Стойте, а вы что, значит, тоже там были?

Я молча кивнула и тут же добавила:

— И там, и на свадьбе. Могла бы рассказать тебе много интересного, но не стану портить такую прелестную ночь. Итак, вернемся к нашим баранам, то есть к тому, что мы только что выяснили. А мы выяснили следующее: причина желать смерти своей бывшей девушки у тебя точно была. Чем ты можешь доказать, что ничего не делал для того, чтобы она умерла? Если это действительно так? — сразу поставила вопрос ребром я.

— Чем? — Фомин нахмурил лоб. — Даже не знаю. Я, честно говоря, даже не знал, где свадьба проходить будет.

— Это не оправдание, как алиби не прокатит, — спокойно ответила ему я. — Какие-то еще аргументы приводи, или же едем в отдел и все делаем как положено, с протоколами, бумажками, допросами. Хотя все это может быть и совершенно ни к чему. У тебя все еще есть право выбора.

— Нет, но я серьезно Аленку не трогал, — привел очень важный, на его взгляд, аргумент Фомин. — Ну, зол я на нее, это правда, так и любой бы злился, но чтоб убивать, да еще так... Я бы не смог.

— Доказательства, алиби? Есть у тебя? — как попугай, продолжала повторять я.

— Стойте, так ведь меня даже в городе не было в день ее свадьбы. Я вчера только к вечеру вернулся, мы с ребятами ездили на слет байкеров в Самару. Это кто угодно подтвердить может.

— Уверен? — на всякий случай спросила я, понимая, что доступа в дом к жениху и его телефону Фомин точно не имел, а значит, если сейчас окажется, что его еще и не было в городе, можно смело вычеркивать этого типа из списка подозреваемых.

— Абсолютно, — уверенно ответил мне тот и даже как бы просиял, а на лбу выступили маленькие капельки пота. — Какой же я дурак, что сразу об этом не вспомнил. У меня все дни как-то перемешались, как-то...

— Поняла, поняла, — вставая, ответила я. Потом указала на груду металла, которую Фомин называл мотоциклом, и добавила: — У меня в багажнике есть немного бензина. Плесни, что ли, в бак своего коня, и поедем назад к твоим дружкам.

Парень что-то там забормотал, но я не слишком прислушивалась к его словам, направившись к машине. Вынув ключи из замка зажигания, я открыла багажник и достала небольшую бутылочку — бензин в ней остался после того, как ремонтировавшие мою «девяточку» мужики протерли руки. Я отдала бензин Фомину, и он начал колдовать возле своего монстра.

С минуту мы молчали, а потом, сама не знаю почему, я спросила у Фомина, что хорошего в таком образе жизни, как байкерство. И он с упоением принялся мне объяснять:

— Это не совсем образ жизни. Точнее, образ, но только ночной жизни. Или хобби. Да, скорее даже так. Днем и я, и все те ребята, которых вы видели в баре, мы все учимся или работаем, у многих есть жены, даже дети. А чтобы отдохнуть, расслабиться или подзарядиться адреналином, мы по вечерам собираемся тут, болтаем, катаемся по ночному городу. А ночью он невероятно красив. Так красив, как никогда больше. Я люблю ночной город.

— А кем ты работаешь? — перебила я восторженный рассказ парня.

— Я? — не сразу сообразил, о чем его спросили, Фомин. — Я работаю инженером, на кирпичном заводе. Тяжело, но платят хорошо. Так вот, я говорил про машины и город. Когда едешь на рычащем мотоцикле по ночному городу, кажется, что его движок сливается воедино с твоим сердцем, оба начинают биться, пульсировать в унисон и...

«О боже, — подумала я про себя, перестав его слушать, и тяжело вздохнула. — Ну прямо стихи и романсы, современные сказки... Такое как раз на ночь».

На мое счастье, болтать парню пришлось недолго — мотоцикл его завелся, и минутой позже мы уже неслись в обратном направлении, все к тому же байкерскому бару «Железный конь».

У бара все было по-прежнему, разве что мотоциклов стало меньше, так как часть парней уже уехала кататься, а новые еще не подъехали. Мы, можно сказать, успели вовремя.

Я дала Фомину время поставить «коня» на общую стоянку, а затем мы с ним вместе пошли в его обожаемое заведение. Как ни странно, но на этот раз мое появление в баре вызвало там такой всплеск эмоций, что я опешила и не сразу смогла разобрать, кто и что кричит. Оказалось, ребята просто решили, что Фомин привел к ним меня, то бишь свою новую девушку, чтобы познакомить и ввести в общество избранных. Ну вот меня и оценили на все сто пять баллов.

Жаль, что пришлось прервать каскад комплиментов в свой адрес, а больше в адрес моих ножек и того, что чуть ниже шеи, но у меня не было лишнего времени. Подняв руку вверх, я попросила у всех тишины. А когда наконец мне ее предоставили, обратилась сразу ко всем присутствующим:

— Уважаемые, скажите, Иван ездил на байкерский слет в Самару?

— Да, — мгновенно хором загудели присутствующие, и я от души порадовалась, что Фомин не пытался дать им никакого знака или намека на то, какой ответ должен последовать.

— А когда этот слет проходил? — продолжила я расспросы.

— Мы вчера вернулись, ближе к вечеру. Устали как собаки. Столько километров гнать, это вам не шутка.

— То есть, если я вас правильно поняла, практически два дня Ивана не было в Тарасове? — не унималась я.

— Вот именно, — громче всех откликнулся самый толстый из присутствовавших. — А что вдруг ты, крошка, его так блюдешь? Врет, что ли?

Толстяк громко и заразительно засмеялся, и зал тут же подхватил веселье. Фомин неловко покраснел, но ничего говорить не стал. Я слегка склонилась к нему и тихонечко произнесла:

— Что ж, похоже, ты меня и в самом деле не обманул. Твое счастье. Надеюсь, что больше нам никогда встретиться не придется.

После этих слов я гордо вскинула голову и вышла на улицу.

На сегодня все, что можно было, я сделала. Теперь пора — очень нужно! — как следует отдохнуть, а завтра я займусь новыми версиями и новыми людьми.

* * *

Утро следующего дня началось для меня так же, как и почти любое другое уже который год, — то есть со звонка будильника и жуткого раздражения, просыпающегося раньше меня от его мерзкого звука. До сих пор не могу к этому агрегату привыкнуть или найти ему более подходящую замену — приходится терпеть. Одним словом, раннее утро оказалось ничем не примечательным и даже не стоящим того, чтобы тратить время для рассказа о нем.

Начну лучше сразу с того, как после чашечки ароматного и бодрящего кофе я решила снова позвонить сестре Алены Скрябиной Наталье и попытаться договориться с ней о встрече. У меня все никак не выходила из головы

новая версия убийства — что убить могли желать не столько жениха, сколько невесту. Дозвониться до которой, к
сожалению, не удалось, так как телефон все время почему-то оказывался занят. В конце концов я решила, что
для меня это даже и лучше, поеду так, без предупрежде-
ния, главное, что девушка дома.

Быстренько собравшись, я покинула свою квартиру
и, сев в любимую «девяточку», направилась в гости к
Скрябиной-старшей. Поговорить с ней мне было просто
необходимо, тем более что она наверняка знала куда
больше подруг Алены. Ведь не случайно же у них возникло мнение, что Алена больше доверяла не им, а именно
Наталье, всегда стремилась быть похожей на нее.

Учитывая, что утро было весьма раннее, транспорта
на дорогах пока еще почти не наблюдалось, лишь изредка
кое-где мелькали покрытые толстым слоем пыли грузовые «газельки» наших частных предпринимателей, торо-
пящихся за новой партией товара, да частники, мечтаю-
щие поскорее добраться до деревень и дач. Привычные
же маршрутки и автобусы пока в большинстве своем
только собирались выехать из парков, а потому их тоже
было не так много.

Но, несмотря на отсутствие машин, добраться до
места оказалось не так-то и просто, потому что все время
на моем пути встречались ремонтники, то укатывающие
асфальт, то делающие в нем новые дыры. Они даже ран-
ним утром умудрялись организовать в городе пробки, за
что большое им, конечно, спасибо. И все же, несмотря
ни на что, спустя почти полчаса я наконец достигла дома
Натальи Скрябиной и аккуратненько припарковала у ее
подъезда свою «девяточку».

Хотелось бы знать заранее, чего мне ждать от разговора с девушкой. Мешочек с косточками всегда со мной,
и бросок двенадцатигранников на сиденье дал результат
27+4+23 — «Только женщинам простительны слабости,
свойственные любви, ибо ей одной обязаны они своей
властью».

Решив, что ближайшие минуты прояснят, что имели
в виду мои помощники, я заперла машину и вошла в
подъезд. Заглянув в блокнот, определилась с номером
квартиры и, найдя его, позвонила. Открыли мне не сразу,
а лишь спустя несколько минут. По всей видимости, хозяйка что-то до этого делала, и я ее попросту отвлекла.

Вскоре все же клацнул дверной замок, дверь передо мной открылась, и приятная на вид девушка с грустными до боли глазами тихо спросила:

— А вам кого?

Я не сразу смогла ответить, немного растерявшись. И было от чего: до того момента, пока я не увидела Наташу Скрябину, я ее даже себе и не представляла. Вернее, представляла, но немного иначе. Если принимать во внимание описание Хопиновым Алены, а он говорил, что она девочка довольно полненькая, темноволосая и с волевыми чертами лица, то точно такой же я представляла себе и старшую сестру погибшей девушки. Каково же было мое удивление, когда с Натальей все оказалось совершенно не так.

Она была не только не крупной, но и наоборот скорее даже хрупкой, маленькой. Имела миловидное личико, маленькие розовые губки, похожие на аккуратно завязанные бантики. У нее были светлые волосы, слегка вьющиеся, но не везде, а почему-то только местами. Их девушка предпочитала носить распущенными, чем очень украшала себя, добиваясь еще большей эффектности своей внешности.

В настоящий момент Наташа была без макияжа, но он ей не особо и требовался, с такими-то четкими бровями и темными ресничками. Одета она была в легкое темное платьице с коротким рукавчиком и двумя небольшими разрезиками по бокам. Таким образом, даже соблюдая траур, девушка все же продолжала следовать моде и не забывала ухаживать за собой, как бы это сделало большинство других представительниц слабого пола на ее месте.

— Вы Скрябина Наталья? — сглотнув слюну, вежливо поинтересовалась я.

Девушка кивнула, не отводя от меня непонимающего взгляда. Пришло время ей объяснить мой визит:

— Я частный детектив, недавно вам звонила, — сказала я. — Татьяна Александровна Иванова.

— Ах, это вы, — равнодушно вздохнула девушка и, уже не глядя на меня, добавила: — Я уже говорила вам, что не в состоянии сейчас говорить. Приходите через неделю, может, через две. Надеюсь, тогда мне станет получше и я смогу вам чем-нибудь помочь.

— Но вы и сейчас не выглядите такой уж немощной и больной, и я уверена, что на вопросы отвечать вполне способны. Тем более что мы в беседе можем обнаружить такие вещи, которые помогут найти убийцу вашей сестры, — позволила себе в немного грубоватой форме произнести я.

В конце концов, с чего вдруг я должна за этой особой бегать? Обычно как раз родители и родственники пострадавшего за мной носятся, а к этой я прямо на дом пришла, так она еще и против.

— Не знаю, смогу ли чем помочь, — немного подумав, теперь уже чуть иначе ответила девушка. И, открыв дверь пошире, добавила: — Проходите.

Я прошла в квартиру и пробежала взглядом по интерьеру, отметив про себя, что обе девушки были очень аккуратными. У них было не много вещей, но все они занимали лучшие места, какие для них можно было бы вообще найти в столь небольшом пространстве, каковое представляли собой эти мини-комнаты. К тому же в самих комнатах было очень много украшений: картин, ваз с цветами. К сожалению, теперь ко всему этому сюда добавились еще и венки, траурные ленты да фотография погибшей недавно сестры, но я надеялась, что это не надолго, точнее, в памяти-то сестра, конечно, должна остаться, но возводить ее в ранг божества или чего-то возвышенного не стоит.

Обратив внимание на фотографию погибшей, я отметила, что описание внешности девушки Хопинов дал довольно хорошее, все сходилось, и Алена действительно производила впечатление рослой, крупной не по возрасту девицы, довольно жизнерадостной и не унывающей. Таким по жизни обычно везет, хотя... Я тяжело вздохнула, понимая, что Алена была совсем еще молодой и должна была еще жить и жить, но все случилось совсем по-другому. Видно, с судьбой не поспоришь.

— У вас была красивая сестра, — произнесла я, чтобы хоть как-то начать разговор, тем более что Наталья упорно молчала, глядя куда-то сквозь меня.

— Да, была, — произнесла одними губами в ответ девушка, даже не пошевелившись.

— Какие между вами были отношения? Вы доверяли друг другу? — осторожно продолжила я.

— Доверяли ли? — как в бреду повторила Наталья и почему-то всхлипнула. Я решила, что задела ее за больное, и предпочла быстренько переключиться на что-то другое:

— Она никогда не говорила, были ли у нее враги?

Скрябина-старшая отрицательно закачала головой.

— А недоброжелатели?

Ответ был такой же. Я невольно начала чувствовать себя не в своей тарелке, но все же понимала, что должна хотя бы что-то выяснить, ведь не зря же ехала в такую даль. Пришлось напрячь все свое воображение и начать формулировать вопросы более точно и тонко. Вышло примерно следующее:

— Ладно, про сестру вы говорить сейчас не в состоянии, тогда, может, поговорим о ее молодом человеке. Вы его хорошо знали?

Наталья как-то резко нахмурила брови, но головы ко мне не повернула, а довольно грубовато произнесла:

— Я ничего не знаю, особенно о нем. Что вы все ко мне пристали?

Под словом «все» Наталья, конечно, подразумевала правоохранительные органы, которые уж точно не позабыли пообщаться и с этой родственницей убитой, стараясь найти хоть какую-то зацепку.

— Ничего не знать вы не можете, вы ее сестра, — по-матерински нежным голоском пропела я, подумав, что следователи могли себя вести немного грубовато и не стоит еще и мне уподобляться им. — Постарайтесь все же ответить на мои вопросы, ведь это в первую очередь нужно вам самой, а не кому-то постороннему. Или вы не любили сестру?

В ответ на этот простой вопрос я получила обжигающий взгляд и была этому даже рада, так как теперь девушка немного ожила и стала хоть как-то реагировать на мои дальнейшие вопросы.

— Скажите, у вашей сестры в последнее время не было каких-нибудь проблем? — не став более ожидать ответа, тут же спросила я. — Она ни о чем таком не рассказывала?

— Нет, она мне ничего не рассказывала, — сухо ответила Наталья. — Она вообще редко что мне рассказывала.

— Странно, а я слышала, что вы, наоборот, были очень дружны, она вас уважала, во всем стремилась походить на вас, — внимательно следя за реакцией девушки, произнесла я.

Наталья как-то резко передернулась, но тут же успокоилась и как ни в чем не бывало произнесла:

— Не знаю, кто вам это сказал, но это не так.

— Так получается, что вы не ладили? — сделала я вывод, интуитивно почувствовав что-то неладное, хотя пока еще сама не понимала, что именно.

Наталья подняла на меня свои красивые глаза, прекрасно поняв, что я пытаюсь поймать ее и определить, где она врет, а где говорит правду, и, слегка смутившись, сказала:

— Мы ничем не отличались от других сестер. Бывало, что и ругались, бывало, что и мирились.

— А в последнее время вы ругались? — поинтересовалась я, уже заподозрив, что между сестрами было не все так гладко, как рассказала подруга Алены. За что-то Наталья на свою младшую сестренку дулась. Выяснить бы еще, за что именно.

— Нет, — решительно ответила девушка, но я ничуть ей не поверила, а только обернула этот ее ответ в свою пользу, сказав:

— Ну вот и отлично, значит, вы будете стараться мне помочь.

В глазах девушки мелькнул недобрый огонек, словно я ей ужасно досаждала, и была бы ее воля, она бы выкинула меня вон, не задумываясь, но все же терпела. Да, почему-то пока терпела. Ну а раз так, я продолжала делать свое дело.

— Так вы еще не рассказали мне о том, какие отношения были у вашей сестры с Лапиным... — напомнила я один из прежних вопросов.

— А какими они должны были быть, если они поженились? — то ли отвечая, то ли спрашивая, сказала Наталья и тоже уставилась на меня. А когда поняла, что моего взгляда не выдержит, быстренько отвела глаза в сторону и добавила: — Об их отношениях я ничего не знаю, так что на эту тему можете и не спрашивать. Меня они в свои отношения не посвящали.

— Если я вас правильно поняла, то Алена встречалась со Стасом не у вас в квартире? — попробовала предположить я.

— У нас, — едва ли не сквозь зубы призналась девушка, понимая, что соврать не сумеет. — Но я в их дела не лезла.

— Что ж, вижу, что вы не слишком многое можете мне рассказать, — давно уже поняв, что девушка что-то упорно скрывает, а потому и не желает отвечать на мои вопросы, произнесла я. — В таком случае не смею вас больше отвлекать от дел.

Наталья только все так же равнодушно кивнула и пошла провожать меня до двери. Пока я обувалась, гостеприимная хозяйка не проронила ни слова, словно боясь, что я вдруг сейчас передумаю и решу остаться и продолжить свой допрос. Но я не передумала, спокойно попрощалась с ней и вышла из квартиры. Когда дверь за мной захлопнулась, я почему-то оглянулась назад и в голове у меня всплыло недавнее предсказание моих двенадцатигранных косточек: «Только женщинам простительны слабости, свойственные любви, ибо ей одной обязаны они своей властью».

«К чему бы это?» — сначала не поняла я. Но пока спускалась по лестнице, сообразила, что скорее всего, если между девушками и была какая-то ссора или недомолвка, то причиной ее мог быть лишь мужчина. Именно это и есть та самая единственная причина, за которую женщина способна убить. Ну если бы были дети, тогда другой вопрос, но мои дамочки пока таковых не имели. Выходило, что причиной ссоры между сестрами мог быть муж Алены — Станислав.

Забавная в таком случае получается картинка. Две сестры влюбляются в одного и того же парня, тот делает выбор и, как и полагается, одна из сестер остается ни с чем. Не желая мириться с судьбой, она предпринимает попытку отбить парня, но, когда у нее ничего не выходит, озлобляется и убивает обоих. Правда, для такого вот серьезного решения Стас должен был ну очень постараться: переспать, например, с одной, а жениться на нетронутой другой; или, скажем, встречаться сначала с этой, а затем с той. И на той жениться. Одним словом, что-то между сестрами все же стояло, и мне желательно побыстрее выяснить, что именно.

Попробую-ка я наведаться к родителям невесты. С ними я еще не знакома, так что будет полезно пообщаться. Может, что интересного как раз и узнаю. Приняв решение, я загрузилась в машину, открыла со своей стороны оба окна и с ветерком покатила к дому родителей Натальи. Жили они где-то на Пролетарке, скорее всего, в пятиэтажном доме, насколько я могла судить по имеющемуся у меня адресу.

Мое предположение оказалось совершенно верным, так как, отыскав дом под восемьдесят пятым номером, я увидела не что иное, как старенькую пятиэтажку, имеющую посередине крупную трещину, временно залатанную железом. Оставив машину у подъезда, я поднялась на верхний этаж, подошла к двери с нужной мне табличкой и надавила на звонок. Как это ни странно, но открыли мне буквально сразу, словно хозяева стояли у двери и ждали того момента, когда я приду и позвоню.

— Здравствуйте, — поздоровалась я с появившейся на пороге полной женщиной со светлыми, мелко завитыми кудряшками волос.

Я почему-то даже и не сомневалась, что это мать Натальи, слишком явным было их сходство. Выглядела она значительно моложе своих лет, несмотря на постигшее ее горе. По большей части впечатление, что передо мной совсем молодая женщина, а не мать двоих взрослых дочерей, складывалось из-за очень светлых и добрых голубых глаз Ангелины Викторовны Скрябиной, а также благодаря ее умению правильно и со вкусом наносить макияж.

Одета женщина была в черное платье без украшений, а на голове у нее был повязан в виде ободка черный легкий шарф. Но не эти вещи указывали на траурное событие в жизни женщины, а выражение ее лица. Его описать было просто невозможно! Боль, усталость, неподъемность навалившихся проблем, разочарование и еще много чего плохого — все это вместе читалось на лице матери. Я искренне ей сочувствовала, но сейчас ничем помочь не могла.

— Здравствуйте, — также рассматривая меня, ответила женщина. — Мы знакомы?

— Нет, но мне бы хотелось с вами познакомиться, — вежливо произнесла я, а затем сразу представилась.

Узнав, кто я и чем занимаюсь, женщина слегка улыбнулась и сразу пригласила меня в дом. Когда я вошла и разулась, мама Натальи повела меня в ту комнату, где не было посторонних, то есть тех, кто остался помогать с похоронами и со всем остальным. Туда же она позвала и своего мужа, ну и, конечно, оба они сразу согласились ответить на все возникшие у меня вопросы. Первым делом я решила развеять свои сомнения и спросила:

— Скажите, какие отношения были между вашими дочерьми? Насколько хорошо они ладили и доверяли друг другу?

— Ой, да они души друг в друге не чаяли, — тяжело вздохнув, ответила Ангелина Викторовна. — Всегда жили душа в душу. Мы, на них глядя, нарадоваться не могли. — Женщина всхлипнула, утерла платочком слезу и закончила: — Да, не могли. Правда ведь, а, Петя?

Петр Алексеевич Скрябин только кивнул, стараясь как-то больше молчать и не встревать в наш разговор. Он, как видно, был человек замкнутый и смерть дочери переносил тяжело — это было видно даже по его трясущимся рукам и постоянно дергающемуся глазному веку. Мы, женщины, где поплакать можем, где покричать, то есть хоть как-то сбросить отрицательную энергию, а что остается мужчинам? Либо пить, либо терпеть. Но терпеть-то вечно не будешь. Вот у него седина уже на висках появилась, а ведь Скрябин — совсем не старый мужчина. Двумя днями раньше седины в его волосах наверняка даже и в помине не было.

— А вы можете мне уверенно сказать, что в последние дни, ну, перед самой свадьбой, девушки не поссорились из-за чего-нибудь? — еще раз, но чуть изменив вопрос, спросила я. — Мне очень важно это знать.

— Нет, нет, они никогда не ссорились. А если и было что-то такое, то нам-то они этого не показывали, — снова ответила Ангелина Викторовна. — Сами понимаете, в таком возрасте они себя взрослыми считают. Вот даже и жили от нас отдельно, а были бы рядом, может быть... — Женщина снова всхлипнула и теперь уже не смогла сдержать слезы, разрыдалась навзрыд.

Муж ласково притянул ее к себе и стал гладить по голове, тихонечко шепча:

— Успокойся, Анжела, успокойся. Нам нужно на вопросы Татьяне ответить, может, она найдет виновного. Соберись.

За эти слова была благодарна Петру Алексеевичу, пожалуй, не только я, но и сама Анжела, которая быстро собралась и, утерев слезы прямо рукавом, приготовилась отвечать на вопросы дальше. Я не стала медлить и сразу спросила:

— Не жаловалась ли когда Алена на Наталью? Может, не вчера-позавчера, а чуть ранее.

— Нет, а почему вас так сильно интересуют взаимоотношения между нашими детьми? — теперь уже присоединился к нашему разговору отец семейства. — Вы случайно не подозреваете ли в чем Наталью?

— Нет, конечно, что вы! — активно замотала я головой, понимая, что, если признаюсь, родители меня прямо на месте жизни лишат. У них и так одного ребенка не стало, а если еще кто и на второго попробует «наехать», ему точно не поздоровится. Пришлось на ходу выдумать причину такой своей заинтересованности: — Нет, я ни в чем не подозреваю Наталью, просто я сегодня беседовала с ней, и мне показалось, что девушка чем-то обижена на Алену, а потому не хочет отвечать на мои вопросы полно и правильно, все больше отмалчивается. А ведь она может знать что-то такое, что поможет мне найти виновника всех ваших бед.

— Да, я понимаю, — теперь уже успокоившись, согласно кивнул отец Натальи. — Знать вам нужно все, но мы на девочек никогда не давили, вряд ли и сейчас получится. Если что-то не хотят говорить, так и не скажут вовсе. Настырные, — вздохнув, закончил он.

— И все же я думаю, что смогла бы разговорить Наталью, если бы знала причину ее ссоры с сестрой, — осторожно произнесла я, все еще не теряя надежды узнать что-то интересное. — Может, вам удастся что-нибудь припомнить.

— Сомневаюсь я, девушка, что удастся, — расстроенно вздохнула Ангелина Викторовна. — Вы сами видите, не до этого нам сейчас, в голове никаких мыслей нет. Вы уж нас извините, что ничем помочь не можем. Мы, конечно, позвоним Наташе, а вы уж еще раз попробуйте с ней поговорить, может, что-то и выйдет.

Теперь уже поняв, что если между сестрами что-то и было, то родители этого все равно не знают, я встала с кресла и собралась уходить. Но тут вспомнила, что у меня совсем нет фотографий обеих девушек, а они мне очень даже могут пригодиться, а потому сразу же попросила:

— Вы не могли бы дать мне фотографию, на которой засняты обе ваши дочери? После расследования я вам ее верну.

— Да, конечно, мы дадим, — засуетились родители и сразу же стали искать, куда они задевали все фотоальбомы.

Пока же они занимались поисками, я прикидывала, как быть дальше.

«Итак, на данный момент мне ясно, что Наталья и Алена были в ссоре, иначе бы старшая не вела себя так странно, настороженно и недружелюбно. О причине ссоры родителям неизвестно, но наверняка о ней знает кто-то из друзей девушек, может, даже друзей жениха. Следовательно, нужно найти тех, кто знает. Ну а раз план действий ясен, остается сесть в машину и отправиться по гостям».

Наконец родители дали мне несколько фотографий, у них же я узнала, с кем чаще всего общались девушки и кто знает всех их друзей и подруг. Как ни странно, но тут родители оказались очень даже информированными людьми и не только назвали мне самых близких друзей, но даже и дали их адреса. Когда же я полюбопытствовала, откуда они все это знают, Петр Алексеевич слегка ухмыльнулся и сказал:

— Ну так мы все же следили за тем, с кем дети водятся, не все же пускать на самотек...

ГЛАВА 7

Не успев отъехать от дома Скрябиных на более или менее приличное расстояние, я передумала беспокоить подруг и друзей их дочерей. Во-первых, потому, что мне уже стало ясно, что Алена была не слишком общительной и раз даже одна из наиболее близких ее подружек о ней ничего особенного не знала и была уверена, что с сестрой они ладят, то так же выйдет и с остальными. Что же касается подруг Натальи, то девушка она еще более непростая, чем ее младшая сестра, и если она против Алены что-то имела, а возможно, и хотела отомстить, то рассказывать об этом она уж точно никому бы не стала. Отсюда вывод: лучше всего мне показать фотографии девушек друзьям Стаса и у них поинтересоваться, что они о барышнях знают. Глядишь, и подтвердится мое предположение по поводу того, что парень «замутил» с обеими, за что и очень сильно поплатился.

Резко поменяв решение, я свернула на обочину и, остановившись, взялась за телефон. Быстро набрав домашний номер Хопинова, я мысленно помолилась, чтобы он был дома, и когда Саша снял трубку, искренне произнесла:

— Рада тебя слышать, Александр. Ты мне как раз очень нужен.

— Чем порадуешь, Танюша? — также узнав меня по голосу, откликнулся мой старый друг. — Есть что-то новенькое?

— Пока нет, но я усиленно работаю.

— Верю, — откликнулся Хопинов и тотчас же спросил: — Так что там тебе понадобилось?

— Телефоны и домашние адреса тех друзей Стаса, которые не присутствовали у него на свадьбе. Можешь мне парочку назвать?

— Без проблем, продиктую прямо сейчас, — отозвался Александр и попросил меня вооружиться листком и ручкой, пока он ищет свой блокнот.

Я так и сделала, и уже через пару минут Хопинов диктовал мне адреса нескольких друзей Стаса, почему-то не приглашенных на свадьбу. Не имея такого аналитического склада ума, как у меня, Александр даже не стал интересоваться, почему мне понадобились именно эти ребята, а не те, что были на бракосочетании. Конечно, откуда ему было знать, что я уже знала и что думала? А думала я следующее. Если Стас бросил Наталью и решил жениться на Алене — а эта мысль меня почему-то все более упорно преследовала, — значит, он вряд ли стал звать на торжество тех, кто хорошо знал о его связи со старшей сестрой. Понимал же, что выпьют, начнут за столом трепаться, ему косточки перемывать. И что ж тогда получится? Да ничего хорошего не получится!

Наконец адреса были записаны, и я могла спокойно заняться проверкой своей новой версии. Определив, который из друзей Стаса живет поближе, я выбрала маршрут и направилась к нему. В целом дорога до дома Дмитрия Закоринова заняла у меня минут десять, но экономия времени могла бы оказаться бесполезной, если бы парня не оказалось дома. Но мне повезло — он был на месте. А занимался он в тот момент уборкой клетки своих маленьких питомцев — волнистых попугайчиков, как сообщил мне его отец, который открыл дверь на мой звонок.

— Здрасте, — поприветствовал меня молодой совсем парень, входя в зал на зов отца.

Он явно был моложе Станислава, но наверняка по уму ему ни в чем не уступал. С первого взгляда на Дмитрия я предположила, что у парня неплохое образование и талант к точным наукам. Скажем, к математике или химии. Может он что-то смыслить и в вычислительной технике. По крайней мере, насколько я знала, именно такие лбы и умные глаза имеют люди, занятые в данных сферах человеческой деятельности. И я не ошиблась, так как неугомонный и явно любящий поболтать папаша немедленно похвалился:

— Сына у меня просто чудо, все говорят, что голова у него получше ньютоновской. Он ведь у нас школу раньше времени закончил, так как развивается быстрее остальных. Сейчас в университете московском учится, у нас тут филиал открыли. Вот ведь как! Я в компьютерах, как в лесной чаще, а он все понимает...

— Папа, ну что ты лезешь к человеку со своими хвальбами? Просил же тебя, не надо меня расписывать, как-нибудь сам про себя расскажу, если кто-то мной заинтересуется, — перебил отца сын. — Ладно, иди давай на кухню, дай мне с человеком побеседовать, раз он пришел.

Папаша, горделивые излияния с похвалами сыну которого прервали столь кардинальным образом, несколько раз разочарованно вздохнул и поплелся в кухню, оставив нас наедине.

— Еще раз здравствуйте, — усаживаясь напротив, произнес Дмитрий. — Как меня звать, вы, полагаю, уже знаете, раз от Стаса пришли. Могу узнать о причине вашего визита?

— Несомненно, — улыбнулась я, радуясь, что мне попался именно такой жизнерадостный парень, а не какой-нибудь бука, с которым даже беседовать неинтересно. — Не за тем же я пришла, чтобы молчать.

Сказав так, я коротко изложила суть дела и даже пояснила, что у меня есть кое-какие мысли по поводу того, кто мог убить молодоженов, но мне требуется выяснить или уточнить некоторые факты.

— Всегда готов, — открыто заявил Дмитрий. — Что именно нужно?

— Вот, посмотрите, — я протянула ему фотографию, на которой были запечатлены сестры Скрябины, и спросила: — Скажите, с кем из этих двух девушек встречался Станислав?

— То есть как с кем? — удивился моему вопросу парень. — А разве не с той же, на которой женился? Вот с этой, маленькой, — и он указал на улыбающуюся с карточки Наталью.

Для меня моментально все окончательно встало на свои места и буквально разложилось по полочкам. Стало понятно и нежелание старшей сестры рассказывать о взаимоотношениях между молодыми, вообще говорить о сестре. Не будь Наталья причастна к убийству, она бы уже давно простила сестру и считала бы, что благодаря измене Стаса сама она осталась в живых, а следовательно, все бы мне рассказала.

— Так, значит, вы утверждаете, что Станислав встречался вот с этой девушкой, с Натальей? — ничего не отвечая на вопрос парня, уточнила я.

— Да. Но вы, кажется, так не думаете, — уже по моей реакции парень начал догадываться, что со свадьбой его друга что-то было не так. — Могу я узнать, что происходит? Точнее, что произошло? Мне пока известно только о гибели молодых. Случайно вчера от отца узнал, а он в новостях услышал. Но я еще не успел послать открытку с соболезнованиями — был занят сдачей экзаменов.

— Вы многое пропустили, — произнесла я. — Ваш друг Станислав, как это ни странно, женился вовсе не на Наталье, а на ее младшей сестре Алене. Она на карточке рядом.

— Как на сестре? Не понимаю, — очень удивился моему заявлению Дмитрий. — Как такое может быть? Стас и такое... Нет, он не мог так поступить, я просто отказываюсь верить!

— Я тоже удивлена, но вынуждена верить, — откликнулась я. А потом добавила: — Собственно, это был единственный вопрос, который я хотела с вашей помощью прояснить. Впрочем, может быть, вы в курсе, с какого времени Стас встречался с Натальей и как долго это длилось?

— Как долго? — все еще не веря услышанному, повторил за мной Дима. — Ой, ну с полгода точно. По крайней мере, я Наташу с ним именно где-то полгода назад первый раз увидел. Они вместе в кафе приходили. Но как он стал встречаться с той, второй, я даже не знаю. Хотя мы ведь довольно часто встречались.

— Вот такая она сложная и загадочная штука, жизнь, — сказала ему в ответ я и, задав еще несколько мелких вопросов, стала прощаться.

Дмитрий проводил меня прямо до машины, все еще негодуя, как же его друг мог сотворить подобное — бросив одну сестру, жениться на второй. Я села за руль, завела машину и, помахав приятному пареньку рукой, покатила прочь. Проехав пару кварталов, не останавливая машины, достала из сумочки свой сотовый и набрала на нем номер родителей невесты. Благо теперь он у меня уже был. Трубку снял отец.

— Здравствуйте, это опять я, Таня Иванова, — представилась я, понимая, что по голосу он меня вряд ли узнает. — Можно задать вам еще пару вопросов?

— Мне или жене? — поинтересовался Петр Алексеевич.

— Можно и вам, — откликнулась я. — Скажите, с кем дружили обе ваши дочери до свадьбы Алены? Мне нужны имена их кавалеров.

— Боюсь, что тут мы вам немногим поможем, — вздохнул отец. — Мы не слишком за увлечениями дочек следили. Они ведь молодые, часто меняли ухажеров, так мы с матерью последний год даже и не пытались узнать, кто очередной.

— А-а... — не зная как перейти к следующему, очень уж сложному вопросу, замялась было я, но потом решила говорить все как есть. Самой-то мне теперь было точно известно, что Стас встречался с обеими девушками, но хотелось узнать, были ли в курсе этого родители. — Скажите, а не встречалась ли со Станиславом сначала ваша старшая дочь?

— Нет, конечно, что вы такое говорите! — немного даже возмутился в ответ отец. — Кто бы ему тогда позволил на второй жениться... Нет, Стас был хороший парень.

— Что ж, спасибо за помощь, — поблагодарила я отца Натальи и сразу отключилась.

«Да уж, хороший парень... А главное — честный и открытый. Такой, что даже друзья знать не знали, что он обеих сестер окрутил. Правы были мои косточки, когда сказали, что «только женщинам простительны слабости, свойственные любви, ибо ей одной обязаны они своей властью». Похоже на то, что загадка убийства разгадывается так: старшая сестра из ревности, а заодно и из мести убила младшую. И она намеренно подменила мобильник жениху — возможно, когда он был в последний вечер перед свадьбой у невесты, — зная, что завтра парочка будет все время рядом, а значит, пострадают от взрыва оба. И тогда она, Наталья Скрябина, будет отомщена. Жуткая получается история. А другой, столь же правдоподобной версии у меня нет».

Размышляя о виновных и невиновных, о гибельности страстей, я остановила машину, приоткрыла немного дверцу и достала сигареты. В голове настойчиво вертелся оставшийся без ответа вопрос: как доказать вину или подтвердить невиновность Натальи? Как ее проверить?

Прикурив сигарету от фирменной зажигалки, которую не так давно подарил мне Гарик, я достала из сумочки фотографию девушек и, положив ее перед собой, стала изучать. Это помогало мне сосредоточиться и представить, на что была способна каждая из сестер. И сосредоточилась я до того, что ловко поймала за хвост следующую мысль: а ведь дома у Натальи наверняка где-нибудь все еще лежат какие-нибудь фотографии, сделанные во время ее счастливой дружбы со Стасом. Если она его действительно очень сильно любила, то вряд ли выбросила снимки. И я должна их найти! Мне же они очень бы помогли, так как не только бы подтвердили наглядно ее связь с будущим мужем сестры, но и дали бы возможность слегка надавить на Наталью и заставить ее все рассказать.

Порадовавшись тому, что я пока не слишком далеко нахожусь от квартиры девушки, я докурила сигарету, затем завела машину и, развернув ее, направила назад, в район обитания Скрябиной-старшей. Прибыв к дому девушки, я набрала на сотовом ее номер и стала ждать, возьмет она трубку или нет, надеясь таким образом проверить, дома ли она. Трубку сняли, и мне пришлось быстренько отключиться. То, что Наталья все еще была дома и даже не собиралась к родителям, мне не особенно нравилось, так как нарушало мои планы. Ладно, придется пойти на обман.

Немного переждав, я снова набрала номер телефона девушки и, когда та откликнулась, не своим голосом произнесла:

— Наташа, здравствуй, дочка. Это из дома родителей, твоя тетя. Ты когда приедешь-то, а то мама совсем плохая, может, хоть ты ее немного успокоишь?

Девушка на мою уловку клюнула и, даже не став уточнять, что за тетя ей звонит, ответила:

— Я постараюсь выехать прямо сейчас.

«Ну вот и отличненько», — выключив телефон, порадовалась я и стала наблюдать за подъездом, чтобы не пропустить момент, когда Наталья его покинет.

Теперь уже я, конечно, не собиралась сломя голову мчаться к ней в квартиру, как сделала это в случае с обыском жилища Андрея Лапина. Таких проблем мне больше не нужно. Минутой позже или минутой раньше — погоды эта минута не делает.

Спокойно дождавшись, когда девушка уйдет из дома и направится к остановке, я еще несколько минут посидела в машине и уже только после этого отправилась в подъезд. Поднявшись по лестнице на нужную площадку, я быстро извлекла из сумочки свои незаменимые отмычки и, на минуту прислушавшись, не идет ли кто, занялась открыванием двери. Замок оказался несложным, так что я довольно быстро смогла с ним справиться и вскоре уже была внутри. Закрыв за собой дверь, я заперлась на защелку и прошла в зал.

«Интересно, куда здесь можно положить фотографии, помимо фотоальбома? — спросила я саму себя, понимая, что из фотоальбома Наталья все подобные снимки точно изъяла. — Скорее всего, по женскому обыкновению, она их положила куда-то среди белья, причем именно своего».

К сожалению, совсем не зная, где чье белье в шкафу, я стала просовывать руку между всеми свернутыми вещами без разбору. Но это не дало никаких результатов — карточек там не обнаружилось. От шкафа я перешла к проверке постели и матрасов, вспомнив, что когда-то в детстве сама прятала от мамы записки мальчиков под подушкой или простыней. Но и тут ничего не нашлось. Я остановилась посреди комнаты, вертя головой по сторонам.

«Ага, стол!.. Может, у них были в столе разные ящики?» — предположила я. Подойдя, сначала выдвинула первый ящик, но в нем не оказалось ничего, кроме конспектов и тетрадей, затем второй — в нем мне попались учебники, ручки, карандаши и иная мелочь. Зато вот в третьем я нашла маленький пакет из-под проявленных фотографий, какой обычно дают в любом фотоателье. Аккуратно достав его, я встала, высыпала все содержимое на стол и стала рассматривать.

Фотографий было немного, и в основном на них были засняты кто-либо из друзей девушек или же они сами. И лишь на двух имелся Станислав Станиславович. При этом определить, к которой из девушек он в данный момент более приближен, по этим карточкам было совершенно невозможно, так как все трое радостно улыбались и обнимались, никак не демонстрируя своих истинных чувств. Мне сразу стало ясно, что определить по карточкам, которая из девушек в данном случае выполняет роль невесты, я уже не смогу. Но, возможно, в комнате где-то есть еще снимки?

Я сделала вторую попытку обнаружить компрометирующий Наталью материал, но и она не увенчалась успехом — я больше не нашла вообще никаких фотографий. Пришлось смириться со столь явной неудачей, тем более что в голову мне уже пришла одна умная мыслишка. Я прикинула, что раз Стас встречался сначала с Натальей (такой вывод я сделала из слов Дмитрия), то скорее всего она ни от кого не пряталась и не скрывала своего кавалера от подруг. И если подруги подтвердят, что знали об их связи, можно будет обойтись и без фотографий, одними их словами и рассказами.

Вернув все фотографии назад в бумажный пакет, а сам пакет в ящик, я вернулась к двери, выглянула в «глазок» и, не заметив за ним никого постороннего, открыла задвижку...

* * *

Через пять минут я уже неслась по улицам города к самой старой подруге Натальи Инге, адрес и телефон которой мне дали родители девушки. Чтобы не оказаться у закрытых дверей, я решила предварительно позвонить ей, тем более что у нее был сотовый. Набрав номер, я надавила на «ес» и стала ждать. Вскоре я услышала короткое девичье:

— Да.

— Здравствуйте, это Инга? — первым делом спросила я, продолжая одной рукой вести машину, а другой держать телефон у уха.

— Да. А вы кто? — тут же последовал ответный вопрос.

— Я подруга Наташи, — не стала пока полностью раскрываться я. — Вы, наверное, слышали, какое у нее горе?

— Да, это такое несчастье — потерять сестру, — тут же вздохнула девушка. — Я бы, наверное, дни и ночи напролет рыдала, если бы такое со мной случилось. А как Наташа? Я к ней не поехала, так как меня родители отговорили.

— И правильно сделали, — не упрекнула девушку я. — Они все сейчас в таком состоянии, что не способны выслушивать окружающих. Да, совсем забыла, у меня же к вам дело и нужно срочно встретиться прямо сейчас. Вы в данный момент где находитесь?

— Сижу в кафе «Марина», что на Московском проспекте, — ответила Инга. — Договорились встретиться с подругой, а ее все нет. Может, и не придет. А мобильного у нее нет, вот и жду.

— Ждите и дальше, а я сейчас подъеду, — добавила я и, отключив телефон, развернулась, так как буквально пару минут назад благополучно пересекла Московский проспект, а значит, была сейчас в двух шагах от Инги.

Быстренько вернувшись к любимому месту горожан — Московскому проспекту, я кое-как нашла свободное местечко, чтобы припарковать свою машину, и лишь тогда поспешила в кафе. Где оно находится, я знала очень хорошо, так что искать мне ничего не приходилось, зато вот саму девицу, с которой только что назначила встречу, себе даже не представляла.

«Эх, нужно было еще по телефону спросить Ингу, во что она одета», — пожурила я себя за непредусмотрительность, но тут же и успокоилась: с другой стороны, телефон-то при мне, войду в кафе и еще раз позвоню девушке.

Впрочем, делать этого даже и не пришлось, так как одинокая особа женского пола в данном кафе оказалась всего одна, все же остальные сидели парами, причем одиноких мужчин не было вовсе. Этим и объяснялось отсутствие «липучек», как называет всех донжуанов одна моя подруга, возле Инги. Я подошла к ее столику и, отодвинув стул, спросила:

— Подруги так и нет?

— Нет, не приехала, — удивленным взглядом глядя на меня, ответила девушка. А потом спросила: — А как вы узнали, что я это я?

— Ну вы ведь сидите одна, тогда как остальные — в дружных компаниях, — улыбнулась я. — Да, я еще не успела представиться: Таня Иванова, частный детектив, занимающийся расследованием обеим нам известного проишествия.

— Частный детектив? — еще больше удивилась девушка. — Вау, никогда не думала, что частными детективами могут быть такие молодые женщины!

Я слегка улыбнулась такому комплименту и сразу же перешла к делу.

— Скажите, Инга, вы давно знакомы с Натальей? — в первую очередь спросила я.

— Да порядочно уже — лет шесть, может, даже больше.

— А о том, что она встречалась с молодым человеком, который потом стал мужем ее сестры, знали?

— Естественно, кто ж этого не знал... Наверное, все, кто с Натальей хоть немного знаком, были в курсе, а если и не были, то вдвоем их точно видели. Они ведь почти везде вместе ходили, а потом вдруг — бац, и она нам о свадьбе сообщает, только не о своей, а о сестриной. Мы в шоке были, а объяснять, как такое вышло, Натка отказалось. Кстати, с того времени она замкнулась в себе, мало с кем из нас общается.

— Понятно, — откликнулась я. — Значит, об этом обстоятельстве знали многие. А кто бы мог знать о причине, по которой Стас выбрал Алену?

— Наверное, никто, — предположила Инга. — Наташа вообще на эту тему не говорила ничего, просто отдалилась от нас резко и не появляется.

— Что ж, спасибо за беседу, — поблагодарила я девушку. — Если что-то еще понадобится, я знаю, как вас найти.

Инга попыталась было предложить мне еще немного

с ней посидеть, но я сразу отказалась и поспешила к своей машине. А сев в нее, задумалась.

Как же так получилось, что в жены Стас выбрал вторую сестру, а не первую, с которой довольно долго встречался? Может быть, сама Алена его увела у сестры? Девица-то она, по всему видно, была не промах. Ну и мужчины у нас пошли — чья юбка ближе махнула, к той и летят. Даже стыдно за них как-то.

Понимая, что я уже близка к разгадке преступления, и будучи почти уверена, что убийцей является старшая из сестер Скрябиных, я больше всего времени сейчас посвящала обдумыванию того, где можно найти доказательства ее происков.

«То, что подменила телефон именно Наталья, это уж наверняка, ей ведь абсолютно несложно было проделать такую манипуляцию. Но вот со взрывчаткой, с установкой ее в мобильник... тут уж она сама вряд ли бы справилась, значит, должна была обратиться к какому-то специалисту. Допустим, обратилась и теперь должна отдать тому вторую часть суммы за выполненную работу. Полностью все деньги обычно в таких целях никто сразу не отдает. И по-моему, пока вроде бы времени на встречу с этим специалистом-исполнителем у Натальи не было, значит, все еще впереди. Так что, пожалуй, послежу-ка я за нашей милой страдалицей девушкой...» Сказано — сделано. И я рванула, надавив на педаль газа, к тому дому, где проживали ее родители и где она сейчас должна была находиться.

* * *

«Интересно, куда это Наталья собралась?» — подумала я, следуя за девушкой, недавно покинувшей дом своих родителей. Там она пробыла не более трех часов, на большее ее, видно, уже не хватило, и вот теперь направлялась куда-то, но совсем даже не в сторону своего дома.

Не став слишком сильно ломать голову над этим вопросом, — а чего ее ломать, все равно же вскоре узнаю ответ, — я просто продолжала следить. Наталья села в автобус, на нем доехала до Пролетарки, там сошла и протопала пешочком еще пару кварталов. Когда же оказалась в частном секторе, порылась в своей сумочке и, достав какую-то записку, поглядела сначала на нее, а потом на номер стоящего перед ней дома, мне сразу стало ясно, что она кого-то ищет.

Наконец Наталья нашла нужный дом, вошла в заросший травой палисадник и нетерпеливо постучала в дверь. Из дома никто не вышел. Тогда девушка повторила свой стук, но уже более настойчивее, только и это не дало никаких результатов. Кажется, дома никого не было.

Стоя за соседним деревом, я было подумала, что придется сейчас как-то перебегать от него за стоящий недалеко гараж, иначе, возвращаясь назад, девушка меня непременно заметит. Но Наталья пока никуда и не собиралась. Она спокойно достала из своей сумочки большой листок бумаги, расстелила его на крыльце и села, устраиваясь поудобнее. Ясно было, что ждать она собралась до возвращения хозяина.

Кого же она так ждет? Этот вопрос не давал мне покоя. Может, своего нового парня? Хотя это вряд ли, тогда бы и сестре мстить не надо было, сердце бы уже успокоилось. Кого тогда? Лично у меня имелся только один ответ: того, кто помещал в телефон взрывчатку. Да, скорее всего так и есть. Она либо хочет отдать ему вторую часть денег за выполненную работу, либо, что более вероятно, нанять для выполнения новой. Что-то там, насколько мне помнится, мои косточки говорили об опасности... Так, может, Наталья как раз и надумала попросить специалиста по взрывчатке помочь ей убрать с пути еще и меня, чтоб я не лезла так настырно не в свое дело? А что, действительно, вполне такое может быть...

Я на несколько минут уставилась в одну точку, а потом спросила сама себя: «А что, если мне попробовать для начала узнать, кто таков хозяин этого дома? Возможно, окажется даже, что у Кири на него что-то есть».

Не став медлить, я быстренько набрала номер телефона Володьки и, когда тот снял трубку, сказала:

— Киря, это Таня. Нужно, чтобы ты проверил еще одного человека. Сможешь сделать это прямо сейчас?

— Да, я готов выполнить твою просьбу, у меня как раз сейчас небольшое «окно» в работе образовалось, — согласился тот. — Диктуй, что есть на него.

— Только адрес. Так, подожди, — я повертела головой по сторонам и, найдя небольшую табличку на одном из домов, сориентировалась и назвала адрес: — Улица Столярная, дом шесть.

— Все, задача ясна, — бросил мне напоследок Володька и отключился.

Я убрала телефон в сумку и снова стала наблюдать за Натальей. Впрочем, наблюдать было неинтересно, так как девушка продолжала сидеть и глядеть в землю и лишь изредка по сторонам. А потому я стала осматриваться, ища себе более удобное для наблюдения место. Вскоре оно попалось мне на глаза, и я стала осторожно перебираться к небольшому заброшенному ларьку. Это занятие заняло у меня несколько минут.

Не успела я как следует обосноваться на новом месте, как отзвонился Киря и сообщил очень интересную для меня информацию. Хозяином дома являлся некий Малыгин Григорий Фаддеевич, уже отсидевший срок за участие в заказном убийстве, в котором, кстати говоря, тоже была задействована взрывчатка. Он сам делал взрывное устройство и сам помещал его в автомобиль. Видно, теперь этот умелец придумал более изощренный и менее привлекающий к себе внимание способ убийства. Так что мое подозрение еще больше подтвердилось, и мне осталось только дождаться прихода домой самого Малыгина, а там уже будет видно, что делать дальше и как поступить.

Ждать Малыгина пришлось очень долго. Он не появился ни через час, ни через два. Даже вроде бы спокойная и терпеливая Наталья начала нервничать и ходить туда-сюда по тропинке перед домом. Не особо комфортно чувствовала себя и я, так как сидеть приходилось в ужасно пыльном и довольно-таки вонючем ларьке. А так хотелось куда-нибудь в уютное местечко, где много деревьев, воды и песка! Какой-нибудь небольшой пляжик на берегу Волги очень бы даже мне подошел...

Наконец хозяин дома все же заявился. Он оказался ужасно маленьким, щупленьким и на вид похожим на старичка, хотя лет ему было, как мне стало известно от Кирьянова, около сорока. Одет «старичок» был в давно потерявшую свежесть голубую рубашку с длинными рукавами, в данный момент завернутыми до локтя, и в такие же не новые штаны серого цвета. Что было у Малыгина на ногах, я не видела, но могла предположить, что вряд ли ботиночки от известной фирмы, а скорее всего раздолбанные боты под стать потрепанной одежонке.

Увидев, что у него гости, Малыгин сначала притормозил, но, рассмотрев пришедшую, вполне даже осмелел и, начав насвистывать какую-то мелодию, пошел к дому. Было видно, что Наталью он нисколько не боится. Я торопливо вылезла из своего укрытия, прекрасно понимая, что сейчас пара созерцает друг друга и мое перемещение к ним поближе вряд ли будет замечено. Минуты через три я уже была у забора, окружающего дом Малыгина, но даже отсюда разговор Григория и Натальи был, к сожалению, слышен плохо.

Я осторожно проползла под забором в сторону калитки, чтобы уловить хоть какие-то отрывки беседы, и случайно зацепила рукавом за какой-то гвоздик, торчащий из штакетины. Доска сдвинулась и приоткрыла щелку, через которую я запросто могла бы пролезть. Что я и сделала — быстро юркнула в проем и оказалась во дворике, скрываемая от тех, за кем я наблюдала, большим кустом цветущей сирени. О том же, что кто-то может заметить меня с улицы, я и не думала: нынче пришло такое время, что даже если случайный прохожий что необычное и увидит, то предпочтет сделать вид, что оно ему приснилось, а не станет искать на свою голову приключений, поднимая крик. И правильно, наверное, сделает.

Пока я перебиралась с места на место, Григорий и Наталья как раз успели обменяться любезностями и затронули интересующую меня тему. Я же теперь могла преспокойно сидеть и слушать, а потому просто полностью превратилась в одно большое ухо, следя только за нужным мне разговором и не обращая внимания ни на один посторонний звук. Услышать же удалось следующее.

— Зачем ты убил их? — немного озлобленным голосом тихо спросила Наталья.

— Убил... Ты это о чем? — немного удивившись, ответил ей Григорий. — Я никого и пальцем не тронул.

— А почему же тогда их разорвало прямо на крыльце загса? — не унималась красавица. — Может, взрывчатка сама в телефон попала, из воздуха просочилась? Что ты теперь отнекиваешься?

— Да я серьезно тебе говорю, не делал я ничего! — теперь уже серьезным тоном ответил Наталье Малыгин. — Я что, спятил, лишний раз собственной шкурой рисковать? Деньги ты мне и так оставила, зачем же мне надо было еще что-то и делать, сама посуди?

— Так ты что, и в самом деле их не убивал? — не верила пока Наталья.

— Нет, серьезно говорю. Мне лишние проблемы не нужны, ведь деньги все равно уже мои.

— Но... но кто же тогда это сделал? — недоумевающе спросила Наталья.

— Похоже, не ты одна была доброжелательница у этих голубков, — вполне равнодушно и даже с некоторой издевкой произнес Григорий. — Нашлись добрые люди, которые довели наше дело до конца. Я, честно сказать, чуть со стула не свалился, когда в новостях услышал, что стряслось. Глазам своим не поверил. Думал уж, что ты в меня не поверила и другого специалиста нашла. А когда сейчас во дворе у себя увидел, решил, за деньгами пришла.

— Да черт бы с ними, с этими деньгами, — сорвалась Наталья. — Я чуть с ума не сошла, когда все случилось. Думала, я во всем виновата, думала, на мне их смерть всю жизнь висеть будет. Спать ложиться боялась, вдруг она, Аленка, вместе с ним ко мне придет и все припомнит. Такое в голову лезло!.. Я еще тогда поняла, что так все и будет, если что-то сделаю, потому в последний момент и отозвала вас, но...

— Но тут уж я, извините, ни при чем. Моя совесть совершенно чиста. Единственное, что могу сказать, так это то, что сработано все было профессионально и чисто, даже у меня бы так не вышло.

Сразу после этого выяснения отношений Григорий намекнул Наталье, что у него дела и он был бы рад, если бы она ушла. Девушка и сама уже этого явно хотела, так что задерживаться тут не стала. Лишь еще один раз уточнила, соврал Малыгин ей или нет, а затем спокойно отправилась восвояси. Я же еще некоторое время была вынуждена сидеть за кустом сирени, дожидаясь момента, когда Григорий зайдет в свой дом и я смогу беспрепятственно и без лишнего шума выскользнуть на улицу.

И вот мне наконец удалось никем не замеченной вернуться в свою машину. Сев за руль, я задумалась. Теперь мне было понятно, почему Наталья вела себя так странно, когда я пыталась расспросить ее о Станиславе и Алене. Она просто боялась проболтаться или сорваться и рассказать все, что она против них замышляла. Но, замыслив недоброе, девушка все же вовремя спохватилась и успела дать отбой, поняв, что не сможет всю жизнь носить на себе бремя убийства.

Когда задуманный ею взрыв — хоть некоторые детали случившегося и отличались от ее плана — все же произошел, она сильно испугалась и именно для того, чтобы выяснить, почему Малыгин не послушался ее, явилась сегодня к нему. И тут вдруг оказывается, что Григорий-то ничего и не делал! Да и правда, зачем ему это было, если деньги она пообещала ему оставить, уже отказавшись от его услуг? С него и спрос меньше, а подставить себя он еще успеет. Естественно, что убивать он никого не стал, а значит, оба они — рецидивист Малыгин и Наталья Скрябина — в гибели Станислава и Алены не виновны. М-да, вот так бывает: ищешь доказательства чьей-либо вины, а находишь, наоборот, этому человеку оправдание.

Теперь уже совершенно не зная, что делать, я принялась прикидывать, какие еще версии убийства мной не были тщательно рассмотрены, что я упустила из виду. А мой внутренний голосок стал мне помогать и тут же предложил обратить внимание на самых близких.

«Куда уж ближе! У меня в последней версии сестра в убийстве подозревалась!» — усмехнулась я ему в ответ.

Но тут же вспомнила, что с родителями невесты-то я беседовала, а вот родители жениха у меня почему-то остались в стороне. Они то были заняты приготовлением к похоронам, то просто находились не в том состоянии, чтобы общаться. А ведь они могут знать что-то интересное. Пожалуй, стоит к ним съездить. И лучше прямо сейчас.

Приняв это решение, я завела машину и, надавив на педаль газа, поехала к дому Станислава.

* * *

— Вы не могли бы уделить мне несколько минут для разговора? — спросила я родителей погибшего парня, с усталыми лицами сидящих прямо напротив меня на диване.

Мама Станислава, Валерия Федоровна, была женщиной довольно хрупкой, а потому смерть сына так сильно повлияла на нее — «украсила» недавно красивое и выразительное лицо множеством мелких морщинок, а глаза сделала совсем потухшими. Теперь женщина вряд ли когда-нибудь сможет поднять голову так высоко, как она ее держала еще три дня назад.

Что же касается отца парня, Станислава Михайловича, то он держался более стойко и хоть и был расстроенным, но проявлял свои чувства куда меньше, чем его жена. Мне это даже немного показалось странноватым, так как мужчина не производил впечатления сильного и волевого, способного держать боль в себе, а как раз напротив, был открыт и доброжелателен. Но, как известно, на одно и то же событие разные люди реагируют по-разному, так что я решила, что Станислав Михайлович таким образом просто пытается держать себя в руках и тем самым хоть немного помочь своей супруге, не дать ей совершенно пасть духом.

Окинув еще раз взглядом родителей Станислава, я вежливо попросила:

— Расскажите мне о вашем сыне. Каким он был человеком? Какие качества в нем преобладали, чем в последнее время он занимался, с кем дружил... В общем, все, что сумеете вспомнить.

— Что ж, мы постараемся, — со вздохом ответил Станислав-старший и легонько поправил рукой торчащие в стороны редкие светлые волосы. А потом стал рассказывать: — Стас был хорошим сыном, нас любил и уважал, да и мы могли им гордиться. Школу милиции он закончил с отличием, потом институт, только что занялся адвокатурой, наверняка бы дело у него пошло на лад. Друзей у него всегда было много, он редко с кем ссорился. И вообще, я о нем могу только хорошее сказать.

— Да, именно так все и говорят о Станиславе, — согласилась я со словами отца. И тут же снова спросила: — А вы знали о том, что, прежде чем начать встречаться с Аленой, он дружил с ее сестрой?

— Нет. Но даже если и дружил, что с того... — на этот вопрос ответила уже мать. — Значит, с той девочкой у него что-то не получилось. А нам-то все равно было, кого он приведет, мы-то знали, что парень он умный, головой думает, значит, на первую попавшуюся не кинется.

— А о каких-нибудь его проблемах вам что-нибудь известно? — поинтересовалась я.

— Нет, ничего, — дружно замотали головами оба родителя. — Стас у нас самостоятельный мальчик был, всегда все сам предпочитал решать, нас не вмешивая. Помню даже, как-то раз в школе, классе, наверное, в третьем, когда его побил какой-то старшеклассник, он попросил дать за него сдачи не отца, а одного из живущих в нашем подъезде ребят. Мы об этом тогда от учительницы узнали... — Валерия Федоровна всхлипнула и отвернулась.

Я уже поняла, что от Лапиных-старших, так же, как и от родителей Скрябиных, я мало что нового узнаю, — они понятия не имели, чем живет их чадо и кто мог его убить. Впрочем, о том, кто мог, я их, конечно, тоже спросила, но, как и следовало ожидать, получила вполне стандартный ответ: «Не понимаем, кому и зачем это понадобилось».

Они не понимают, а я?.. Я тоже в данный момент ничего не понимала. Я вообще даже не знала, с какой стороны к этой проблеме подойти! А ведь я обязана найти преступника, чтобы наказать его по заслугам. Ладно, как-нибудь справимся.

— Скажите, Валерия Федоровна, — немного подумав, обратилась я к женщине, — Стас ведь жил с вами, и у него наверняка была своя собственная комната. Это так?

— Да, конечно, — ответила мне женщина. — Только мы ее закрыли и не хотим там ничего менять. Пусть все останется так, как было при сыне.

— Понимаю, — кивнула я, продолжив: — А осмотреть ее можно? Вдруг среди его вещей я сумею найти что-то, что поможет мне распознать настоящего убийцу. Вы позволите?

Родители вопросительно переглянулись и дружно кивнули. Затем мать Стаса принесла мне ключ и, указав на комнату, добавила:

— Только я туда не пойду, не могу спокойно на все смотреть, плакать начинаю. Если хотите, пусть Станислав с вами сходит.

— Нет, не нужно, — отказалась я от сопровождающих. — Я сама, только посмотрю, и все.

Взяв ключ, я подошла к двери, спокойно открыла ее и прошла внутрь.

Комната Стаса оказалась сравнительно небольшой и почти без мебели. Кровати в ней не имелось вовсе, лишь большой надувной матрас, который лежал посередине, но все же был прикрыт каким-то однотонным покрывалом. В таком виде это своеобразное ложе очень походило на настоящую, только очень низкую тахту. Стульев в комнате также не наблюдалось, их заменяли маленькие подушечки, разбросанные по всему паласу. Зато полки на стенах были. И стол с небольшим компьютером на нем. Одним словом, комната представляла собой настоящее жилище свободолюбивого и независимого мужчины, который любил работу и наименьшее значение отводил отдыху.

Пробежав взглядом по всем предметам, я, конечно же, подошла к компьютеру, включила его и села на единственный стул перед монитором. Мне почему-то казалось, что если нечто компрометирующее какого-то другого человека у парня и имелось — за что, собственно, его и могли убить, — то он держал его, в смысле компромат, именно в своем компьютере, а значит, его-то стоит проверить в первую очередь. Как только компьютер загрузился, я принялась листать имеющиеся папки и просматривать все, что в них было насовано. В основном попадались пока только кодексы, всевозможные законы, целые книги по юриспруденции и иная адвокатская муть.

Поняв, что в папках я вряд ли что найду, я решила заглянуть в Интернет и проверить там почту парня. Благо пароли вскрывать меня научили, причем очень даже профессионально, так что особой проблемы для меня это не составило. Всего за какие-то пять минут я нашла комбинацию из нужных знаков и цифр и, введя ее, проникла в папку, хранившую всю присланную юноше корреспонденцию. Затем стала читать.

Уже несколько первых строк произвольно выбранного письма заставили меня немного напрячься. И было от чего, ведь в них говорилось о том, что у парня был другой отец. Точнее, именно так, конечно, не говорилось, но те письма, что я начала читать, были написаны этим самым отцом, который почему-то упорно пытался вымолить у Стаса прощение за какие-то свои старые грехи. Это становилось интересным. Перечитав все, что было в папке, я на всякий случай полазала еще немного в компьютере, но, так ничего и не найдя, решила пока остановиться на найденном.

Учитывая то, что никаких иных новых версий у меня пока не было вообще, я решила, что не помешает еще разок пообщаться с матерью Стаса и расспросить ее о настоящем отце парня. Возможно, смерть юноши каким-то образом могла быть связана с его настоящим родителем. Чего ведь только не бывает в жизни?.. А проверить нужно все варианты.

Прежде чем покинуть комнату, я еще немного порылась на полках, но не нашла там ничего, кроме книг и нескольких фотографий парня с друзьями. Больше пока интересного ничего вроде не наблюдалось, и можно было покинуть комнату. Выйдя в коридор, я заперла спальню Станислава и направилась в кухню. Оба родителя как раз находились там и что-то ставили на стол, явно собираясь меня потчевать.

Я остановилась в дверях и попросила:

— Валерия Федоровна, могу я с вами пообщаться еще разок, наедине?

— Да, собственно... — немного растерялась женщина, непроизвольно глянув на мужа. Потом спохватилась и ответила более твердо: — Конечно, да...

Мы прошли в зал, снова сели на прежние места, и я прямо с ходу спросила:

— Это правда, что Станислав Михайлович не отец Стаса?

— Пра-вда, — растягивая слово, ответила женщина. — Но откуда вы узнали?

— Из писем, присланных Стасу настоящим отцом. Я только что просмотрела информацию в его компьютере и случайно на них наткнулась.

— И что он там ему писал? — все так же удивленно поинтересовалась женщина.

Я тоже изумилась, ведь, судя по ее вопросу, она была не в курсе переписки отца с сыном. Мне, естественно, это показалось немного странным. Заметив мою реакцию на ее вопрос, Валерия Федоровна добавила:

— Да, я об их переписке ничего не знала. Стас не говорил о том, что отец ему пишет. Однако вообще о нем сын, конечно, знал. Мы ему рассказали, еще очень давно. Но потом он никогда не упоминал отца в разговорах.

— В письмах отец просит у сына за что-то прощения, — произнесла я и внимательно посмотрела на женщину, ожидая, что она на это скажет.

— Просил прощения, говорите? Теперь все понятно... — вздохнула Валерия Федоровна, а затем стала рассказывать мне подробности. — Стас действительно рожден от другого человека. Но его тогда отцовство не интересовало, мальчик не был ему нужен совершенно, а потому я вышла замуж за Станислава. У него тоже от покойной жены сынок остался. Станислав усыновил моего малыша. Мы тогда еще решили, что их одинаковые имена — это знак и что мой муж будет хорошим отцом моему сыну. Так, в общем-то, и вышло. А я усыновила Андрюшу. Они считали себя братьями.

— А что с настоящим отцом Стаса? — напомнила о главном я. — Он что, бросил вас и никогда не пытался найти?

— Нет, он не бросил меня, — вздохнула женщина. — Он был даже согласен жениться на мне, но ребенка все же не особо хотел. Вот я и отказалась выходить за него замуж.

— Почему? — искренне поинтересовалась я.

— Он был настоящим уголовником, несколько раз сидел, правда, по мелочи. Но что мне могло с ним светить? Я его, конечно, тогда любила, но это и понятно, ведь он меня в шелка одевал, заваливал всякими побрякушками, а дурочкам молодым это и надо. В общем, я сама с ним порвала. Он тогда и не стал просить меня вернуться, считал, что рано или поздно я сама к нему приползу. Но ошибся.

— А где он сейчас, вы знаете? — полюбопытствовала я.

— Где? Даже и не знаю. Его ведь вскоре после нашей ссоры арестовали, да он отмазаться сумел. Но потом снова влип и вынужден был бежать куда-то, а деньги на это у него были. С тех пор я о нем и не слышала.

— А как же ваш сын мог его разыскать? — спросила я.

— Как? Наверное, через милицию, а потом написал ему. Он иногда говорил, что желает знать, помнит ли вообще о нем отец. Вот, наверное, поэтому и написал ему, а тот и спохватился, что сын у него большой уже, надо бы грехи свои былые замолить. Впрочем, мне до него дела нет.

— Так, значит, он даже не в курсе, что его сын умер? — спросила я.

— Конечно, нет, — ответила мне женщина и снова вздохнула.

— А как зовут настоящего отца вашего сына? — спросила я, подумав, что если папаша и сейчас продолжает заниматься своими грязными делишками, то вполне может быть, что кто-то из его недоброжелателей, убив сына, решил таким образом отомстить ему.

— Его зовут Валерий Евгеньевич Синельников, — ответила женщина. — О нем многие раньше знали, он был известной в городе личностью.

Записав данные, я задала Валерии Федоровне еще несколько интересующих меня вопросов и, как только она на них ответила, стала прощаться.

— Уже уходите? — удивился Станислав-старший. — А мы думали, что вы с нами поужинаете...

«А почему бы, собственно, и нет, — подумала я про себя, прикинув, что неизвестно, когда еще попаду домой. Да ведь все равно в холодильнике у меня пусто и нужно будет еще что-то готовить. — Все, решено, остаюсь».

Я доброжелательно улыбнулась хозяевам и, приняв их приглашение, прошла к столу.

ГЛАВА 8

— Володя, извини, но это опять я и снова с такой же просьбой, — как только Киря снял трубку, произнесла я. — Нужно узнать адрес одного человека. Понимаю, что я тебя подобными заморочками на этой неделе уже замучила, но сам понимаешь, если я начну искать сама, уйдет слишком много времени, а оно мне дорого.

— У тебя, как всегда, на все найдется отмазка, — усмехнулся в трубку Кирьянов. — Кого на этот раз подозреваешь?

— Пока не подозреваю, а просто проверяю, — откликнулась я, а потом попросила: — Запиши.

Киря зашуршал какими-то бумажками, а через минуту произнес:

— Диктуй.

— Мне нужно узнать, где проживает Синельников Валерий Евгеньевич, — пояснила я.

— Синельников? — услышав фамилию, удивился Киря. — Что тебе понадобилось от этого старого шулера?

— Не важно, — не стала ничего рассказывать я. — Ты, главное, найди мне, где он сейчас прописан, а там уж мое дело.

— Как всегда, все сама... — немного обиделся Киря. — Я ведь тоже могу чем-то помочь.

— Когда потребуется подкрепление, свистну, — пообещала я.

Киря что-то буркнул в ответ, но я не расслышала, а переспросить не успела, так как Володя уже отключился. Теперь оставалось лишь дожидаться результатов и наведаться по новому адресочку. Возможно, отец парня сможет поведать мне что-то такое, что вполне могло каким-то боком касаться Стаса Лапина. Например, я предположила, что преступники, надавливающие почему-то на Синельникова, решили сделать ему предупреждение, и начали с его сына Стаса. Его убили первым, затем предупредили Синельникова, что, если тот не выполнит их требования, продолжат дальше. Впрочем, предполагать можно было до бесконечности, да только в любом случае требовалось все проверить.

Дожидаясь, пока Киря все разузнает, я включила телевизор и уставилась в мелькающие на экране картинки. Ничего особенного, как и всегда, там не показывали, одни только тупые блокбастеры и мыльные оперы, да передачи с болтающими беспрестанно умными личностями. Не знаю уж, кому все это может быть интересно.

Проторчав у телевизора минут двадцать, я выключила ящик и, настроив радио на волну с хорошей музыкой, пошла в кухню варить себе кофе. Пока вертелась у плиты и напевала бодренькую мелодию, кто-то позвонил. Быстро бросив все свои не слишком уж важные дела, я торопливо схватила трубку и радостно откликнулась:

— Да, я слушаю.

— Танюша, — со своего привычного обращения начал Киря, — я кое-что нашел. Записывай...

— Запомню, — откликнулась я, решив, что на поиски ручки с бумагой уйдет слишком уж много времени.

— Тогда слушай. Прописан Синельников в Волгограде, по улице Вологодской, дом шесть. Но данные эти старые, на него давно ничего не было, словно бы затих и разбойничать перестал, — стал оправдываться Киря, — а у моих сотрудников все руки не доходят эти данные перепроверить. Так что, может, он уже там и не живет. Впрочем, ты и сама сможешь утром проверить, сейчас-то уж поздно, никуда не дозвонишься.

— Хорошо, — откликнулась я. — Спасибо за помощь.

— Да ладно, мне не трудно было, — извиняющим голосом произнес Володька и как-то тяжело вздохнул.

Я поняла, что он немного дуется на меня за то, что я не посвящаю его в свое расследование, тогда как его коллеги тоже пытаются хоть что-то найти, чтобы установить, кто же учинил взрыв возле загса. В открытую же признаваться в том, что милиции пригодились бы и мои наработки, Киря, конечно, не станет, прекрасно понимая, что у каждого из нас своя работа и мы выполняем ее так, как можем. К тому же он хорошо знает, что если я первая найду того, кто так взбаламутил наш небольшой город, то сдам его ему же, Кире. Глядишь, мой друг и поощрение новое получит.

Налив себе кофе, я посмотрела на часы и решила лечь спать пораньше, так как завтра, возможно, придется ехать в Волгоград и искать там этого несносного папашу-шулера. А, как известно, кто рано встает... Ну да это не про меня. А ко мне больше подходит такая поговорка: кто хорошо выспится, тому весь день везет. Так что сейчас допью свой кофе, и баиньки.

* * *

Город Волгоград показался мне очень даже краеивым. Много старинных подреставрированных домов, интересное построение улиц, масса достопримечательностей. И главная из них, конечно же, статуя Родины-матери. Ее было видно издалека, даже еще при въезде в город, и мне сразу же захотелось побывать у подножия монумента — посмотреть на такую махину снизу вверх. Это должно было быть захватывающим зрелищем. Но я ведь прибыла сюда не любоваться на город и его красоты, а совсем по другому вопросу — я искала человека, который мог бы ответить на кое-какие мои вопросы.

Да, вот такой большой изъян есть в моей профессии: с одной стороны, где только не побываешь, а с другой, даже если куда и прибудешь, времени на созерцание практически не остается. А все потому, что не привыкла я тянуть время и предпочитаю заниматься прежде всего делом, а потом всем остальным, вот и выходит вечно у меня такой конфуз. Впрочем, я не жалуюсь, главное, что все равно видела столько городов, сколько многим и не снились.

Я притормозила машину на светофоре, пропустила пешеходов, зато потом я снова понеслась по улицам города, по памяти вспоминая определенный по карте города маршрут, которого мне следует придерживаться. Пока вроде бы я не заплутала, если верить тем достопримечательностям, что мне попадались.

Добравшись наконец до улицы Вологодской, я посмотрела на номерные знаки домов и, увидев, что на убыль они идут в сторону Волги, повернула машину туда. Через пять минут я уже была у дома номер шесть. Это оказалось весьма не хиленькое сооружение, а если быть совсем честной, то просто дворец. Он был не просто трехэтажным, как множество строений в городе, но и украшен снаружи всевозможными лепными пухленькими амурчиками, полуобнаженными девами, сиренами и иными орнаментальными композициями. Мне даже показалось, будто я вдруг резко перенеслась на несколько веков назад, во времена царей и императоров, когда в подобных вот этому домах устраивались различные бальные вечера.

Захлопнув дверцу своей «девяточки», которую я до сих пор держала открытой, слегка облокачиваясь в изумлении на нее и глядя на дом, я подошла к кованым высоким воротам, ограждающим хоромы, и, поискав на них звонок, надавила на него. Звонка не последовало, но из дома сразу выбежала юная девица в сером костюмчике. Она подошла к воротам и спросила:

— Вы что, не видите телефона?

— Телефона? — непонимающе переспросила я.

— Да, телефона, — ответила девушка и указала на противоположную сторону ворот. — По нему нужно звонить в дом и говорить о том, кто вы и зачем пришли.

А звонок у нас здесь не работает, просто так висит. Хорошо еще, я вас в окно увидела, а то так бы и стояли. Как о вас доложить?

— Как о частном детективе, — доставая свои документы, произнесла я. — Есть разговор к хозяину дома.

— Хозяина нет, только хозяйка, — не задумываясь, ответила девушка. — Если хотите, провожу вас к ней.

— Что ж, проводите, — согласилась я, решив, что лучше рассматривать дом изнутри, чем ждать перед воротами прибытия хозяина.

Девушка открыла в воротах небольшую калиточку, я вошла в нее, и мы вместе направились по ровной, аккуратно вымощенной дорожке к дому. Затем вошли в застекленную дверь, и я оказалась в шикарной гостиной, почти не имеющей мебели, за исключением небольшого мягкого дивана, стоящего в центре и окруженного какими-то высокими экзотическими растениями в напольных горшках. Смотрелось это очень своеобразно, тем более что стены гостиной были расписаны пейзажами с животными, а пол представлял собой ковровое покрытие цвета натуральной земли, на котором просматривались как бы трещины и кое-где пробивающиеся ростки. Прямо-таки райский уголок.

Невольно залюбовавшись этим зрелищем, я не сразу заметила, как в гостиную вышла женщина неопределенного возраста, хотя и видно, что не молоденькая. Она была одета в строгое светло-зеленое платье с интересной бисерной отделкой по горловине. Волосы женщина имела светлые, нос прямой, глаза большие, но немного блеклые и невыразительные. Зато вот губы у нее были просто очаровательны, им позавидовала бы любая молодая девушка, настолько пухлыми они были.

Глядя на эту женщину, можно было сразу понять, что большую часть своего времени она проводит в салонах красоты и иных оздоровительных и увеселительных заведениях и что материальных проблем у нее практически нет. Да и откуда им взяться, если из всех забот на ее долю выпадает только разве что присматривать за домом да за собой, любимой. Причем уборку в жилище, естественно, слуги делают, а ухаживая за собой, резко не постареешь и не станешь походить на тех трудяг-женщин, что тянут на себе всю семью.

— Добрый день, — елейным голоском поприветствовала меня эта особа, заметив, что я внимательно ее изучаю. — Рада видеть вас в своем доме.

— Добрый день, — откликнулась я. — Вам, наверное, уже сказали, что я частный детектив? — на всякий случай спросила я и, уловив легкий кивок женщины, добавила: — Меня зовут Татьяна Александровна Иванова. Я ищу Синельникова Валерия Евгеньевича, прописанного в этом доме. Вы его мать?

— Мать? Да что вы, девушка! Я еще не настолько стара для этого. Я сестра Валеры, Светлана Евгеньевна.

— Сестра? — переспросила я и сразу же извинилась за свое нелепое предположение. Могла бы, между прочим, и догадаться. Правда, особо неудобно я себя не почувствовала, так как мне весьма часто приходилось видеть женщин семидесяти, а то и более лет, которые выглядели только на пятьдесят с хвостиком. Пластическая операция, уход за собой — и вы снова молоды. А уж при таких деньгах, которые, по всему видно, здесь водятся, это и вовсе не проблема.

— Ничего, не извиняйтесь, вы же не знали, — произнесла Светлана Евгеньевна и прошла к дивану, указав на него и мне. — К сожалению, это не единственное, что вам неизвестно.

— А что же мне неизвестно еще? — не замедлила спросить я.

— Что Валера умер недавно. Не прошло еще и трех месяцев. У него был рак. С тех пор мы с сыном и живем тут, получив дом по наследству.

— А разве у Валерия не было детей или жены? — немного напряглась я после ее заявления.

— Увы, не было, — ответила женщина. — Он так ни разу и не женился. Да и зачем, если с его деньгами женщин можно было пачками менять? Что он, собственно, и делал. А дети... Даже если они и есть, то кто ж теперь это доказать сможет.

— А сам он разве не знал, были ли у него дети? Может, он кого-то все же признал? — я таким образом попробовала аккуратно выведать, было ли в завещании Синельникова что-то касающееся Станислава Лапина, и если да, то почему родители парня не в курсе этого пункта. Ох, что-то здесь не так.

— Нет, никого он не признавал, — все тем же тоном ответила мне женщина. — По крайней мере, я об этом ничего не знаю.

— А ваш сын, то есть племянник Синельникова, он сейчас где? — решив пообщаться еще и с новым хозяином дворца, полюбопытствовала я. Ведь если кто что и знает обо всех деталях завещания, то уж точно племянник, раз он сейчас всем тут заправляет.

— Вы имеете в виду моего Витюшу? — наивно переспросила женщина.

— А что, разве есть кто-то еще? — тут же отпарировала я.

— Да... Впрочем, действительно нет. А Витя сейчас в Тарасове, у него там какие-то дела. Приедет только дня через три. Ему что-то передать?

— Нет, не стоит, — ответила я и встала с дивана.

— Уже уходите? — удивилась женщина. — Может, хотя бы чайку или кофейку? Вы ведь даже не сказали, зачем вам все это нужно. Я имею в виду... Зачем-то ведь вам понадобился мой старший брат... — все же не сумела сдержать любопытство Светлана Евгеньевна.

— Теперь уже не важно, — отмахнулась я. — Мой интерес касается старых дел вашего брата, но раз его нет, не стоит и беспокоиться.

— Это радует, — немного натянуто улыбнулась женщина. — Проблемы сейчас и так найдутся, а лишние никак не нужны.

— Что ж, спасибо за беседу, — поблагодарила я хозяйку. — До свидания.

— Заезжайте в гости, — произнесла она мне в спину, закрывая за мной дверь.

«Обязательно», — сказала я про себя, уже начав прикидывать, как так могло получиться: переписываться-то папаша с сыном переписывался, а в своем завещании его не упомянул и ничего ему не оставил. Тем более что из писем отчетливо было видно, что Синельников раскаивается в том, что в свое время не остался с матерью мальчика и не прекратил своего опасного занятия. Уж в таком-то случае обычно деньгами и пытаются вымолить прощение.

«А почему бы мне не поискать нотариуса и не полюбопытствовать о содержании завещания? — подумала я. — Наверняка Синельников воспользовался услугами какого-нибудь известного нотариуса, а не случайно взятого, а значит, я запросто смогу найти его, разузнав адреса последних через справочную. Раз уж я сюда приехала, то не буду терять время зря».

Быстренько позвонив в справочную службу, я узнала, какие нотариальные конторы расположены в самых престижных центральных районах, и, взяв их телефоны, принялась обзванивать всех, представляясь для солидности сотрудником милиции, прибывшим по важному заданию из Тарасова. Сначала мне категорически не везло, так как никто из нотариусов, которым я дозванивалась, завещания Синельникова не принимал. Но упорство, как известно, не бывает невознагражденным, и уже через полчаса я наткнулась на человека, кто не только знал о завещании, но и сам лично его заверял. Им оказался некий Федор Степанович Романенко. Он сообщил, что Валерий Евгеньевич Синельников всегда пользовался его услугами, а в последнее время даже сделал его своим личным нотариусом.

Обрадовавшись, я быстренько договорилась с Федором Степановичем о встрече и, снова схватив карту, стала искать по ней, каким образом добраться до той конторы, в которой он меня будет ждать. На мое счастье, оказалось, что находится нотариальная контора не так уж далеко и ехать до нее совсем чуть-чуть. Убрав карту, я завела свою «девяточку» и поспешила к месту встречи.

Снова мимо меня замелькали неизвестные улочки и дома, такие же, как и везде, машины и люди. Снова захотелось остановиться и более внимательно рассмотреть достопримечательности, встречавшиеся на моем пути, но я понимала, что нужно спешить.

Я не опоздала, а даже еще несколько минут вынуждена была ждать в приемной, пока Федор Степанович закончит беседу с одним из своих клиентов. Наконец клиент покинул его кабинет, и вежливая секретарша пригласила меня пройти к нотариусу.

Я вошла и увидела довольно старого мужчину. Ему было не менее шестидесяти лет, голова его давно полностью поседела, лоб покрывали глубокие морщины. У Федора Степановича были очень умные глаза, прямой нос и четкие губы. Он носил очки, но они были настолько хорошо подобраны, что очень ему шли.

Закрыв за собой дверь, я поздоровалась, показала, не выпуская из рук, свои «корочки» и напомнила, как меня звать-величать. Федор Степанович ответил:

— Очень приятно с вами познакомиться, Татьяна Александровна. Прошу, проходите, садитесь.

Я приняла приглашение и уже через минуту сидела в очень удобном мягком кресле прямо напротив Романенко.

— По телефону вы сказали, что вас ко мне привел интерес к завещанию Валерия Евгеньевича Синельникова. Можете пояснить поподробнее? — окинув меня изучающим взглядом, а затем удовлетворенно кивнув, спросил мужчина.

— Конечно же, я введу вас в курс дела, — пообещала я и, устроившись в кресле поудобнее, стала рассказывать. — Дело в том, что я занимаюсь расследованием одного дела. Оно связано с убийством сына Синельникова, о существовании которого он, как мне достоверно известно, прекрасно знал. Более того — Синельников в письмах пытался вымолить прощение сына за грехи молодости. Мать молодого человека совершенно в курсе того, что Валерий Евгеньевич скончался, об этом я узнала только что. Но немного странным показалось мне кое-что иное...

— То, что никто не сообщил о завещании родственникам убитого? — сам все понял нотариус.

— Совершенно верно, — согласилась с ним я. — Мне почему-то кажется, что раз отец старался загладить вину перед своим сыном, то он наверняка должен был ему что-то оставить. Но сестра Валерия Евгеньевича, в данный момент живущая в доме Синельникова со своим сыном, утверждает, что все отошло по завещанию именно ей и ее сыну, остальных же детей Валерий так и не признал. Так вот мне бы хотелось взглянуть на его завещание.

— Да, занимательная ситуация, — закачал головой Федор Степанович. — Но боюсь, что по завещанию и в самом деле все переходит именно к сестре Валерия Евгеньевича. Дело в том, — Федор Степанович кашлянул, — что когда мы составляли завещание, Валерий мне сказал, что он оставляет все своему сыну. Но если вдруг тот из обиды или каких иных чувств принять даруемое откажется, в таком случае все перейдет его сестре и ее сыну. Насколько мне известно, так все и было.

— То есть, вы хотите сказать, что Станислав, сын Синельникова, сам отказался от наследства? — переспросила я.

— Да, мы послали ему уведомление, а в ответ получили письмо, в котором он утверждал, что ничего не желает от отца получать.

— А почему вы не связались с молодым человеком лично? — поняв, что письмо запросто можно было подменить, спросила я.

— Не было необходимости. Ведь Валерий Евгеньевич сам сказал, что маловероятно, чтобы сын принял от него что-либо. Поэтому я и стал оформлять документы на передачу собственности сестре Синельникова.

— Но это же неправильно! Вы не выполнили своих обязательств! — возмутилась я. — Разве можно так вести дела? А вдруг письмо подменили? Или кто-то, допустим, хитростью заставил парня отказаться, а он очень даже хотел получить во владение все, что было у отца?

— Но Виктор Антонович заверил меня, что он лично беседовал со Станиславом Лапиным в Тарасове и тот заявил, что не будет претендовать на наследство. А Виктору Антоновичу я доверяю, как себе самому. Да и Валерий Евгеньевич тоже считал его человеком надежным, на которого всегда можно положиться.

— Да уж, надежный человек... А мне вот почему-то кажется, что именно этот человек и убил Станислава Лапина, чтобы заполучить наследство, а Стас о нем даже и не знал. Слишком уж все слаженно у вас выходит.

— Убил? Нет, что вы! — замахал руками мужчина, который теперь уже не казался мне таким уж умным. Наоборот, он выглядел как уставший пенсионер, которого не особо заботят его дела и который только и ждет возможности поскорее уйти на заслуженный отдых. Вполне могло быть и так, что он сам помог Виктору все устроить с завещанием в его пользу, конечно, а тот ему за это заплатил.

— Могу я прочесть завещание? — поинтересовалась я через минуту.

— Да, если желаете, — ответил мне Федор Степанович и полез в сейф искать запрошенный документ.

Найдя нужную папку, он раскрыл ее и, минут пять порывшись внутри, извлек два листа, полностью, с обеих сторон, забитых печатным текстом. Это и было завещание. Нотариус протянул его мне, и я сразу начала изучать документ.

Не успела я прочесть и половины первого листа, как мне все стало ясно. В завещании жирным шрифтом был выделен один важный пункт. Он гласил, что Синельников Валерий Евгеньевич официально признает, что у него есть сын Станислав и что все свое имущество он оставляет именно ему. Но в том случае, если юноша по какой-либо причине отказывается принять его дом и все остальное, или же в случае его смерти означенное переходит к его сестре, Светлане Евгеньевне. Естественно, что более посвященный во все дела своего дядюшки племянничек попросту не пожелал остаться ни с чем и сделал все, чтобы наследство не ушло на сторону. Именно он, скорее всего, и организовал убийство Стаса и взорвал его и его законную жену, которая, кстати сказать, запросто могла воспользоваться правом мужа и принять то, что ему принадлежит. Виктор это должен был понимать хорошо, вот и избавился сразу от двоих. То-то же он до сих пор находится в Тарасове...

— Ну что, все так, как я вам говорил? — внимательно наблюдая за моей реакцией на завещание, поинтересовался нотариус.

— Да, так, как и говорили, — согласилась я, а потом сразу сказала: — Мне нужна копия этого документа. Вы не могли бы ее сделать и заверить?

— Да, конечно, если вам необходимо, — немного занервничал мужчина и, вызвав секретаршу, дал ей задание исполнить мою просьбу.

Я несколько минут подождала, а затем спокойно взяла ксерокопию и попрощалась.

Федор Степанович что-то ответил мне, но я его уже не слушала, выйдя из кабинета и погрузившись в свои собственные размышления.

Теперь, после прочтения завещания, у меня почти не осталось сомнений, что убили Станислава и его жену именно из-за наследства, о котором они даже и не слышали, не подозревали. Причем единственным человеком, кому убийство было выгодно, был племянник Синельникова вместе с его матерью. Впрочем, последнюю в расчет можно и не брать — она, скорее всего, даже и не в курсе хитрых замыслов сына и занимается только тем, что лелеет и холит себя.

Стало быть, нужно попробовать вывести на чистую воду Виктора, племянника Синельникова. А сделать это, насколько я понимаю, будет не так-то просто, учитывая, что он — человек очень, по всему видно, расчетливый и хитрый. Да к тому же еще и дерзкий. Но я не буду торопиться и начну действовать по порядку. Первым делом проверю его алиби. Где он был в момент свадьбы? Если окажется, что в Волгограде, стану искать того, кто исполнил для него всю грязную работу. Но сначала все же алиби.

Прикидывая, кто может точно мне сказать, где Виктор был в день свадьбы, я вдруг вспомнила про прислугу, работающую в доме, и поняла, что та, ни о чем не догадываясь, вполне может ввести меня в курс дела, сболтнуть что-то интересненькое. Снова пришлось сесть в машину и вернуться к дому с амурчиками по уже знакомому маршруту.

Довольно быстро добравшись до шикарного дома Синельникова, я не стала ставить свою машину прямо под его окнами, а отогнала ее подальше, чтобы не привлекать к себе внимания. Потом вернулась к воротам и стала ждать, когда кто-то из слуг выйдет во двор. Звонить по установленному на входе телефону я не хотела, прекрасно понимая, что мать парня сразу заподозрит неладное, если я в открытую буду расспрашивать о сыне ее служанок. А это мне пока было ни к чему.

Как назло, слуги словно уснули и носа не показывали во дворе. Я даже устала мельтешить туда-сюда, но все-таки терпела. Наконец мне повезло — во дворик вышла та молоденькая девица, что проводила меня в дом первый раз. Ее-то я и окликнула.

— Девушка, девушка! — довольно громко произнесла я. — Подойдите ко мне, пожалуйста.

Немного удивленная, служанка подошла к воротам и спросила:

— Вы что, опять забыли, что нужно делать?

— Нет, я не забыла. Я просто не хотела, чтобы ваша хозяйка узнала о моем присутствии, так как мне необходимо поговорить с вами наедине, — пояснила я.

— Со мной? — еще больше удивилась девушка. — Но о чем вы хотите со мной беседовать?

— Вы лучше выйдите сюда, я вам все объясню, — ответила я и немного отошла в сторонку.

Заинтригованная девица торопливо выскочила через калитку и, подойдя ко мне, нетерпеливо спросила:

— Так что вы хотите узнать-то? Наверняка наш хозяин куда-то опять влип, его вечно милиция проверяет. Да и нас, бывает, о нем расспрашивает, и тоже наедине.

— Давайте отойдем вон к тем деревьям, — предложила я.

Девушка согласилась, и через пару минут мы уже сидели на небольшой лавочке в тени двух высоких тополей.

— Вы угадали, предположив, что причина моего прихода связана с вашим хозяином, — первым делом удовлетворила любопытство девушки я. — Он может оказаться замешан в очень некрасивом деле, а потому мне нужно пообщаться с теми, кто не станет его выгораживать или врать, а ответит на мои вопросы честно. Сами понимаете, мать на эту роль не подходит.

Девушка одернула подол своего легкого светло-голубого платья и кивнула. Я же продолжила:

— У вас я бы хотела узнать, как давно отсутствует дома Виктор. Кстати, как его по отчеству?

— Виктор Антонович, — ответила девушка. — Дома же его нет уже неделю. Вроде бы уехал в Тарасов.

— Вы знаете — зачем?

— Да, он довольно часто туда ездит, так как там у него несколько филиалов есть. Он ведь у нас имеет свою фирму по продаже компьютеров. Правда, раньше это была не его фирма, но теперь его, — как на духу выкладывала девушка. — У него в разных городах несколько точек, и он периодически по ним проезжается.

— А когда он ездит в другие города, он где останавливается? — полюбопытствовала я.

— В гостинице, наверное.

— А в какой именно? Я имею в виду — в Тарасове. Вы не знаете? — попробовала выяснить еще и это я, но служанка, конечно же, подобных тонкостей не знала. Да и вообще, на все мои другие вопросы она смогла ответить весьма расплывчато. Девушка знала лишь, что связи у Виктора есть везде, что человек он очень сильный и волевой и что в доме его все боятся. Когда был жив Валерий Евгеньевич, Виктор был его правой рукой, всегда помогал дяде, но тогда еще он не был таким злым и напряженным.

Я поблагодарила девушку за помощь и попросила ее ничего не говорить хозяйке и тем более Виктору Антоновичу о нашем разговоре. Прекрасно понимая, чем для нее может обернуться ее болтливость, девушка, конечно, согласилась и поспешила назад в дом, оставив меня сидеть одну на скамейке и размышлять над известным.

Итак, Синельников дубль два, кажется, решил прибрать к рукам все состояние дядюшки. Виктор прибыл в Тарасов по делам, причем дел было невпроворот: и фирмы проверить надо, и мешающих ему людей с дороги убрать. Нашел в Тарасове какого-нибудь человека, который по его заказу поместил в телефон Стаса заряд взрывчатки. Стоп, а каким образом он мог узнать, какой телефон у Станислава, ни разу не видя его? Наверное, все же видел, мог ведь представиться кем угодно, даже сдружиться с парнем, а потом сделать свое грязное дело. Так каким же образом мне теперь все это доказать?»

Я подперла голову руками и задумалась. Проблемка передо мной стояла не шуточная, учитывая то, что времени после убийства прошло прилично, следовательно, встречаться с тем, кто помогал ему со взрывчаткой, Виктор Синельников уже не будет, а значит, на этом я его подловить не смогу. Если же начать проверять, был ли он знаком со Станиславом, то я могу потратить слишком много времени, ведь их вдвоем мог никто и не видеть. Нужно что-то более весомое, чтобы доказать вину Виктора.

«Хотя, — спохватилась я, — у меня же есть копия завещания и вполне даже не хилая версия. Стоит только эту бумажечку передать куда следует, а именно Кире, он быстренько задержит Виктора, пока тот в Тарасове, а там уж мы вдвоем найдем способ выудить из него всю правду. Да и следствие тогда уверенно начнет «копать» в нужную сторону, ведь я, можно сказать, укажу на преступника, а остальное не мои проблемы. Верно, именно так и нужно сделать».

Прикинув таким образом свои дальнейшие действия, я посмотрела на часы и, увидев, что времени еще не слишком много, решила все же совершить небольшую экскурсию по городу — надумала выехать из него так, чтобы дорога прошла как раз мимо мемориального комплекса, который мне не терпелось увидеть поблизости. И я поспешила к машине, завела ее и надавила на газ. Краем глаза я, правда, заметила, что из одного окна дома Синельникова кто-то выглянул, но я не придала этому значения.

* * *

Мой любимый Тарасов встретил меня не слишком ласково и приветливо. На небе откуда-то взялись темные тучи, между деревьями носился не особо приятный и ласковый ветер, а в воздухе висело тяжелое облако пыли, никак не желавшее опускаться на землю. Я невольно вздохнула и прибавила скорость. На город вот-вот грозила накатиться ночь, и мне не хотелось лишнее время проводить в машине, от которой, честно признаюсь, за эту поездку я уже сильно устала. Хотелось побыстрее добраться до дома, залезть в ванну и ополоснуться прохладной водой. Что же касается беседы с Кирой, то придется ее отложить на завтра — сейчас он все равно дома, с женой и детьми, и беспокоить его лишний раз было бы с моей стороны не слишком порядочным поступком. Вот наступит утро, тогда и провернем с ним мою операцию захвата, а пока — домой, и только домой! И я устремилась к милому дому.

Оставив машину у подъезда, я поднялась к себе и, как и планировала, сразу отправилась купаться. Прохладная водица, ударившая по телу мелкими капельками, как только я включила душ, совершенно расслабила мой напряженный организм и позволила забыть обо всех проблемах.

Минут десять поплескавшись в ванной, я не стала ужинать, а прямо в легком шелковом халатике, накинутом поверх мокрого тела, вышла в комнату и решила перед сном спросить о ближайшем будущем у своих верных косточек.

Выпала комбинация 29+18+3 — «Вам удастся удержать удачу, и вы будете более осторожны и внимательны к тем опасностям и интригам, которые вам угрожают». Что ж, такое предсказание не может не радовать.

Обнадеженная, я упала на постель и почти тут же погрузилась в сон. Мне снова приснился великолепный город Волгоград. Только теперь я уже не носилась по нему как ошалелая, а медленно прогуливалась с каким-то шикарным красавцем под ручку. Да и сама я выглядела просто великолепно — длинное белое платье колыхалось на мне от каждого легкого дуновения ветерка, и я буквально всей кожей ловила его ласковые прикосновения.

Но тут почему-то вдруг резко стало темно, словно бы наступила ночь. Мой кавалер неожиданно куда-то исчез, а вокруг меня начала сгущаться какая-то странная туманная масса. Я попыталась закричать, позвать спутника, но у меня ничего не выходило, так как горло что-то очень сильно сдавило. Сдавило так, что я невольно проснулась и, резко открыв глаза, увидела склонившегося надо мной мужчину. В один миг стало ясно, что этот самый тип пытается меня удушить.

Я ужасно испугалась и принялась вертеться и изворачиваться на постели, но уже через секунду поняла, что мои руки кто-то держит. Ситуация выходила из-под контроля. Я не знала, что делать и как быть, но точно понимала, что не желаю умирать, тем более прямо сейчас. Собрав все свои силы, я попыталась нанести удар ногой тому, кто меня душил, и у меня это получилось. Никак не ожидая подобного, мужчина пошатнулся и на секунду выпустил мою шею из своих рук. Этого времени вполне хватило, чтобы я подскочила и лбом ударила второго типа, держащего мои руки. Затем я резко выпрыгнула из постели и, отбежав к стене, врубила свет.

Мужчины зажмурились, но тут же снова кинулись ко мне, размахивая довольно увесистыми кулаками. Я смогла заметить только, что один из них имел какую-то татуировку на предплечье и был одет в черную майку, а второй был совершенно лыс. На большее не оставалось времени, так как мне пришлось вступить в схватку с этими верзилами и всеми силами попытаться спасти себя от неминуемой гибели.

Учитывая то, что силы наши были неравными, да к тому же я была после вчерашней дальней поездки жутко уставшей, за первые несколько минут борьбы моим врагом дважды удавалось завернуть мне руки за спину, но вот удержать меня в таком положении они так и не сумели. Каждый раз резко вырываясь, я так дубасила их по мордасам чем попало, что вскоре лица обоих уже стали походить на отбивную.

В конце концов татуированный все же не выдержал и вытащил из-за пояса маленький револьвер. Он наставил его на меня и громко закричал:

— Не двигайся, стерва, иначе продырявлю.

— Да, а в другом случае мне что, еще можно надеяться остаться в живых? — усмехнулась я в ответ на его заявление и, кинувшись навстречу, ударом ноги выбила из его руки это смехотворное оружие.

Через секунду револьверчик оказался у меня, и теперь уже я стала отдавать команды.

— А ну замерли, кретины! — громко рявкнула я, тряся металлической игрушкой, которую и оружием-то назвать смешно.

Оба парня резко замерли и слегка приподняли руки вверх. Я открыла было рот, чтобы сказать, что первый, кто пошевелится, будет убит, но не успела, так как тот тип, что был ближе всего к двери, выскочил из комнаты и исчез за дверью. Второй тоже было хотел последовать за дружком, но не успел — я подскочила к нему и буквально уткнула револьвер в его горло.

— Вот и поиграли, мой хороший, — ядовито прошипела я в ухо верзилы и добавила: — Топай к столу.

Не понимая, зачем это надо, парень все же направился в указанном направлении, а дойдя до столика, остановился. Я обошла его спереди, опустила свободную руку на стол, нащупала ящик и, выдвинув его, достала лежащие там сверху наручники. Затем велела парню развернуться ко мне спиной и, когда он это сделал, преспокойно заковала его в кандалы. Теперь револьвер можно было отложить и спокойно вздохнуть, но я не стала этого делать, толкнула парня на кровать, а сама пошла запирать входную дверь.

Вот вам и опасности, которые мне угрожают. Но правы были косточки — мне удалось-таки их преодолеть.

Замок оказался не взломан, а открыт при помощи отмычек, так что я спокойно заперла его, набросив на всякий случай еще и цепочку, и вернулась в комнату. Теперь у меня появилась возможность рассмотреть бритоголового, что я, собственно, и сделала.

На вид парню было лет двадцать пять, не более. Он был низок ростом, но широк в плечах и весьма накачан. Особо яркой внешностью он не отличался, как, впрочем, и любой бы на его месте, кто так же лишил бы себя волос. Мне почему-то давно казалось, что все лысые очень похожи между собой — у них одинаково высокие лбы, торчащие сильно носы, впалые скулы, блеклые губы. Ну, разве что у этого малого ко всему перечисленному были красивые глаза.

Я еще раз обвела парня взглядом и, заметив его плотно сжатый рот, усмехнулась:

— Что, уже приготовился молчать? Рано, я же тебя пока ни о чем и не спрашивала. Хотя мне очень даже интересно, кто тебя и твоего дружка ко мне прислал. Не дашь подсказки?

Бритоголовый ничего не ответил, лишь еще больше нахмурил брови и отвел взгляд в сторону.

— Что ж, я не тороплюсь, могу долго с тобой беседовать. Только не так, по-доброму, а немного иначе.

Я встала со стула и, подойдя к парню, взяла его за подбородок одной рукой, а второй нанесла сильный удар в живот. Это произвело на него некоторое впечатление, он даже охнул и слегка напугался, правда, всего на пару минут, а затем снова принял отсутствующий вид. Я же вернулась на свое место и вновь спросила:

— Ну, кто вас послал? Так, говорить не желаем. Может, мне немного пострелять?

Я взяла с тумбочки лежащий на ней отобранный мной в бою маленький револьвер, заглянула в его барабан, а затем, крутанув последний, наставила «пушку» на парня.

— Какую ногу тебе не очень жалко?

У того мигом выступил на лбу пот, и он жадно сглотнул слюну. Я же продолжила:

— Наверное, все же левую, ее и покорябаем.

Я сделала вид, что собираюсь нажать на курок, и парень резко поднял обе ноги вверх, даже еще не услышав выстрела.

— Что, боишься? — усмехнулась я. — Стоит бояться, потому что я с тобой канителиться не буду, тем более что сам ты только что хотел убить меня. Последний раз спрашиваю, кто вас послал?

— Не-не знаю, — протянул парень. — Какой-то тип.

— Врешь! — не поверила ему я, прекрасно зная, что все преступники поступают так же, то есть врут, что не в курсе всего. — Пожалуй, я все же освежу тебе память.

— Нет, не надо, я вспомнил, — тут же испуганно откликнулся парень. — Его зовут Виктор, фамилия...

— Синельников, — закончила за него я, и парень кивнул. — Ясно. Значит, на ловца и зверь бежит. Вы, ребята, очень даже кстати прибыли, мне как раз компромата на вашего нанимателя не хватало. А теперь вот есть.

— Что... что вы собираетесь со мной сделать? — испуганно спросил лысый.

— Еще не знаю, но хорошего обещать не стану, — с издевкой произнесла я и, подвинув к себе телефон, стала набирать домашний номер Кирьянова. Теперь уже побеспокоить его было не только нужно для меня, но и для него важно.

— Киря, это Таня, — откликнулась я, как только сонный голос пробурчал недовольное «да». — Извини, что разбудила, но ты мне срочно нужен. Меня только что чуть не убили в собственной квартире, и я знаю, кто виновен в смерти молодых — Лапина и Скрябиной.

— Жди, через полчаса буду, — теперь уже совершенно бодро откликнулся Киря и без лишних вопросов отключился.

Я положила трубку на аппарат и насмешливо уставилась на своего пленника.

— Ну что, немного поговорим, пока подкрепление не прибыло? — поинтересовалась я у него.

— Я ничего не знаю. Нам заплатили, мы сделали.

— Ну вот, а ты говоришь, что ничего не знаешь... Даже цена моей жизни тебе известна в отличие от меня. Поделись информацией. Сколько же за меня вам отвалили?

— Сорок тысяч, — опустив голову вниз и не глядя на меня, ответил парень. — По двадцать каждому.

— Всего по двадцать, — даже немного расстроилась я. Я ведь всегда думала, что моя жизнь стоит очень и очень дорого. Ну никак не двадцать тысяч. Неужели меня совсем не ценят? Впрочем... Я снова глянула на парня и произнесла: — А знаешь, ведь вас сильно нагрели по деньгам.

— В смысле? — не понял меня лысый.

— Ну, ты вот хоть знаешь, кого убить пытался? — снова спросила я.

— Нет, сказали, что женщину какую-то по-тихому убрать надо, и все, — слегка заинтригованно ответил парень.

— Какую-то? — снова усмехнулась я. — Да не какую-то, а частного детектива Татьяну Иванову, не слыхал о такой?

— Нет, — честно признался лысый.

— В том-то и твоя проблема, что не слыхал. Если бы знал, кто я такая, не пришел бы сюда. А если бы и решился идти, то запросил бы куда больше, чем вам дали. Но теперь-то ты уже и этого не получишь, — подвела итог я, а затем сразу пошла открывать входную дверь, так как зазвонил мой сотовый, а значит, это Киря сообщал о том, что стоит под дверью. Он недавно наконец приобрел себе мобильник и теперь при любой возможности им пользовался.

Открыв дверь, я слегка улыбнулась своему старому другу и, указав ему в сторону комнаты, произнесла:

— Забирай преступника. Одного я, правда, упустила, но точно помню, как он выглядел.

— Это тот, что убил молодоженов? — наивно спросил Киря.

— Нет, конечно, — ответила я ему и прошла в комнату первой. — Того нам еще предстоит поймать.

ГЛАВА 9

Сидя в кабинете Володьки, я упрямо смотрела в одну точку, пытаясь понять, каким образом Виктор узнал, что я под него копаю и что от меня нужно избавиться. О моем посещении его дома кто-то должен был ему рассказать, и скорее всего это сделала либо его матушка, либо купленный им нотариус. Больше вроде бы некому, да и незачем. Стало быть, теперь, раз я упустила второго нанятого им парня, Виктор уже в курсе, что он раскрыт, и наверняка попытается куда-то спрятаться. А Киря, как всегда, медлит, составляя всевозможные рапорта и устраивая допросы лысого малого. А время-то идет...

«Нет, все, больше высиживать некогда, нужно ловить

преступника по горячему следу», — сделала вывод я и, решительно встав, направилась прочь из кабинета Володьки. Отыскав в коридоре помощника Кирьянова, поинтересовалась у него, долго ли еще его начальник будет отсутствовать, и тот сообщил, что он сейчас у вышестоящего начальства, посещение которого никогда малым количеством времени не ограничивается. Пришлось попросить паренька, чтобы он сообщил Володьке, что я поехала разыскивать Виктора, и снова взяться за дело самой.

Выйдя на улицу, я быстренько загрузилась в свою «девяточку» и, развернув ее, направилась в сторону фирмы Синельникова. Адрес ее Кирьянов уже успел выяснить, так что теперь я точно знала, где должен был бы находиться наш подозреваемый, хотя и не надеялась его там застать. И совершенно не ошиблась. Прибыв к зданию строительного института, я отыскала вход в компьютерную фирму и, войдя, сразу обратилась с вопросом к менеджеру:

— Скажите, как мне найти вашего директора Виктора Синельникова?

— Его здесь нет, — вполне спокойно ответил мне парень, а потом поинтересовался: — А что вы желаете? Может, я могу вам чем-то помочь?

— Боюсь, что вряд ли, — ответила я и принялась уточнять, не в курсе ли кто из персонала, куда отбыл Виктор. Оказалось, что сотрудники фирмы не в курсе, и вообще сегодня с утра хозяина еще никто не видел. Когда будет на месте, они тоже не знали, так как все вопросы здесь решал заместитель Виктора и его правая рука Илья Юрьевич Рушкин. Выслушав ответы ребят, я поинтересовалась, можно ли мне пообщаться с этим самым заместителем, и получила утвердительный ответ. Меня повели на второй этаж, где и находился его кабинет.

Войдя, я увидела перед собой парня лет двадцати семи или чуть старше, с длинными русыми волосами, небрежно уложенными на одну сторону, и с весьма смазливым личиком. На такого наверняка клевали все моложе девушки, а может, и женщины постарше, ведь при одном взгляде на парня появлялось желание прижать к себе этого пупсика и погладить по головке. Хотя я сразу отчетливо увидела, что парень не прост, скорее даже наоборот, очень хитер. Не случайно же он уже сумел стать едва ли не директором компьютерной фирмы.

— Здравствуйте, Илья Юрьевич, — проходя к дивану, стоящему у стены, произнесла я. — Ничего, если я немного отвлеку вас от дел?

— Да нет, ничего, — хитро прищурился парень и шикарно улыбнулся. — Очень интересно побеседовать с такой красивой особой. Что вас ко мне привело?

— А разве вам еще не сказали? — немного удивилась я.

— Нет, вы же видите, я не имею секретарши, — спокойно ответил Илья. — Так что же вам понадобилось в нашей фирме?

— Не что, а кто, — издалека начала я. — А если быть точнее, то ваш директор. Я, видите ли, частный детектив и очень бы хотела задать ему пару интересных вопросов, но никак не могу отыскать. Уверена, вы постараетесь мне в этом помочь.

— Зачем? — переспросил парень. — Мне лишние проблемы с начальством не нужны.

— В таком случае вы тем более поможете, так как, если мне не удастся найти Виктора самой, его найдут другие, но тогда, боюсь, и вам воздастся по заслугам, — намекнула ему я на возможные последствия отказа сотрудничать. — Ну так что, вы скажете, в какой гостинице Виктор остановился?

— В «Олимпии», — теперь уже, не став врать, ответил Илья Юрьевич Рушкин. — Только он сегодня уезжает, можете и не застать его там.

— Спасибо, что предупредили, я потороплюсь, — тут же откликнулась я и торопливым шагом направилась к двери.

Нужно было как можно быстрее добраться до гостиницы и перехватить Синельникова, пока он еще не смылся из города. Поэтому я буквально влетела в салон своей машины и, быстро заведя ее, рванула с места.

Гостиница «Олимпия» находилась на берегу Волги и считалась в Тарасове одной из наиболее дорогих. В ней обычно останавливались иностранцы или же российские богачи, считавшие, что достойны самого лучшего. Похоже, что Виктор Синельников тоже был из их числа, раз остановился именно в ней.

Быстро добравшись до гостиницы, я припарковала

362 свою машину среди автомобилей, отдыхавших на стоянке недалеко от входа, и почти бегом влетела в холл. У двери меня остановил охранник и потребовал документы. Не желая тратить на него драгоценное время, я торопливо вытащила из сумочки свои «корочки» и, сунув их ему под нос, спросила:

— Как найти администратора?

— По коридору налево, — быстро отчеканил молодой охранник и отправился к своему месту у двери.

Я мигом пересекла коридор, завернула налево и почти сразу же наткнулась на дверь с табличкой «Администратор». Всего раз стукнув по ней и даже не дожидаясь ответа, я влетела внутрь. В комнате оказалось две женщины, примерно одного возраста и одной комплекции. Они преспокойно попивали чай с бубликами и беседовали на какие-то отвлеченные и явно банальные темы. При виде меня обе замерли и удивленно воззрились на мою персону.

— Кто из вас администратор? — без всяких предисловий спросила я.

— Ну я, — небрежно откликнулась коротко стриженная женщина с большой родинкой под нижней губой. — Только кто вам дал право врываться в мой кабинет? И кто вас вообще впустил в гостиницу? Опять эти бестолковые охранники отсутствуют на месте. Ни минуты покоя нет, как в проходном дворе! Даже и не скажешь, что работаем в приличном цивильном заведении. И что о нас вообще могут подумать после такого...

— Не кричите, — спокойно обратилась я к женщине и еще раз продемонстрировала свои «корочки». — Я из милиции.

— Так бы сразу и сказали, — тут же притихла женщина. — А что случилось-то?

— Мне нужно знать, в каком номере у вас поселился Виктор Синельников, — сразу спросила я. — Надеюсь, он еще здесь?

— Нет, он минут двадцать назад вернул ключи, — недоуменно ответила женщина. — А что, его ищут?

— Да, — коротко бросила я и сразу же спросила: — Вы знаете, куда он направился?

— Скорее всего, домой, в Волгоград, — предположила молчавшая до этого момента женщина в ярко-розовом платье. — Он ведь на своей машине.

— Номер его кто-нибудь помнит? — ухватилась за эту мелочь я.

— Если только охранник, — дружно пожали плечами женщины. — Он за машинами присматривает, спросите у него.

— Хорошо, спасибо, — торопливо бросила я и, резко развернувшись, побежала к выходу. Там отвлекла охранника от чтения какого-то журнала и спросила: — Ты помнишь номер машины Виктора Синельникова? Он минут двадцать назад покинул вашу гостиницу.

— Это такой светленький? — переспросил парень. — На «Волге»?

— Скорее всего, — не зная ничего точно, ответила я. — Так ты помнишь номер? Он должен быть скорее всего волгоградский.

— Помню. Ведь он у него простой. Три семерки.

— А цветом машина какая?

— Белая, — пояснил охранник. — Со слегка тонированными стеклами.

— В какую сторону он поехал?

— Туда, — указав в сторону выезда из города, ответил парень.

Я поблагодарила за помощь и поспешила в машину. Там села за руль, достала из сумочки сотовый телефон и, набрав номер Кири, стала ждать, когда он откликнется. Володька ответил не сразу, видно, был чем-то сильно занят. Когда же ответил, я сразу на него набросилась:

— Ты чего так долго? Вы что, хотите Синельникова упустить? Он уже из города сматывается, а ты там все с бумагами возишься!

— А что я могу поделать? Начальство требует, — извиняющимся голосом произнес Киря. — Я вот только сейчас освободился. А ты-то где?

— У гостиницы «Олимпия». Хотела перехватить Виктора до отъезда из Тарасова, но не успела, он уже уехал. Теперь собираюсь кинуться в погоню.

— Номер машины есть или тебе сказать? — тут же спросил Володька.

— А ты что, знаешь? — слегка удивилась я.

— Да, ребята только что досье на парня собрали. Машина у него «Волга», белая, номер простой...

— Три семерки, — закончила я за Кирьянова.

Тот немного удивился, но не стал спрашивать, откуда мне это стало известно, а только сказал, что прямо сейчас последует за мной, и мы быстренько наметили маршрут, позволяющий нам не упустить Синельникова. Заведя машину, я покатила по центральной трассе, по всему пути снабженной указателями, подсказывающими правильный путь к городу Волгограду и некоторым иным населенным пунктам.

Несясь на весьма приличной скорости, я едва обращала внимание на светофоры, так как была занята — высматривала в потоке автомобилей белую «Волгу» Синельникова. Пока ее еще не наблюдалось, и мне это очень не нравилось. Я понимала, что уехать слишком далеко за двадцать минут парень не мог, а значит, я еще могу догнать его в городе. Если только он не выбрал какой-то иной маршрут.

Удвоив внимание, я неслась вперед, и вскоре передо мной мелькнул багажник белой «Волги». Я торопливо глянула на номер — вот они, три семерочки, попались. Я удовлетворенно улыбнулась и пристроилась позади машины Синельникова. Через несколько минут парень заметил, что за ним «хвост», и, возможно, даже узнал мою машину по описанию матери, если это она сообщила ему о моем визите. А потому он прибавил скорость и начал вилять по трассе туда-сюда, стараясь оторваться от меня.

Как бы не так! Я шла за ним по пятам, след в след и уже не отставала. Поняв, что таким способом оторваться ему не удастся, Синельников перестал вилять и просто погнал что есть мочи. Он не реагировал на светофоры, то и дело выруливал на встречную полосу, и просто непонятно, почему никуда не «влетел». Я едва поспевала за ним, повторяя те же, прямо-таки каскадерские трюки. Вскоре мы оказались на центральной трассе, имеющей четыре полосы, а потому позволяющей еще больше увеличить скорость. Вот тут-то и начались самые настоящие гонки. Синельников мчался, как мог, я висела у него на хвосте, и никто из нас не мог добиться своего.

Очень быстро такое бесполезное и безрезультатное катание мне порядком надоело, и я стала посматривать по сторонам, прикидывая, как бы лучше сделать, чтобы парень остановился. Наконец впереди появились несколько грузовых «КамАЗов», и я приняла решение зажать Синельникова между машинами, заставив затормозить. Я еще немного прибавила скорости и пристроилась слева от машины Виктора. Тот сразу же вильнул в сторону и попытался оторваться, но ничего у него не вышло. Я упрямо держалась бок о бок.

Когда мы догнали грузовые машины, Синельникову некуда было деться, и он, как я и планировала, вынужден был резко притормозить и оказался позади меня. Это-то мне и было нужно. Я торопливо развернула свою машину на сто восемьдесят градусов и почти уперлась ее носом в передний бампер «Волги». Виктор попытался дать задний ход, но я-то ехала на него вперед, а потому мне было куда удобнее. Синельников явно занервничал, завилял по дороге и в конце концов сам загнал себя на обочину, чуть не свалившись в кювет. Теперь он не мог никуда двинуться из-за заднего колеса, повисшего над кюветом — огромной канавой, в которой не только застрять, но еще и утонуть было можно, — и преграды впереди в виде моей машины.

Пришлось Синельникову заглушить мотор и выйти из салона.

Каково же было мое удивление, когда вышедший из «Волги» человек оказался вовсе даже и не Синельниковым. И вообще не мужчиной, а... женщиной. Стройной, красивой и явно весьма не робкой. Женщина была примерно моего возраста, имела очень длинные волнистые волосы, которые в данный момент были небрежно собраны на затылке, а также красивый, страстный ротик, ясные глазки с длинными черными ресницами и аккуратный носик. Одета красотка была в облегающий фигурку джинсовый костюм и босоножки синего цвета.

От полученного шока я невольно растерялась, чем вызвала у девушки слегка насмешливую улыбку. По всему было видно, что красавица прекрасно знала, кто я такая и что мне надо от того человека, в чьей машине она ехала, а потому теперь радовалась, что смогла обвести меня вокруг пальца. И попробуй ведь докажи, что она в чем-то виновата! Доверенность на машину наверняка есть, объяснение тем более придумано. Еще и на меня она может «наехать», что чуть не убила ее. Я невольно сглотнула слюну, но тут же решила, что сдаваться не буду и поставлю эту особу на место.

Также выйдя из машины, я остановилась напротив девушки и грубо спросила:

— Ты кто такая и что делаешь в машине Синельникова?

— Я кто? Нет, это вы кто, позвольте спросить? — елейным голоском запела красавица. — Вы за мной всю дорогу по пятам следуете, потом взялись прижимать к «КамАЗам»... А если бы я погибла в дорожной аварии?!

— Еще раз спрашиваю, кто ты такая? — не став вдаваться в бесполезные объяснения, все тем же тоном произнесла я.

— Меня зовут Марина, если вам так интересно, — усмехнулась девушка. — Еду в Волгоград, в гости к родственникам. Разве это запрещено?

— На машине Синельникова? — переспросила я тут же.

— Да, на его машине, — уже поняв, что мне задавать вопросы бесполезно, ответила девица. — Он мне сам ее отдал. Документы все в порядке, могу показать.

— Да уж, покажите, — потребовала я.

Девушка преспокойно достала документы и все с той же легкой ухмылкой протянула мне. Я приняла документы и принялась их изучать. Как следовало из документов, она была Мариной Анатольевной Антоновой. Ей было двадцать восемь, хотя выглядела она даже немного моложе. Доверенность также была, причем в ее оформлении придраться было совершенно не к чему. Одним словом, Синельников все очень даже качественно и правильно просчитал. Он прекрасно понял, что если его возьмут в Тарасове, то ему несдобровать, тогда как в Волгограде у него наверняка половина ментов куплены. Вот он и предпринял этот трюк с подсадной уткой, а я на него купилась, а все из-за этих чертовых тонированных стекол, которые не давали никакой возможности рассмотреть, кто сидит за рулем.

Тяжело вздохнув, я вернула документы девушке и спросила:

— Где сейчас сам Виктор? Только не говори, что ты не знаешь.

— Знаю, но не скажу, — нагло заявила девица. — Ведь вы не имеете никакого права меня спрашивать, я права?

— Нет, но зато я имею полное право сейчас забрать тебя с собой, отвезти в отдел милиции и заявить, что ты сообщница Синельникова и его соучастница в убийстве, потому и помогала ему смыться. Как думаешь, какое наказание за это последует?

— Никакого, — уверенно произнесла девица. — Наговорить на кого угодно и что угодно можно, а вы докажите, что все так и было. Думаете, я такая глупая, что сразу всем вашим словам поверю?

— А ты, я вижу, и в самом деле не глупая особа, — внимательно глядя в глаза девушке, сказала я. — На ходу соображаешь. Тогда давай представим ход событий немного в другом варианте. Например, я частный детектив, хорошо известный и всеми признанный, пишу на тебя заявление, что ты пыталась меня убить. Вон и машина моя поцарапана, да и синяки на теле кое-какие имеются. Говорю, что именно ты наняла нескольких парней, чтобы они меня убили. Как думаешь, кому поверят больше?

— Важно, не кому поверят, а кто все сможет доказать, — продолжала упорно стоять на своем девица.

— Верно, кто сумеет доказать. А знаешь, что с тобой будет, пока эти самые доказательства собираются? Тебя посадят в одну клетку с грязными вонючими бомжами, которые начнут к тебе приставать. Я почему-то думаю, что тебе это совсем не понравится.

— Пытаешься меня запугать? — прищурившись, спросила девушка. — Не выйдет, я не из пугливых.

— Ладно, пугаться ты не желаешь, и нормальными доводами тебя тоже не пронять, — начала я, а затем резко подскочила к девушке. Так как она ничего подобного даже не ожидала, я успела схватить ее за руку и закрутила эту самую руку за спину.

— Э, ты чего? Ты что делаешь? — испуганно завопила девушка. — Ты не имеешь права!

— Очень даже имею. Сейчас вот поколочу тебя хорошенько, а потом скажу, что ты на меня с оружием кидалась.

— Не смей меня трогать! — завизжала девица. Проезжающие мимо в автомобилях люди выглядывали из окон и подозрительно посматривали на нас. Но меня это нисколько не напрягало, я продолжала давить девушке на руку, стараясь показать, что не шучу и что ей лучше сказать, куда делся Синельников.

Впрочем, девица и сама это уже поняла и, болезненно ойкнув, сказала:

— Ладно, я скажу, где Виктор, только отпустите руку.

— Когда скажешь, тогда и отпущу, — поставила я собственное условие. — Так где он?

— Теперь уже наверняка подъезжает к своему дому в Волгограде. Вы можете теперь успокоиться, там его вам не достать. У него свои люди везде, и так просто никто на него ни одного дела не заведет.

— Да неужели? Это ты так думаешь, — усмехнулась я.

— Я не думаю — я знаю. Вы ведь даже не подозреваете, какой властью он обладает. У него все куплено, за все заплачено. Вам его не поймать. А теперь отпустите меня.

Я ослабила хватку и, выпустив руку девушки из своей, спокойно произнесла:

— Не надо быть такой уверенной в этом, девушка. Жизнь — штука сложная, а уж судьба, та и вовсе с сюрпризами.

— Может быть, только наш сюрприз заработан кровью и потом, — эмоционально выпалила девица и тут же притихла, поняв, что сказала что-то лишнее.

— Что ты имеешь в виду под «нашим сюрпризом»? — не пропустила я мимо ушей ее замечание. — Ты никак тоже участвовала в подготовке убийства молодоженов, или я не права?

— Я не участвовала, — отрицательно замотала головой девушка. — Я просто была инициатором. Подала идею, так сказать. Чтобы наследство перешло к законным наследникам, а не к какому-то там отпрыску простой парикмахерши.

— Это ты, что ли, законная наследница? — усмехнулась я.

— Может, и я, — съязвила тут же девица и гордо вскинула голову вверх. — А что тут такого? Вам-то вот, видно, и невдомек, что мое сходство с Валерием Евгеньевичем Синельниковым просто феноменальное. Любой дурак увидит, что я его дочь, пусть и не признанная.

— Дочь? — удивилась я. — Да сколько же вас, нахлебников?

— Двое, — уверенно заявила та. — Я и Виктор.

— Ага, вот потому все и устроили, — теперь уже обо всем догадалась я.

— Именно, — уверенно заявила девушка. И тут же добавила: — Можете теперь везти меня куда угодно, я ничего не знаю, ничего не говорила. И вообще — меня сегодня же и выпустят. У Вити хорошие адвокаты, не то, что ваши.

— Ну это мы еще посмотрим, — пообещала я и, взяв девушку за руку, повела ее в свою машину. Там усадила на соседнее сиденье и, тут же заняв место за рулем, повернула «девяточку» назад в город.

Пока мы возвращались в Тарасов, красавица упорно молчала, преспокойно смотря по сторонам, так как была уверена, что ей ничего не грозит и ее ненаглядный непременно ее освободит из заточения. Я же, напротив, пыталась придумать способ доказать вину этих двоих и найти какие-либо улики. Сначала ничего интересного мне в голову не приходило, и я уж начала подумывать, что все бесполезно — ребятки так и останутся ненаказанными. Но, как известно, опыт и дедуктивный метод берут свое, и рано или поздно я бы все равно что-то придумала. Хорошо, что умная мысль пришла именно рано, как раз в тот момент, когда я приехала в отдел Кири.

Самого его на месте не оказалось, но Володька мне пока был и не нужен, ведь я уже хорошо была известна всем его помощникам и заместителям, так что мои просьбы они считали почти что приказом и без лишних вопросов выполняли их. И на этот раз, когда я поручила их заботам Марину и попросила проверить ее как следует, а заодно и никуда не выпускать до возвращения Володьки, никто и слова возражения не сказал.

Я снова вернулась в машину и стала звонить по сотовому одному своему знакомому предпринимателю, помешанному на самолетах. Их у него было не меньше десятка и все — совершенно новые и ухоженные. Этот мой знакомый когда-то служил в десантных войсках, именно там ему и привили страсть к парашютному спорту. Потому-то все свое свободное время он только и делал, что прыгал сам да учил этому всех ребят в округе. Благо жил он далеко от города, в небольшом поселке, так что там это было вполне нормально.

На мое счастье, Михаил Григорьевич Лыжко ответил мне почти сразу. Я быстренько представилась, напомнила, кто я есть, и попросила о помощи.

— Что, полетать захотелось? — обрадованно уточнил мужчина. — Так это мы с радостью.

— Мне в другой город надо, — пояснила я. — В Волгоград. Туда и сегодня же обратно.

— Ну и что? Надо так надо, слетаем, — ничуть не напугался предстоящему перелету Лыжко. — Ты давай лучше время не тяни, а прямо сейчас и ко мне. Я уж полмесяца за штурвал не садился, все жена не разрешала, утверждала, что я еще не окреп после гриппа. Но на этот раз ей меня не удержать, — радостно сообщил мужчина.

Я тут же заверила его, что скоро буду, затем выключила телефон, подозвала к себе одного из ребят Кири и коротко пояснила ему, где находится машина Синельникова, которую сейчас все наверняка ищут. Также попросила передать Володьке, чтобы ждал меня на летном поле ближе к вечеру. Сама звонить я ему не стала — Киря ведь немедленно начнет расспрашивать, что я собираюсь делать. Еще решит полететь со мной, придется его ждать, а времени и так мало. Пусть уж лучше ему кто-нибудь другой все расскажет. А я... я мчусь навстречу ветру и вольному полету.

Быстро заведя машину, я заметила, что бензин у меня почти на нуле, а значит, доехать без проблем до Лыжко не удастся. Пришлось сначала завернуть на автозаправку и залить полный бак бензина, а уж затем я устремилась прочь из города, к небольшому поселку с приятным названием Тепловка, где меня ждал чуть ли не личный самолет.

Михаил Григорьевич уже весь извелся, дожидаясь меня, так ему не терпелось. Он не дал мне и минуты времени, чтобы перекинуться парой вежливых слов с его милой и доброжелательной женой, и буквально затащил в салон самолета. Тут же загудел мотор, завертелся винт, и крылатая машина покатила по ровному, давно накатанному полю. Не первый раз летая с Лыжко, я ничуть не испугалась, когда мы стали взлетать, прекрасно зная, что летчик он опытный, свое дело знает и сумеет посадить самолет в любой ситуации. Он был не просто профессионалом, а обладал талантом от бога.

Вскоре мы взмыли в облака, и под нами раскинулась ярко-зеленая земля со множеством мелких строений на ней, с деревьями, похожими на высокую травку, и людьми, напоминающими сверху муравьев. Я невольно залюбовалась великолепным зрелищем. Да, ощущение полета великолепно и захватывающе, но сейчас я должна была помнить о том, куда и зачем лечу, и не только помнить, но и решить, каким способом перехватить Синельникова дома и доставить его назад в Тарасов, даже, может быть, против его воли. Иначе парень так и останется ненаказанным.

* * *

Уверенный в себе и ничего не подозревающий Виктор Синельников с блуждающей улыбкой на устах вышел из своего дома и направился к стоящей во дворе иномарке — красному кабриолету, совсем новенькому. Он был очень высок, светловолос, с четкими волевыми скулами, прямым носом и глубоко посаженными глазами. На подбородке у парня имелась ямочка, но сейчас ее было не очень заметно из-за густой щетины, покрывавшей нижнюю часть лица.

По пути к машине Синельников сорвал с куста расцветшую розу и кинул ее выглянувшей из кухни молодой девице, возможно, новой служанке. Настроение у Виктора было самое замечательное. Да и почему бы ему таким не быть, если он умудрился провести всех своих врагов, становился обладателем всего состояния дяди, дочь которого, свою сообщницу, откровенно подставил, бросив в Тарасове на произвол судьбы. Наверняка Виктор думал, что теперь может жить спокойно да радоваться.

Не знаю, сколько времени рассчитывал веселиться и праздновать свою победу Синельников. Он ведь не подозревал, что в машине его ожидает очень хороший сюрприз... в моем лице. Пока он завтракал, я успела подкупить его личного шофера и охранника, блуждавших по двору, и спокойно проникла в салон машины. Сами же ребята накрыли меня какой-то тканью.

Синельников спокойно влез в машину, уселся за руль и, крикнув охраннику, чтобы тот открыл ворота, принялся выгонять машину со двора. Я сидела сзади, скрючившись и не подавая ни единого звука. Мне пока слишком рано было появляться на сцене. Пусть парень покинет пределы дома, тогда уж ему вряд ли кто поможет.

Вскоре ворота оказались позади, и машина размеренно поплыла по ровным волгоградским дорогам в неизвестном мне направлении. Я еще несколько минут подождала, потом тихонько откинула с себя ткань и, усевшись на сиденье за спиной парня, ткнула ему дулом пистолета прямо в шею.

Виктор, совершенно ничего такого не ожидавший, невероятно сильно напугался и даже резко надавил на тормоза, вильнув рулем, отчего машина едва не влетела в ехавшую поблизости светло-серую «Газель».

— Ну что ж ты так нервничаешь, парень? Или не ждал гостей? — с издевкой произнесла я, наблюдая за реакцией Синельникова в зеркало, установленное перед ним. — А я-то думала, ты мне рад будешь. Жаль, видно, я ошиблась.

— Что тебе от меня надо? — намеренно ровным тоном спросил Виктор.

— Что? — переспросила я и тут же продолжила: — Хочу знать, ты убил Лапина и Скрябину? Уверена, что ты, просто хочется личное подтверждение от тебя получить.

— Зачем? — прикинулся глупым Синельников. — Ты же сама все знаешь. Может, поедем лучше сразу в отдел милиции? Сдашь меня, и дело с концами. Или тебе деньги нужны, вот ты и прицепилась?

— Нет, деньги мне от тебя не нужны, — ответила я. — Да и в милицию я тебя тоже не повезу. Во всяком случае — в вашу. Так что, дорогуша, тебе немного не повезло.

Услышав, что в отношении него у меня совершенно другие планы, Синельников напрягся и тяжело сглотнул слюну. Знал ведь, что со своими ментами ему уладить дело куда проще.

— Тогда что же тебе от меня надо? — слегка испуганно спросил он.

— Чтобы ты кое-куда со мной поехал. А именно — в прелестный город Тарасов. Ты оставил там свою девушку, — насмешливо ответила ему я. — Или ты про нее уже забыл? А она вот, думаю, вполне помнит о тебе.

— Зря ты так меня злишь, — прикинулся непоколебимым Виктор. — Себе же проблемы наживаешь. Давай лучше решим все по-хорошему. Я тебе дам денег, в два, три раза больше, чем ты получишь за мою поимку, и на этом расстанемся.

— Нет, так не пойдет, — даже не задумываясь, ответила я. — Я человек чести, и если что-то обещала, то всегда держу свое слово. Так что мы с тобой сейчас едем по этой дороге прямо. Нас уже ждут.

— Ну и дура! — вспылил Синельников. — Могла бы миллионершей стать. Я ведь все равно выпутаюсь, но потом отомщу. Посмотрим еще, кто последним смеяться будет.

— Мне почему-то кажется, что я, — уверенно заявила я. — Так что крути баранку и смотри на дорогу.

Виктор тяжело вздохнул и направил машину в указанную мной сторону. Я уселась сзади поудобнее, но пистолет от шеи Виктора так и не убрала, понимая, что иначе он быстро расслабится и начнет искать способ сбежать от меня. Нет уж, лучше пусть трясется всю дорогу за свою шкуру, мне так спокойнее будет.

Но Синельников оказался не особо трусливым и даже в таком положении предпринял попытку сбежать от меня. Он сначала вроде бы вел себя тихо и послушно, а когда мы оказались на более оживленной трассе, резко крутанул руль в сторону и приостановился, отчего я невольно, не удержав равновесие, отклонилась в сторону, на несколько секунд убрав пистолет от горла парня. Этого времени ему хватило на то, чтобы выскочить из машины прямо через верх и кинуться со всех ног прочь. Я едва успела сориентироваться — пришлось быстренько перебраться на водительское сиденье, схватиться за руль и нажать на тормоза, иначе в следующую минуту машина, поехавшая под уклон, выехала бы на тротуар, где находились люди.

Затем я быстро оглянулась назад и, увидев, что бежать Синельникову приходится прямо по тротуару, быстро завела его машину, развернулась и на ней кинулась за ним в погоню. Поняв, что так ему от меня не скрыться, Виктор резко свернул в первую же подворотню, и я вынуждена была резко притормозить и, покинув машину, помчаться за ним следом. Синельников пересек двор и, так как тот оказался с одним-единственным входом, нырнул в один из подъездов. Искренне надеясь, что выход на крышу окажется закрыт, я забежала в ту же дверь и стала взбираться по лестнице, тогда как Синельников поднимался на лифте.

Когда же я наконец достигла верхнего этажа, то увидела, что дверца на крышу все же открыта и даже распах-

нута. Я высунулась из нее и едва не получила увесистый
удар по голове доской. Благо у меня мгновенная реакция,
и я просто чудом успела пригнуться. Зато потом быстро
выскочила на крышу и кинулась догонять удирающего
Синельникова.

На этот раз мне повезло, так как крыша быстро закончилась, и для того, чтобы попасть на соседнюю, парню требовалось сделать большой прыжок, на который
он, прямо сказать, не решился. В итоге мы замерли возле
края крыши и уперлись друг в друга напряженными взглядами.

— Ну что, сдашься сам или вынудишь меня прибег-
нуть к силе? — несколько минут помолчав, первой сказала я.

Синельников несколько минут помолчал, еще раз
оценивая ситуацию и все взвешивая, но понял, что тя-
гаться с вооруженным противником все же не стоит, и
предпочел мои условия:

— Пожалуй, я еще немного покатаюсь.

— Тогда давай сюда лапы, — поманила я парня паль-
чиком и одной рукой стала искать в своей сумочке наручники. Когда же они попались, я подошла с ними к Виктору и торопливо сцепила ими его руки. Теперь парень хоть
частично, но все же был лишен возможности мне сопротивляться.

Сунув пистолет за пояс, я толкнула парня в спину и
велела ему спускаться вниз. Мы снова влезли в дом, спустились на первый этаж на лифте и молча направились к
машине. Рядом с ней уже кружились какие-то пацанята,
явно решающие, что бы такого стащить из салона. Но на-
пакостить они вроде бы не успели. Я громко на них прикрикнула, и они моментально разбежались по округе, как
тараканы по своим норам.

Затем я открыла дверцу машины, усадила Синельникова, сама села за руль и, достав ранее взятые с собой
ключи, стала ее заводить. Виктор недовольно глянул на
приборную панель и громко выругался:

— Вот с-сучата, уже успели магнитолу стянуть.

— Ничего, скоро тебе и машина не понадобится, —
успокоила я его и, надавив на газ, покатила туда, где меня
ждал мой личный летчик.

На этот раз до места стоянки «моего» самолета мы с

Синельниковым добрались без лишних проблем и там пересели в воздушный вид транспорта. Машину я оставила на стоянке и, сев рядом с Виктором, дала Лыжко знак, что можно взлетать. Тот тут же взялся за дело. Несколькими минутами спустя мы уже парили в воздухе, направляясь в сторону Тарасова. И чем дальше мы летели, тем грустнее и напряженнее становился Синельников, но меня это никак не заботило.

* * *

— Танюша, ты, как всегда, прямо как в воду глядела, — радостно произнес Киря, встречая меня возле самолета, как я его заблаговременно попросила, позвонив на его мобильник.— Мои ребята проверили твою Марину, потом пообщались на ее счет с родителями Стаса и выяснили, что они были знакомы. И не только! Представляешь, девчонка в день свадьбы приходила к нему, якобы забрать какие-то книги и вручить подарок. Как тебе такая информация?

— Я рада, что вы все выяснили, — спокойно ответила я, и без того давно догадавшись, что так и должно было быть на самом деле.

— Рада... и только? — удивился Володька. — Да ведь мы почти раскрыли это, можно сказать, такое сенсационное дело! Дураку ведь теперь понятно, что именно эта девица подменила телефон Стаса на заминированный и что она была сообщницей твоего Синельникова.

— Да, кстати, — вспомнила я о своем задержанном. — Забери из самолета этого самого типа. С ним столько хлопот...

Киря было вытаращил на меня глаза, но ничего не сказал, а заторопился отдавать приказания своим ребятам по поводу того, что делать с привезенным из Волгограда Синельниковым. Я же, уловив минутку, отошла к своему пилоту, отсчитала ему приличную сумму денег и сказала:

— Спасибо, Михаил Григорьевич, без вас бы у меня ничего не вышло.

— Да ладно... — слегка засмущался Лыжко. — Всегда рад тебе помочь, с тобой приятно иметь дело. Если что еще, звони.

Я кивнула и отошла от самолета. Лыжко спокойно

влез в свой транспорт и, помахав мне из окошка, приготовился взлетать. Я вернулась к машине Кирьянова и тихо спросила:

— Володя, есть сигареты? Я свои где-то в Волгограде посеяла.

Киря быстренько взял у одного из своих ребят сигаретку и предложил ее мне, а когда я закурила, спросил:

— Ну, что теперь? Поможешь нам искать улики или сразу домой?..

— Домой, — не задумываясь, ответила я. — Я и так вам все на блюдечке преподнесла, осталось лишь разжевать и в рот положить, но это уж вы сами. Могу только советом помочь, на большее не рассчитывайте.

— Да куда уж рассчитывать, ты и правда работу за десятерых сделала. Не знаю, как тебе все время это удается. Давай-ка я тебя до дома отвезу, ты мне все по дороге и расскажешь.

Я согласно кивнула, сделала последнюю затяжку и, бросив окурок на землю, села в машину Володьки.

ЭПИЛОГ

— Наконец-то нам с тобой удалось куда-то вырваться вместе, — отпивая из высокого стакана пиво, произнес Александр Хопинов. — Я думал, эта ужасная неделя никогда не кончится и мы так и не сумеем нормально пообщаться.

— Я тоже так думала, — ответила я, с интересом рассматривая прогуливающиеся мимо летнего кафе, в котором мы сидели, молодые парочки.

Мне нравилось сидеть вот так, ни о чем не думая. Наблюдать за людьми, представляя себе их судьбы и жизнь, и слушать интересного человека. А Хопинов был отличным собеседником, он всегда умел преподнести самые обыденные вещи так, что невольно заинтересовываешься ими и начинаешь внимательно слушать. Сегодня, спустя больше чем неделю после злополучной свадьбы, мы с Александром все же вырвались в кафе отдохнуть. В ресторан идти я отказалась, хоть он и предлагал, а предпочла в такую замечательную погоду побыть среди людей, а не засидеться среди замкнутых стен.

Придя в кафе, мы заказали себе пиво, сухарики, кальмары, несколько легких рыбных салатов и завели разговор. Как и следовало ожидать, первой темой было недавнее событие, то есть свадьба и то, что произошло после нее. Мы очень активно рассказывали друг другу то, что знал каждый из нас, и даже строили предположения по поводу того, как бы все могло выйти, если бы кто-то поступил так, а не эдак.

На самом же деле изменилось после поимки мною Синельникова очень многое. Во-первых, Кирьянов очень активно занялся этим делом и, будучи полностью уверенным, что именно Марина подменила телефон Стаса, сделав это тогда, когда заходила за тетрадями и приносила цветы, поздравляя со свадьбой, устроил ей встречу с родителями парня. Зрелище, откровенно говоря, было то еще. Мать Стаса едва не выдрала девице волосы, когда та по неосторожности подошла слишком близко к решетке. Женщина до того разошлась, что охрана смогла оттащить ее только после того, как Марина согласилась признаться, что ее нанял Виктор. Он же и поместил взрывчатку в телефон, ни к кому не обращаясь за помощью, так как и сам неплохо разбирался в технике. Как-никак, а фирмой по продаже компьютеров владел.

На основании ее показаний Володя завел на Синельникова дело и начал еще более досконально все проверять и изучать. Вскоре ему удалось выяснить, что все необходимое для изготовления взрывчатки Синельникову купил один из сотрудников его же собственной фирмы. Правда, тот понятия не имел, зачем все это надо. Попросили его купить телефон и кое-что еще, он и купил.

После того, как такой же, как у Стаса, телефон был начинен взрывчаткой, Марина придумала причину, по которой можно было навестить парня, и, придя к нему, поменяла трубки. Ну а дальше дело оставалось за малым. Едва только на сотовый позвонили, произошел взрыв, и оба претендента на наследство Синельникова отбыли в мир иной.

Интересным из всей этой истории оказалось то, что Марина и в самом деле являлась родной дочерью Валерия Евгеньевича. Отец признать ее отказался сразу, так как девочек категорически не переносил и хотел иметь только сына. Конечно, во многом подобному отношению па-

паши к собственному ребенку посодействовала мать Марины, которая поливала Синельникова грязью и периодически являлась к нему за деньгами. Естественно, что очень скоро и ее саму, и ни в чем не повинную девочку не слишком расположенный к семейной жизни Валерий Синельников возненавидел. А потому Марина выросла без отца, но под влиянием матери возжелала заполучить его дом и его фирмы. Она подсказала Виктору идею со свадебным подарком и все распланировала, а чтобы тот ее не кинул, засняла на пленку их разговор по поводу предстоящего убийства. То есть, как могла, подстраховалась.

О пленке стало известно во время расследования, когда Виктор попытался от всего отказаться и сделать вид, что он знать не знает Марину. Ему это сначала удалось, и его адвокаты даже добились разрешения выпустить его на свободу под залог крупной суммы, тогда как о Марине никто и не думал заботиться. И вот в тот самый момент, когда Синельникова должны были отпустить, Марина заявила, что у нее есть доказательства вины Виктора. Поняв, что вытягивать ее он не собирается, она принялась тянуть его за собой, давая понять, что они либо потонут вместе, либо также вместе и выплывут.

Ну а Кирьянову-то все это было только на руку. Он преспокойно забрал из камеры хранения на вокзале пленку, просмотрел ее, и, конечно, Виктор на свободу уже не вышел. Одним словом, постепенно были собраны доказательства преступления. Как всегда, стоило потянуть за нужную ниточку, весь клубок и начал раскручиваться, и у Виктора не осталось никакой возможности оправдаться.

А вчера состоялся суд. Синельникова и Марину за совместную организацию двойного убийства осудили по максимуму — оба они получили по пятнадцать лет, причем строгого режима. За нападение на меня в собственной квартире был наказан и пойманный мной лысый парень, но ему всего-то и дали два года.

Что же касается наследства, ради которого было совершено преступление, то суд распределил его поровну между обеими пострадавшими сторонами. Часть акций и фирм досталась родителям Стаса, а другая часть родителям Алены как законной жены и наследницы мужа. Лично я думаю, что более правильного решения суд уже очень давно не принимал. По крайней мере, в тех делах, что касались наследства.

Я получила кругленькую сумму за проделанную работу. Причем деньги мне дали не только родители жениха, но и родители невесты, посчитав, что я сделала для их детей больше, чем кто бы то ни было. Я отказываться от денег не стала, тем более что считала, что очень даже их заслужила, а потому с благодарностью приняла все, что мне предложили. Так что теперь могла гулять свободно и позволять себе покупать все, что хочется.

— Как насчет того, чтобы сходить в кинотеатр? — непонятно с чего вдруг предложил Хопинов.

— А что, неплохая мысль. Сто лет не была в кино, — призналась я и широко улыбнулась. — А какой там фильм сегодня показывают? Надеюсь, что-то интересное?

— Думаю, да, во всяком случае, название впечатляет, — ответил Хопинов и, указав на стоящий прямо у меня за спиной стенд с афишей, добавил: — «Мыши и люди». Тебе это о чем-нибудь говорит?

— Нет, но хотелось бы узнать, что имел в виду режиссер, когда придумывал такое название, — весело откликнулась я и подняла свой бокал, давая понять Александру, что за наше совместное решение — пойти в кино — стоит выпить.

СОДЕРЖАНИЕ

Литературно-художественное издание

Серова Марина Сергеевна

КЛУБНИЧКА В ДВА КАРАТА

Ответственный редактор *О. Рубис*
Редактор *И. Шведова*
Художественный редактор *А. Стариков*
Технический редактор *Н. Носова*
Компьютерная верстка *А. Щербакова*
Корректор *Е. Дмитриева*

В оформлении использованы фото *А. Артемчука*

ООО «Издательство «Эксмо»
127299, Москва, ул. Клары Цеткин, д. 18, корп. 5. Тел.: 411-68-86, 956-39-21.
Интернет/Home page — www.eksmo.ru
Электронная почта (E-mail) — info@ eksmo.ru

*По вопросам размещения рекламы в книгах обращаться в рекламный отдел
издательства «Эксмо». Тел. 411-68-74.*

Оптовая торговля:
109472, Москва, ул. Академика Скрябина, д. 21, этаж 2.
Тел./факс: (095) 378-84-74, 378-82-61, 745-89-16, многоканальный тел. 411-50-74.
E-mail: **reception@eksmo-sale.ru**

Мелкооптовая торговля:
117192, Москва, Мичуринский пр-т, д. 12/1. Тел./факс: (095) 411-50-76.
127254, Москва, ул. Добролюбова, д. 2. Тел. (095) 780-58-34

Книжные магазины издательства «Эксмо»:
Москва, ул. Маршала Бирюзова, 17 (рядом с м. «Октябрьское Поле»). Тел. 194-97-86.
Москва, Пролетарский пр-т, 20 (м. «Кантемировская»). Тел. 325-47-29.
Москва, Комсомольский пр-т, 28 (в здании МДМ, м. «Фрунзенская»). Тел. 782-88-26.
Москва, ул. Сходненская, д. 52 (м. «Сходненская»). Тел. 492-97-85.
Москва, ул. Митинская, д. 48 (м. «Тушинская»). Тел. 751-70-54.
Москва, Волгоградский пр-т, 78 (м. «Кузьминки»). Тел. 177-22-11.

ООО Дистрибьюторский центр «ЭКСМО-УКРАИНА». Киев, ул. Луговая, д. 9.
Тел. (044) 531-42-54, факс 419-97-49; e-mail: marinovich.yk@eksmo.com.ua

**Северо-Западная компания представляет весь ассортимент книг
издательства «Эксмо».** Санкт-Петербург, пр-т Обуховской Обороны, д. 84Е.
Тел. отдела реализации (812) 265-44-80/81/82/83.

Сеть книжных магазинов «БУКВОЕД». Крупнейшие магазины сети
«Книжный супермаркет» на Загородном, д. 35. Тел. (812) 312-67-34
и Магазин на Невском, д. 13. Тел. (812) 310-22-44.

Сеть магазинов «Книжный клуб «СНАРК» представляет самый широкий ассортимент книг
издательства «Эксмо». Информация о магазинах и книгах в Санкт-Петербурге по тел. 050.

Всегда в ассортименте новинки издательства «Эксмо»:
ТД «Библио-Глобус», ТД «Москва», ТД «Молодая гвардия»,
«Московский дом книги», «Дом книги в Медведково», «Дом книги на Соколе».

*Весь ассортимент продукции издательства «Эксмо»
в Нижнем Новгороде и Челябинске:*
ООО ТД «Эксмо НН», г. Н. Новгород, ул. Маршала Воронова, д. 3. Тел. (8312) 72-36-70.
ООО «ИнтерСервис ЛТД», г. Челябинск, Свердловский тракт, д. 14. Тел. (3512) 21-35-16.

Книги «Эксмо» в Европе — фирма «Атлант». Тел. + 49 (0) 721-183-12-12.

Подписано в печать с готовых монтажей 17.03.2004.
Формат 84×108 $^1/_{32}$. Гарнитура «Таймс». Печать офсетная.
Бум. тип. Усл. печ. л. 20,16. Уч.-изд. л. 20,3.
Доп. тираж 4100 экз. Заказ № 2657

Отпечатано в полном соответствии
с качеством предоставленных диапозитивов
в ОАО «Можайский полиграфический комбинат».
143200, г. Можайск, ул. Мира, 93.

Дарья Калинина

в новой серии "Дамские приколы"

Любовник для Курочки Рябы

Если за детектив берется Дарья Калинина,
впереди вас ждет встреча с веселыми и обаятельными героинями,
умопомрачительные погони за преступниками
и масса дамских приколов!

Также в серии:
Д. Калинина «Сглаз порче не помеха»
«Шустрое ребро Адама»

noted
10/31